Mareike Allnoch
Meet me at Sunrise

MAREIKE ALLNOCH

Meet me at SUNRISE

Roman

everlove by PIPER

Mehr über unsere Autorinnen, Autoren und Bücher:
www.everlove-verlag.de

Wenn dir dieser Roman gefallen hat, schreib uns unter Nennung des Titels »Meet me at Sunrise« an *empfehlungen@piper.de,* und wir empfehlen dir gerne vergleichbare Bücher.

Von Mareike Allnoch liegen im Piper Verlag vor:
Lake-Louise-Reihe:
Band 1: Where the Hummingbirds Sing
Band 2: Where the Fireflies Dance
Whispers of the Wild:
Band 1: A Touch of Wilderness
Band 2: A Glimpse of Northern Lights
Greek Summer:
Band 1: Meet me at Sunrise
Band 2: Find me at Sunset

FSC www.fsc.org MIX Papier | Fördert gute Waldnutzung FSC® C083411

PRODUZIERT MIT VERANTWORTUNG

ISBN 978-3-492-06941-0

Georgenstraße 4, 80799 München, *www.piper.de*
Für einen direkten Kontakt und Fragen zum Produkt wenden Sie sich bitte an: *info@piper.de*
Redaktion: Isabelle Toppe

Vignette: icon blast, gefunden auf freepik.com
Satz auf Grundlage eines CSS-Layouts von digital publishing competence (München) mit abavo vlow (Buchloe)
Druck und Bindung: CPI Books GmbH, Leck
Printed in the EU

Für meine beste Freundin Etta
Mit dir sind ein paar Stunden so erholsam wie
eine Woche Urlaub auf Santorini

1. Kapitel

Toni

Endlich Sommer! Ich schob mir meine Sonnenbrille ins Haar, das ich zu einem hohen Zopf gebunden hatte, und reckte für einen Augenblick mein Gesicht gen Himmel. Ich genoss es, wie die wärmenden Strahlen auf meiner Nase kitzelten. Als ich den Blick wieder auf meine Umgebung richtete, nahm ich die Menschen um mich herum wahr. Eine Mutter mit Kinderwagen, eine junge Frau in einem bunten Kleid, ein kleines Mädchen in einem gepunkteten Top. Ich musste unweigerlich lächeln.

Wir hatten Anfang Juni, und Sommer in München war definitiv das beste Feeling, das es gab. Am meisten liebte ich es, morgens mit Malina auf dem winzig kleinen Balkon unserer Wohnung zu sitzen, gemeinsam zu frühstücken und dabei zuzusehen, wie die Stadt zum Leben erwachte. Und das war auch der erste To-do-Punkt für heute.

Ich verließ unsere Lieblingsbäckerei im Stadtteil Schwabing mit ein paar herrlich duftenden Zimtschnecken in der Hand und freute mich auf das Frühstück mit Malina, als mich plötzlich eine Stimme zurückhielt.

»Toni? Toni, bist du es?«

Verwundert drehte ich mich um, doch als ich die blonde Frau erkannte, gefror mir das Blut in den Adern. Für einen Wimpernschlag hatte ich das Gefühl, keine Luft mehr zu bekommen. Mein Hals schnürte sich zu, und mein Brustkorb fühlte sich auf einmal so eng an, als hätte mir jemand ein straff sitzendes Korsett angelegt.

Erinnerungen kamen in mir hoch und drängten mit aller Macht an die Oberfläche. Panik stieg in mir auf.

Leyla kam einen Schritt näher. In ihrem hübschen Gesicht lagen Verwunderung und Neugierde gleichermaßen. »Wie lange ist es her, dass wir uns nicht mehr gesehen haben? Ich glaube, nicht mehr seit dem Unfall von …«

»Du, ich muss weiter. Sorry, hab gerade keine Zeit, zu quatschen, bin verabredet«, unterbrach ich Leyla hastig und deutete vielsagend auf die Bäckertüte. Dann wirbelte ich herum, sodass mein hoher brauner Zopf flog, und warf Leyla ein gehetztes »Schönen Tag noch!« über die Schulter zu.

Erst, als ich mich einige Meter von der Bäckerei entfernt hatte und mir sicher sein konnte, dass ich außerhalb von Leylas Sichtweite war, erlaubte ich mir eine kurze Verschnaufpause und lehnte mich mit dem Rücken an eine Hauswand. Meine Hände zitterten wie Espenlaub.

Ich atmete tief ein und langsam aus, so wie ich es schon ein paarmal mit Malina geübt hatte, und zwang mich dazu, mich zu beruhigen. Nach mehreren Atemzügen ging es mir tatsächlich ein wenig besser.

Den restlichen Weg zu Malinas und meiner Wohnung legte ich im Stechschritt zurück. Immer wieder blickte ich mich um, voller Sorge, ein weiterer Geist aus meiner schmerzhaften Vergangenheit könnte sich mir in den Weg stellen.

Als ich die Tür zu unserer WG im Dachgeschoss öffnete, drang mir der unvergleichliche Geruch von frisch aufgebrühtem Kaffee in die Nase.

Malina lugte mit dem Kopf aus der Küche hervor. Ihre erdbeerblonden Haare fielen ihr in sanften Wellen über die Schultern. »Du kommst genau richtig, das Rührei ist fertig«, begrüßte meine Schwester mich bestens gelaunt. Auch heute sah sie wieder aus wie der Sommer höchstpersönlich. Sie trug ein hübsches, bodenlanges Blümchenkleid, das ihrer weiblichen Figur perfekt schmeichelte. Dagegen kam ich mir in meinen ausgefransten Jeansshorts und meinem weißen, bauchfreien Oberteil fast ein wenig blass vor.

»Alles in Ordnung?«, fragte Malina mich, als wir kurz darauf auf unserem Balkon saßen und uns das Frühstück schmecken ließen. Wobei – mir war der Appetit spürbar vergangen, was mir umso mehr leidtat, da Malina den Tisch so schön gedeckt hatte und alles wirklich lecker aussah. Und ihr Rührei war legendär. Ihre Geheimzutaten waren saure Sahne und ein Hauch von Muskatnuss.

Ich zog mein rechtes Bein zu mir heran und umschlang es mit den Armen. Der Balkon reichte gerade mal so für einen kleinen Tisch mit zwei Stühlen, und man musste ein bisschen aufpassen, dass man nicht irgendetwas zu Boden fegte.

»Ich hab eben Leyla getroffen«, sagte ich leise. »Offenbar ist sie wieder in München.«

Malina wusste sofort, von wem ich sprach. Sie ließ ihre Hand mit der Kaffeetasse sinken und sah mich mitfühlend an.

»Wie geht es dir damit?«, fragte sie zaghaft. Mir fiel auf, dass sich die Sommersprossen auf ihrer Nase vermehrt hatten.

Ich schluckte und zuckte mit den Schultern. »Hat mich irgendwie total überrumpelt.«

Malina nickte. »Kann ich gut verstehen.«

Früher waren Leyla und ich gute Freundinnen gewesen, wenn nicht sogar sehr gute. Doch seit Leons Unfall hatte sich alles verändert. *Ich* hatte mich verändert.

Ich starrte eine Weile in meinen Kaffee. Malina musste mir ansehen, dass mich die Begegnung mit Leyla mehr mitnahm, als ich mir selbst eingestehen wollte. Sie knuffte mir in den Arm und strahlte mich aufmunternd an. Dann griff sie nach ihrem Handy, das vor ihr auf dem Balkontisch lag, tippte darauf herum und hielt es mir schließlich unter die Nase.

»Schau mal, ich hab schon geguckt, was wir alles Tolles unternehmen könnten, wenn es tatsächlich klappt mit Korfu! Sehen die Fotos nicht traumhaft aus? Da soll es richtig schöne Buchten geben!«

Ich beugte mich näher über das Display und schirmte es gegen die Sonne ab. »Zeig mal her.«

Malina und ich arbeiteten im Münchener Boutique Hotel *White Oasis* in der Innenstadt und hatten beide vor Kurzem unsere dreijährige Ausbildung abgeschlossen, Malina als Köchin und ich als Veranstaltungskauffrau. Obwohl ich ein Jahr vor Malina mein Abitur gemacht hatte, waren wir beide zeitgleich in unsere Hotelausbildung gestartet, denn ich hatte zuvor noch ein einjähriges, bezahltes Praktikum bei einer kleinen Eventfirma absolviert.

Malina war die Kreative von uns und voll und ganz in ihrem Element, wenn sie von Gewürzen und ausgefallenen Zutaten umgeben war.

Ich hingegen liebte es, Events zu planen und zu organisieren. Es war einfach mein Ding, weil ich den Überblick behalten konnte und es mochte, wenn alles an seinem Platz war. Wenigstens in diesem Bereich meines Lebens behielt ich die Kontrolle, und das schenkte mir ein Gefühl von Sicherheit und Stabilität.

Die kleine Fünf-Sterne-Hotelkette, die den Namen *B & W Boutique Hotels* trug, war von einem deutsch-griechischen Ehepaar gegründet worden. Neben dem Standort in München gab es auch noch Hotels auf Santorini und Korfu. Malina war vor ein paar Wochen aus heiterem Himmel mit der Idee um die Ecke gekommen, dass wir beide doch für eine Weile auf Korfu arbeiten könnten, um ein bisschen Auslandserfahrung zu sammeln. Früher war mir kein Abenteuer zu groß erschienen, ich hatte spontane Aktionen geliebt. Inzwischen hatte sich das Blatt allerdings gewendet, und Malina hatte sich zu der Wagemutigeren von uns beiden entwickelt. Trotz allem schaffte Malina es immer wieder, mich mit ihren Ideen und ihrer positiven Lebenseinstellung mitzureißen – und dafür liebte ich sie.

Unsere Bewerbungen hatten wir bereits rausgeschickt, aber es stand noch aus, ob wir zwei auch jeweils eine Stelle bekommen würden.

Ich konzentrierte mich wieder auf das Bild, das Malina mir unter die Nase hielt. Es zeigte eine wunderschöne Bucht mit weißem Sandstrand. Beim Anblick des türkisblauen Wassers wurde mir jedoch etwas mulmig zumute, und ich seufzte.

Malina biss sich auf die Lippe. »Sorry, ich hätte vielleicht ein anderes Bild wählen sollen.«

»Du musst mich nicht in Watte packen, Malina. Es geht mir gut.«

Sie schien mir nicht recht zu glauben, da sie die Stirn runzelte. »Bist du dir sicher?«

Ich nickte.

Vielleicht wäre es gar nicht schlecht, wenn ich eine Zeit lang aus München rauskommen würde. Vor allem nach der Begegnung mit Leyla.

Malina strahlte mich erneut an. »Ein paar Restaurants, die bekannt für ihre traditionelle Küche sind, habe ich auch schon rausgesucht. Ich kann es gar nicht erwarten, all die griechischen Köstlichkeiten zu probieren. Das wird so cool, ich sag's dir!«

Ihre Freude war ansteckend, und ich war machtlos gegen das Lächeln, das sich auf mein Gesicht legte.

2. Kapitel

Nachdem wir gefrühstückt hatten, machten Malina und ich uns beide auf den Weg ins Hotel. Meine Schicht begann zwar erst um 10 Uhr, während Malinas schon um 9 Uhr startete, doch ich würde in der Zeit einfach noch ein bisschen durch die Innenstadt schlendern. Die Altstadt versprühte im Sommer ein geradezu italienisches Flair mit den schattigen Viktualienmarkt-Markisen und den kleinen Cafés und Bars mit den Tischchen davor.

»Wir sehen uns später«, flötete Malina und hauchte mir einen Kuss auf die Wange, bevor sich unsere Wege vorerst trennten.

Ich genehmigte mir noch einen Cappuccino in einem schnuckeligen Café und nahm die Atmosphäre um mich herum auf, aber meine Gedanken schweiften unweigerlich zurück zu Leyla. Das Vibrieren meines Handys war eine willkommene Ablenkung. Ich zog mein Smartphone aus meiner weißen Handtasche. *Mama* stand auf dem Display, und ich nahm das Gespräch an.

»Hey, Ma«, grüßte ich sie. »Was gibt's?«

»Hey, mein Schatz. Ich wollte nur schnell nachhaken, ob es heute Abend dabei bleibt? Malina und du kommt doch zu unserer Grillparty?«

Ich lächelte. Typisch Ma. Sie musste sich immer noch einmal vergewissern. Unsere Eltern hatten für heute ein paar Freunde eingeladen und einen gemütlichen Grillabend in ihrem Garten geplant.

»Klar kommen Malina und ich. 19 Uhr geht's los, oder? Kann sein, dass es bei uns etwas später wird, ich weiß nicht, wie schnell wir heute im Hotel wegkommen. Sollen wir noch irgendwas mitbringen?«

»Nein, das braucht ihr nicht. Euer Vater und ich kümmern uns um alles. Und sag Malina, sie soll bloß nicht wieder irgendwas Aufwendiges vorbereiten. Ich kenne deine Schwester ganz genau. Diesmal wollen Pa und ich euch bekochen. Ihr habt auch so genug um die Ohren.«

Mein Lächeln wurde noch etwas breiter. »Ich geb mein Bestes, aber ich kann nicht versprechen, dass Malina nicht doch auf den letzten Drücker noch ihre berühmt-berüchtigten Datteln-im-Speckmantel- oder Erdbeer-Marshmallow-Spieße vorbereitet.«

Ma lachte. »Ihr zwei seid einfach unverbesserlich. Habt ihr eigentlich schon etwas wegen eurer Bewerbung auf Korfu gehört?«, fragte sie mich, nachdem ihr Lachen abgeklungen war.

»Nein, bisher noch nichts. Aber da wir ja schon letzte Woche unsere Vorstellungsgespräche hatten, gehe ich mal davon aus, dass wir bald eine Rückmeldung bekommen.« Ich nahm noch einen Schluck von meinem Cappuccino, als mir auffiel, dass einer der Kellner mir flirtende Blicke zuwarf. Ich wandte mein Gesicht etwas ab und konzentrierte mich auf das Gespräch mit Ma, doch ich konnte nicht verhindern, dass mein Puls ein wenig schneller ging.

»Na, dann bleiben wir mal gespannt. Hach, wie gern wäre ich noch mal in eurem Alter«, seufzte sie.

Hm, ich wusste nicht, ob ich mich selbst darum beneidete. Zweiundzwanzig war irgendwie ein schwieriges Alter. Man steckte gefühlt mittendrin im Erwachsenwerden, und das fand ich manchmal ziemlich anstrengend. An jeder Ecke lauerten irgendwelche Unsicherheiten und die Probleme, mit denen unsere Generation klarkommen musste. Die Schnelllebigkeit, das Unverbindliche, das Gefühl, im Leben noch nicht richtig angekommen zu sein …

Ma und ich wechselten noch ein paar Worte miteinander, wobei mein Blick meine roségoldene Armbanduhr streifte. »O verdammt, ich muss ins Hotel!«, sagte ich und nahm eilig den letzten Schluck Cappuccino. Ich klemmte einen Fünf-Euro-Schein für den Kellner unter die leere Tasse und stand auf, das Handy noch immer am Ohr.

»Dann hab einen schönen Arbeitstag, mein Schatz«, verabschiedete meine Mutter sich. »Und denk dran, deine Schwester daran zu erinnern, dass sie heute *Gast* ist.«

Ich lachte erneut. »Das mach ich. Bis später, Mama. Hab dich lieb.«

Nachdem wir aufgelegt hatten, verstaute ich das Handy in meiner Handtasche. Auf dem Weg Richtung Hotel glitten meine Gedanken zu Malina. Sie war nicht meine leibliche Schwester, dennoch gab es keinen Menschen in meinem Leben, mit dem ich mehr Verbundenheit spürte als mit ihr. Malina und ich konnten über alles reden, wirklich über alles. Sie war meine beste Freundin.

Malina war drei Jahre alt gewesen, als sie in unsere Familie kam. Ihre leibliche Mutter war bei der Geburt von Malina noch sehr jung und sowohl emotional als auch finanziell nicht in der Lage gewesen, sich ausreichend um ihr Kind zu kümmern. Doch für unsere Familie hatte es nie eine Rolle gespielt, ob wir gleichen Blutes waren. Meine Eltern hatten Malina von Anfang an wie ihr eigenes Kind geliebt, und ich hatte sie stets als meine Schwester gesehen. Kaum, dass Malina volljährig geworden war, hatte sie sich von meinen Eltern adoptieren lassen, sodass wir alle nun auch auf dem Papier ganz offiziell »Familie Breuer« waren.

Inzwischen war ich am Hotel angekommen. Es lag direkt am Viktualienmarkt, etwas versteckt in einem bepflanzten Innenhof, und bot einen spektakulären Blick auf die Heilig-Geist-Kirche, die zu den Wahrzeichen der Stadt zählte.

Ich ließ meinen Blick an der weißen Fassade hinaufgleiten. Das familiengeführte Hotel hatte nur vierzig Zimmer und war eine Ruheoase inmitten der Altstadt von München. Viele mochten sich vielleicht denken, dass das ein Widerspruch in sich war, aber das *White Oasis Boutique Hotel Munich* machte seinem Namen wirklich alle Ehre.

Das Hotel zeichnete sich insbesondere durch Nachhaltigkeit

aus, was unter anderem bedeutete, dass in der hoteleigenen Küche stets auf regionale Produkte und Lieferanten aus der Gegend zurückgegriffen wurde. Es wurde – sofern möglich – auf Plastik verzichtet, und auch bei der Einrichtung des Hotels hatte man zwar viel Wert auf Stil und Design gelegt, jedoch waren überwiegend Naturmaterialien verwendet worden.

Wir hatten schon des Öfteren Auszeichnungen für die hervorragende Lage im Herzen Münchens, die ausgefallene Einrichtung und den individuellen Service erhalten. Werte wie Qualität, Transparenz und regionale Verbundenheit standen im *White Oasis* im Mittelpunkt.

Kaum, dass ich das Hotel durch einen Seiteneingang betreten hatte, überfiel mich augenblicklich ein Gefühl der Ruhe bei der Vorstellung, dass ich gleich wieder meiner Lieblingsbeschäftigung nachgehen konnte: planen und organisieren.

Ich passierte die Rezeption, grüßte meine Kollegen und durchquerte die lichtdurchflutete Lobby, die durch eine Mischung aus Minimalismus, Naturmaterialien und geschickt gesetzten Farbakzenten bestach. Leinen, Holz und Stein prägten das Gestaltungsbild, die Farben waren dementsprechend gedeckt und naturverbunden. Kunstvolle Blumenarrangements verliehen der Lobby Lebendigkeit und Frische.

Die Designs der einzelnen *B & W Boutique Hotels* waren zwar von dem jeweiligen Standort inspiriert, Naturmaterialien und klare Linien standen jedoch bei allen im Vordergrund.

Hier in München war mehr der City-Aspekt berücksichtigt worden, während sich in den Hotels auf Santorini und Korfu ein romantisch-verträumter Charme zeigte. Die kleine Hotelkette strebte eine ruhige Gestaltung an, was auch den Grundsatz des Hotels widerspiegelte: Ruheoasen fernab des Alltags erschaffen, die Entschleunigung und Erholung versprachen.

In den Personalräumen wollte ich mein Alltagsoutfit gerade gegen meine Arbeitskleidung austauschen – schwarze Anzughose, weißes Shirt, schwarzer Blazer –, als plötzlich die Türklinke von außen heruntergerissen wurde und im nächsten Moment Malina im Türrahmen stand. Sie trug ihr übliches Küchenoutfit: weiße Hose, weiße Kochjacke und eine überdimensional große Kochmütze. Ihre Augen waren weit aufgerissen.

»Hast du schon deine Mails gecheckt?«, fragte sie mich atemlos und stürmte in den Raum.

»Solltest du nicht eigentlich in der Küche stehen?«, fragte ich irritiert.

Malina winkte ungeduldig ab. »Konstantin hat mir fünf Minuten gegeben, damit ich kurz mit dir sprechen kann. Also, hast du schon deine Mails geprüft? Wenn nicht, dann tu es jetzt! Jetzt sofort!«

So aufgebracht kannte ich Malina eigentlich gar nicht. Im nächsten Moment tippte sie auf ihrem Handy herum.

»Ich hab die Stelle als Köchin auf Korfu! Im August geht es los!«, kreischte sie. »Los, schau mal nach, vielleicht hast du deine Zusage auch schon bekommen!«

Mein Puls beschleunigte sich, und meine Hände begannen zu zittern. Wie wahrscheinlich war es, dass ich zeitgleich mit Malina eine Mail bekommen hatte? Als ich mein Handy kontrollierte, war jedoch keine neue Nachricht in meinem Posteingang. Enttäuscht zuckte ich mit den Schultern. »Noch nichts da.«

Das tat Malinas guter Laune keinen Abbruch. Überhaupt war sie der zuversichtlichste Mensch, den ich kannte. »Ach, was soll's, dann kommt die Zusage bestimmt im Laufe des Tages, und wir können Mama und Papa später davon erzählen.«

Ich nahm ihre Worte in mich auf, und tatsächlich regte sich ein Hoffnungsschimmer in mir. Vielleicht hatte sie recht, und ich musste mich einfach noch etwas gedulden.

»Apropos Mama und Papa – Ma hat gesagt, du sollst dich hüten, heute Abend in letzter Sekunde noch irgendwas für den Grillabend vorzubereiten.«

Malina schürzte die Lippen. »Ach manno, sie weiß doch ganz genau, wie gern ich andere bekoche.«

Ich lachte. »Eben drum.«

»Na, mal schauen«, Malina zuckte mit den Achseln. »Jetzt muss ich aber schnell wieder in die Küche, bevor Konstantin böse mit mir wird und sich fragt, wo ich bleibe.« Im Türrahmen blieb sie stehen und drehte sich noch einmal zu mir um. »Mein Gott, Toni, du ahnst ja nicht, wie sehr ich mich auf Korfu mit dir freue!«

3. Kapitel

»Wieso wusste ich, dass du es nicht lassen kannst?«, fragte ich, als Malina und ich gegen 20:30 Uhr vor dem schnuckeligen Häuschen unserer Eltern standen. Es befand sich in Freimann an der Oberen Isarau und war nicht allzu weit vom Englischen Garten entfernt. Pa war Immobilienmakler, und Ma arbeitete als Zahnärztin, andernfalls hätten sie sich dieses Grundstück niemals leisten können.

Ich hatte mich für einen kurzen, mintfarbigen Jumpsuit entschieden, Malina trug ein Blümchentop und einen flatternden, bodenlangen Rock.

Meine Schwester umschloss ihre Tupperdose wie einen Schatz mit beiden Händen. »Wieso, die Erdbeer-Marshmallow-Spieße gingen doch jetzt superschnell. Ich hatte alles Notwendige sowieso zu Hause«, versuchte sie sich herauszureden.

»Erklär das mal unserer Mutter.« Ich lachte.

Wir liefen an der Außenseite des Hauses vorbei. Gelächter, Stimmengewirr und Musik drangen bereits zu uns, zusammen mit diesem würzigen Geruch, der nur an einem Grillabend entstehen konnte. Selbst um diese Uhrzeit war es noch angenehm warm, und eine laue Sommerbrise strich über meine Arme. Ich öffnete das hölzerne Gartentor, das die letzten Jahre über von der Witterung gezeichnet worden war.

Pa hantierte am Grill und hob mit einem breiten Lächeln im Gesicht seine Grillzange zur Begrüßung, neben ihm standen ein paar Freunde mit Biergläsern. Wir grüßten kurz in die Runde und brachten unsere Sachen auf die überdachte Terrasse, gerade als Ma mit einer Salatschüssel in den Händen aus dem Haus kam.

»Toni, Malina, wie schön, dass ihr es geschafft habt!«, sagte sie freudig. Sie umarmte zunächst mich und hielt dann verdutzt inne, als sie die Tupperdose erblickte. Malina grinste fast schon entschuldigend.

Ma wusste offenbar nicht, wen von uns beiden sie dafür verantwortlich machen sollte, dass Malina es sich mal wieder nicht hatte nehmen lassen, mit einem kulinarischen Mitbringsel auf der Party zu erscheinen. Sie stemmte die Hände in die Hüften und ließ ihren Blick gespielt empört zwischen uns hin- und hergleiten. »Malina, du solltest doch nichts mitbringen. Und, Antonia, hast du deiner Schwester etwa nicht ins Gewissen geredet?«

Ich zuckte entschuldigend mit den Schultern. »Sorry, Mama, aber da waren mir die Hände gebunden. Du kennst Malina doch.«

»Hey, ich bin auch anwesend und kann euch hören!«, ging Malina spielerisch auf unser Geplänkel ein.

Ma schüttelte den Kopf. »Du sturer Esel, du!« Sie nahm Malina die Dose ab und stellte sie geöffnet auf dem Büfetttisch ab, bevor sie Malina ebenfalls in eine innige Umarmung zog.

»Sind auch nur ganz einfache Erdbeer-Marshmallow-Spieße«, nuschelte Malina an Mas Wange.

»Und sie sehen auch wirklich köstlich aus! Ich hoffe, ihr zwei habt wenigstens ordentlich Hunger mitgebracht?«, fragte unsere Mutter, nachdem Malina und sie sich voneinander gelöst hatten.

In dem Moment wurde das Gartentor geöffnet.

»Ach, da sind Rolf und Claudia, die muss ich doch direkt mal begrüßen. Wenn ihr mich kurz entschuldigt«, schob sie hinterher und eilte sogleich auf ihre neuen Gäste zu.

Malina sah ihr grinsend hinterher und strich sich eine Haarsträhne hinters Ohr. »Die perfekte Gastgeberin. Man sieht, wo dein Organisationstalent herkommt, Toni.«

Ich spielte an meinen goldfarbenen Creolen, die mir fast bis zu den Schultern reichten.

»Tja, dafür ist unverkennbar, von wem du deine Begeisterung

für Essen hast«, entgegnete ich und deutete auf Pa, der sich gerade klammheimlich ein kleines Würstchen vom Grill klaubte und mit einem verzückten Ausdruck in den Mund schob.

»Das kann ich wohl nicht ganz leugnen«, gestand Malina mit einem Stirnrunzeln, dann lachten wir beide.

Wir nahmen uns jeweils ein Bier aus der Kühlbox, die für jedermann auf der Terrasse stand, und mischten uns unter die Leute.

»Hey, meine beiden, schön euch zu sehen«, freute sich unser Vater und nahm uns etwas umständlich in den Arm, aus Sorge, er könnte uns mit seiner Grillschürze und der Zange in der Hand beschmutzen. »Tut mir leid, dass ich gerade nicht ganz so viel Zeit für euch habe. Macht es euch gemütlich, ja?«

Das ließen wir uns nicht zweimal sagen. Eine Weile später genehmigten Malina und ich uns ein paar Köstlichkeiten vom Grill; ich entschied mich für einen Fleischspieß, während Malina einen mit Gemüse wählte. Zusätzlich tat ich mir etwas Nudelsalat auf und schnappte mir ein Stück von dem ofenwarmen Kräuterbaguette. Ein Erdbeer-Marshmallow-Spieß von Malina durfte als Nachtisch selbstverständlich nicht fehlen. Mit voll beladenen Tellern suchten wir uns ein Plätzchen unter der Linde, unter der zwei Liegestühle standen.

»Köstlich«, seufzte Malina auf. »Mir fallen schon wieder ganz viele neue Rezeptideen ein. Hoffentlich habe ich in dem Küchenteam auf Korfu auch die Chance, meine eigenen Visionen zu verfolgen. Hast du inzwischen eigentlich endlich eine Mail bekommen?«

»Das hätte ich dir doch längst gesagt, wenn es so wäre, Malina.«

»Schau doch noch mal im Spam nach«, beharrte sie.

Ich verdrehte die Augen. »Wieso sollte die Mail denn bitte im Spam gelandet sein?«

»Na, daf kann vorkommn«, nuschelte meine Schwester mit vollem Mund.

Ich stellte das Bier und den Teller neben meinem Stuhl im Gras ab und fischte in meiner Handtasche nach meinem

Handy. »Du kannst manchmal echt eine Nervensäge sein«, sagte ich mit einem liebevollen Unterton in der Stimme. »Aber bitte, für dein Seelenheil schaue ich auch in meinem Spam-Ordner nach.«

Ich öffnete mein Mailpostfach und wählte den Spam-Ordner aus. Fünfunddreißig Nachrichten. Oh, da hätte ich vielleicht mal aussortieren sollen. Das meiste davon waren Mitteilungen von ominösen – und vermutlich nicht existenten – Paketdiensten, die mir ihren Service anbieten wollten. Alles nur Müll. Ich scrollte gelangweilt durch die Nachrichten und hätte mein Handy fast schon wieder weggepackt, als ich mit meinem Finger bei einer Mail hängen blieb, die vor zwei Stunden eingegangen war. Der Betreff lautete: *Ihre Bewerbung als Veranstaltungskauffrau im White Sands Boutique Hotel Corfu.*

Mein Finger verharrte über der Nachricht, mein Mund wurde trocken.

»Und?«, fragte Malina. »Kam doch noch etwas?«

»Sieht ganz so aus«, murmelte ich, aber ich konnte mich nicht dazu durchringen, die Mail zu öffnen. Auf einmal war ich wahnsinnig nervös.

»Nun mach es doch nicht so spannend!«, flehte Malina mich an. »Außerdem bin ich bei dir. Jetzt sag schon, was steht da?«

Ich stieß einen Schwall Luft aus. »Also gut.« Mit fahrigen Händen klickte ich auf die Mail.

Sehr geehrte Frau Breuer,
vielen Dank für Ihre Bewerbung und Ihr Interesse an unserem Haus. Leider haben wir uns nun doch dafür entschieden, die Stelle aufgrund interner Umstrukturierungen vorerst nicht zu besetzen. Bitte entschuldigen Sie die Unannehmlichkeiten.
Ich war allerdings so frei und habe Ihre Bewerbung an unser Hotel auf Santorini weitergegeben. Mit Freude kann ich Ihnen mitteilen, dass dort bereits zu Anfang Juli eine Stelle im Veranstaltungsteam frei wird. Bitte beachten Sie daher die unten stehende Mail von Herrn Dimou.
Bei Fragen stehe ich Ihnen jederzeit gern zur Verfügung.

Freundliche Grüße
Elenia Poulos
Personalbereich
White Sands Boutique Hotel Corfu

Ich scrollte etwas weiter nach unten, wo ich den E-Mail-Verkehr zwischen Herrn Dimou und Frau Polous mitverfolgen konnte. Die Nachricht unter der von Frau Polous war von Herrn Dimou und direkt an mich gerichtet.

Sehr geehrte Frau Breuer,
meine Kollegin aus Korfu hat mir Ihre Bewerbung weitergereicht. Da wir für unser Eventteam dringend nach einer Veranstaltungskauffrau suchen, die sich sowohl um Veranstaltungen und Ausflüge für unsere Gäste kümmert als auch sämtliche Events im Hotel koordiniert, würden wir uns sehr freuen, wenn wir Sie zum 2. Juli in unserem Haus auf Santorini begrüßen dürften. Melden Sie sich doch gern einmal telefonisch bei mir, damit wir alles Weitere besprechen können. Sie können mich über die unten angegebene Durchwahl persönlich erreichen.

Herzliche Grüße von der Kykladeninsel Santorini
Antonios Dimou
Hoteldirektor
Blue Ocean Boutique Hotel Santorini

Noch immer trommelte mein Herz laut und ungezähmt in meiner Brust. Santorini. Ich schluckte, doch es kam mir so vor, als würde der Kloß in meinem Hals immer größer werden.

»Sie haben mir ein Angebot gemacht …«, setzte ich an, als Malina mir schon ins Wort fiel.

»Waaaah, ich wusste es, o mein Gott, Korfu, wir kommen!«

Ich zwang mich, die aufsteigenden Tränen zu unterdrücken. »… für Santorini«, beendete ich meinen Satz leise. »Malina, sie bieten mir eine Stelle auf Santorini an. Nicht auf Korfu. Und es soll schon Anfang Juli losgehen.«

Malina verstummte schlagartig und starrte mich einfach nur an. »Was?«

Stimmen und Gelächter drangen aus dem Hintergrund zu uns herüber, doch das Einzige, das ich wirklich wahrnahm, war mein zentnerschweres Herz in der Brust.

4. Kapitel

Am nächsten Abend saß ich nach der Arbeit gemeinsam mit Malina auf den Terrassen des Augustiner-Kellers.

»Es geht doch nichts über einen lauen Sommerabend in einem Biergarten in München«, seufzte Malina und lächelte selig. Das Licht war um diese Uhrzeit fast golden und schimmerte wie flüssiger Honig zwischen den dichten Baumkronen der alten Kastanien hindurch. Wir hatten sogar ein wunderschönes Schattenplätzchen erwischt.

Die Münchener Biergärten gehörten im Sommer einfach zum Lebensgefühl. Ich mochte die Atmosphäre sehr. Sie vermittelte mir Heimat und Geborgenheit. Weckte Erinnerungen, die sich wie eine sanfte Umarmung anfühlten. Das hier war … Zuhause.

Eigentlich hätte ich unbeschwert sein sollen, aber da war dieses eine Thema, das wie ein Berg zwischen Malina und mir aufragte. Nachdem ich mich heute Morgen nach einigem Hin und Her doch dazu durchgerungen hatte, mich bei dem Hoteldirektor auf Santorini zu melden, stand meine Gefühlswelt kopf. Und bisher hatte sich noch keine Gelegenheit ergeben, mit Malina oder meinen Eltern darüber zu sprechen.

Ich merkte, wie ich wehmütig wurde.

»Prost«, sagte Malina und hob ihr Glas. »Auf uns.«

Ich tat es ihr gleich. »Prost!«

Anschließend nahm ich einen großen Schluck und genoss es, wie das kühle, herbe Nass auf meiner Zunge schmeckte und meine Kehle hinabrann.

Für einen Augenblick herrschte Stille zwischen uns, die nur von dem Gelächter der Menschen um uns herum durchbrochen wurde. Malina und ich saßen oft beieinander, ohne zu reden. Das war niemals unangenehm, aber gerade wusste ich, dass das Schweigen trügerisch war.

»Ich weiß nicht, ob ich mir das zutraue, allein nach Santorini zu gehen«, gestand ich leise, was mich selbst zornig werden ließ. Früher hatte ich keine Herausforderung gescheut, ich war mutig und selbstbewusst durchs Leben gegangen. Doch als vor knapp fünf Jahren Leon gestorben war … da war auch ein Teil von mir gestorben, und Angst hatte sich in mein Leben geschlichen. Wie ein lästiger Begleiter, der sich nicht abschütteln ließ.

Malina griff über den Tisch hinweg nach meiner Hand. »Jetzt noch mal ganz von vorne: Was genau hat der Hoteldirektor denn zu dir gesagt?«

»Er hat betont, wie sehr er sich freuen würde, wenn ich das Jobangebot annehme. Die Stelle wäre wie bei dir erst mal befristet auf ein halbes Jahr mit Option auf Verlängerung, und ich würde eine Unterkunft im Hotel gestellt bekommen. Bei der Arbeit hätte ich die Chance, eigene Ideen einzubringen und die Events im Hotel mitzugestalten. Ich würde unter anderem die Künstler buchen, Partys planen und so weiter, ähnlich wie hier in München. Hin und wieder kann es vorkommen, dass ich Ausflüge für die Gäste organisiere.«

»Also quasi Partyplanerin und Gästebetreuerin in einem«, fasste Malina zusammen.

Ich faltete meine Hände ineinander. »So in etwa. Offiziell lautet die Stellenbeschreibung *Event & Guest Relation Manager*. Ich wäre wohl auch dafür verantwortlich, mich um die Ehrengäste im Hotel zu kümmern. Dabei habe ich doch überhaupt keine Ahnung von so etwas. Events organisieren, ja, aber prominente Gäste betreuen …«

Malina zuckte mit den Schultern. »Macht das denn so einen großen Unterschied? Bei deinen Events musst du immerhin auch auf die spezifischen Wünsche der Kunden eingehen, und die können, wie wir beide wissen, manchmal sehr ausgefallen sein. Außerdem hast du Olivia Rodrigo im *White Oasis* geholfen, ihren Ohrring wiederzufinden.« Malina wackelte vielsagend mit den Brauen.

Ich verdrehte die Augen. »Ich glaub nicht, dass das unter *prominente Gästebetreuung* fällt ...«

Wieder kehrte Stille zwischen uns ein, und ich spielte mit dem Henkel meines Bierkrugs.

»Und was machen wir beide jetzt?«, fragte Malina zaghaft.

Ich zuckte mit den Schultern. »Ich hab keine Ahnung.«

Allein der Gedanke, dass Malina und ich bald nicht mehr wie gewohnt jeden Tag in unserer WG zusammensitzen würden, bedrückte mich. Und ich wollte keinesfalls, dass Malina aus Sorge um mich auf die Chance und ihren Traum, nach Korfu zu gehen, verzichtete. Sie brannte fürs Kochen, für ferne Länder und neue kulinarische Erfahrungen.

»Du musst die Stelle auf Korfu annehmen«, sagte ich mit Nachdruck. Ich wusste, dass es unfair von mir war, sie in diese Situation zu bringen, wo ich mich doch selbst so querstellte, ebenfalls eine neue Richtung in meinem Leben einzuschlagen. Aber ich würde Malina niemals im Weg stehen.

Sie blickte nachdenklich in ihr Bier. Ihre hellen Haare schimmerten im Licht der Sonne.

Meine Schwester hob ihren Blick und sah mich ernst an. »Und was ist mit dir? Du solltest diese Stelle ebenfalls annehmen. Du hast immer davon geträumt, eines Tages große Events zu organisieren und mehr Verantwortung zu übernehmen.«

»Das kann ich auch hier in München«, murmelte ich.

»Das kannst du nicht miteinander vergleichen«, warf Malina sanft ein.

Sie hatte recht. Auf Santorini würden mich vermutlich ganz andere Events und eine andere Klientel erwarten. Einerseits reizte es mich, über meinen eigenen Tellerrand hier in München zu blicken. Andererseits hatte ich wahnsinnig großen Respekt davor.

Als könnte Malina meine Gedanken lesen, sagte sie: »Es wäre doch auch nicht für immer. Wenn es dir dort nicht gefällt, dann kommst du zurück nach München.«

Nachdenklich grub ich meine Zähne in die Unterlippe.

»Okay, wir spielen Schere, Stein, Papier. Wenn ich gewinne, fliegen wir beide. Und wenn du gewinnst … dann kannst du entscheiden.«

Ich lächelte müde. »Vergiss es. Hast du echt gedacht, darauf falle ich rein? Du gewinnst immer.«

Malina wiegte den Kopf hin und her und grinste frech. »Schade, hätte ja klappen können.«

Da sich allmählich meine Blase zu Wort meldete, deutete ich auf das Lokal. »Bin gleich wieder da.«

Auf dem Rückweg von den Toiletten kam ich an zwei Männern vorbei, die in ein hitziges Gespräch vertieft waren.

»Und, wie fühlt es sich an, wenn man ständig alles von Daddy in den Arsch geschoben bekommt, hm? Biste heute mal ohne Begleitschutz unterwegs? Zu dumm, dass dir dein alter Herr jetzt nicht weiterhelfen kann.«

Ich wollte mich unauffällig an ihnen vorbeimogeln. Solche Auseinandersetzungen waren für mich in München nichts Neues, zumal die zwei Kerle hier wahrscheinlich auch schon einige Maß Bier intus hatten.

Der Größere der beiden begann, den anderen zu schubsen. Der kam mir mit seinen dunkelblonden Haaren irgendwie bekannt vor, aber mir wollte in dem Augenblick nicht einfallen, woher.

Da holte der Blonde auf einmal aus und verpasste dem anderen Kerl einen Kinnhaken.

»Du weißt gar nichts über meinen Vater oder mich, also halt deine verdammte Fresse!«

Dann ging alles plötzlich ganz schnell. Das Sicherheitspersonal des Brauhauses schnappte sich die zwei Kerle, woraufhin eine lautstarke Auseinandersetzung folgte.

Angewidert von der Szene ließ ich mich wieder gegenüber von Malina auf die Sitzbank fallen. Inzwischen waren auch andere Gäste auf das Spektakel aufmerksam geworden.

»Was ist denn da los?«, fragte Malina.

»Keine Ahnung. Sieht nach Balzverhalten aus.«

»Für euch ist hier jetzt Feierabend«, zischte der Wirt. »Ich dulde so etwas in meinem Lokal nicht. Raus hier!«

Als der Braunhaarige in die eine Richtung rauschte, der

blonde Kerl mit wutverzerrtem Gesicht an unserem Tisch vorbeilief und sich eine dunkle Sonnenbrille vor die Augen schob, versteifte sich Malina plötzlich. »War ... war das nicht Elyas Liebenberger?«

Ach, deshalb war er mir so bekannt vorgekommen! Elyas Liebenberger war Münchens bekanntester Hotelerbe und Junggeselle. In letzter Zeit zierte er aufgrund seiner Eskapaden nicht selten die Seiten der Klatschpresse. Ein paar junge Frauen hielten sofort aufgeregt ihre Handys in die Höhe.

Ich verdrehte die Augen, um deutlich zu machen, was ich von dem Kerl hielt. »Was für ein Lackaffe. Kaum zu glauben, dass der mal auf unsere Schule gegangen ist.«

Malina rutschte derweil unruhig auf der Bank hin und her. »So schlimm ist er bestimmt gar nicht.«

Ich überging Malinas Einwand, da es gerade viel Wichtigeres zu klären galt. Daher atmete ich tief durch und betete, dass ich die Worte, die jeden Moment meinen Mund verlassen würden, nicht binnen weniger Sekunden schon wieder bitter bereute.

Malina starrte diesem Elyas noch immer mit etwas verklärtem Gesichtsausdruck hinterher.

»Okay, wir machen's. Wir ziehen das durch!«, entschied ich.

Jetzt hatte ich Malina anscheinend völlig aus dem Konzept gebracht, und sie richtete ihre volle Aufmerksamkeit wieder auf mich. »Ähm, was?«

»Wir machen es. Wenn wir das durchziehen, dann wir beide«, bekräftigte ich meine Worte. Da Malina mich immer noch wie das achte Weltwunder anstarrte, deutete ich zunächst auf sie, dann auf mich. »Du Korfu, ich Santorini«, sagte ich langsam und überdeutlich, als wäre Malina etwas schwer von Begriff. »Ehrlich, was hat dieser Elyas, was ich nicht habe?«

»Starke, definierte Oberarme?«, antwortete Malina verschmitzt, bevor sie sich zu mir herüberlehnte und erneut nach meinen Händen griff. »Aber jetzt mal im Ernst: Wir ziehen das tatsächlich durch?«

»Sieht ganz danach aus«, antwortete ich gedehnt, und in

meinem Inneren vermengten sich die verschiedensten Gefühle zu einem einzigen großen Knäuel. Angst, Nervosität, Aufregung, aber auch ... Neugierde und Stolz.

Kurz vergrub ich mein Gesicht in den Händen und lachte auf. »Ich kann nicht glauben, dass ich das gerade wirklich gesagt habe. Und was werden Ma und Pa dazu sagen?«

»O mein Gott, Toni, das wird einfach der Wahnsinn!«, quietschte Malina, bis ihr ein Gedanke zu kommen schien. »Aber was machen wir mit unserer Wohnung?«

»Wir könnten sie untervermieten«, schlug ich vor. »Was das viel größere Problem ist: Mit wem frühstücke ich denn dann morgens?«

Kurz war da wieder das Gefühl von Wehmut, das sich brennend in meiner Brust einnistete. Auch Malina wirkte auf einmal traurig. Doch schließlich zupfte ein Lächeln an ihren Mundwinkeln.

»Selbst wenn wir dann nicht mehr zusammen frühstücken können ... Was hältst du davon, wenn wir beide uns ein anderes tägliches Ritual überlegen?«, überlegte sie, plötzlich Feuer und Flamme. »Eine Tagesaufgabe, wie eine Challenge. Zum Beispiel ...« Sie legte den Kopf schief. »Zum Beispiel: Mach ein Foto zum Thema Rot. Und unsere Fotos schicken wir uns dann zu.«

»Mach ein Foto zum Thema Rot?«, wiederholte ich ihre Worte schmunzelnd und nahm noch einen Schluck von meinem Bier.

»Ja, nur als Beispiel«, winkte Malina ab. »Etwas, das uns dazu bringt, der jeweils anderen jeden Tag zumindest eine Nachricht zu schicken.«

»Klingt gut.« Ich nickte gerührt.

Malina lächelte mich an. »Nichts kann uns trennen, nicht mal das Mittelmeer.«

»Nichts«, bestätigte ich ihr und drückte ihre Hände.

Für einen Moment hingen wir beide unseren Gedanken nach.

»Meinst du, das ist er?«, fragte Malina auf einmal.

»Wer ist wer?«, hakte ich irritiert nach, da ich ihr nicht folgen konnte.

»Der Punkt, an dem wir erwachsen werden und Verantwortung für unser Leben und unsere Entscheidungen übernehmen müssen? Ich glaub, ich find Erwachsensein echt scheiße. Mir würd's auch reichen, weiterhin Küchlein im Sandkasten zu backen.«

Ich grinste. »Nimm's mir nicht übel, aber nachdem ich schon so viele bemerkenswerte Leckerbissen von dir gegessen habe, möchte ich ungern wieder auf Sandküchlein umsteigen. Die sind mir irgendwie zu ... sandig.«

Wir grinsten einander an. Es tat gut, so herumzualbern, denn es nahm ein bisschen die Schwere aus dem Gespräch. Ich wollte nicht weiter darüber nachdenken, was in wenigen Wochen sein würde. Was es bedeutete, München, meine Eltern und Malina zu verlassen.

Ich griff nach meinem Handy. »Also, schicken wir beide unsere Zusage ab?«

Malina nickte und holte ebenfalls ihr Smartphone aus ihrer Tasche. Schweigend öffneten wir jeweils unser Mailprogramm und tippten eine Antwort.

»Bereit?«, fragte ich mit zitternder Stimme.

»Bereit«, antwortete Malina.

»Drei, zwei, eins ...«, zählte ich langsam, dann drückten wir in derselben Sekunde auf *Senden.*

5. Kapitel

Dreieinhalb Wochen später …

Ich stand mit meinem Koffer, meiner Handtasche und schwerem Herzen am Flughafen von Santorini und wartete auf meinen Fahrer, der mich zum Hotel bringen würde. Der Abschied in München war tränenreich ausgefallen. Meine Eltern und Malina hatten mehrfach betont, wie stolz sie auf mich waren.

Ich hatte die Gelegenheit beim Schopf gepackt und war nach Griechenland geflogen. Auf einmal war es Wirklichkeit und fühlte sich gleichzeitig vollkommen surreal an.

Glücklicherweise hatte mein Chef – beziehungsweise jetzt ehemaliger Chef – mir bei sämtlichen Vorbereitungen und dem Papierkram unter die Arme gegriffen. Meiner Auslandserfahrung auf Santorini stand nun nichts mehr im Wege.

Na ja, außer ich mir selbst vielleicht.

Ich holte mir noch schnell einen Coffee to go, dann trat ich mit meinem Koffer nach draußen.

Ich blickte mich vor dem weiß leuchtenden Flughafengebäude um, aber mein Fahrer war noch nicht zu sehen. Allerdings war ich auch wirklich überpünktlich gelandet, da unsere Maschine mit Rückenwind geflogen war. Ich nutzte die Zeit und schickte eine Nachricht in die Familiengruppe, dass ich gut gelandet war.

Eine leichte Meeresbrise wehte zu mir herüber, und ich spürte den Geschmack von Salz auf der Zunge. Erneut erfasste mich Wehmut, wenngleich aus einem anderen Grund. Das Wasser war einst mein Leben gewesen, meine Leidenschaft. Doch dieser Mensch war ich nicht mehr. Würde sich daran jemals wieder etwas ändern? Ich glaubte es nicht. Hatte ich mir das eigentlich gut überlegt, allein auf eine Insel zu gehen? Eine Insel, die ringsherum von Wasser umgeben war und förmlich nach Baden und Strandurlaub schrie? Gerade zweifelte ich stark an meiner eigenen Courage. Woher war dieser Anfall von Größenwahn nur gekommen? Ach, wäre Malina doch bloß bei mir ...

Ich nippte an meinem Kaffee. Er schmeckte gut, aber ich konnte gerade nicht sagen, ob meine innere Unruhe von dem tiefschwarzen Gebräu oder von meiner Aufregung herrührte. Ich strich meine weiße Bluse glatt. Es war mir wichtig, einen guten Eindruck zu machen, wenn ich von einem der Hotelmitarbeiter abgeholt werden würde. Ich mochte den Spruch »Kleider machen Leute« eigentlich nicht sonderlich, trotzdem hatte er einen wahren Kern. Insbesondere in der Hotelbranche war ein tadelloses Äußeres von großer Bedeutung.

Ich nahm noch einen Schluck Kaffee, um meine Nerven zu beruhigen, was angesichts des Koffeins irgendwie auch ein Widerspruch in sich war, als ich unsanft angerempelt wurde und mir der Kaffee über meine blütenweiße Bluse schwappte.

»Verdammt!«, rief ich aus, da ich mich leicht verbrüht hatte und nun ein riesiger Fleck auf meiner Brust prangte. Das durfte doch wohl nicht wahr sein!

Verärgert sah ich mich nach dem Grund für dieses Malheur um und erspähte hinter mir einen jungen Mann, der mit dem Rücken zu mir stand und wild gestikulierend in sein Handy redete. Was er sagte, konnte ich nicht verstehen, aber ich schnappte ein paar italienische Wortfetzen auf. Wieder breitete er seinen Arm aus, und ich konnte gerade noch ausweichen, bevor er mir zum zweiten Mal an diesem Tag eine Kaffeedusche verpasste.

Ich atmete tief ein und aus, bevor mich mein eigenes Temperament übermannte und ich dem Kerl auf die Schulter tippte. Er überragte mich um etwa einen Kopf.

Zunächst tat sich nichts. Ich stellte mich auf die Zehenspitzen und tippte ihm noch mal auf die Schulter, diesmal energischer.

Der Fremde hielt in seinem Gespräch inne, sagte noch ein paar letzte Worte, die nicht sehr nett klangen, und legte auf, bevor er sich mir zuwandte.

Sein Blick glitt an mir hinab, als wäre ich ein lästiges Insekt in seinem Sichtfeld. Er trug ein weißes Hemd, das sehr weit aufgeknöpft war und den Blick auf seinen trainierten Brustkorb freigab, der über und über mit dunklen Tattoos versehen war. Das pechschwarze Haar hatte er nach hinten gegelt, das Gesicht wurde von einer großen Sonnenbrille verdeckt. Eine graue Chinohose, braune Slipper und hängende Kreuzanhänger an den Ohren vollendeten sein Outfit.

»Sì?«, fragte er in gelangweiltem Tonfall.

Ich hätte vor lauter Frust und Wut überschäumen können, ähnlich wie mein Kaffee zuvor.

»Könntest du beim nächsten Mal vielleicht ein bisschen mehr auf deine Umgebung achten?«, fragte ich beherrscht auf Englisch, in der Hoffnung, dass er mich verstand. »Du hast gerade meine frische Bluse ruiniert!« Mit bedeutungsschwerem Blick zeigte ich auf den riesigen Kaffeefleck, der kaum zu übersehen war. Mal ganz davon zu schweigen, dass er an einer wirklich äußerst ungünstigen Stelle saß.

Der Kerl folgte meinem Zeigefinger und starrte auf meine Brust. »Was kann ich denn dafür, dass du deinen Kaffee nicht richtig trinken kannst? Ist das jetzt die neueste Masche? Ich hab ja schon viele Anmachsprüche gehört, aber so etwas ist mir tatsächlich noch nicht passiert.«

Ich wusste nicht, was ich mir von diesem Gespräch erwartet hatte, aber zumindest nicht das. Für ein paar Sekunden fehlten mir die Worte. Was zum Teufel faselte der Kerl da eigentlich? Masche? Anmachspruch? In mir erwachte die Wut, und ich hatte Mühe, sie in Zaum zu halten.

Der Kerl schob seine verspiegelte Sonnenbrille runter auf die Nasenspitze und schaute mich aus tiefdunklen, kajalumrandeten Augen an. »Hör mal, wir können das Ganze bestimmt mit einem Autogramm und einem Selfie klären, und dann dampfst du ab, okay? Ich hätte jetzt gern ein bisschen Me-Time, wenn du verstehst.«

Nee, ich verstand gar nichts mehr. Stattdessen starrte ich den Kerl wie vom Donner gerührt an. Hatte der irgendwelche Pillen eingeworfen?

Ich baute mich mit meinen zierlichen ein Meter fünfundsechzig bedrohlich vor ihm auf. Na ja, so bedrohlich man mit der Größe eben wirken konnte.

»Ich hab auch schon viel erlebt«, griff ich seine Worte auf, »aber so viel Arroganz ist mir tatsächlich noch nicht untergekommen.«

In diesem Moment trippelte ein völlig überfordert aussehender Mann auf uns zu, beladen mit einem überdimensionalen Koffer und drei Handtaschen, die er irgendwie zu halten versuchte. Außer Atem blieb er vor uns stehen und ließ seinen Blick hin- und hergleiten.

Inzwischen hatte sich der Sonnenbrillen-Fuzzi sein Gestell wieder zurück auf die Nase geschoben. Er seufzte genervt. Dann sagte er irgendetwas auf Italienisch. Der Koffer-Kerl hieß offenbar Paolo, mehr verstand ich jedoch nicht. Aber dem Blick nach zu urteilen, den dieser Paolo mir zuwarf, schien der Sonnenbrillen-Fuzzi irgendetwas über mich gesagt zu haben.

Ich stand da wie bestellt und nicht abgeholt. Zumal ich mir gerade wie ein bissiger kleiner Terrier vorkam, der krampfhaft am Bein hochzuspringen versuchte, jedoch immer wieder abgeschüttelt wurde.

»Ähm, hallo? Ich bin auch noch da?«, rief ich mich in Erinnerung.

Im nächsten Moment zückte Paolo seine Brieftasche und drückte mir einen Fünfzig-Euro-Schein in die Hand. Ich betrachtete das Papier, als wäre es Hundescheiße.

»Scusi«, sagte er.

»Was soll ich damit?«, fragte ich verstört.

»Damit kannst du die Reinigung für die Bluse bezahlen. Oder viel besser noch, kauf dir einfach eine neue«, wandte sich der arrogante Kerl wieder an mich. Ausgerechnet in diesem Augenblick fiel mir auf, wie stark sein Akzent war, wenn er Englisch redete.

Was bildete der Typ sich eigentlich ein? Was dachte er, wer er war? Ein verdammtes Supermodel, dem ich die Füße küssen sollte?

Ich hätte gern noch etwas äußerst Unfreundliches, wenn nicht gar Beleidigendes hinterhergesetzt, doch ich bekam nicht einmal mehr die Chance, da er mich einfach stehen ließ.

»Paolo!«, bellte er, woraufhin dieser zusammenzuckte. Leben kam in den kleinen, gestresst wirkenden Mann – welche Funktion hatte er überhaupt? Er machte noch eine zutiefst bedauernde Bewegung mit den Schultern, dann eilte er seinem »Herrchen« hinterher. Keine Ahnung, warum ausgerechnet dieses Bild in meinem Kopf erschien, aber eigentlich hätte nur noch ein Chihuahua in diesem Szenario gefehlt.

War das gerade ernsthaft passiert? In was für einem schrägen Film war ich hier gelandet?

Ich konnte nicht sagen, wann ich mich das letzte Mal so schäbig und gedemütigt gefühlt hatte. War es das, was Malina mir kurz vor meinem Abflug noch mit auf den Weg gegeben hatte? Dass Santorini nun mal als Insel der Reichen und Schönen galt? Sie hatte *oberflächlich* vergessen.

Ich sah nur noch, wie der Kerl und Paolo in einem schwarzen Van verschwanden, der schließlich davonbrauste. Mann, wieso war mir nicht noch ein saftiger Konter eingefallen? Gerade ärgerte ich mich ungemein darüber, dass ich mich von diesem Großmaul so hatte vorführen lassen. Unwirsch stopfte ich die fünfzig Euro in mein Portemonnaie.

Mein Puls raste immer noch, als ein Wagen mit der Aufschrift *Blue Ocean* vorfuhr und langsam vor dem Flughafengebäude zum Stehen kam. Im nächsten Moment stieg eine rothaarige Frau in etwa meinem Alter aus, die ihren Blick suchend über das Gelände schweifen ließ.

Ob das meine Mitfahrgelegenheit war?

Ich straffte die Schultern. Mit möglichst selbstbewusstem Gang schritt ich auf das Auto zu, als sich das Gesicht der Rothaarigen auch schon erhellte. Sie kam mir ein paar Schritte entgegen.

»Bist du Antonia Breuer?«, fragte sie mich, während ich zeitgleich »Bist du vom *Blue Ocean Boutique Hotel?*« fragte.

Kurz mussten wir beide lachen.

»Scheint, als hätten wir einander gesucht und gefunden«, antwortete die Frau in nahezu akzentfreiem Deutsch, bis ihr Blick schließlich eine Etage tiefer wanderte und an dem Kaffeefleck hängen blieb.

»Oh, was ist denn da passiert?«

»Kleiner Zusammenstoß mit einem anderen Passagier«, antwortete ich und merkte von Neuem, wie die Wut in meinen Adern züngelte, aber ich drängte sie zurück. Ich hatte keine Lust, mir von solch einem überheblichen Arsch meine Ankunft auf Santorini versauen zu lassen. Daher verbannte ich den Kerl in den hintersten Winkel meines Gedächtnisses, wo er hoffentlich auch bleiben würde. Gerade warteten ganz andere Sachen auf mich. Sachen, die es wert waren, dass ich mich mit ihnen beschäftigte. Denn das hier markierte den Anfang eines völlig neuen Weges für mich. Vielleicht sogar eines neuen Lebens?

»Na, dann machen wir uns doch mal auf den Weg ins Hotel, damit du dich direkt ein bisschen frisch machen kannst. Und keine Bange, ich bring dich erst auf dein Zimmer, bevor du den Hoteldirektor kennenlernst.«

Ich atmete erleichtert aus. »Puh, ich hatte schon etwas Sorge, dass er mich höchstpersönlich im Hotel in Empfang nehmen würde. Er hat da so was angedeutet am Telefon.«

Sie winkte ab. »War eigentlich auch sein Plan, aber ein sehr wichtiger Gast checkt heute noch ein.« Sie verdrehte vielsagend die Augen, doch dann schlug sie sich die manikürten Hände vors Gesicht. »Ach, herrje! Ich hab mich dir ja noch gar nicht vorgestellt. Ich bin Electra. Freut mich sehr, dich hier auf Santorini begrüßen zu dürfen.«

Electra schenkte mir ein strahlendes Lächeln und entblößte dabei ihre weißen Zähne. Beneidenswert. Und ihr Name war wirklich außergewöhnlich.

»Freut mich ebenfalls«, sagte ich. »Nenn mich gern Toni. Antonia nennen mich die wenigsten.«

»Ist gebongt.« Wieder lächelte Electra. Ich verstaute mein Gepäck im Kofferraum, und wir beide nahmen im klimatisierten Wagen Platz.

»Wie lange fahren wir?«, fragte ich, kaum, dass Electra den Wagen gestartet hatte.

»Etwa fünfzehn Minuten«, antwortete sie mir, und mein Blick glitt interessiert nach draußen. Schon in den ersten Sekunden fiel mir auf, dass Santorini eine sehr karge Insel war, aber aufgrund ihrer Architektur und der weißen schnuckeligen Häuser imponierte. Fasziniert starrte ich aus dem Fenster, bevor ich meine Aufmerksamkeit wieder auf Electra richtete.

»Woher kannst du so gut Deutsch?«, fragte ich neugierig. »Dein Name klingt eher ... griechisch?«

Electra strich sich eine lange Haarsträhne aus dem Gesicht und grinste. »Ach, weißt du, im Hotel hat man jeden Tag mit so vielen verschiedenen Nationen zu tun, da lernt man mit der Zeit dazu. Und was meinen Namen angeht ... Da stolpern viele drüber. Er ist altgriechischer Herkunft, und meine Eltern fanden ihn wohl ganz besonders schön, da er in der griechischen Mythologie vorkommt. Übersetzt bedeutet es so viel wie *die Strahlende.* Na ja, das passt zumindest ganz gut bei meinen Haaren.«

»Tja, da kann ich mit meinem Namen leider nicht mithalten.« Ich zuckte mit den Schultern. Ich wusste nicht mal, ob meine Eltern diesen Namen aus einem besonderen Grund gewählt hatten.

»Also mir gefällt er richtig gut. Toni – das klingt irgendwie ein bisschen frech und ... unangepasst«, befand Electra, während ihr Blick auf die Straße gerichtet war. Ein paar Roller und Touristenbusse kamen uns entgegen.

Unangepasst ... Das hatte mir auch noch niemand gesagt. Aber damit lag Electra gar nicht mal so falsch. In letzter Zeit fühlte ich mich häufig so, als würde ich nirgends mehr so richtig reinpassen.

Wir fuhren vorbei an trockenen Feldern und über unebene Straßen. Die späte Nachmittagssonne senkte sich bereits langsam über den Horizont und tauchte die zerklüftete, baumlose Landschaft in golden schimmerndes Licht. Vereinzelt erspähte ich die besagten Zuckerwürfel-Häuser, die sich in strahlendem Weiß über die ganze Insel auszubreiten schienen. Eine Katze lief vor uns über die Straße.

Electra fing meinen wohl etwas skeptischen Blick auf und lachte.

»Vertrau mir, du wirst Santorini lieben. Die Insel ist zwar nicht so grün wie ihre Schwesterinseln, hat aber trotzdem unglaublich viel Charme. Ich glaube, so ist es eigentlich bei jedem Ort, an dem man sich befindet. Man muss sich darauf einlassen.«

Ich dachte über Electras Worte nach. Würde es mir gelingen, mich auf Santorini einzulassen und mich dieser Insel zu öffnen?

6. Kapitel

Waren wir eben noch an kargen Feldern und Weinbaugebieten vorbeigekommen, nahm die Anzahl der weißen Würfelzucker-Häuschen nun zu. Wir näherten uns dem Zentrum, wodurch auch der Touristenstrom und die Anzahl der Fahrzeuge auf den Straßen zunahmen.

Um mich von meiner Nervosität abzulenken, wandte ich mich wieder an meine charmante Fahrerin. »Und du arbeitest also auch im *Blue Ocean?*«

Electra nickte. »Ja, ich bin ebenfalls im Veranstaltungsteam. Wir zwei werden also Kolleginnen.« Sie schenkte mir ein Zwinkern. »Seit mittlerweile fast drei Jahren bin ich dort, und es gefällt mir sehr gut. Ich komme gebürtig von Santorini, bin also ein waschechtes Inselkind. Aber wie hat es dich hierher verschlagen?«

Kurz schluckte ich bei dem Gedanken daran, dass ich dieses Abenteuer eigentlich gemeinsam mit Malina und noch dazu auf Korfu hatte erleben wollen. Doch dann begann ich zu erzählen, und Electra hörte aufmerksam zu.

»Ey, du Blödmann!«, brüllte sie, als ein Roller aus einer Seitenstraße schoss und uns die Vorfahrt nahm, sodass Electra abrupt in die Eisen gehen musste. Mein Kopf flog nach vorne, bevor mich der Sicherheitsgurt wieder nach hinten zog.

Electra schob noch eine wüste Beleidigung auf Griechisch hinterher, bevor sie mich entschuldigend ansah. »Sorry.«

Es dauerte nicht mehr lange, da erreichten wir die Küste, und tiefes Blau schob sich in mein Sichtfeld. Prompt kehrte das ungute Gefühl zurück. Das Mittelmeer glitzerte wie Feenstaub und lag wie ein Spiegel da. Glatt und unberührt. Trügerisch ruhig.

Ein Kloß bildete sich in meinem Hals, doch sooft ich auch schluckte, er wollte nicht verschwinden.

»Das *Blue Ocean* liegt quasi in erster Reihe an der Caldera und bietet einen gigantischen Ausblick.«

Bei meinen Recherchen über die Insel war mir der Begriff Caldera sehr häufig untergekommen. Santorini war einst durch einen Vulkanausbruch geformt worden und bildete gemeinsam mit den Inseln Thirasía und Aspronísi den Rand eines vom Meer gefluteten Vulkankraters. In dessen Mitte wiederum befanden sich die Inseln Paléa Kaméni und Néa Kaméni.

»Obwohl ich hier lebe, kann ich mich an diesem Anblick noch immer nicht sattsehen«, schwärmte Electra weiter, und ich hörte ihrer Stimme an, wie ernst es ihr damit war.

Auch mich hatte Wasser einst leicht und lebendig fühlen, mich geradezu schweben lassen. Ich konnte Electras Euphorie nachvollziehen. Und trotzdem ...

Sie brachte den Wagen auf einem kleinen Parkplatz vor einem strahlend weißen Gebäude in unmittelbarer Nähe des Kraterrandes zum Stehen, tief unterhalb begann direkt das Meer.

»Willkommen im *Blue Ocean*«, präsentierte sie mir das Hotel, kaum, dass wir ausgestiegen waren, als wäre es ihr ganzer Stolz.

Ich betrachtete das Gebäude. Das Hotel war wirklich wunderschön, und ich war augenblicklich in das Design verliebt. Staunend ließ ich meinen Blick an der Fassade emporgleiten. Die kykladische Architektur war schon etwas Besonderes. Mir gefielen die Flachdächer und die kubischen Formen, kombiniert mit dem strahlenden Weiß, das sich perfekt von dem tiefblauen Meer abhob.

Auch wenn meine Begeisterung für Wasser in den letzten Jahren beachtlich nachgelassen hatte, so war ich jetzt doch fasziniert von der Aussicht und dem Panorama, das sich mir bot. Das *Blue Ocean* lag auf den Klippen der Caldera von Firá, dahinter tat sich ein beeindruckender Blick auf die Ägäis auf. Ich konnte mir vorstellen, dass dieses Hotel allein schon aufgrund der Lage äußerst beliebt bei Gästen war. Diese Lage war einzigartig. Sosehr ich unser Hotel in München auch liebte, ich musste mir doch eingestehen, dass dessen Aussicht nicht einmal ansatzweise so spektakulär war wie diese hier.

»Komm, ich zeige dir erst mal dein Zimmer«, bot Electra an. »Und danach wirst du Antonios kennenlernen.«

»Wen?«, fragte ich irritiert und blinzelte.

»Hier duzen wir uns im Team alle, daher wird dir der Hoteldirektor wahrscheinlich bald auch nur noch als Antonios geläufig sein.«

Electra holte meinen Koffer aus dem Auto. Verblüfft sah sie mich an. »Der ist ... überraschend leicht. Hast du vor, gleich wieder zu gehen?«, fragte sie und lachte dann, als hätte sie einen grandiosen Witz gemacht.

Ertappt wandte ich mich ab, da ich spürte, wie eine verräterische Hitze über meine Wangen kroch. Tatsächlich hatte mich das Packen komplett überfordert. Kurzerhand hatte ich möglichst leichte und luftige Kleidung eingepackt. Crop-Tops, Hotpants, Kleider, Jumpsuits und einen Sonnenhut. Vielleicht hatte auch da schon unterbewusst meine Überlegung reingespielt, dass ich vor Anbruch des Winters wieder zurück in Deutschland sein könnte ... Das *Blue Ocean* zählte zwar zu einigen ausgewählten Hotels auf Santorini, die in der Wintersaison geöffnet hatten, während einige andere Hotels ihre Pforten für Touristen schlossen, aber ich war mir alles andere als sicher, ob ich wirklich so lange bleiben würde.

»Mit leichtem Gepäck reist es sich einfach besser«, tat ich das Ganze ab. Immerhin war das auch schon von Silbermond besungen worden, aber diese Band würde Electra wohl kaum etwas sagen.

Electra nickte. »Auch wieder wahr. Außerdem ist es ja nicht so, dass Santorini nicht gut zum Shoppen geeignet wäre. Genauer gesagt, kann man nirgendwo besser shoppen gehen als in den verwinkelten Gassen von Firá und Oía. Ist allerdings auch ziemlich kostspielig. Aber hey, wir beide müssen irgendwann unbedingt mal gemeinsam die Lädchen unsi cher machen.« Sie deutete mit dem Zeigefinger erst auf sich, dann auf mich, als gäbe es keine Widerrede.

Ich lächelte. »Gern.« Es würde sicher nicht schaden, ein paar Bekanntschaften hier zu machen, wenn ich mich auf Santorini einleben wollte. Und ich musste mich endlich auch gedanklich damit abfinden, dass ich diese Reise ohne Malina antrat.

Der Eingang zum *Blue Ocean* war auf den ersten Blick gar nicht als solcher auszumachen. Electra und ich schritten durch ein hohes weißes Portal, dessen gusseiserne Flügeltüren in Richtung des tiefblauen Meers geöffnet waren. Links und rechts neben dem Portal standen kleine Olivenbäume, die in robuste Terrakottatöpfe gepflanzt waren.

Ich fühlte mich prompt eingeschüchtert, als ich mit meiner Kaffeefleckbluse das Hotel betrat.

Auch die Rezeption bestach durch minimalistisches Design und pure Eleganz, alles war überwiegend in hellen Tönen gehalten. Ich erspähte eine hübsche junge Frau mit braun gelockten Haaren, die Electra und mir freundlich zunickte, während sie ein Urlauberpärchen beriet. Dann weiteten sich ihre Augen. Sie machte ein Handzeichen in Richtung Electra, was diese dazu veranlasste, stehen zu bleiben.

Die hübsche Brünette wechselte kurz ein paar Worte mit dem Pärchen, bevor sie hinter dem Tresen hervorkam und auf uns zueilte. Sie ließ ihren Blick zwischen Electra und mir hin- und hergleiten, schenkte mir ein Lächeln und redete dann ein paar Worte auf Griechisch mit Electra.

»Alles okay?«, fragte ich, da ich mir etwas unbeholfen vorkam, weil ich nur Bahnhof verstand.

Electra seufzte. »Anscheinend wirst du Antonios erst morgen kennenlernen, denn es gibt ein paar Besonderheiten mit einem der neuen Gäste zu klären.«

»Du meinst den wichtigen Gast, den du vorhin erwähnt hast?«, hakte ich nach, woraufhin Electra nickte.

Die Braungelockte zuckte derweil entschuldigend mit den Schultern. »Hey, ich bin Alexandra«, stellte sie sich mir auf Englisch vor. »Willkommen im Team. Bitte entschuldigt, ich muss zurück an die Rezeption. Ich freu mich darauf, wenn wir uns bald näher kennenlernen.«

Sie drückte Electra eine Schlüsselkarte in die Hand, strich ihr noch einmal über die Schulter und schenkte mir ein aufbauendes Lächeln, bevor sie ihre Arbeit am Empfang wieder aufnahm und sich voll und ganz auf das Pärchen vor sich konzentrierte. Ich rechnete es ihr hoch an, dass sie kein Wort über den riesigen Fleck auf meiner Bluse verloren hatte.

Electra seufzte erneut. »Tut mir leid für die Umstände. Die Begrüßung hätte eigentlich anders ablaufen sollen. Aber du kennst es ja: In der Hotellerie muss man leider manchmal sehr flexibel sein.«

»Der Kunde ist König«, wiederholte ich das allgemein bekannte Motto und grinste. »Ach, kein Problem, dann kann ich mich gleich frisch machen, meine Sachen auspacken und ein bisschen zur Ruhe kommen.«

»Die Einstellung gefällt mir! Also, dann ziehen wir das Touriprogramm doch einmal voll durch. Das hier ist das Haupthaus«, erklärte Electra mir. »Hier befinden sich die Rezeption, ein Veranstaltungsraum, sanitäre Anlagen, die Personalräume sowie ein Fitnessstudio und Wellnessbereich mit Indoor-Pool. Angrenzend an das Haupthaus befinden sich draußen der Hauptpool, die Bar und unser Restaurant. Der Restaurantbereich ist in den Sommermonaten zum Pool hin geöffnet, und kann bei kälteren Temperaturen durch Schiebetüren in einen geschlossenen Raum umgebaut werden. Die Zimmer der Gäste sind allesamt auf die umliegenden Bungalows und kleine, zweigeschossige Häuser verteilt. Komm, ich zeig sie dir. Lass den Koffer ruhig an der Rezeption stehen, den wird gleich jemand auf dein Zimmer bringen.«

»Den kann ich auch selbst nehmen, das ist doch kein Problem«, protestierte ich, aber Electra ließ meinen Einwand nicht gelten. Also befolgte ich ihren Vorschlag und stellte meinen Koffer bei Alexandra ab.

Anschließend traten wir durch eine Glastür wieder nach draußen und gelangten an den Pool, der direkt in Richtung Caldera verlief und an dem sich ein paar Gäste in der Sonne rekelten. Ich versuchte, den Kaffeefleck mithilfe meiner Handtasche zumindest ein bisschen zu verdecken, was mir nur bedingt gelang.

»Das hier ist das Herzstück des Hotels«, erläuterte Electra. Ein paar Gäste wurden auf uns aufmerksam, sanken jedoch gleich darauf auf ihre Poolliegen zurück und genossen die Sonnenstrahlen. Die Poollandschaft war äußerst luxuriös gestaltet. Es gab einen sehr großzügigen Infinitypool, der hoch über den Klippen aufragte und einem das Gefühl vermittelte, man würde über dem Vulkankessel schweben. Rings um den Pool herum standen Lichter und kleine Laternen, die bei Anbruch der Nacht mit Sicherheit ein sehr romantisches Licht verströmten.

Hinter dem Pool befanden sich die Bar und das Restaurant. Holzstühle und -tische sowie kunstvoll geflochtene Rattanlampen, die von der Decke des Restaurants herabhingen, bestimmten das Bild.

An der Bar stand ein attraktiver Mann, den ich auf etwa Anfang dreißig schätzte. Mit Eifer und Herzblut mixte er Cocktails. Als er Electra und mich erspähte, hob er die Hand.

»Hey, Leandros«, grüßte Electra ihn beschwingt. »Darf ich dir eine neue Mitarbeiterin vorstellen? Das ist Antonia aus München. Ich meinte Toni«, korrigierte sie sich schnell, was meine Mundwinkel amüsiert zucken ließ. Ich fand es süß, dass Electra sich so schnell verinnerlicht hatte, dass ich lieber mit meinem Spitznamen angesprochen wurde.

»Ah, eine neue Kollegin?« Leandros ließ den Cocktailshaker sinken und umrundete die Theke. Ich wollte ihm bereits etwas steif – und vermutlich typisch deutsch – die Hand reichen, als er mich völlig unerwartet in den Arm nahm.

»Herzlich willkommen im *Blue Ocean!*«

Ich war im ersten Moment ein wenig überrumpelt und wusste gar nicht, was ich sagen sollte. Glücklicherweise redete Leandros sofort weiter und ließ erst gar keine unangenehme Stimmung aufkommen.

»Sehe ich euch beide später an der Bar? Der Chef hat bestimmt nichts dagegen, wenn ich euch einen alkoholfreien Drink spendiere.« Er grinste.

Electra sah mich abwartend an.

»Klar, warum nicht?«, antwortete ich. Alles war besser, als allein auf meinem Zimmer zu hocken.

Wir verabredeten uns also mit Leandros für später, und Electras und meine Besichtigungstour durch das *Blue Ocean* konnte weitergehen. Wir liefen seitlich der Bar und des Restaurants einen kopfsteingepflasterten Weg entlang. Dabei fiel mir auf, wie steil und treppenlastig das Hotelgelände war, allerdings waren auch überall Rollstuhlrampen angebracht.

»Wow«, sagte ich anerkennend. »Das ist ja toll, dass hier alles rollstuhlgerecht gebaut ist.«

»Leider muss man sagen, dass Santorini dennoch nicht sonderlich gut für Menschen im Rollstuhl geeignet ist. Dafür ist die Insel einfach zu hügelig und hat generell viel zu viele Stufen. Auch die glatten Steine in den Gassen eignen sich nicht gut zum Schieben eines Rollstuhls.« Electra zuckte bedauernd mit den Schultern, während uns unser Weg innerhalb der Anlage immer höher die Treppen hinaufführte. Mein Blick schweifte über Fira und die weißen Häuser der Stadt, die in den Hang gebaut waren.

Bereits nach ein paar Stufen war ich außer Atem und merkte, wie sehr meine Muskeln beansprucht wurden. In meinem Job als Veranstaltungskauffrau war ich zwar viel auf den Beinen, aber das hier war etwas anderes. Generell hatte ich viel weniger Kondition, seitdem ich das Schwimmtraining aufgegeben hatte.

Electra lachte. »In ein paar Wochen hast du dich daran gewöhnt.«

Da war ich mir ehrlich gesagt noch nicht ganz so sicher, aber ich wollte Electra einfach mal vertrauen. Vielleicht sollte ich hier als Ausgleich wieder mit dem Joggen beginnen, das hatte ich in München in letzter Zeit viel zu selten gemacht.

Wir liefen den Pflasterweg zwischen den weißen Häusern entlang, die immer wieder den Blick auf einen Streifen Meerblau freigaben. Innerhalb der Anlage verströmten rote und weiße Hibiskuspflanzen einen aromatischen Duft. Ebenso rankte Bougainvillea, auch Drillingsblume genannt, in Pink und Lila an den weißen Fassaden entlang, was einfach nur wunderschön aussah.

Schließlich steuerte Electra eines der Häuser an, doch statt das Erdgeschoss zu betreten, stieg sie eine weitere Treppe empor, die an der Frontseite des Gebäudes verlief. Wir erreichten einen schmalen Treppenabsatz.

Electra holte die Schlüsselkarte aus ihrer Hosentasche hervor und hielt sie vor den Kartenleser. Mit einem leisen Klacken schwang die Tür sanft auf. Electra warf mir einen prüfenden Blick von der Seite zu. »Ich hoffe, du hast dir den Weg hierher gut eingeprägt?«

Ich stutzte. »Ähm, wieso?«

»Das ist etwas tricky. Wir haben vor Kurzem sämtliche Bungalows und Häuschen neu gestrichen. Leider haben wir es noch nicht geschafft, die einzelnen Zimmer wieder mit Nummern zu versehen.«

Stimmt, jetzt, wo Electra es sagte, fiel mir auch auf, dass an der Fassade keine Haus- oder Zimmernummer angebracht war.

»Na, wird schon schiefgehen«, antwortete ich und ging gedanklich den Weg noch einmal durch. Links, rechts, links … Oder war es doch rechts, links, rechts gewesen?

»Hier ist dein eigenes Reich«, durchbrach Electra meine Gedanken. »Bitte, nach dir.«

Mit angehaltenem Atem betrat ich meine zukünftige Unterkunft. Die Wohnung war zwar relativ klein, aber ebenfalls in dem wunderschön kykladischen Stil gehalten. Irgendjemand hatte sogar schon meinen Koffer hergebracht.

Das Apartment teilte sich in zwei Zimmer auf, ein Schlafzimmer und einen Wohn- und Essbereich, in dem sich auch eine Küchenzeile befand. Im Schlafzimmer gab es ein Queensize-Bett, einen Fernseher, der in eine Aussparung in der Wand eingelassen war, eine locker geflochtene Rattanlampe und einen schmalen Tisch mit Stuhl. Nebenan befand sich das Bad.

»Du hast sogar einen kleinen Balkon«, sagte Electra und schob die Glastür auf.

Der Balkon war beinahe so winzig wie der von Malinas und meiner Wohnung in München, bot aber einen fantastischen Ausblick auf die Caldera. Für einen Moment war ich überwältigt, bevor das tiefblaue Wasser Unbehagen in mir hervorrief. Es war ein Gefühl, das sich leise heranschlich und in mir einnistete. Und schon war da wieder dieser Zweifel. War es wirklich die richtige Entscheidung gewesen, nach Santorini zu fliegen?

Gleichzeitig kam ich mir undankbar vor. Touristen zahlten mit Sicherheit Unsummen für eine Unterkunft mit einem Ausblick wie diesem, und ich bekam das Apartment vom Hotel gegen eine kleine Gebühr, die mir vom Lohn abgezogen wurde, gestellt. Ich war ganz sicher nicht in der Position, mich zu beschweren.

Da ich Electra ihre gute Stimmung keinesfalls nehmen wollte, verbarg ich meine wahren Gefühle hinter einem aufgesetzten Lächeln. »Es ist toll. Ich muss mich morgen unbedingt beim Hoteldirektor bedanken.« Ich hielt kurz inne. »Wohnst du auch hier im Hotel?«

Electra schüttelte den Kopf. »Nein, ich habe eine eigene Wohnung in Firá, nur ein paar Gehminuten vom Hotel entfernt. Die meisten Mitarbeiter wohnen außerhalb des *Blue Ocean.* Sicher könntest du dir auch überlegen, dich nach einem eigenen Heim umzuschauen, aber das hier war jetzt wahrscheinlich die schnellste und einfachste Lösung für dich.«

Ich nickte.

»Hey, wie wäre es, wenn du dich etwas frisch machst, und wir treffen uns gleich bei Leandros an der Bar? Du hast doch sicherlich auch Hunger. Sagen wir zwanzig Uhr? Reichen dir anderthalb Stunden?«

»Klingt gut!«, antwortete ich.

7. Kapitel

Kaum, dass sich die Tür hinter Electra geschlossen hatte, fing auch schon das Gedankenkarussell an. Je stiller es um mich herum war, desto lauter wurde es in mir selbst.

Für einen Moment stand ich unschlüssig im Raum. Gerade war mir selbst meine Kaffeefleckbluse egal. Kurz kamen Erinnerungen an den unverschämten Kerl vom Flughafen wieder, aber ich verdrängte sie.

Auf dem Nachttisch im Schlafzimmer entdeckte ich schließlich ein Kärtchen mit dem WLAN-Passwort, ebenso wie eine Broschüre über Santorini und ein kleines Schokoladentäfelchen. Ich gab das Passwort direkt in mein Handy ein, die Schokolade schob ich mir in den Mund.

Anschließend trat ich auf den Balkon und starrte hinaus auf die Caldera. Der Anblick des Meeres fühlte sich einerseits vertraut und gleichzeitig unglaublich schmerzhaft an.

Würde es mir nun jeden Tag hier so ergehen? Würde ich Wasser nur noch mit diesem unguten Grummeln im Bauch betrachten können? Früher hatte es mir alles gegeben. Ich konnte mich noch ganz genau daran erinnern, wie es gewesen war, durch das kalte Nass zu gleiten. Wenn das Wasser und ich eins miteinander geworden waren. Ich hatte mich unendlich lebendig und frei gefühlt. Doch inzwischen waren wir Fremde geworden, wenn nicht gar Feinde.

Bevor sich mein Hals zuschnüren und die trüben Schatten aus meiner Vergangenheit mich übermannen konnten, setzte ich mich auf den Balkonstuhl und schnappte mir mein Handy. Dann rief ich WhatsApp auf, ging in Malinas und meinen Chat und wählte das Videochat-Symbol aus. Es tutete und tutete, und ich dachte schon, Malina wäre vielleicht noch im

Hotel, als eine Verbindung zustande kam. Ich erkannte sofort, dass Malina in unserer Wohnung war.

»Ich hab schon die ganze Zeit darauf gewartet, dass du dich endlich meldest! Und, wie ist Santorini so?«, überfiel mich meine Schwester ohne jegliche Begrüßung.

Ich lachte, aber ein wehmütiger Druck breitete sich in meinem Brustkorb aus. Malina fehlte mir jetzt schon. Sie nur auf einem Bildschirm zu sehen und zu wissen, dass sie gerade mehrere Hundert Kilometer von mir entfernt war, fühlte sich komisch an.

Ich atmete tief durch, um diesem Gefühl nicht allzu viel Raum zu geben, und begann zu erzählen. Angefangen bei dem Arsch am Flughafen. Ja, er war eigentlich keine Erwähnung wert, aber Malina wollte einfach alles wissen. ALLES. Also musste ich da wohl oder übel durch.

»Nein, nicht im Ernst?!«, sagte Malina schon zum zweiten Mal und klang dabei ganz entrüstet.

»Doch!«

»Was für ein Mistkerl!«

»Du sagst es.«

»Und wie ist das Hotel so? Die Insel? Dein Apartment?«

Ich drehte mein Handy kurz, sodass ich Malina meine Aussicht auf die Caldera zeigen konnte.

»Wahnsinn, ist das schön!«, staunte sie, und ich drehte das Handydisplay wieder zu mir.

»Ich dachte mir schon, dass es dir gefallen würde.« Ich lächelte.

Kurz wurde Malinas Blick ernst. »Geht es dir gut damit?« Ich wusste, worauf sie anspielte.

»Mach dir keine Sorgen. Ich komm schon klar«, antwortete ich.

»Daran habe ich auch nie gezweifelt. Vergiss nicht, von wem ich mein Selbstbewusstsein habe!« Meine Schwester deutete vielsagend in die Kamera, dann verschwand sie für einen Augenblick von der Bildfläche, und ich hörte es im Hintergrund rascheln und rumpeln. Ich beugte mich etwas näher an das Display. »Sag mal, was machst du da eigentlich? Nimmst du gerade unsere Küche auseinander?«

»Ich versuche mich an einem neuen Rezept. Will mir aber noch nicht so richtig gelingen. Bestimmt, weil du nicht da bist«, antwortete Malina, allerdings sah ich immer noch nur unseren Küchentisch, nicht aber meine Schwester.

Wärme breitete sich in meinem Bauch aus. »Ich bitte dich, in der Küche war ich dir nie eine Hilfe. Ich steh immer nur blöd rum.« Ich versuchte, meiner Stimme einen heiteren Klang zu geben.

»Aber du würdest mir immer sagen, dass mein Essen gut geworden ist, auch wenn es nicht schmeckt!«

Das brachte mich nun doch zum Lachen. »Hey, das liegt einfach daran, dass deine Rezepte *immer* genial sind. Da muss ich dir gar nichts vorheucheln.«

Wir alberten noch eine Weile herum, bis Malina endlich wieder auf der Bildfläche erschien. Ich stutzte. »Hast du etwa Mehl im Gesicht?«

»Sagt die, die einen riesigen Kaffeefleck direkt auf der Brust hat«, entgegnete Malina und blies sich eine mit Mehl bestäubte Haarsträhne aus der Stirn.

Ich prustete los. »Touché.« Mein Blick streifte die Anzeige der Uhrzeit. »Ich muss langsam Schluss machen. Ich bin gleich mit Electra und Leandros unten an der Bar verabredet. Sie arbeiten auch im Hotel und scheinen ganz nett zu sein.«

»Das klingt fantastisch, dann hab einen wunderschönen Abend und genieß ihn.« Malina schenkte mir einen Luftkuss durch die Kamera, den ich erwiderte.

Bevor wir auflegten, fiel mir noch etwas ein. »Deine Idee, dass wir uns jeden Tag ein Foto zu einer bestimmten Challenge schicken, steht die noch?«

»Na klar doch!«, ereiferte Malina sich. »Warte mal, ich hab da letztens eine ganz tolle Seite gefunden mit Fotochallenge-Ideen, die schick ich dir gleich mal. Das ist erst mal für dreißig Tage. Wir starten dann morgen, okay?«

»Okay!«

Als Malina und ich aufgelegt hatten, wurde wenige Sekunden darauf eine neue Nachricht in unserem Chat angezeigt, und ich öffnete das Bild.

Für Tag 1 stand dort nur: *schlicht.*

Hm, das war ja nicht viel Information. Ob ich morgen ein schönes Fotomotiv dazu finden würde? Ich war auf jeden Fall äußerst motiviert, die Challenge in Angriff zu nehmen.

Doch jetzt war es dringend an der Zeit, mich für mein Treffen mit Electra und Leandros umzuziehen. Ich wechselte meine Bluse und meine Shorts gegen einen schwarzen Jumpsuit und band meine Haare noch mal zu einem neuen Pferdeschwanz hoch, wobei ich absichtlich ein paar kleinere Strähnchen nach draußen zupfte. Ich fand, das sah einfach etwas frecher aus. Ich beließ es bei meinen goldenen Creolen und meiner feinen Goldkette und zauberte mir noch etwas Puder ins Gesicht.

Der Abend gemeinsam mit Electra und Leandros an der Bar war richtig schön und verging wie im Flug. Glücklicherweise wurde es hier im Hotel nicht als problematisch angesehen, wenn die Mitarbeiter außerhalb ihrer Arbeitsschichten noch Zeit an der hoteleigenen Bar verbrachten.

»Wie kommt eine junge Frau darauf, nach Santorini zu reisen, um hier zu arbeiten?«, fragte Leandros interessiert, nachdem er Electra und mir zwei fruchtige, alkoholfreie Cocktails gemixt hatte. Leandros selbst hatte zwar noch Dienst und musste sich um die Gäste kümmern, fand zwischendurch aber immer Zeit für einen kleinen Schnack mit uns.

»Sei nicht immer so neugierig«, tadelte Electra ihn lachend und strich sich ihre langen roten Haare zur Seite. Auch sie hatte sich umgezogen und trug nun ein blaues Crop-Top und eine farblich dazu passende, leichte Sommerhose, ihre Füße steckten in weiß-goldenen Sandalen. Ob sie dafür noch mal kurz in ihre eigene Wohnung gefahren war?

»Was denn, ich will unsere neue Kollegin einfach nur richtig kennenlernen«, erwiderte Leandros. »Und tu doch nicht so, als hättest du sie während eurer Fahrt hierher nicht auch schon mit Fragen gelöchert.«

»Da muss ich ehrlich gesagt Partei für Electra greifen. Ich war eher diejenige, die sie ausgehorcht hat«, gab ich grinsend zu.

Leandros hatte mir noch etwas zum Essen aus der Küche gebracht – hausgemachtes Knoblauchbrot mit Tsatsiki und Oliven und einen dampfenden Teller Moussaka. Herrlich!

Ich begegnete Electras und Leandros' amüsiertem Blick, als ich mir völlig verzückt ein Stück von dem Knoblauchbrot, das ich zuvor in ordentlich Tsatsiki getunkt hatte, in den Mund schob.

Kaum hatte ich das Brot runtergeschluckt, sah ich betroffen drein. »O nein, hoffentlich stinke ich jetzt nicht total nach Knoblauch. Ihr müsst auch etwas nehmen, damit ich nicht ganz allein dastehe!«

Leandros hob abwehrend die Hände, grinste dabei jedoch äußerst verschmitzt. »Gern, aber ich bin noch im Dienst und muss bedienen. Käme wohl nicht so gut beim Chef, wenn die Gäste der Reihe nach wie Dominosteine umfallen.«

Ich blickte Electra an. »Und du? Du wirst mich damit doch jetzt wohl nicht alleinlassen?« Erwartungsvoll hielt ich ihr den Brotkorb entgegen.

Electra zuckte mit den Schultern. »Bei dem genialen Knoblauchbrot lasse ich mich nicht zweimal bitten. Wie könnte ich da bloß Nein sagen?«

Beherzt riss sich Electra ebenfalls etwas von dem noch warmen Brot ab und tunkte es großzügig in die Joghurtcreme, ich tat es ihr gleich. Es war ja auch nicht so, dass ich später noch ein heißes Date und jemanden in meinem Bett liegen hatte.

Ich konnte nicht fassen, wie gut es schmeckte. Malina hätte dem Küchenteam dieses Hotels bestimmt nur allzu gern unter die Arme gegriffen.

Kurz flammte da wieder ein Anflug von Sehnsucht in mir auf, aber dann erinnerte ich mich an Malinas und meine

Challenge. Sie war nicht aus der Welt. Gleich fühlte ich mich besser und versuchte, diesen lauen griechischen Sommerabend zu genießen.

»Tja, mit dem spektakulären Sonnenuntergang wird das heute nichts«, sagte Leandros fast schon betrübt mit Blick auf das Meer. »Dafür ist es heute Abend zu bewölkt. Aber das ist ja schließlich erst dein Anfang auf dieser Insel.«

... erst dein Anfang auf dieser Insel, hallten Leandros' Worte in mir nach.

Wo mich diese Reise letzten Endes wohl hinführen würde?

»Santorini gilt nämlich als die Insel mit den spektakulärsten Sonnenuntergängen«, erklärte Electra mir bereitwillig.

»Ist das so?«, fragte ich nach.

Leandros nickte ernst, und auch Electra verzog keine Miene.

Ich hob mein Glas. »Darauf trinke ich. Cheers!«

Electra und ich ließen unsere Gläser klirren und tranken miteinander, während ich weiter das Knoblauchbrot und das Moussaka verputzte.

Irgendwann beugte sich Leandros verschwörerisch zu uns herüber, nachdem er zwei Gäste mit Sex on the Beach versorgt hatte. »Habt ihr eigentlich schon den neuesten Hotelgossip mitbekommen? Der arme Antonios muss wohl so seine Mühe mit unserem neuen Promigast gehabt haben. Kein Wunder, dass er den Termin mit Toni verschieben musste.«

»Erzähl! Normalerweise weiß ich doch immer viel eher Bescheid als du.« Electra sog an ihrem Glasstrohhalm und hing gebannt an Leandros' Lippen.

»Unser Supermodel bewohnt jetzt die Luxury Suite. Offenbar hat der Kerl schon eine Liste mit seinen Wünschen und Unverträglichkeiten eingereicht. Für ihn darf nichts gekocht werden, in dem Paprika, Ananas oder Sprossen enthalten sind. Und er ekelt sich angeblich vor Eis.«

»Er ekelt sich vor Eis?«, fragte ich irritiert nach. Wie konnte man denn kein Eis mögen?

Electra zuckte mit den Achseln. »Ach, das ist ja noch harmlos. Wir hatten mal einen Sänger im Hotel, der hat sich immer M & Ms auf sein Zimmer liefern lassen und tatsächlich gefordert, dass wir ihm nur die braunen M & Ms bringen.«

»Und ihr habt ihm tatsächlich die braunen M & Ms aus der Packung gesucht?«, fragte ich fassungslos.

Es war nicht so, dass mir solche absurden Wünsche fremd waren. In München hatten wir auch mit einigen sehr speziellen Gästen zu tun gehabt. Aber die Geschichte mit den M & Ms kannte ich noch nicht.

Ich erzählte im Gegenzug von einem prominenten Gast in München, der uns um einen spontanen Helikopterflug zum Adele-Konzert gebeten hatte, obwohl das Konzert direkt in der Stadt stattfand. Den Namen des Gastes ließ ich gegenüber Electra und Leandros unerwähnt. Wenn man im Hotel arbeitete, lernte man sehr schnell, dass Diskretion und Verschwiegenheit ganz oben auf der Tagesordnung standen, denn gerade die prominenten Gäste legten Wert auf ihre Privatsphäre. Verständlicherweise. Ebenso lag es aber auf der Hand, dass unter den Hotelmitarbeitern getratscht wurde. Solange die Informationen nicht nach außen gelangten, war das aber okay.

Electra seufzte. »Manchmal ist die Arbeit im Hotel echt kein Zuckerschlecken. Aber es ist nun einmal, wie es ist: Der Kunde ist König«, leierte sie den altbekannten Spruch herunter. »Ich schätze mal, dass Antonios dir die Aufgabe zuteilen wird, das italienische Model zu betreuen, Toni. Den Job hatte zuvor unsere Eventplanerin und Gästebetreuerin Helen, aber sie ist in den Mutterschutz gegangen.«

Bisher hatte ich eher indirekt mit bekannten Gästen zu tun gehabt, da ich mich als gelernte Veranstaltungskauffrau überwiegend um die Ausrichtung und Vorbereitung von Events gekümmert hatte. Zwangsläufig war es auch dort manchmal vorgekommen, dass sich die Tätigkeitsbereiche überschnitten, dennoch wurde es in München so gehandhabt, dass die Gästebetreuung vom Chefconcierge übernommen wurde. Auf jeden Fall war ich gespannt, was auf mich zukommen würde …

8. Kapitel

Am nächsten Morgen wachte ich bereits um 06:30 Uhr auf. Heute stand außer meinem Kennenlernen mit Hoteldirektor Antonios Dimou für mich nicht viel auf dem Plan. Er hatte mir sogar schon eine kurze Nachricht geschickt, in der er mich darum bat, ihn um 10 Uhr an der Rezeption zu treffen. Zudem entschuldigte er sich noch einmal für die gestrigen Umstände.

Derweil ging es in unserer Familien-WhatsApp-Gruppe heiß her. Mama und Papa wollten wissen, ob ich etwas Schönes geträumt hätte, da sich Träume, die man in der ersten Nacht in einem fremden Bett hatte, ja angeblich bewahrheiten sollten. Ich konnte nur hoffen, dass dem nicht so war, bei dem Kauderwelsch, das sich mein Unterbewusstsein zusammengebastelt hatte. Ich hatte mich an einem Strand befunden und war vor einer Welle davongelaufen, die ein Eigenleben entwickelt und sich wie ein Monster aus dem Meer aufgetürmt hatte. Und egal, wohin ich gelaufen war, die Welle war mir gefolgt. Ob der Traum ein schlechter Vorbote war, dass ich meinen Dämonen niemals entkommen würde? Und dass ich auch hier auf Santorini von meiner Vergangenheit heimgesucht werden würde?

Auf jeden Fall wusste ich, dass ich den Stränden auf dieser Insel in absehbarer Zeit erst mal keinen Besuch abstatten würde, sosehr ich mir auch wünschte, meine Angst vor Wasser zu bezwingen.

Um meine Eltern und Malina jedoch nicht zu beunruhigen, schrieb ich bloß, dass ich mich nicht mehr richtig an meinen Traum erinnern könnte.

Da mir bis zu meinem Treffen mit dem Hoteldirektor noch Zeit blieb und ich mich ohnehin mal wieder sportlich betätigen wollte, entschied ich, joggen zu gehen. Vielleicht würde ich auf meiner morgendlichen Laufrunde ja auch ein Motiv für Malinas und meine Fotochallenge finden.

Nachdem ich mir den schalen Nachgeschmack, den das Knoblauchbrot und das Tsatsiki von gestern Abend in meinem Mund hinterlassen hatten, beim Putzen meiner Zähne auch von der Zunge abgeschrubbt und meine Morgenroutine beendet hatte, öffnete ich meinen Koffer. Ich war gestern nicht mehr zum Auspacken gekommen, nahm mir aber vor, das später zu erledigen. Ich schnappte mir meine Sportschuhe, eine eng anliegende, stretchige Sporthose, BH und ein schwarzes Top. Glücklicherweise hatte meine Sporthose sogar eine kleine Tasche, sodass ich mein Handy, mein Portemonnaie und meine Zimmerkarte darin verstauen konnte.

Als ich vor dem Hotel stand, war ich kurz etwas überfordert, welche Richtung ich nehmen sollte, und schlug schließlich den Weg nach links ein, wo mich ein Pfad aus Pflastersteinen direkt an der Caldera entlangführte.

Die Sonne hatte sich bereits über den Horizont geschoben und tauchte die Hauptstadt Firá mit ihren weiß getünchten Häusern in ein warmes Licht. Das Meer lag weit unten und funkelte im Glanz der Morgensonne. Mein Puls beschleunigte sich unweigerlich, weshalb ich meinen Blick vom Meer abwandte und stattdessen auf die Häuser vor mir richtete.

Ich schlängelte mich durch kleine Gassen hindurch, vorbei an blau bemalten Pforten und kunstvoll dekorierten Hauseingängen. Meine Muskeln schmerzten bereits nach kurzer Zeit, aber ich mochte dieses Gefühl.

Mein Weg führte mich immer weiter den Hang hinauf, und ich musste daran denken, wie ich gestern hinter Electra die Treppenstufen innerhalb des Hotels nach oben gekeucht war. Puh, ich musste echt wieder ins Training kommen.

Noch lag Firá relativ ruhig da, nur ein paar wenige Touristen, die die Stadt in den frühen Morgenstunden für sich haben wollten, waren schon auf den Beinen.

Ich ließ meinen Blick über die Umgebung schweifen. Welches Fotomotiv könnte ich Malina schicken? Klar sollte diese

Challenge hauptsächlich Spaß bereiten, doch ich hatte den Ehrgeiz, mir wirklich Mühe dabei zu geben.

Ich überlegte, wie ich »schlicht« am ehesten definierte. Vielleicht war es etwas, das erst auf den zweiten Blick die nötige Aufmerksamkeit bekam? Weil man dazu tendierte, es zu übersehen?

Noch immer in Gedanken bei der Fotochallenge erklomm ich eine Treppe und erreichte die gepflasterte Promenade, die Odós Ypapantís. Meine Schritte wurden langsamer, bis ich zum Stehen kam. Diese Gasse hier war deutlich breiter als die, in denen ich mich zuvor bewegt hatte. Vor mir erhob sich eine weiße Kirche mit imposanter Kuppel in den strahlend blauen Himmel. Es sah fast unwirklich aus. Dieses Weiß, das im Sonnenlicht ein bisschen zu hell wirkte und meine Augen blendete, in Kombination mit dem Himmelblau.

Vielleicht würde ich an einem anderen Tag einen Blick in die Kirche werfen.

Mein Weg führte mich weiter die Promenade entlang. Rechts reihten sich die ersten Cafés, Galerien, Restaurants und Lädchen aneinander, links von mir waren ein paar Hotels steil in den Hang gebaut, während sich bis zum Horizont das Meer und die Caldera erstreckten. Ein Hotel schien luxuriöser als das andere zu sein, ebenso die Infinitypools. Ich joggte an einem Geschäft vorbei, in dessen Auslage verschiedene Parfüms standen. Im Schaufenster hing ein riesiges Werbeplakat für ein Parfüm, präsentiert von einem Male Model, das eine Sonnenbrille trug und melancholisch in die Ferne starrte. Mir kam das Gesicht vage bekannt vor.

Da noch nicht ganz so viele Passanten unterwegs waren, musste ich zum Glück nicht Slalom laufen. Neugierig lief ich durch die Gassen, bog mal links, mal rechts ab, bis ich irgendwann wieder auf der Hauptpromenade landete. Tief unter mir erkannte ich den alten Hafen, von dem ich bereits in einem Online-Reiseführer gelesen hatte. Eine steile Serpentinenstraße führte hinab. Ebenso gab es eine Gondel, die zwischen dem Hafen und der Stadt verkehrte. Auf dem Meer sichtete ich zwei Kreuzfahrtschiffe.

Ich verlangsamte das Tempo und gönnte mir eine kleine Verschnaufpause. Puh, die steilen Hänge und Treppen hier auf Santorini forderten mich ganz schön heraus. Warum hatte ich mir eigentlich keine Flasche Wasser eingesteckt?

Ich kam an zahlreichen Juweliergeschäften vorbei, von denen ich mir sicher war, dass ich mir dort niemals auch nur ein Schmuckstück leisten können würde.

Langsam erwachte die Stadt zum Leben, und die ersten Läden öffneten. Aus den Cafés strömte mir ein köstlicher Geruch von frisch aufgebrühtem Kaffee entgegen, und ich seufzte genüsslich auf. Allein der Duft von gerösteten Kaffeebohnen weckte meine Lebensgeister.

Ich passierte ein paar weitere Lädchen und Häuser, als mich ein Funkeln innehalten ließ. Versteckt zwischen einem Café und einer Galerie befand sich ein geradezu unscheinbar wirkender Laden, der im Vergleich zu den anderen Boutiquen weitaus kleiner war und auch deutlich weniger protzig und dekadent wirkte. Obwohl es sich um ein Geschäft in erster Reihe und damit in bester Lage direkt am Kraterrand handelte, wäre es mir fast nicht aufgefallen.

Es war ein weißes Haus mit einer in die Jahre gekommenen Fassade und einer alten Holzbank davor. Die rote Farbe der Eingangstür blätterte bereits ab. Über der Tür hing ein schwarzes Schild, auf dem in goldfarbener Schrift *Yanis' Jewelry* stand. Aber es war die kleine Auslage im Schaufenster, die mich näher treten ließ.

Die Sonne spiegelte sich in dem Glas, und es fiel mir schwer, überhaupt etwas richtig zu erkennen. Der Laden schien noch geschlossen zu sein, also ging ich mit meinem Gesicht näher an die Scheibe heran und schirmte meine Augen mit beiden Händen ab, damit ich die Auslage besser sehen konnte.

Ich erspähte filigranen Gold- und Silberschmuck, Ketten, Armbänder und Ohrringe, die mit verschiedenstem Strandgut wie Muscheln, Treibholz, Schneckenhäusern und geschliffenem Seeglas kombiniert waren.

Ein goldener Armreif mit einem blauen Stein fiel mir ins Auge. Der Zettel daneben, der auf Englisch geschrieben war, verriet mir, dass es sich bei dem Stein um seltenes blaues Seeglas handelte. Unterschiedliche Seeglasketten lagen in dem Schaufenster, kein Schmuckstück glich dem anderen. Besonders fasziniert war ich von einer Goldkette, an der eine echte Muschel hing; in der Muschel selbst befand sich eine kleine Perle.

Dieser Schmuck war so filigran und fein gearbeitet. Elegant, aber in einer schlichten, ja fast schon unauffälligen Art. Ein Hingucker auf den zweiten Blick.

Plötzlich fiel es mir wie Schuppen von den Augen, und mein Herz machte einen Hüpfer.

Das war das perfekte Fotomotiv für Malina! Ich wusste, dass sie diesen Schmuck lieben würde, eben weil er so dezent war. Aufgeregt fischte ich mein Handy aus der Tasche meiner Sporthose und versuchte, ein Foto zu machen, doch die Sonne blendete zu sehr. Kein Bild wollte so richtig gelingen. Also probierte ich mich an verschiedenen Posen und Winkeln und hielt das Handy ganz nah an die Scheibe. Ich wusste nicht, wie lange ich am Herumexperimentieren und Knipsen war. Alles andere um mich herum hatte ich vollkommen ausgeblendet. Es gab nur noch mich und diese Fotochallenge, die ich mit Bravour meistern wollte.

»Wenn du noch fünf Minuten gewartet hättest, bis ich meinen Laden öffne, hätte ich dir den Schmuck selbstverständlich rausgereicht.«

»Uaaaaah!« Beim unerwarteten Klang der fremden Stimme machte ich einen gewaltigen Satz in die Höhe und wäre vor lauter Schreck fast über meine eigenen Füße nach hinten gestolpert. Ich konnte mich gerade so fangen, während mein Herz laut und ungezähmt in meiner Brust schlug. Um Gottes willen, wie lang hatte der Typ schon da gestanden und mich beobachtet? Ich wäre vor lauter Scham gerne im Erdboden versunken. Vor allem bei dem Gedanken daran, wie ich mein Gesicht zum Teil an die Scheibe gepresst hatte.

»Ich … also, ich wollte …«, stammelte ich los und ließ derweil meinen Blick über den Mann vor mir schweifen. Er war ungefähr in meinem Alter, vielleicht zwei, drei Jahre älter, hatte dunkelbraunes, leicht verwuscheltes Haar und betörend dunkle Augen, die von beneidenswert langen Wimpern eingerahmt wurden. Er trug ein weißes T-Shirt, unter dem sich seine dezenten Muskeln abzeichneten, hellblaue Jeans und beigefarbene Mokassins. Ein breites Lächeln zierte seine Lippen, und ein amüsiertes Funkeln lag in seinen Augen, während er mich unverhohlen und mit einem Ausdruck von Interesse musterte.

Ich spürte, wie ich unter seinem Blick flammend rot anlief.

»Es war für eine Fotochallenge«, rutschte es mir heraus, und ich fragte mich, wo dieser dämliche Satz gerade herkam. Der war in etwa gleichauf mit »Ich habe eine Melone getragen« aus dem Kultfilm *Dirty Dancing*.

Allerdings hatte ich damit sämtliche Aufmerksamkeit des jungen Mannes.

»Eine Fotochallenge?«, fragte er. »Jetzt hast du mich neugierig gemacht. Inwiefern trägt mein Schmuck denn zu einer Fotochallenge bei?« Seine Mundwinkel zuckten unentwegt, wobei mir dieses kleine Grübchen auf seiner rechten Wange auffiel. Seine Stimme war unglaublich wohlklingend, und er hatte einen niedlichen Akzent, wenn er Englisch sprach.

Mir wurde noch eine Spur wärmer.

»Meine Schwester Malina und ich haben uns vorgenommen, uns jeden Tag ein Foto zu einem besonderen Motto zu schicken, und das heutige Thema ist *schlicht*, also habe ich deinen Schmuck gewählt«, sprudelte es aus mir heraus, bis mir klar wurde, was ich da gerade eigentlich von mir gegeben hatte und wie scheiße sich das wahrscheinlich anhörte. Ich biss mir auf die Zunge. War ich denn von allen guten Geistern verlassen? Was war nur in mich gefahren, dass mich dieser Kerl dazu brachte, nervös vor mich hin zu brabbeln?

Er zog die Augenbrauen nach oben. »Mein Schmuck ist also … schlicht, ja?«, fasste er zusammen. »Wow, das klingt irgendwie ziemlich langweilig. So direkt hat mir das auch noch niemand gesagt.«

Jetzt wurde mir wirklich unsagbar heiß, aber vor lauter Schamgefühl. Am liebsten hätte ich mir einen Tunnel durch die Pflastersteine gegraben und meinen Rückweg zum Hotel als Maulwurf im Erdreich bewältigt.

»Nein, nein, so hab ich das nicht gemeint, wirklich nicht ... Ich ... ich meinte schlicht im Sinne von ... unterschätzt, also ein Hingucker auf den zweiten Blick ...«

Okay, für heute sollte ich nicht mehr reden. Das war ja fürchterlich, was da meinen Mund verließ. Ob mir das Joggen nicht gut bekommen war? Vielleicht hätte ich doch einen Gang niedriger schalten sollen. Gerade hatte ich den Eindruck, das Laufen durch die engen Gassen hatte meinen Verstand beachtlich in Mitleidenschaft gezogen und meinem Hirn die Sauerstoffzufuhr abgeschnürt.

»Ein Hingucker auf den zweiten Blick, soso ...«

Ich hatte eigentlich erwartet, dass mein Gegenüber reichlich angepisst wäre – was ich ihm nicht hätte verübeln können –, stattdessen wirkte er von Sekunde zu Sekunde amüsierter. Ein Glucksen verließ seine Lippen, und seine Augen funkelten mit dem geschliffenen Seeglas im Schaufenster um die Wette. Was mich irgendwie vollends aus dem Takt brachte.

Ich redete mich um Kopf und Kragen, während das Grinsen des jungen Mannes dadurch nur noch breiter wurde.

»Hey, ich zieh dich doch nur auf«, sagte er und lachte. »Aber es war einfach zu süß, wie du versucht hast, dich aus der Affäre zu ziehen.«

Der Schalk blitzte in seinen Augen auf, und ich merkte, wie die Anspannung von mir abfiel.

Pure Erleichterung hüllte mich ein wie die sanfte Morgenbrise, die über meine nackten Arme strich. Ich ließ mir ein paar Sekunden Zeit, um mich zu sammeln, damit ich nicht gleich die nächste Dummheit beging und weiter wirres Zeug redete. Zurzeit traute ich mir selbst kein Stück über den Weg.

Glücklicherweise übernahm der Kerl das Wort, machte nun einen Schritt auf mich zu und hielt mir seine Hand entgegen. Diese Geste überraschte mich, da ich sie einerseits als sehr förmlich empfand und dennoch irgendwie ... sympathisch. Unaufdringlich.

»Ich bin Yanis«, stellte er sich mir vor, und als ich zaghaft seine Hand ergriff, entging mir nicht, wie warm und weich sich seine Haut anfühlte. Mein Blick streifte das dünne Lederarmband, das sich dreimal um sein schmales Handgelenk schlang. Ein kleiner goldgeschmiedeter Anker hing daran, der von zwei milchig weißen Meeresscherben eingerahmt wurde. Es stand ihm ausgezeichnet und wirkte irgendwie ganz natürlich.

Als ich meinen Blick wieder nach oben wandern ließ, musste ich kurz schlucken, da er mich noch immer direkt ansah. Als könnte er bis in meine Seele schauen.

»Antonia«, sagte ich, da mir auffiel, dass ich mich bisher immer noch nicht vorgestellt hatte. »Aber alle nennen mich Toni.«

Das Lächeln von Yanis fühlte sich herzlich und leicht an. »Toni«, wiederholte er leise, so, als wäre mein Name etwas ganz Besonderes.

Als wir unsere Hände voneinander gelöst hatten, entstand für einen Moment Schweigen. Nervös tippte ich mit meinen Sportschuhen auf die Pflastersteine. Ich wollte bereits zu einer Verabschiedung ansetzen, als Yanis mich fragte: »Kann ich dir vielleicht einen Kaffee anbieten? Ich wollte mir gerade einen machen. Oder ein Wasser? Du siehst aus, als könntest du das nach deiner Joggingrunde gut gebrauchen.«

Er deutete auf mein sportliches Outfit. Wie aufmerksam von ihm ...

Ich hätte sein Angebot gern angenommen. Doch in den Tiefen meines kaputten Ichs meldete sich ein leiser Fluchtinstinkt. Er kam immer dann zum Vorschein, wenn ich dabei war, Nähe zuzulassen und mich zu öffnen.

Andererseits ... Es war nur ein harmloser Kaffee. Und ich brauchte gerade wirklich dringend etwas zu trinken. Zumindest redete ich mir das ein.

Ich zuckte mit den Schultern und deutete ein Lächeln an. »Kaffee wäre super, danke.«

Yanis machte Anstalten, zurück in die Goldschmiede zu gehen, drehte sich im Türrahmen allerdings noch mal um. »Ich muss dich aber warnen, ich hab noch so eine Uralt-Kaffeemaschine, die nur läuft, wenn sie einen guten Tag hat.

Man muss ihr gut zureden. Mit einem Kaffeevollautomaten kann ich leider nicht dienen.«

Diesmal war er derjenige, der sich fast schon beschämt an den Hinterkopf griff, als wollte er sich für diese Umstände entschuldigen. Yanis wurde mir von Sekunde zu Sekunde sympathischer.

»Klingt perfekt«, sagte ich und konnte mir ein Lächeln nicht verkneifen.

»Bitte, immer rein in die gute Stube, nur keine Scheu«, ermutigte Yanis mich und ging zielstrebig voraus, während ich ihm neugierig in die Goldschmiede folgte.

Der Verkaufsraum war so klein, wie er auch von außen gewirkt hatte. Es gab nur einen schmalen Tresen, hinter dem Yanis nun verschwand.

Der Laden war innen sehr urig geschmückt. Ein echter Olivenbaum stand in der rechten Raumecke in einem großen Tontopf. Seine Äste reichten bis an die Decke und beinahe durch den ganzen Raum, wodurch ich den Eindruck hatte, unter einem imposanten Blätterdach zu stehen. In dem knorrigen Astwerk nahe dem robusten Stamm hatte Yanis seinen Schmuck arrangiert. Armbänder, Ohrringe und Ketten.

Fasziniert legte ich den Kopf in den Nacken, auch wenn die Decke nicht sonderlich hoch war. Ich drehte mich einmal um die eigene Achse, bis mein Blick wieder auf den Verkaufstresen fiel, der sich auf der linken Seite des Raumes befand. Dahinter machte ich einen Türbogen mit einem Vorhang aus. Ob sich dahinter Yanis' Werkstatt befand? Zu gern würde ich sie einmal sehen. Ich fragte mich, wie Yanis auf die Idee gekommen war, Goldschmied zu werden. In Deutschland war das inzwischen ein aussterbender Berufszweig.

Ein gemütliches Brummeln erfüllte den Raum und lenkte meine Aufmerksamkeit wieder auf Yanis.

»Ha, geht doch! Man muss dir manchmal wirklich nur gut zureden, nicht wahr, Aphrodite?« Beinahe liebevoll tätschelte Yanis die Kaffeemaschine.

Ich schmunzelte. »Du hast deiner Kaffeemaschine einen Namen gegeben?«

Yanis grinste. »Aphrodite ist in der griechischen Mythologie die Göttin der Liebe und der Schönheit. Und auch wenn meine Kaffeemaschine nicht durch Schönheit besticht, bilde ich mir ein, dass sie besser mit mir zusammenarbeitet, wenn ich sie ein bisschen bezirze.«

Ich lachte auf. »Solange es funktioniert, warum nicht?«

Yanis kam auf mich zu, und ich deutete in die mit Schmuck verzierte Baumkrone. »Hast du das alles selbst gemacht?«, fragte ich beeindruckt.

Er nickte. »Ja. Ich liebe es, Schmuck herzustellen. Wenn ich in meiner Werkstatt bin und die Materialien unter meinen Fingern spüre, kann ich oft alles andere um mich herum ausblenden.« Während er diese Worte sagte, umspielte ein nahezu seliges, friedvolles Lächeln seine Mundwinkel, was mich ebenfalls lächeln ließ.

»Der Olivenbaum mit dem Schmuck ... es sieht so ...«

»Schlicht aus?«, zog Yanis mich auf, doch an seinem Schmunzeln erkannte ich, dass er mich bloß ein kleines bisschen ärgern wollte.

Ich schüttelte ernst den Kopf. »Ich wollte eigentlich *bodenständig* sagen. Es verleiht dem Ganzen etwas Greifbares. Es lässt den Schmuck irgendwie geerdeter wirken. Ich weiß nicht, wie ich es anders ausdrücken soll. Auch wenn das gerade echt doof klingt.«

»Ich finde überhaupt nicht, dass es doof klingt«, widersprach Yanis sanft, und ich spürte seinen Seitenblick nur allzu deutlich auf mir, was einen behaglichen Schauer bei mir auslöste.

Als der Kaffee durchgelaufen war, reichte Yanis mir eine im griechischen Stil blau-weiß verzierte Tasse, und wir setzten uns gemeinsam damit auf die Holzbank vorm Haus, von der aus man auf die Ägäis blicken konnte. Fürs Erste betrachteten wir die Touristen, die allmählich die Gasse füllten.

Ich nahm einen Schluck von dem Kaffee und genoss das Gefühl, von neuer Lebenskraft durchströmt zu werden. Kurz breitete sich Schweigen zwischen Yanis und mir aus, das sich jedoch nicht unangenehm anfühlte. Es war seltsam. Ich hatte

Yanis erst vor wenigen Minuten kennengelernt, aber er löste eine Ruhe in mir aus, wie nur wenige Menschen es konnten.

Und obwohl es sich keinesfalls falsch anfühlte, gemeinsam hier mit ihm zu sitzen und schweigend unseren Kaffee zu genießen, hatte ich den Drang, noch einmal etwas zu unserem misslungenen Start zu sagen.

Ich strich mir eine Haarsträhne hinters Ohr, die sich aus meinem Zopf gelöst hatte.

»Als ich vorhin sagte, dein Schmuck wäre schlicht ... da habe ich das als Kompliment gemeint. Auf meiner Joggingrunde habe ich so viele Juweliere und Geschäfte gesehen, in denen ein Collier funkelnder und pompöser war als das andere. Dein Schmuck ist irgendwie unauffällig auffällig, schlicht, aber elegant. Zeitlos.«

Nervös spielte ich an dem Griff der Tasse. Yanis hatte mir die ganze Zeit über aufmerksam zugehört.

»Ich glaube, so schön hat noch niemand meinen Schmuck beschrieben«, sagte er leise. »Dann habe ich ja offenbar das Richtige damit ausdrücken können.« Er hielt kurz inne. »Diese Fotochallenge ... Verrätst du mir, was es damit auf sich hat?«

»Meine Schwester Malina hatte die Idee, dass wir uns jeden Tag ein Foto zu einem bestimmten Motto schicken, weil wir gerade sehr weit voneinander entfernt sind.« Ich zog mein Handy hervor und wollte Yanis bereits die verschiedenen Themen der Challenge zeigen, als mein Blick auf die Uhrzeit fiel.

»O mein Gott, schon so spät!« Himmel, es war schon 9 Uhr, wie hatte die Zeit nur so schnell verfliegen können? In einer Stunde war ich bereits mit dem Hoteldirektor verabredet. Und ich würde nach dem Joggen noch mal schnell unter die Dusche springen und mich umziehen müssen, schließlich konnte ich da nicht in Sportkleidung auftauchen. Mist!

Beinahe hektisch sprang ich von der Bank auf und drückte Yanis meine noch halb volle Kaffeetasse in die Hand. »Tut mir leid, aber ich muss los zur Arbeit. Danke für den Kaffee!«

»Ähm, klar, immer wieder gern«, antwortete Yanis vollkommen verdutzt, während ich schon halb auf dem Sprung war.

»Man sieht sich!«, rief ich noch, bevor ich mich umdrehte und den Weg zum Hotel zurückjoggte. Dabei hatte ich fortwährend Yanis' funkelnde Augen vor mir und seine Stimme in den Ohren, wie er mir noch ein »Man sieht sich, Antonia-Toni!« hinterhergerufen hatte. Während ich Stufe für Stufe nahm, wurde ich von einem warmen Prickeln und Kribbeln begleitet, das Yanis in meinem Bauch hinterlassen hatte.

9. Kapitel

Yanis

Etwas perplex und noch immer mit beiden Kaffeetassen in den Händen sah ich Antonia-Toni hinterher, wie sie flink und mit wippendem Zopf die Gasse hinunterlief und schließlich von den Touristenmassen verschluckt wurde. Auch als sie schon längst aus meinem Sichtfeld verschwunden war, starrte ich ihr nach wie einem Geist, während meine Mundwinkel sich wie von selbst zu einem Lächeln verzogen.

Zwar sahen sich täglich einige Frauen meinen Schmuck an, aber keine von ihnen hatte sich so präsent in meine Gedanken und in meine Erinnerung geschlichen wie Toni. Noch immer hatte ich das Bild der jungen Frau vor Augen und wurde es einfach nicht los, als hätte es sich auf meiner Netzhaut eingebrannt.

Toni, was für ein schöner Name. Er hatte etwas Quirliges, Frisches, Unverblümtes an sich und passte irgendwie zu dem Mädchen mit dem hohen Pferdeschwanz, und den haselnussbraunen Augen. Wobei ich ihren richtigen Namen Antonia fast noch schöner fand.

Langsam erhob ich mich von der Bank und ließ die Begegnung in meinem Kopf Revue passieren. Ich hatte nicht erwartet, dass sich der Morgen noch so positiv entwickeln würde, nachdem ich in aller Herrgottsfrüh bereits einen Anruf bekommen und ein Kunde eine Bestellung storniert hatte. Dabei hätte ich den Auftrag wirklich gut gebrauchen können, das Geschäft lief gerade sehr schleppend.

Seit meiner Begegnung mit Toni verspürte ich auf einmal den Drang, sofort in meine Werkstatt zu gehen und an etwas

Neuem zu arbeiten. Bevor ich das Vorhaben jedoch in die Tat umsetzen konnte, klingelte mein Handy. Ich stellte die Kaffeetassen auf der Bank ab, um die Hände frei zu haben, und nahm das Gespräch an.

»Hey, Bruderherz, schon was Schönes verkauft?«, drang die gut gelaunte Stimme meiner großen und einzigen Schwester Delphina durch den Lautsprecher. Es wollte mir nicht vollständig gelingen, das Bild von Toni aus meinem Kopf zu vertreiben, doch ich zwang mich dazu, meiner Schwester meine volle Aufmerksamkeit zu schenken.

»Schön wär's«, seufzte ich. »Könnte momentan echt besser laufen.«

»Glaub mir, Yanis, eines Tages wirst du ein echter Geheimtipp sein. Deine Zeit muss bloß noch kommen«, munterte sie mich auf.

Ich verzog die Lippen zu einem müden Grinsen, auch wenn Delphina das nicht sehen konnte. »Es wäre schön, wenn mein Handwerk nicht *ganz so geheim* wäre, ein paar mehr Verkäufe und Aufträge dürften es schon sein.«

Unweigerlich musste ich an Tonis Worte denken. *Dein Schmuck ist irgendwie unauffällig auffällig, schlicht, aber elegant. Zeitlos.*

Ich rieb mir über die Schläfe und konnte spüren, wie sich eine dicke Sorgenfalte auf meiner Stirn abzeichnete. Ich liebte meinen Job über alles, aber wenn ich ehrlich mit mir selbst war, dann war ich froh, wenn ich mit meinen Einnahmen überhaupt über die Runden kam. Zusätzlich zu meiner Miete und den Nebenkosten musste ich schließlich auch die Kosten für das Geschäft decken.

Es gab hier auf Santorini einfach zu wenig Menschen, die ehrliches Handwerk zu schätzen wussten. Die meisten Touristen zog es in eben jene Juweliergeschäfte, von denen Toni gesprochen hatte. Jene Läden, die nach etwas aussahen. Die mit Luxus und Glamour aufzuwarten wussten. Mir war klar, dass mein kleiner Laden da nicht mithalten konnte, trotz der guten Lage. Die meisten übersahen ihn sogar. Santorini hatte sich in den letzten Jahren stark gewandelt, von *bodenständig* hatte diese Insel nicht mehr viel. Vielleicht war auch gerade das der Grund, warum ich gegen den Strom schwimmen wollte. Weil ich an Traditionellem festhalten und der Insel etwas von ihrem ursprünglichen und ungekünstelten Charakter, den sie einst versprüht hatte, zurückgeben wollte.

Da ich jedoch nicht vorhatte, meine Schwester mit meinen Sorgen zu belasten, und grundsätzlich ein optimistischer Mensch war, schlug ich einen betont lockeren Tonfall an.

»Du rufst mich aber bestimmt nicht an, um mir zu sagen, dass ich an meiner brotlosen Kunst eines Tages doch noch etwas verdienen könnte, oder?«

Delphina lachte glockenhell auf, im Hintergrund hörte ich meinen anderthalbjährigen Neffen Linos vergnügt vor sich hin brabbeln. Er war zurzeit in einer äußerst redseligen und mitteilungsbedürftigen Phase, leider konnte man davon nicht allzu viel verstehen. Was es irgendwie nur noch süßer machte, wenn Linos mich aus großen Augen ansah und mir etwas zu erzählen versuchte, mir jedoch lediglich das Interpretieren blieb.

»Ah, da übt schon wieder jemand fleißig, was?«, fragte ich verschmitzt und konnte es kaum erwarten, Linos bald wieder auf dem Arm zu haben. Ich vergötterte den Kleinen.

»Wenn du wüsstest! Linos ist heute ganz besonders gut drauf. Gerade unterhält er sich ausgiebig mit seinen Kuscheltieren. Allerdings schüttelt er die arme Plüschschnecke ganz schön. Ich weiß nicht, ob er erwartet, dass sie ihm antwortet.«

Ich lachte los. Allein die Vorstellung davon war zu goldig.

»Aber du hast recht, ich rufe eigentlich aus einem anderen Grund an«, kam Delphina auf das Thema zurück. »Nikos und ich hatten überlegt, heute Abend ein bisschen zu grillen. Hast du Lust, vorbeizukommen?«

»Klar, da bin ich dabei«, stimmte ich sofort zu. »Soll ich irgendwas mitbringen? Also nichts zu essen, ich dachte eher an die Getränke.« Ich lachte erneut. Ich war ein ausgesprochen furchtbarer Koch, was in unserer Familie ein bisschen von Nachteil war, da meine Eltern und meine Großeltern gemeinsam eine Taverne führten. Eigentlich hatte die Überlegung im Raum gestanden, dass Delphina und ich ebenfalls im Restaurant mithalfen und das Lokal eines Tages übernehmen würden. Letztendlich war aber alles etwas anders gekommen.

»Bring nur dich selbst mit, um den Rest kümmern wir uns schon. Also dann, bis heute Abend!«, entgegnete Delphina zum Abschied.

Kaum hatte ich aufgelegt, kehrten meine Gedanken wie magnetisch zu Toni zurück. Warum hatte ich sie nicht nach ihrer Handynummer gefragt, verdammt? Ich war viel zu überrumpelt gewesen, als sie plötzlich von der Bank aufgesprungen war.

Kurz fragte ich mich, ob es an mir gelegen hatte. Hatte ich mich zu sehr aufgedrängt? Nein, eigentlich glaubte ich das nicht. Würde ich ihr noch einmal über den Weg laufen? Immerhin hatte ich keinen blassen Schimmer, wer sie eigentlich war und was sie auf Santorini machte. Hatte sie nicht vorhin gemurmelt, dass sie zur Arbeit müsse? Aber was genau arbeitete sie hier? Ihr Akzent ließ mich vermuten, dass sie aus Deutschland kam, doch das war immer noch verdammt wenig, was ich über sie wusste.

Dabei würde ich Toni wirklich gern näher kennenlernen und mehr über sie erfahren.

Wieder musste ich schmunzeln bei dem Gedanken daran, wie sie vor meinem Schaufenster gestanden und ins Ladeninnere gespäht hatte, nicht ahnend, dass ich sie dabei beobachtete. Und wie sie versucht hatte, ein Foto nach dem anderen zu machen. Zu schade, dass nicht ausreichend Zeit geblieben war, um mehr über diese Challenge zu erfahren. Ich hatte ja nicht einmal daran gedacht, den Schmuck aus dem Schaufenster zu nehmen, damit sie ihn besser fotografieren konnte.

Ein unbändiges Kribbeln erfasste mich. Ein Kribbeln, das mich immer dann überkam, sobald ich neue Schmuckideen hatte. Auf einmal erfasste mich ungemeine Lust, direkt an den Strand zu gehen und nach neuem Strandgut zu schauen. Oder mit dem Boot rauszufahren und zu schauen, was mir die Strömung der Caldera und die Meeresbrise an neuen Ideen schenkten. Dort draußen war ich am kreativsten. Doch ich würde niemals auf die Idee kommen, dem Meer etwas zu entnehmen, das war gegen meine Überzeugung. Nur die Gegenstände, die vom Wasser an den Strand angespült und mir sozusagen »geschenkt« wurden, nahm ich an mich und verarbeitete sie in meinem Schmuck.

Leider würde ich heute Abend vor dem Grillen wohl nicht mehr dazu kommen, einen Abstecher zum Strand zu machen, aber für morgen nahm ich mir das ganz fest vor.

Denn neu erwachte Kreativität sollte unbedingt gefördert werden …

10. Kapitel

Toni

Während ich den Weg zum Hotel im Sprint zurücklegte, fragte ich mich permanent, wie blöd ich eigentlich hatte sein können, nicht wenigstens Handynummern mit Yanis auszutauschen. Vor allem: Was musste er gedacht haben, als ich so überstürzt abgehauen war? Gerade hätte ich mir vor lauter Ärger selbst in den Hintern beißen wollen. Es beruhigte mich jedoch, dass ich zumindest wusste, wo Yanis sein Geschäft hatte, und ich ihm bei einer weiteren Joggingrunde ganz »zufällig« einen erneuten Besuch abstatten konnte.

Ich hatte heute wirklich keine Glanzleistung abgelegt. Erst das peinliche Hineinstarren ins Geschäft, mein Rumgestammel und mein Talent, die falschen Worte zu wählen. Komischerweise schien Yanis das aber nichts ausgemacht zu haben. Eher im Gegenteil. Ich hatte den Eindruck gehabt, es hätte ihn erheitert. Wobei ich nicht zu sagen vermochte, ob das ein gutes Zeichen war.

Ich rief mir die Begegnung mit ihm erneut ins Gedächtnis. Sah sein dunkles Haar, die dunkelbraunen Augen, das verschmitzte Grinsen und das kleine Grübchen auf seiner Wange regelrecht vor mir, als wäre er zum Greifen nah. Ich dachte an den liebevollen Unterton in seiner Stimme, als er über seinen Schmuck geredet hatte, und an das warme Funkeln, das in seinen Augen gelegen hatte.

Was war passiert, dass ich diesen Mann gerade nicht mehr aus dem Kopf bekam? Es war nur eine einzige Begegnung gewesen, und trotzdem hinterließ sie ein Gefühl von Leichtigkeit bei mir, als würde ich mit meinen Laufschuhen förmlich über dem Boden schweben.

Als ich auf dem Hotelparkplatz ankam, begegnete ich meinem eigenen Spiegelbild in einer der Autofensterscheiben. Ein strahlendes Lächeln umspielte meine Mundwinkel.

Kurz war ich irritiert über die drei Teenager, die aufgeregt mit ihren Handys am Hoteleingang standen. Ich schenkte ihnen jedoch keine weitere Beachtung, da ich mich für mein Treffen mit dem Hoteldirektor fertig machen musste.

Noch immer fiel es mir ein bisschen schwer, mich in der Hotelanlage zurechtzufinden, da diese an ein griechisches Dörfchen erinnerte, bestehend aus unzähligen kleinen kykladischen Häusern, verwinkelten Gassen und Treppen.

Als ich den Pool hinter mir gelassen und Leandros mir noch ein gut gelauntes »Guten Morgen« zugerufen hatte, stand ich etwas unbeholfen zwischen den Gassen des Hotels. Musste ich jetzt nach links oder nach rechts abbiegen? Die Häuser und Bungalows sahen aber auch alle gleich aus!

Ich nahm hier eine Treppe, da eine weitere, und bog noch mal ab, bis der Weg mich innerhalb der Anlage immer höher führte. Erleichterung durchströmte mich, als ich endlich vor meinem Häuschen ankam und die letzten Stufen zur oberen Etage nahm. Ein bisschen gehetzt und außer Puste griff ich nach meiner Zimmerkarte und hielt diese vor den Türscanner, doch sie wurde abgelehnt. Och nee, was sollte das denn jetzt? Warum funktionierte die nicht? Ich griff nach der Klinke, aber die Tür blieb verschlossen.

Ich würde doch wohl nicht ernsthaft zurück zur Rezeption laufen müssen, wofür ich wahrscheinlich noch mal fünfzehn Minuten für den Hin- und Rückweg einplanen musste, weil ich jedes Mal falsch abbog? Die Zeit hatte ich nicht! Und ich wollte auf keinen Fall zu spät zu meinem Treffen mit dem Hoteldirektor kommen.

Ich ging die kleine Treppe wieder hinunter und stand unschlüssig vor dem Häuschen. Ich lief zur Rückseite des Gebäudes, und mein Blick schweifte zum Balkon hoch. Der Vorteil war, dass er nicht sonderlich weit oben lag. Trotzdem war er noch zu weit entfernt, als dass ich mich an der Steinmauer hätte hochziehen können. Es sei denn ... Mein Blick fiel auf die blaue Bank, die seitlich des Hauses stand. Wenn ich sie ein Stück verrückte, dann würde ich es vermutlich über den Mauervorsprung schaffen.

Einen Versuch war es wert.

Ich verschob die Bank, stellte mich schließlich darauf und streckte meine Hände nach dem Vorsprung aus. Ha, geschafft! Ich stemmte mich hoch und ließ mich etwas ungalant wie eine Kegelrobbe auf den Balkonboden fallen. Hoffentlich gab es keine Überwachungskameras im Hotel.

Ich rappelte mich auf und seufzte erleichtert. Zum Glück hatte ich die Tür aufgelassen. Hm, irgendwie kam mir der Balkon gerade deutlich größer vor als noch gestern Abend.

Als ich die angelehnte Tür öffnete und ins kühle Innere trat, wurde mir ziemlich schnell klar, dass hier irgendetwas nicht stimmte. Und dass sich die Fläche meines Balkons über Nacht auch schlecht verdoppelt haben konnte.

Mir dämmerte, dass ich gerade ernsthaft in ein fremdes Hotelzimmer geklettert war, und wollte schleunigst die Flucht ergreifen, als ein Mann ins Zimmer kam.

Ich vermochte nicht zu sagen, wer von uns in diesem Moment entsetzter war, denn wir stießen beide einen gellenden Schrei aus. Bis sich daraus etwas anderes entwickelte und wir die Augen zusammenkniffen, als könnten wir kaum glauben, wen wir da jeweils vor uns hatten. Im ersten Moment hätte ich ihn nicht einmal wiedererkannt, da er heute keinen Kajal trug.

»Duuuu?!«, kam es nahezu synchron aus unseren Mündern.

Ich konnte es nicht fassen ... Wie viele Zufälle gab es bitte schon, dass mir *das hier* passierte?

»Der Schnösel vom Flughafen«, hauchte ich tonlos, während der Kerl ein »Die Furie vom Flughafen« vor sich hin murmelte.

Dann kam Leben in ihn. »Ich wusste doch, dass du eine verdammte Stalkerin bist!«, zischte er und deutete anklagend mit dem Zeigefinger auf mich. Ich hätte ihm gern gesagt, dass es unhöflich war, mit dem Finger auf andere zu zeigen, aber vermutlich stieß ich damit ohnehin auf Granit.

»Wieso zur Hölle sollte ich *dich* stalken?«, fauchte ich zurück und ging in den Angriffsmodus über.

»Ach, ich weiß auch nicht. Vielleicht, weil du in *meinem* Schlafzimmer, in *meiner* Suite stehst!«, schoss er zurück, worauf ich leider nichts Gutes zu erwidern wusste. Denn er hatte verdammt noch mal recht. Scheiße.

Plötzlich klingelte etwas bei mir, als er die Suite erwähnte. Es war eine leise Erinnerung an mein gestriges Gespräch mit Electra und Leandros. Langsam schwante mir Übles ...

Ich kniff die Augen noch etwas fester zusammen. »Warte mal ... *Du* bist dieses Model, von dem hier alle sprechen, oder?«

Der Kerl hatte echt die Nerven, die Augen zu verdrehen. Er massierte sich die Nasenwurzel. »Bitte, jetzt tu doch nicht so, als würdest du mich nicht erkennen. Die Nummer hab ich dir schon am Flughafen nicht abgekauft.« Auf meine letzten Worte ging er nicht einmal ein. Inzwischen hatte er auch sein theatralisches Gehabe abgelegt, und eine andere Seite, die ich zuvor noch nicht bemerkt hatte, blitzte durch. Auf einmal wirkte er nur noch genervt und unglaublich erschöpft. »Ernsthaft, ich arbeite dreihundertvierzig Tage im Jahr. Wieso kann mir nicht einmal während meines Urlaubs etwas Ruhe gegönnt werden? Ist das echt zu viel verlangt? Hast du schon mal was von Privatsphäre gehört? Auch Menschen des öffentlichen Lebens steht so etwas zu. Ich fasse es nicht, dass du mir bis in mein Hotel gefolgt bist.«

Ich hatte nicht einmal die Chance, das Ganze richtigzustellen, da der Kerl einfach weiterredete. Und trotzdem hatte er es geschafft, dass ich mich von Sekunde zu Sekunde mieser und schäbiger fühlte, obwohl alles einfach nur ein riesengroßes Missverständnis war.

»Ich meine es ernst, du bekommst ein Foto und ziehst Leine, hast du verstanden?«

Auf einmal fühlte ich mich in die Situation am Flughafen

zurückversetzt. Wieder war ich völlig perplex angesichts der Richtung, in die das Gespräch sich entwickelte. Nämlich in eine völlig falsche. Und ich glotzte ihn einfach nur an wie ein Ufo, was nicht gerade förderlich war. Es war fast schon urkomisch, dass ich mir gestern am Flughafen noch die nicht ganz ernst gemeinte Frage gestellt hatte, ob sich der Kerl für ein Supermodel hielt, denn offenbar war er genau das. Das Parfümplakat mit dem Male Model, das ich heute Morgen in den Gassen Firás im Schaufenster gesehen hatte, schob sich vor mein inneres Auge.

»Weißt du was, mir reicht's! Ich seh das überhaupt nicht ein, dass ich mich jetzt um einen irren Fan kümmern muss. Soll das Hotel das Problem regeln! Immerhin wurde mir gestern noch gesagt, dass die eine neue Mitarbeiterin dafür eingestellt haben.«

Ob jetzt der passende Zeitpunkt war, ihm zu gestehen, dass mit der neuen Mitarbeiterin vermutlich *ich* gemeint war?

Ich wusste nicht, ob ich lachen oder weinen sollte. Die Anspannung brach aus mir heraus und machte sich zu meinem eigenen Entsetzen durch ein hysterisches Glucksen bemerkbar. Was, von außen betrachtet, vermutlich verstörend wirkte.

Auch das italienische Model schien dieser Meinung zu sein. Er schüttelte mit einem »Völlig gaga, die Frau« den Kopf, griff nach dem Telefon auf seinem Nachttisch und hielt sich den Hörer ans Ohr. »Bitte schicken Sie umgehend den Hoteldirektor hierher, ich habe einen ungebetenen Gast auf meinem Zimmer.«

Mir rutschte augenblicklich das Herz in die Hose. »Was ...?«

Vor mir begann sich alles zu drehen. Wenn der Hoteldirektor hier aufkreuzte, wie sollte ich ihm bloß meine Anwesenheit erklären? Mir wurde schlecht.

»Ich bin kein Fan«, beharrte ich verzweifelt. »Ich arbeite hier! Also, zumindest ab morgen!« *Falls ich nicht doch noch vor meinem ersten Arbeitstag hochkant gefeuert werden sollte*, schoss es mir durch den Kopf.

Der Kerl bedachte mich mit einem Blick, der mehr als

deutlich machte, dass er mir kein Wort glaubte. Gerade sah es wirklich sehr, sehr schlecht für mich aus.

Als es an der Tür klopfte, fuhr ich zusammen, und mein Herz verkrampfte sich. Ich merkte, wie mir das gesamte Blut aus dem Gesicht wich. Das Männermodel, dessen Namen ich noch immer nicht wusste, bedachte mich mit einem skeptischen Blick und verließ das Zimmer. Ich trottete ihm wie ein geprügelter Hund hinterher.

»Herr Rizzardi, geht es Ihnen gut? Sie sagten, es gäbe einen ungebetenen Gast in Ihrer Suite?«, vernahm ich eine tiefe männliche und aufgeregt klingende Stimme.

»Herr Rizzardi« trat zur Seite, sodass ich nun hinter ihm zum Vorschein kam. Ich fühlte mich unglaublich entblößt. Keine zwei Meter von mir entfernt stand der Hoteldirektor und mein neuer Chef. Und er musste denken, dass ich ein kranker Fan war, der sich unerlaubt Zutritt zu dieser Suite verschafft hatte. Gut, Letzteres hatte ich ja irgendwie tatsächlich getan, wenn auch nicht bewusst.

»Miss, ich muss Sie umgehend auffordern, das Hotelgelände zu verlassen!«, donnerte er los. »Sonst behalte ich mir vor, die Polizei zu rufen!«

O Gott, konnte es eigentlich noch schlimmer kommen?

Der Hoteldirektor war braun gebrannt, von etwas korpulenterer Statur und hatte graues Haar. Mir kam der Gedanke, dass er ein bisschen Ähnlichkeit mit George Clooney hatte. Mit einem äußerst attraktiven, aber gerade auch sehr verärgerten George Clooney.

Er machte einen Schritt in die Suite hinein und wollte bereits nach meinem Arm greifen, als ich ein schnelles »Das ist ein riesengroßes Missverständnis, Herr Dimou! Ich bin Antonia Breuer, Ihre neue Mitarbeiterin aus Deutschland« hervorbrachte.

Jetzt glotzten mich sowohl der Hoteldirektor als auch das Male Model an.

Herr Dimou stemmte seine Arme in die Hüften und unterzog mich einer strengen Musterung. »Na, das müssen Sie mir jetzt aber ganz genau erklären, Frau Breuer!«

Entgegen meiner Erwartung, dass mich Herr Dimou postwendend nach Hause schicken würde, hörte er sich meine Entschuldigung aufmerksam an. Ich erzählte ihm, wie es zu der Situation gekommen war, auch wenn ich mir selbst eingestehen musste, wie unglaubwürdig die ganze Geschichte klang. Herr Dimou bemühte sich sichtlich, ernst dreinzublicken, doch hin und wieder zupfte ein kaum merkliches Lächeln an seinen Mundwinkeln. Ob er sich insgeheim schon richtig freute, mir meine Kündigung zu überreichen? Wie demütigend wäre das bitte, rausgeschmissen zu werden, noch bevor ich überhaupt meinen ersten Arbeitstag hatte? Außerdem sah mir das überhaupt nicht ähnlich. Bisher hatte ich meinen Job immer exzellent ausgeübt. Aber jetzt würde ich vielleicht nicht einmal mehr die Chance bekommen, mein Können unter Beweis zu stellen.

Und nun saß ich hier mit Herrn Dimou in meiner Sportkleidung und vom Joggen noch leicht verschwitzt in einer versteckten Ecke der Bar, von wo aus uns die Gäste am Pool nicht sehen konnten. Leandros warf mir hin und wieder einen besorgten Blick zu, was ich mit einem müden Lächeln quittierte.

Ganz ehrlich, das war ein verdammt beschissener Start in mein Santorini-Abenteuer. Gedanklich rechnete ich bereits damit, dass das hier schon das Ende des Abenteuers war. Da war es ja fast praktisch, dass ich meinen Koffer noch gar nicht ausgepackt hatte, dachte ich bitter.

Herr Dimou schob seine Finger ineinander. »Frau Breuer, ich will ehrlich mit Ihnen sein«, setzte er auf Deutsch an. »Eigentlich müsste ich Sie sofort unseres Hauses verweisen, da Sie gegen eine unserer obersten Regeln verstoßen haben, wenn auch nicht mit Absicht. Es ist uns ein Anliegen, die Privatsphäre unserer Gäste zu schützen. Gerade Sie, die aus der Hotelbranche kommen, sollten das wissen. Sie haben sich zum einen unerlaubt Zutritt zu einer anderen Unterkunft verschafft und haben zudem einen sehr einflussreichen Gast – ich will es mal drastisch ausdrücken – belästigt.«

Meine Schultern sanken nach unten, und mich verließ aller Mut. Ich fühlte mich wie ein Schatten meiner selbst. Wieso musste ich auch einen dermaßen schlechten Orientierungssinn besitzen? Vielleicht hätte Electra mir den Weg besser aufmalen sollen.

Ich schluckte, da sich der Kloß in meinem Hals unfassbar groß fühlte. Zu Beginn wäre mir noch jede Entschuldigung recht gewesen, um die Stelle auf Santorini nicht anzutreten. Keine Ausrede war mir zu nichtig erschienen, und ich hatte mich vor meinem Abflug mehr als einmal gefragt, ob ich einen dummen Fehler begangen hatte, München und meine Familie hinter mir zu lassen.

Aber auf einmal erwachte etwas in mir, von dem ich selbst nicht wusste, dass ich ihn noch besaß: Kampfgeist. Ich wollte das hier schaffen. Ich wollte hier auf Santorini bleiben und mir selbst beweisen, dass ich diesen neuen Weg beschreiten konnte.

Doch was war, wenn mir diese Erkenntnis zu spät kam und eh schon alles verloren war?

»Herr Dimou, es tut mir aufrichtig leid. Ich kann mich nur entschuldigen. Es war keinesfalls meine Absicht, Herrn … Herrn …« Mist, wie hieß dieses italienische Männermodel gleich noch? Jetzt wäre es von Vorteil gewesen, wenn ich mich für Promi-Gossip und Klatsch und Tratsch interessiert hätte.

Inzwischen konnte sich der Hoteldirektor das Grinsen tatsächlich nicht mehr verkneifen. »Bei dem Gast handelt es sich um Damiano Rizzardi.«

»Richtig«, nahm ich den Faden wieder auf, »es war keinesfalls meine Absicht, Herrn Rizzardi zu belästigen oder ihn gar in irgendeiner Weise zu stalken. Um ehrlich zu sein, wusste ich bis eben nicht einmal, wer er ist.«

Herr Dimou musterte mich eindringlich. Dieser Mann strahlte unwahrscheinlich viel Autorität aus, weshalb ich mich gleich doppelt eingeschüchtert fühlte.

Ich zwang mich dazu, meine Schultern zu straffen und ihn möglichst selbstbewusst anzuschauen. Ein Pokerface war immer noch die beste Taktik, um zu verstecken, wie es eigentlich in einem aussah. Und darin hatte ich jahrelange Erfahrung.

»Also gut, Frau Breuer. Ich werde noch einmal ein Auge zudrücken. Aber so etwas darf nie wieder vorkommen, haben wir uns da verstanden? Ich erwarte von meinen Mitarbeitern ein astreines Verhalten gegenüber unseren Gästen.« Seine Stimme klang resolut. Ich hatte im Laufe des Gesprächs den Eindruck gehabt, dass er als Privatmensch die Situation sogar ein bisschen erheiternd fand, allerdings musste er als Direktor dieses Hotels selbstverständlich einen ernsteren Blick auf das Ganze haben.

Ich nickte. »Absolut.«

»Und da gäbe es noch eine Bedingung«, fügte Herr Dimou hinzu. »Sie werden sich bei Herrn Rizzardi in aller Form entschuldigen. Sie können froh sein, wenn er keine Strafanzeige gegen Sie stellt. Und Sie verstehen sicherlich, dass ich Sie dann nicht in diesem Hotel beschäftigen kann.«

Ein Knoten bildete sich in meinem Bauch. In mir sträubte sich alles dagegen, mich bei diesem arroganten Model zu entschuldigen, aber mir würde wohl keine Wahl bleiben, wenn ich morgen meinen ersten Arbeitstag antreten wollte.

Daher biss ich in den sauren Apfel und lächelte Herrn Dimou zuversichtlich an. »Sie können sich auf mich verlassen.«

11. Kapitel

Nachdem ich abgewogen hatte, ob ich diesem Damiano noch ein Entschuldigungspräsent überreichen sollte, beschloss ich letztendlich, dass eine aufrichtige Entschuldigung wahrscheinlich doch am authentischsten war. Daher stand ich nun ein zweites Mal vor dem kleinen weißen Häuschen, in dem sich Damianos Suite befand. Im Gegensatz zu heute Morgen wartete ich allerdings vor der Haustür und spazierte nicht direkt über den Balkon herein.

Ich war etwas nervös und atmete ein paarmal tief durch, bevor ich schließlich anklopfte. Zunächst tat sich nichts, und ich dachte schon, Damiano wäre vielleicht unterwegs, um die Insel zu erkunden. Trotzdem versuchte ich es noch mal und klopfte etwas lauter und beherzter. Erinnerungen kamen in mir hoch, wie ich Damiano am Flughafen vergeblich auf die Schulter getrommelt hatte.

Die Sekunden verstrichen beinahe qualvoll langsam, als ich hörte, wie sich von innen Schritte der Tür näherten. Ich versteifte mich augenblicklich.

»Na endlich, ich verhungere schon!«, rief Damiano, noch bevor er die Tür aufriss. Sein erwartungsvolles Lächeln fiel schlagartig in sich zusammen, als er mich auf der Türschwelle erblickte. »Was willst *du* denn schon wieder hier? Du bist ja lästiger als ein Sack Flöhe. Ich hab eigentlich mit dem Zimmerservice gerechnet!« In beinahe provokanter Art zog er seine perfekt gezupften Augenbrauen nach oben.

Unbehaglich trat ich von einem Bein auf das andere. Kurz war ich abgelenkt, da Damiano diesmal mit freiem Oberkörper vor mir stand. Seine eher blasse Haut wurde von zahlreichen schwarzen Tattoos bedeckt. Ich machte das Motiv einer Schlange und eines Kreuzes aus. Was sie wohl bedeuten mochten?

Peinlich berührt stellte ich fest, dass ich Damiano anstarrte, und besann mich wieder auf das Wesentliche. Nämlich auf den Grund, warum ich gekommen war.

Ich räusperte mich. »Es tut mir leid«, sagte ich schnell, bevor ich es mir anders überlegen konnte. Denn leider bestand die Gefahr, dass ich etwas äußerst Dummes von mir gab, sollte Damiano mich noch länger mit diesem überheblichen Blick bedenken. Gott, der Kerl hatte etwas an sich, das mein Inneres brodeln ließ. Und das nicht auf die gute Art und Weise.

Hauptsache, ich brachte das Ganze hier schnell über die Bühne. Würde mein Job nicht gerade an einem seidenen Faden hängen und wäre ich Damiano unter anderen Umständen wiederbegegnet, dann hätte ich diesem Model-Großmaul schon längst meine Meinung gegeigt. Aber so musste ich mich an das oberste Gebot »Der Kunde ist König« halten. Was mir normalerweise auch nicht schwerfiel, da ich bei der Arbeit in den professionellen Modus schaltete und eine unsichtbare Distanz zu den Gästen schuf, die es mir ermöglichte, über schlechtes Benehmen hinwegzusehen. Leider fiel es mir bei Damiano nicht so leicht, diesen Schalter umzulegen.

Das Model stützte sich lässig am Türrahmen ab. Sein Blick wurde, wenn überhaupt möglich, noch ein bisschen gelangweilter.

Kurz fragte ich mich, wie lange er wohl dafür gebraucht hatte, um sich dieses Pokerface anzutrainieren. Ich wusste von mir selbst, dass Menschen gern in eine Rolle schlüpften, um anderen ein bestimmtes Bild von sich zu präsentieren. Und jeder von uns, wirklich jeder, verbarg tief in seinem Inneren etwas. Was es wohl bei ihm war?

»Ich weiß nicht ganz, ob ich dir das abnehmen soll, *Antonia.*«

Bei der Erwähnung meines Namens zuckte ich zusammen.

Okay, ich hatte geahnt, es würde schwer werden, vernünftig mit ihm zu reden, aber gerade musste ich mich verdammt zusammenreißen, um nicht an die Decke zu gehen. In mir grummelte es gewaltig.

Ich presste die Zähne aufeinander. »Hör zu, es tut mir ehrlich leid, wie das gelaufen ist. Es war einfach ein großes Missverständnis. Und bis vorhin wusste ich nicht einmal, wer du bist, *Damiano*. Können wir daher bitte einen Haken an die ganze Sache machen?« Es verlangte mir einiges ab, mich zu diesen Worten durchzuringen, doch ich konnte nicht riskieren, dass er mich tatsächlich anzeigte.

Jetzt blitzte zum ersten Mal so etwas wie Neugierde in seinen Augen auf, aber anstatt etwas zu sagen, sah er mich einfach nur weiter an. Toll, war's das dann jetzt?

»Der Hoteldirektor hat dich geschickt, damit du dich bei mir entschuldigst, habe ich recht?«

»Und wenn es so wäre?«, entgegnete ich. »Genau genommen, warte ich auch immer noch darauf, dass du dich bei mir entschuldigst.«

Was war denn nur in mich gefahren? Wieso konnte ich in seiner Gegenwart nicht einfach mal die Klappe halten?

Jetzt riss Damiano die Augen weit auf. Er machte einen Schritt auf mich zu, woraufhin ich unwillentlich zurückwich. Er war mir so nah, dass ich seinen minzigen Atem auf meiner Wange spürte und sein Aftershave roch, das einen leichten orientalischen Touch versprühte. Ich meinte, Sandelholz und Vanille wiederzuerkennen. Mich trennten vielleicht noch zwanzig Zentimeter von seinem nackten, tätowierten Oberkörper, und ich musste den Kopf in den Nacken legen, um zu ihm aufzusehen.

Wieder geriet mein Blut in Wallung. Wieso ließ ich mich von diesem Kerl dermaßen aus der Fassung bringen?

»Du lehnst dich ganz schön weit aus dem Fenster«, sagte Damiano gefährlich leise und pustete mir eine Haarsträhne aus der Stirn. Die feinen Härchen an meinem Unterarm richteten sich auf, und an Damianos zufriedenem Blick konnte ich ablesen, dass auch ihm meine Reaktion nicht entgangen war.

Jetzt hatte ich aber wirklich genug!

Ich brachte wieder etwas Abstand zwischen uns. Ich atmete auf und konnte sogleich klarer denken. Resigniert hob ich die Hände. »Weißt du was, mach mit der Information, was du willst. Nimm die Entschuldigung an oder lass es bleiben, das liegt jetzt bei dir.«

Damiano bedachte mich mit einem nachdenklichen Blick, doch ich hatte keine Lust mehr auf dieses Spiel. Daher drehte ich mich um und ging mit aufrechtem Gang davon, auch wenn ich mich im Inneren alles andere als selbstsicher fühlte.

Was war, wenn ich mit meiner Entschuldigung alles gerade nur noch schlimmer gemacht hatte?

Am Abend fiel ich todmüde ins Bett. Der turbulente Tag hatte mich wirklich geschlaucht, und es fühlte sich schon jetzt an, als wäre ich nicht erst einen Tag auf dieser Insel, sondern mindestens eine Woche. Heute war einfach so unglaublich viel passiert, angefangen bei meiner Begegnung mit Yanis. Den restlichen Tag über hatte ich so gut wie keine Zeit mehr gehabt, mir Gedanken über ihn zu machen, da Electra mich schon mal ein bisschen in die Arbeitsabläufe im Hotel eingeweiht hatte. Da fiel mir ein, dass ich Malina unbedingt noch das Foto unserer heutigen Challenge schicken musste! Nicht einmal auf mein Handy hatte ich geschaut.

Malina hatte mir schon geschrieben und ein Foto von etwas geschickt, das mich an eine Art Maultasche erinnerte. Ein Teigplätzchen, das mutterseelenallein auf einem Teller lag, lediglich ein kleiner Petersilienstängel diente als Dekoration.

Hab mich heute mal an
Lihapiirakka, einer finnischen
Fleischpastete, versucht. Hat besser
geschmeckt, als es aussieht 😂
#schlichteKüche

Ich musste grinsen. Wieso überraschte es mich nicht, dass Malina mir ein Foto von einer ihrer neuesten Kreation geschickt hatte? Ich durchforstete meine Bildergalerie, musste allerdings feststellen, dass die Fotos, die ich von Yanis' Schmuck gemacht hatte, nahezu allesamt unscharf waren, zumal die Scheibe spiegelte. Na ja, nicht zu ändern. Vielleicht würde ich noch einmal die Möglichkeit bekommen, ein besseres Foto zu machen? Es kribbelte in meinen Fingerspitzen, als mir bewusst wurde, dass ich nun einen weiteren Grund hatte, um in Yanis' Goldschmiede vorbeizuschauen.

Hab heute diesen schlichten Schmuck in den Gassen von Santorini gesehen. Ich glaube, er würde dir gefallen. ☺

Nachdem ich mein Foto an Malina geschickt hatte, rief ich meine Instagram-App auf, um diesen Damiano Rizzardi zu *stalken.* Ich redete mir ein, dass das Ganze lediglich Recherchezwecken diente und es gut war, zu wissen, mit was für einem Typen ich es bei ihm eigentlich zu tun hatte.

Ich schluckte, als mein Blick sein Profil scannte. Wie bitte, knapp eine Million Follower? Er selbst folgte lediglich drei weiteren Personen.

Der neueste Post stammte von heute Mittag, kurz nachdem ich in seiner Suite aufgekreuzt war. Es zeigte ihn von hinten im Pool, in der rechten Hand hielt er einen Cocktail, und im Hintergrund waren das Meer und die Caldera zu sehen. Unter dem Bild stand lediglich »View«. Blieb jetzt offen, ob Damiano die Aussicht auf das Meer oder sich selbst damit meinte. Ich verdrehte die Augen. Sehr kreativ.

Seine Fans schienen allerdings voll darauf abzufahren, da die Kommentare von »Damiano, ich liebe dich« über »Sexiest Man Alive« bis hin zu »Heirate mich« reichten.

Ich scrollte durch seine weiteren Fotos. Die meisten von ihnen waren recht exzentrisch und freigiebig. Damiano mit zerrissenen Klamotten und dunklem Make-up, Damiano mit freiem Oberkörper, Damiano auf dem Laufsteg.

Aber alle hatten eines gemein: Auf jedem Foto wirkte sein Blick unnahbar, genauso wie auch ich ihn erlebt hatte. Als gäbe es ihn nur in gelangweilt, abwesend und überheblich. Dieser Mensch wirkte so wenig greifbar. Ganz anders als Yanis.

Als ich wieder nach oben zu dem Poolfoto wischte, landete ich mit meinem Zeigefinger aus Versehen auf dem Like-Button, und mein Puls schnellte in die Höhe. »Nein, nein, nein«, murmelte ich panisch und tippte auf das Bild, um meinen Like wieder zu entfernen. O Gott, hoffentlich hatte Damiano das nicht gesehen.

Kurz wagte ich nicht, mich zu bewegen, als könnte Karma jeden meiner Schritte verfolgen. Das fehlte mir ja noch, dass ich Damianos Überheblichkeit nur noch weiter anstachelte und meinem Spitznamen »Stalkerin« alle Ehre machte. Hastig schloss ich die App und schlüpfte mit laut klopfendem Herzen unter meine dünne Bettdecke.

Vielleicht sollte ich mir gerade nicht so einen Kopf machen. Wie wahrscheinlich war es, dass Damiano zwischen fast einer Million Follower gesehen hatte, dass ich ihm höchst unfreiwillig ein Like geschenkt hatte?

Ich seufzte. Ob ich überhaupt einschlafen können würde? So viele Gedanken rasten mir durch den Kopf und hinderten mich daran, zur Ruhe zu kommen.

Irgendwann musste ich doch eingeschlafen sein, denn ich träumte äußerst unruhig und lebhaft. Und in meinen Träumen kamen sowohl Yanis als auch Damiano vor.

12. Kapitel

Damiano

Gelangweilt scrollte ich mich durch Instagram, während ich lediglich in Boxershorts gekleidet auf dem Bett lag und der Ventilator unter der Decke wenigstens etwas Abkühlung versprach. Mein Blick fiel auf die zahlreichen Likes zu meinem Post von heute Mittag, die im Sekundentakt eintrudelten. Ich wollte mein Handy bereits weglegen, als ein Name auf meinem Display erschien, der mich stutzen ließ.

Plötzlich neugierig geworden, öffnete ich das Profil von *@tonibreuer* und konnte kaum glauben, als mir die junge Frau angezeigt wurde, die noch vor wenigen Stunden mit diesem leicht störrischen Lächeln und dem diabolischen Funkeln in ihren Augen vor meiner Tür gestanden hatte.

Wenn es wirklich stimmte, dass sie mich zuvor nicht gekannt hatte, dann musste sie jetzt nach mir gesucht haben. Aus irgendeinem Grund verursachte das ein Gefühl der Genugtuung in mir. So kratzbürstig, wie die Kleine sich verhalten hatte …

Ob sie versehentlich auf dem Like-Button gelandet war? Bei der Vorstellung lachte ich leise in die Stille meiner Suite hinein, und mein Mund verzog sich zu einem amüsierten Grinsen.

Auf ihrem Profil gab es lediglich ein einziges ungefiltertes Foto von ihr und einer anderen Frau mit rotblonden Haaren. Vielleicht eine Freundin? Die beiden lächelten in die Kamera.

»Na, sieh mal einer an, du kannst ja auch charmant«, murmelte ich immer noch grinsend und betrachtete das Foto eine

Weile. Sie war hübsch, keine Frage, auf eine unverstellte und erfrischende Art und Weise. Diese Antonia oder Toni, wie sie offenbar genannt wurde, war nicht so makellos wie die zentnerschwer geschminkten Models, mit denen ich tagtäglich während meiner Arbeit zu tun hatte. Auch wenn ich es mir selbst nicht ganz eingestehen wollte, ihre Natürlichkeit gefiel mir.

Hervorstechend waren auch ihre braunen Augen, die auf dem Foto mit dem Sonnenlicht um die Wette strahlten. Ganz anders, als ihre Augen mich vorhin noch angesehen hatten, da hatte deutlich mehr Mordlust drin gelegen.

Und gerade das war etwas, das aus irgendeinem Grund meine Neugierde weckte. Ich war es nicht gewohnt, die kalte Schulter gezeigt zu bekommen.

Ich legte mein Handy auf den Nachttisch, verschränkte die Arme hinter dem Kopf und starrte an die Decke.

»Toni Breuer«, murmelte ich leise.

Es sah ganz danach aus, als könnten die zwei Wochen meiner Auszeit hier auf Santorini noch spannend werden.

13. Kapitel

Toni

Am nächsten Morgen wachte ich völlig gerädert auf. Ich hatte unruhig geschlafen, da meine Gedanken mich sowohl in meinen Wach- als auch in meinen Schlafphasen ganz schön auf Trab gehalten hatten. Würde heute der Moment der Wahrheit kommen? Würde mir Herr Dimou doch noch meine Kündigung in die Hand drücken, da Damiano meine Entschuldigung nicht angenommen hatte? Warum hatte ich ihn auch weiter provoziert, statt einfach die Klappe zu halten und ihm seine Genugtuung zu lassen?

Zu meiner Verteidigung musste allerdings erwähnt werden, dass ich es bisher noch nie mit einem eingebildeten italienischen Männermodel hatte aufnehmen müssen. Und mit toxischer Männlichkeit konnte ich ganz schlecht umgehen.

Ein flaues Gefühl breitete sich in meiner Magengegend aus, und die düsteren Gedankenwolken ließen sich an diesem Morgen nur schwer vertreiben, obwohl dieser wirklich schön war. Die Gardinen vor meiner Balkontür wehten sanft in der morgendlichen Brise und gaben hin und wieder einen Blick auf den Himmel frei. Ein leises Rauschen drang vom Meer an mein Ohr. Bisher hatte ich es erstaunlich gut verdrängt, dass ich auf der ganzen Insel von Wasser umgeben war. Könnte allerdings daran liegen, dass ich mit anderen Problemen beschäftigt gewesen war.

Ich griff wie automatisch nach meinem Handy, das auf dem Nachttisch neben mir lag. Malina hatte mir geschrieben.

Der Schmuck ist ja wunderschön. Dezent, aber dennoch einzigartig! Du hast die Fotochallenge so was von gewonnen! Aber jetzt erzähl mal, wie war denn dein erster richtiger Tag?? ❤

Kurz entschlossen rief ich Malina an. In Deutschland war es eine Stunde früher als hier. Aber vielleicht hatte Malina heute Frühschicht im Hotel und war schon auf den Beinen.

Sie nahm das Gespräch bereits nach dem ersten Klingeln an, als hätte sie nur darauf gewartet. Offenbar stand sie schon in der Küche und machte sich Frühstück.

»Na endlich, ich dachte schon, du meldest dich gar nicht mehr!« Malinas Gesicht erschien auf meinem Display. Es hatte etwas leicht Vorwurfsvolles, aber ihr liebevolles Lächeln entschärfte dies sogleich wieder.

Ich rieb mir über die Schläfe. »Sorry, gestern war irgendwie ein ziemlich verrückter Tag.«

»Schieß los, ich will alles wissen!«

Also erzählte ich. Malina lauschte gespannt, als ich ihr von Yanis und seiner Goldschmiede erzählte. Ihre Augen wurden immer größer. Sie kam mit ihrem Gesicht noch etwas näher an das Display, als wollte sie förmlich in den Bildschirm hineinkriechen.

»Toni, kann es sein, dass dich dieser Mann ziemlich beeindruckt hat? So wie du von ihm und seinem Schmuck schwärmst?«

Meine Wangen wurden heiß. Hatte ich tatsächlich so schwärmerisch geklungen?

»Er war schon irgendwie echt … süß. Und sein Schmuck hat mich fasziniert. Als würde seine ganze Seele darin stecken.«

Malina schüttelte den Kopf. »Da bist du gerade erst auf Santorini angekommen und hast schon Bekanntschaft mit einem schnuckeligen Griechen gemacht. Er ist doch schnuckelig, habe ich recht?«

Mein beschämtes Schweigen war ihr wohl Antwort genug,

und wie von selbst schoben sich Yanis' dunkle Augen in meine Gedanken. Würde ich ihn wiedersehen?

»Habt ihr Handynummern getauscht?«, forschte Malina weiter nach, was mich zum Lachen brachte.

»Du bist ja neugieriger als Ma«, sagte ich.

»Hey, ich bin deine Schwester. Ich hab also die Lizenz, Fragen zu stellen. Wenn nicht ich, wer dann? Also?«

»Was das angeht, könnte es gut sein, dass ich einen etwas überstürzten Abgang hingelegt habe ...«, nuschelte ich in meinen nicht vorhandenen Bart.

»Na, wie gut, dass du weißt, wo sein Laden ist! Dann gehst du die Tage einfach noch mal dorthin, um ihn besser kennenzulernen!« Für Malina schien das alles ganz einfach und beschlossene Sache zu sein.

Ich zog die Nase kraus. »Wenn ich denn überhaupt noch mal die Gelegenheit dazu bekomme. Ich hab echt Mist gebaut, Malina ...«

Sie horchte auf. »Was ist passiert?!«

Als ich ihr von Damiano Rizzardi erzählte und davon, wie ich ungewollt in das Zimmer eines offenbar sehr bekannten italienischen Supermodels eingestiegen war, mit dem ich bereits am Flughafen Bekanntschaft gemacht hatte, sah Malina aus, als würde sie jeden Moment in Ohnmacht fallen. Einen Moment lang starrte sie mich einfach nur an.

»Du ... du verarschst mich doch gerade, oder?«

»Nein, aber ich wünschte, dem wäre so«, antwortete ich missmutig. »Und jetzt liegt einfach alles in den Händen von diesem ... Großkotz. Wenn der mich noch mal bei der Hotelleitung anschwärzt oder gar Anzeige erstattet, dann bin ich hier schneller raus, als ich ›Antío‹ sagen kann.« Das bedeutete nämlich »Auf Wiedersehen« auf Griechisch, wie ich im Hotel aufgeschnappt hatte.

»Ich ... ich muss mich grad erst mal hinsetzen, um das zu verdauen«, keuchte Malina und ließ sich auf den Küchenstuhl plumpsen. Sie starrte vor sich hin, als würde sie versuchen, die von mir geschilderte Situation zu begreifen. Offenbar benötigte sie ein paar Sekunden, um sich zu sammeln, und ich gab ihr diesen Augenblick. Ich wusste selbst, wie absurd sich all das anhörte.

Malina beugte sich wieder nach vorn. »Um das noch einmal zusammenzufassen: Der Kerl, der dir am Flughafen den Kaffee über die Bluse geschüttet hat, ist derselbe, bei dem du ins Hotelzimmer eingestiegen bist?«

»Jap. Ich finde allerdings, dass das Hotel auch eine Mitschuld trägt. Immerhin haben die hier erst kürzlich renoviert und noch keine Haus- beziehungsweise Zimmernummern angebracht!«

»Das ist ja vollkommen verrückt!« Malina lachte auf. »Aber noch viel witziger finde ich es, dass du nicht weißt, wer Damiano Rizzardi ist!«

»Woher weißt du denn, wer das ist?« Jetzt war ich wirklich verwirrt. Malina und ich interessierten uns zwar für Mode, aber nicht so ausgeprägt, dass wir wüssten, was wirklich in der Modeszene abging. Mir war das auch alles ein bisschen zu etepetete und Schickimicki.

»Damiano ist kürzlich bei einer Fashion Show gelaufen, bei der Taylor Swift aufgetreten ist und gesungen hat. Der absolute Wahnsinn!«

»Aha«, machte ich nur. Es war kein Geheimnis, dass meine Schwester ein riesiger Taylor-Swift-Fan war. Ich mochte ihre Musik auch, war aber – ganz offensichtlich – längst nicht so up to date wie Malina.

»Hey, Toni, das kommt alles wieder in Ordnung«, beruhigte sie mich, als unser Gespräch allmählich dem Ende entgegenging. »Lass einfach deinen Charme spielen.«

Ich dachte selbst dann noch über Malinas Worte nach, als wir schon längst aufgelegt hatten. Meinen Charme spielen lassen ... Das hatte bei Damiano ja bisher ganz hervorragend funktioniert.

Ich warf einen Blick in meine Garderobe. Electra hatte mich über den Dresscode im Hotel aufgeklärt, der relativ leger war. Im *Blue Ocean* trugen die Mitarbeiter in der Regel blaue Oberteile, im Gastro-Bereich waren es weiße. Jedoch gab es keine einheitliche Kleidung, jeder konnte selbst entscheiden, welches Outfit er dem Dresscode entsprechend wählte.

Ich entschied mich für eine verspielte hellblaue Bluse mit kurzen Ärmeln. Dazu wählte ich angesichts der Temperaturen eine locker sitzende, hoch taillierte Stoffhose in einem Creme-Ton. Ich zwirbelte meine Haare zu einem Dutt hoch, tuschte meine Wimpern und warf meinem Abbild im Spiegel anschließend einen strengen Blick zu.

»Du schaffst das, Toni«, murmelte ich an mich selbst gewandt. »Du gibst nicht kampflos auf!«

Und mit diesem inneren Mantra schloss ich energisch die Zimmertür hinter mir.

Ich fand Electra am Empfang vor, wo sie bereits auf mich gewartet zu haben schien. »Ah, wie gut, dass du da bist! Es gibt heute einiges zu tun.«

Ich winkte Alexandra zu, die hinterm Tresen stand, bevor mich Electra sanft am Arm fasste und mit sich zog.

Kurz hielt ich inne. »Dann ... bin ich also nicht gefeuert?« Hatte Damiano sich doch nicht noch mal über mich beschwert?

Electra lachte auf. »Natürlich nicht, wie kommst du denn darauf? Zumindest habe ich nichts dergleichen gehört, also werten wir das jetzt mal als gutes Zeichen. Scheint ja ganz so, als hättest du unser Supermodel besänftigen können. Antonios hat da so etwas angedeutet.«

So ganz traute ich dem Frieden irgendwie nicht, doch ich wollte meine Gedanken nicht weiter darauf verschwenden, was womöglich noch auf mich zukommen könnte, sondern endlich meinem Job nachgehen.

»Was steht an?«, fragte ich daher voller Tatendrang.

Electra warf einen Blick auf das Klemmbrett, das sie in den Händen hielt. »Für heute Mittag haben wir einen professionellen Fotografen engagiert. Die Gäste werden die Möglichkeit haben, tolle Fotos von sich machen zu lassen, Einzel-, Pärchen- oder Familienfotos. Dafür muss die Dachterrasse dekoriert und hergerichtet werden. Zudem wird es einen Sektempfang und ein kleines Büfett geben. Die Kollegen von der Bar sind schon informiert, Leandros wird uns heute unter die Arme greifen.«

»Klingt toll«, sagte ich begeistert. »Gibt es ein Motto?«

»Die Fotos sollen eine leicht romantische, verträumte Atmosphäre ausstrahlen. Wir haben bei einer Gärtnerei Blumenarrangements bestellt, um die Balustrade zu schmücken. Die hätten eigentlich auch schon da sein sollen.« Electra warf einen prüfenden Blick auf ihre schmale Armbanduhr. »Ich werde mal anrufen. Würdest du in der Zwischenzeit bei Leandros nachhaken, wie weit er mit den Vorbereitungen ist?«

Ich nickte. »Sicher.«

Auf einmal war ich hoch motiviert. Im Organisieren und Planen machte mir so schnell keiner etwas vor, und ich wollte dem Hoteldirektor beweisen, dass ich mir einen Platz in seinem Team verdient hatte.

Und los ging's. Während Electra mit der Gärtnerei telefonierte, begab ich mich auf direktem Weg in Richtung Pool und Hotelbar. Einige Gäste rekelten sich bereits auf ihren Sonnenliegen.

Neben Leandros lernte ich auch noch ein paar weitere meiner neuen Kollegen kennen, die Köche Costas und Delia, die beide für das leibliche Wohl der Gäste sorgten. Manolis war heute für die Bar eingeteilt, während Leandros uns bei der Fotoaktion zur Hand gehen würde. Anscheinend war alles vorbereitet, für den Empfang waren genügend Sektflaschen und O-Saft kalt gestellt, und das Küchenteam war bereits damit beschäftigt, die Häppchen anzurichten.

Nachdem Electra die Gärtnerei telefonisch erreicht hatte und ihr zugesichert worden war, dass die Blumenbouquets in spätestens einer Stunde geliefert werden würden, machten sie, Leandros und ich uns daran, die Tische für das Büfett auf die Dachterrasse zu tragen. Weiße Hussen für die Stehtische sollten das Ganze abrunden.

Genau eine Stunde später wurden wie versprochen die Blumengirlanden geliefert. Sie bestanden aus lilafarbenen Bougainvilleen und weißem Schleierkraut, das beim Blumenbinden gern als schmückendes Beiwerk verwendet wurde. Was ich auch nur deshalb wusste, weil ich jene Blumen schon ein paarmal für Feierlichkeiten in unserem Hotel in München bestellt hatte. Die feinen Stiele des Schleierkrauts waren übersät mit zahlreichen kleinen Blüten, die an weiße Sterne erinnerten.

Allmählich verwandelte sich die Dachterrasse in einen richtigen Fotospot. Begeistert betrachtete ich die weiße Balustrade, die nun mit den farbigen Blumengirlanden geschmückt war, dahinter erstreckten sich der Himmel und das Meer. Auch der Torbogen, durch den man die Dachterrasse betrat, war mit Blumengirlanden verziert worden. Da war es fast schon witzig, dass Malinas und meine heutige Fotochallenge den Titel »Flowers« trug. Ich machte ein paar Fotos von der Terrasse und schickte sie an Malina.

Als gegen 14 Uhr der Fotograf eintraf, war alles startklar. Leandros hatte Stellung hinter dem Stehtisch bezogen, auf dem zahlreiche Sektgläser, wahlweise gefüllt mit Sekt oder Prosecco, mit gefrorenen Beeren für die Gäste bereitstanden. Jedes Glas war zusätzlich mit einem Lavendelzweig geschmückt, was es zu einem richtigen Hingucker werden ließ.

Auf dem Büfett waren die köstlichsten und vermutlich kreativsten Häppchen aufgetürmt, die ich je gesehen hatte. Es gab kleine Mini-Sesam-Burger-Happen, Spinat-Feta-Taschen, griechische Hackbällchen, verschiedene Brote, Tsatsiki sowie weitere Dips in kleinen Schälchen. Allein bei dem Anblick lief mir das Wasser im Mund zusammen.

»Eigentlich müsste alles stehen, was meinst du?«, raunte ich Electra zu, während der Fotograf seine Ausrüstung aufbaute.

»Ich denke, das Fotoshooting für unsere Gäste kann jeden Moment starten«, antwortete Electra lächelnd.

Der Fotograf machte ein paar Probeaufnahmen und testete unterschiedliche Perspektiven. Seine graublauen Augen hatten etwas Aufmerksames, Waches an sich, und schon nach wenigen Minuten war ich mir sicher, dass dieser Mann sein Handwerk verstand.

Mit so viel Talent zum Fotografieren war ich ganz offenbar nicht gesegnet, wenn ich an meine verschwommenen, verwackelten Handyfotos dachte, die ich von Yanis' Schmuck geschossen hatte. Was er wohl gerade machte? Der junge Mann stahl sich immer wieder in meine Gedanken. So etwas war mir seit Leons Unfall nicht mehr passiert.

Den ganzen Nachmittag über war ich damit beschäftigt, zwischen Hotelbar und Dachterrasse hin- und herzulaufen, beim Kellnern mitzuhelfen und zu kontrollieren, ob stets genügend Häppchen und Getränke vorrätig waren. Electra und ich arbeiteten dabei Hand in Hand. Und tatsächlich war das Event ein voller Erfolg: Das Fotoshooting wurde von den Gästen ganz hervorragend angenommen, das Büfett war sehr gefragt, und die Zeit verging wie im Flug.

Der Fotograf schien gerade Feierabend für heute machen zu wollen, als er auf einmal ganz große Augen bekam und seinen Blick auf etwas direkt hinter mir lenkte. Was oder wen er da wohl entdeckt hatte?

Ich drehte mich ruckartig um – und prallte dabei gegen eine warme, feste Brust. Ein kurzer Blick nach oben ließ mich in beinahe schwarze, von dunklem Kajal umzogene Augen sehen. Ich erschauderte.

Damiano Rizzardi. Seine vollen Lippen verzogen sich zu einem spöttischen Lächeln. »Na hoppla. So schnell sieht man sich also wieder, *Toni.*«

Es fühlte sich falsch an, dass er mich bei meinem Spitznamen nannte. Zumal es sich aus seinem Mund spitz und herablassend anhörte. Wie eine Kobra, die erst ihr Spielchen spielte und dann blitzschnell zubiss.

Ich lächelte übertrieben freundlich. »Sag bloß, du bist auch für das Fotoshooting hier? Laut deinem Instagram-Profil bist du ja mehr der Selfie-Typ.«

Verdammt. Als sich Damianos Augenbrauen in die Höhe zogen, wusste ich, dass ich gerade einen fatalen Fehler gemacht hatte.

»Ach, du hast mich also schon bei Instagram gestalkt? Das kommt ja jetzt gänzlich unerwartet.« Seine Stimme triefte nur so vor Sarkasmus. Gleichzeitig hatte ich den Eindruck, dass Damiano dieses Katz-und-Maus-Spiel zwischen uns ernsthaft Spaß bereitete. Aber warum sollte es? Hatte er womöglich doch gesehen, dass ich seinem freizügigen Post ein Like gegeben hatte? Sein Grinsen hatte etwas Wissendes an sich ...

»Im Ernst, bist du für das Fotoshooting hier?«

»Glaub mir, ich hab von Fotografen, Bookern, Designern, Stylisten und Agenten gerade erst mal genug und will die auch für eine ganze Weile nicht sehen«, antwortete Damiano fast schon mit Grabesmiene, bevor sich seine Mundwinkel wieder zu diesem unheilvollen Lächeln verzogen. »Nein, ich bin eigentlich nur hergekommen, um zu überprüfen, ob du schon in das nächste Fettnäpfchen getreten bist.«

Ernsthaft? Was für ein Kotzbrocken.

Trotzdem hatte ich es einzig und allein ihm zu verdanken, dass ich meinen Job im Hotel behalten hatte, weshalb ich Damiano wohl noch ein Dankeschön schuldete.

»Wie kommt es, dass du deine Meinung geändert hast?«, fragte ich frei heraus. »Ich war überzeugt, du würdest dafür sorgen, dass ich gefeuert werde. Also ... danke.«

»Hm?« Damiano tat zunächst so, als hätte er meine Frage nicht richtig gehört, aber ich wusste ganz genau, dass er mich verstanden hatte. Er schnalzte mit der Zunge und grinste mich provozierend an. »Es fängt doch gerade erst an, spannend zu werden.« Er klaubte einen Happen vom Büfett und schob ihn sich in den Mund.

Ich verschränkte die Arme vor der Brust. »Ich nehm dir das nicht ab.«

»Was genau?«

»Diese Gleichgültigkeit«, erwiderte ich. »Als würde dich das alles nicht interessieren.«

Damiano hielt inne. Dann beugte er sich ziemlich nah zu mir herunter.

»Das Gleiche könnte ich an dich zurückgeben. Ich nehme dir die knallharte Business-Frau auch nicht ab. Ich will's eigentlich gar nicht laut aussprechen, aber wir beide sind uns vielleicht ähnlicher als gedacht.«

Ich sog scharf die Luft ein.

»Übrigens hat Herr Dimou mir angeboten, dass er meine persönliche Betreuung übernimmt, aber ich habe darauf bestanden, dass du noch eine zweite Chance bekommst.«

Okay, jetzt war ich mir ziemlich sicher, dass Damiano eine sadistische Ader besaß.

»Und da du mir künftig als persönliche Ansprechpartnerin bei all meinen Wünschen zur Seite stehst: Ich hätte da schon einen. Ich kann nur schlafen, wenn mein Kopfteil einen Winkel von fünfundvierzig Grad hat. Wärst du so gut und kümmerst dich darum, dass es angepasst wird?«

Ich starrte Damiano wie vom Donner gerührt an und musste mich zusammenreißen, nicht hektisch zu blinzeln. »B-bitte?«

Damiano wahrte sein Pokerface für ein paar Sekunden, dann lachte er los. »Du hättest mal dein Gesicht sehen sollen. War nur ein Witz. Also, man sieht sich, Toni.« Er hob seine Hand an die Stirn und tat so, als würde er salutieren.

Als er fort war, legte ich den Kopf in den Nacken und stieß ein tiefes Seufzen aus.

Karma musste mich echt hassen.

14. Kapitel

Yanis

Am nächsten Morgen wartete ich förmlich darauf, dass Toni vielleicht noch einmal an meiner Goldschmiede vorbeikommen würde. Ich ertappte mich selbst dabei, wie ich immerzu die belebte Gasse direkt vor meinem Geschäft im Blick behielt. Ein kribbeliges Gefühl hatte von mir Besitz ergriffen. Mittlerweile hatte ich schon meinen dritten Kaffee intus, was vermutlich keine gute Idee gewesen war, da mich das starke Gebräu nur noch zappeliger werden ließ. Doch mit jeder Stunde, die verstrich, mischte sich auch eine gewisse Hoffnungslosigkeit und Enttäuschung darunter.

Gerade hätte ich mich einfach nur ohrfeigen können, dass ich so dumm gewesen war, Toni nicht nach ihrer Handynummer zu fragen. Ich war zwar kein Draufgänger, aber normalerweise auch nicht auf den Mund gefallen. Doch Toni hatte mich irgendwie vollkommen überrumpelt.

Ob sie nicht so empfunden hatte wie ich? Vielleicht hatte sie unsere Begegnung gar nicht als so prickelnd wahrgenommen?

Den restlichen Tag über war ich nicht richtig bei der Sache. Dass kaum Kundschaft reinkam und ich auch kein einziges Schmuckstück verkaufte, machte die Sache nicht besser, denn mein Hirn befand sich nun vollends im Gedankenkarussell. Da ich mir zunehmend selbst auf die Nerven ging und unbedingt einen freien Kopf bekommen musste, hängte ich um 16 Uhr das *Geschlossen*-Schild an die Tür. Normalerweise hatte ich den Laden immer bis 17 oder 18 Uhr geöffnet, aber ich ging nicht davon aus, dass sich gerade heute die

Touristen auf einmal in mein Geschäft drängen würden, deshalb entschied ich, eher Feierabend zu machen.

Außerdem hatte ich einen Plan. Auch wenn ich Toni heute leider nicht wiedergesehen hatte, so hielt die Inspiration, die mir unsere Begegnung verschafft hatte, nach wie vor an, und es brannte mir unter den Fingernägeln, diesen Kreativitätsschub auszunutzen. Und wenn ich ehrlich mit mir selbst war: So ganz hatte ich die Hoffnung noch nicht aufgegeben, Toni wiederzusehen.

Glücklicherweise war Santorini eine eher kleine Insel, und da Toni gestern in Joggingklamotten unterwegs gewesen war, ging ich zumindest stark davon aus, dass sie auch in Firá oder zumindest ganz in der Nähe der kleinen Hauptstadt wohnte. Zumindest redete ich mir das ein, um mich selbst ein bisschen aufzubauen.

Als ich den Laden von außen abgeschlossen hatte, reckte ich mein Gesicht kurz der Nachmittagssonne entgegen, die sich angenehm warm auf meiner Haut anfühlte. Ein köstlicher Duft nach griechischem Essen waberte durch die Gassen und stieg mir in die Nase. Ich machte die aromatischen Noten von Zitronen, Oliven und sonnengereiftem Gemüse aus. Auch wenn ich leider nicht das Kochtalent meiner Familie vererbt bekommen hatte, so war ich doch immerhin mit einem feinen Geruchssinn und der Liebe für gutes Essen gesegnet.

Als ich meine Lider wieder öffnete, war ich kurz wie erschlagen von den zahlreichen Touristen, die sich lautstark durch die hellen Gassen der Stadt schlängelten. Eine steile Falte bildete sich auf meiner Stirn. Ich verabscheute den Massentourismus und was er aus Santorini gemacht hatte. Ja, die Gäste waren wichtig für diese Insel. Und ohne sie hätte ich meinen Laden vermutlich schon längst schließen müssen. Trotzdem büßte dieses Eiland immer mehr von seiner ursprünglichen Schönheit ein. Ich konnte förmlich spüren, wie die nachdenkliche Falte über meiner Nasenwurzel noch tiefer wurde.

Das Vibrieren meines Handys riss mich aus meinen Gedanken. Ich griff in meine Hosentasche, zog es heraus und warf einen Blick darauf. Meine besten Freunde Nik – eigentlich Nikolas –, und Sebastian hatten eine Nachricht in unsere Dreiergruppe auf WhatsApp geschrieben.

Nik

Habt ihr Bock, nachher noch eine Runde Volleyball zu spielen?

Sebastian

Klar, bin dabei. Wann und wo?

Ich begann nun ebenfalls zu tippen.

Sorry Leute. Bin heute raus. Sonst jederzeit gern.

Nik

Du willst dich doch bloß drücken, weil du gegen uns keine Chance hast.

Ich musste grinsen.

Träum weiter. Beim nächsten Treffen fordere ich eine Revanche. 😘

Ich schob mein Handy zurück in die Hosentasche und schulterte meinen Rucksack. Normalerweise sagte ich zu einem Treffen mit meinen Kumpels oder einer Partie Volleyball am Strand niemals Nein, doch heute wollte ich ein bisschen Zeit für mich haben. Und ich musste unbedingt mal wieder frische Meeresluft schnuppern.

Daher strebte ich entschlossen den Weg in Richtung des alten Hafens Skála an, wobei ich Mühe hatte, mich durch den Touristenstrom in den engen Gassen zu kämpfen. Der alte Hafen war gemeinhin als solcher bekannt, da er einst einer der wichtigsten Handelshäfen der Insel gewesen war. Seitdem die Urlauberzahlen in den letzten Jahren jedoch stetig gestiegen waren, wurde dieser Hafen nur noch als Touristenhafen und -attraktion verwendet und von den großen Kreuzfahrtschiffen angefahren, die die Besucher in Scharen auf die Insel brachten. Ebenso ankerten dort die Ausflugsboote, die Touren zu den umliegenden Vulkaninseln und zur Insel Thirasía anboten, sowie kleinere Fischerboote. Unter anderem auch das Fischerboot, das meinem Großvater gehörte.

Der Haupthandelshafen, von dem täglich die Fähren fuhren, war in die Bucht von Athiniós weiter im Süden verlegt worden und galt unter den Einheimischen seitdem als neuer Hafen.

Ich warf einen Blick von der erhöhten Stadt nach unten, wo sich das Hafengelände in den Hang bettete. Die gängigste Methode war es, die Seilbahn zu nehmen, aber ich entschied mich wie immer für den Serpentinenweg, der in engen Kurven und über die Karavoládes-Treppe, die insgesamt 588 Stufen besaß, hinabführte.

Obwohl ich es schon unzählige Male gesehen hatte, bestaunte ich wieder einmal das Panorama, das sich mir bot. Von hier oben hatte man eine atemberaubende Aussicht auf das Ägäische Meer. Leichtfüßig nahm ich Stufe für Stufe und genoss das Muskelziehen in meinen Waden. Als Einwohner war das für mich eher eine angenehme Trainingsrunde, als dass mich die Serpentinen großartig beanspruchten. Zumindest nicht so wie die Touristen, die sich keuchend den Hang hinauf- und hinunterschleppten.

Wobei es leider auch jene gab, die sich lieber von den mit bunten Perlen und klingelnden Glöckchen geschmückten Eseln und Maultieren tragen ließen, anstatt die Seilbahn zu nehmen, die sich nur etwa fünfzig Meter entfernt befand. Weil es ihnen angeblich ein »authentisch griechisches Erlebnis« bescherte.

Blanke Wut kochte in mir auf, als ich einen Mann sah, der sich von einem erschöpft aussehenden Maultier den Hang hinauftragen ließ. Es war eine Tradition auf Santorini, die ich zutiefst verabscheute und die bei mir jedes Mal Entsetzen auslöste. Entsetzen, dass so etwas von der griechischen Regierung unterstützt wurde. Mehrmals täglich wurden die Tiere dazu gezwungen, Menschen über fünfhundert Stufen zwischen dem alten Hafen und Firá hinauf- und hinabzutragen. Noch dazu waren sie der extremen Hitze ausgesetzt und bekamen kaum Wasser oder Futter.

Mittlerweile gab es viele Kampagnen gegen die »Donkey Tours«, und auch Nik, Sebastian und ich hatten uns schon im Rahmen zahlreicher Petitionen und Demonstrationen für die Tiere starkgemacht, doch es war nur ein Tropfen auf den heißen Stein. Solange die großen Reiseveranstalter und Kreuzfahrtreedereien ihre Angebote zum Eselreiten nicht vollständig aus dem Programm nahmen und damit Druck auf die griechische Regierung ausübten, diese grauenhafte Tradition endlich zu verbieten, würde sich wohl kaum etwas ändern. Hinzu kam, dass einige Einheimische auf diese Art von Einnahmequelle angewiesen waren, denn sosehr sich Santorini auch das Image einer Luxusinsel aufgebaut hatte, litt die einheimische Bevölkerung unter den stetig steigenden Lebensmittelpreisen und Lebenshaltungskosten.

Und auch wenn ich mit dem Anblick der entkräfteten Tiere so gut wie jeden verdammten Tag konfrontiert wurde, war es etwas, das mich immer wieder aufs Neue fertigmachte.

Ich warf dem Touristen einen bitterbösen Blick zu. »Schon mal was von Tierquälerei gehört? Fünfzig Meter weiter gibt es eine Seilbahn! Oder noch besser: Gehen Sie doch einmal zu Fuß den Hang hinauf, dann wissen Sie vielleicht, wie sich das arme Tier fühlt!«, fuhr ich ihn an.

Normalerweise war es nicht meine Art, meine Mitmenschen so zurechtzuweisen, und eigentlich würde ich mich als einen sehr gelassenen und besonnenen Kerl beschreiben, aber bei so etwas platzte mir der Kragen. Der Tourist blinzelte nur irritiert, dafür erhielt ich von dem Eselbesitzer prompt einen Anranzer.

»Scher dich zum Teufel und kümmer dich um deinen eigenen Kram!«, schnauzte er mich an und machte eine wegscheuchende Handbewegung, woraufhin ich ihm noch ein paar unschöne Flüche hinterherwarf.

Mit schwerer Brust und einem unwohlen Ziehen in der

Magengegend nahm ich die restlichen Treppenstufen in Angriff und machte erst wieder Pause, als ich unten angekommen war. Ich blieb kurz stehen und streckte mich, bis ich das Gefühl hatte, dass sich mein Brustkorb wieder öffnete und meine Wut langsam verrauchte. Doch dem Eselbesitzer und dem Touristen wünschte ich von Herzen, dass das Maultier seinen Reiter abwarf und danach Reißaus nahm.

Nach meiner kurzen Verschnaufpause schritt ich zielstrebig auf den Anleger zu. Der alte Hafen hatte inzwischen nicht mehr sonderlich viel Charme, und ich kam nur noch hierher, weil unser Fischerboot hier ankerte.

Als sich das bereits von der Zeit und der Witterung gezeichnete Fischerboot mit dem charakteristischen blauen Rumpf in mein Blickfeld schob, legte sich unweigerlich ein Lächeln auf meine Lippen, und ich erinnerte mich, weshalb ich eigentlich hergekommen war. Wieder stellte sich das vertraute Kribbeln ein, und ich konnte es kaum erwarten, endlich aufs offene Meer hinauszufahren.

Ich zog meine Sonnenbrille aus dem Rucksack und setzte sie auf, um meine Augen vor dem gleißenden Licht und der reflektierenden Wasseroberfläche zu schützen. Dann lud ich mein Gepäck in das Boot, sprang hinterher und löste das Tau.

Als ich mit sanft brummelndem Motor aus dem Hafen hinausfuhr und mir die aufschäumende Gischt das Salz ins Gesicht wehte, merkte ich, wie der Druck auf meiner Brust weniger wurde und in den Hintergrund rückte.

Ich ließ den alten Hafen hinter mir und nahm Fahrt auf. Heute war das Meer relativ aufgewühlt, sodass mein Magen ordentlich durchgeschüttelt wurde, aber mir machte das nichts aus. Als ich schon etwas weiter draußen war, stellte ich den Motor ab und ließ mich für einen Moment treiben. Das Meer glitzerte im Licht der Sonne wie Abertausende Diamanten, und ich lehnte mich über den Rand des Boots, um mit den Fingerspitzen durch das kühle Nass zu fahren.

Das Meer war schon immer mein Zufluchtsort gewesen, jedes Mal, wenn ich einen Moment der Ruhe benötigte. Vielleicht lag das daran, dass mein Opa mich schon als kleines Kind oft mit genau diesem Boot mitgenommen und mir die Schönheit des Meeres vor Augen geführt hatte. Früher war mein Opa sogar hin und wieder mit mir zum Fischen rausgefahren, doch inzwischen war Pappoús zu alt dafür.

Ganz dicht unter der Wasseroberfläche sah ich ein paar Fische hin- und herschwimmen, neugierig näherten sie sich meinem Boot. Ich betrachtete ihr Treiben für eine Weile und musste lächeln. Wann immer ich von Wasser umgeben war, kamen mir meine Sorgen auf einmal kleiner und zumindest in dem Augenblick nicht mehr so erdrückend und bedeutungsvoll vor. Wenn die Wellen das Boot sanft bewegten, wenn ich salzige Meeresluft auf meiner Zunge schmeckte, der Wind mir durchs Haar strich und ich das Glitzern und die verschiedenen Farbtöne des blaugrünen Wassers betrachtete, dann schien die Welt einen Moment lang stillzustehen.

Plötzlich verspürte ich den inständigen Wunsch, Toni eines Tages mit dem Boot mitzunehmen. Ob es ihr gefallen würde? Und würde ich überhaupt noch einmal die Chance bekommen, sie danach zu fragen? Ich hoffte es.

Ich hatte keine Ahnung, wie lange ich einfach nur so in Gedanken versunken dasaß und auf die funkelnde Wasseroberfläche starrte, doch irgendwann schmiss ich den Motor wieder an und legte keine weitere Pause mehr ein, bis ich den Caldera Beach mit seinem feinen dunklen Lavasand und den Kieselsteinen erreichte. Der naturbelassene Strand – und auch der einzige Strand in der Caldera – befand sich etwa zehn Kilometer vom alten Hafen entfernt.

Ein paar Boote trieben in Ufernähe im Wasser, und mein Blick fiel auf die zahlreichen bunten Fischerboote, die sich an Land befanden.

Ich ankerte ebenfalls in Ufernähe, zog meine Schuhe aus und band sie an meinem Rucksack fest, den ich mir über die Schulter warf. Dann watete ich das restliche Stück durch das hüfthohe Wasser zum Strand. Es war ohnehin so heiß, dass meine Klamotten binnen weniger Minuten wieder trocken sein würden.

Der Caldera Beach war noch ein echter Geheimtipp und längst nicht so überlaufen wie die anderen Strände der Insel, dafür war er auch bedeutend kleiner. Es gab eine Taverne, und am Ende des Strandes befand sich eine Tauchschule, trotzdem ging es hier normalerweise recht ruhig zu. Strandliegen oder Sonnenschirmen suchte man vergeblich, aber das war genau der Grund, warum ich diesen Strand so gern mochte. Weil sich hier der ursprüngliche Charme der Insel ein Stück weit wiederfinden ließ. Auch heute waren nicht viele Besucher da. Ich erspähte lediglich ein Pärchen, das sich ein lauschiges Schattenplätzchen unter den Bäumen gesucht hatte, und eine vierköpfige Familie. Die zwei kleinen Kinder waren mit Eifer dabei, Sandburgen zu bauen.

An diesem Strand hatte ich schon so einige Schätze für meinen Schmuck gefunden, da die Brandung hier stärker war und dementsprechend auch mehr Treibgut angespült wurde. Ich liebte es, mich jedes Mal aufs Neue überraschen zu lassen, was mir das Meer dieses Mal anbieten würde. Wobei es auch eher so war, dass ich nicht gezielt nach bestimmten Fundstücken suchte, sondern mich von ihnen finden ließ.

Während ich den Strand auf und ab lief, genoss ich den feinen, von der Sonne aufgewärmten Sand zwischen meinen Zehen. Ab und an glitt mein Blick in Richtung des Meeres und der Caldera. Wieder war da dieses sehnsuchtsvolle Ziehen in meiner Brust, das nur das Meer bei mir auslöste. Ein Gefühl, das ich auch mithilfe meines Schmucks transportieren wollte. Sehnsucht, Leidenschaft, Hoffnung, Urlaubsstimmung, aber auch Mut und Kraft. Meiner Meinung nach gab es nichts Kraftvolleres und Anmutigeres als das Meer. Meine Schmuckstücke sollten etwas Besonderes sein, etwas Einmaliges, keine Massenware. Schmuck war so viel mehr als nur ein Accessoire. Er spiegelte unser Inneres wider und gab zum Teil mehr von uns preis, als man auf den ersten Blick meinte.

Die Zeit am Strand verging wie im Flug. Inzwischen stand die Sonne schon deutlich tiefer am Horizont, und das Licht hatte sich verändert. Feine Wölkchen zogen am Himmel entlang, die von der Sonne angestrahlt wurden. Als ich mich umsah, fiel mir auf, dass ich mittlerweile sogar der Einzige war, der sich noch am Strand befand. Von dem Pärchen und der Familie war nichts mehr zu sehen. Ich hatte nicht einmal bemerkt, dass sie gegangen waren. Aber so war das immer, wenn ich mich am Strand oder auf dem Meer befand. Ich hatte nur noch Augen für die Natur und blendete alles andere um mich herum aus.

Mit einem Lächeln betrachtete ich meine heutigen Fundstücke, die ich in eine kleine Pappschachtel gepackt hatte. Darunter befanden sich Steine, Muscheln und Treibholz, das von Wind und Wasser geformt worden war. Jedes von ihnen schien eine andere Geschichte zu erzählen, von unendlichen Weiten, verborgenen Tiefen und fernen Küsten. Manchmal inspirierte es mich, mir vorzustellen, welchen Weg das Treibgut zurückgelegt hatte, was es erlebt hatte. Ich gab den Fundstücken eine eigene Stimme.

Treibholz hatte für mich einen bodenständigen, rustikalen Charme. Muscheln strahlten eine zarte Schönheit aus, Steine hingegen spiegelten ruhige Eleganz wider. Alle waren ein Unikat, kein Stück glich dem anderen.

Ein Fundstück hatte es mir heute ganz besonders angetan. Es war eine Mittelmeer-Kegelschnecke, die einen wunderschönen rosa-braunen Farbverlauf hatte, wobei mich die braunen Flecken ein wenig an Tonis Augenfarbe erinnerten. Warm und geheimnisvoll.

Ich griff in die Pappschachtel und nahm das Schneckenhaus heraus, drehte es zwischen meinen Fingern. Sofort hatte ich die verschiedensten Bilder vor Augen, wie ich diese Schnecke verarbeiten könnte und wie sie am besten in Kombination mit meinem Goldschmuck wirken könnte. Es würde ein feines Schmuckstück werden. Möglicherweise könnte ich es auch noch mit Seeglas kombinieren. Ich hatte noch ein paar schön geschliffene Scheiben in meiner Goldschmiede, die ich bisher nicht verarbeitet hatte, die aber regelrecht darauf warteten, zu einem Schmuckstück zu werden.

Ich hielt die Schnecke gegen das sanfte Abendlicht. »Mal sehen, was ich aus dir zaubern kann«, sagte ich und lächelte.

15. Kapitel

Toni

Nach meiner Schicht im Hotel zog es mich sofort zu Yanis' Goldschmiede. Ich hoffte, ihn dort anzutreffen, nachdem ich heute Morgen nicht meine eigentlich geplante Joggingrunde hatte machen können. Im Internet hatte ich gelesen, dass sein Geschäft normalerweise bis 18 Uhr geöffnet war. Nachdem ich mich umgezogen hatte, lief ich diesmal mit wesentlich schnelleren und beschwingten Schritten das Kopfsteinpflaster entlang. Mit jedem Meter, den ich mich der Goldschmiede näherte, steigerte sich mein Pulsschlag, und ein erwartungsvolles Kribbeln zog durch meinen Körper. Es fühlte sich an, als würde mich ein Ameisenhaufen auf Trab halten. Derweil ging ich im Kopf permanent durch, was ich Yanis eigentlich sagen wollte. Auf keinen Fall wollte ich wieder so herumstammeln wie bei unserem ersten Treffen. Außerdem überlegte ich, wie ich mich aus der Affäre ziehen konnte, sollte Yanis unsere Begegnung anders empfunden haben als ich. In dem Fall könnte ich wirklich immer noch vorschieben, dass ich ein besseres Foto von seinem Schmuck für meine gestrige Challenge mit Malina benötigte. Zu unserem heutigen Thema »Flowers« hatte Malina mir ein Selfie geschickt, wie sie mit geschlossenen Augen an einer einzelnen gelben Rose roch.

Hab mir selbst gerade eine gelbe Rose gekauft. Selbst ist die Frau. ☺
#Icanbuymyselfflowers

Noch immer musste ich darüber grinsen, weil Malina den Song »Flowers« von Miley Cyrus regelrecht vergötterte.

Mich trennten nur noch ein paar Meter von der Goldschmiede, doch bereits von Weitem erblickte ich das Schild, das an der Tür hing. *Geschlossen.* Meine Euphorie klang ein wenig ab, und ein dumpfes Gefühl machte sich stattdessen in meinem Bauch breit. Die Enttäuschung verstärkte sich, als ich direkt vor dem Laden stand und mir das Schild mehr als deutlich vor Augen hielt, dass ich Yanis verpasst hatte. So ein Mist aber auch!

Unschlüssig drehte ich mich um meine eigene Achse. Und jetzt?

Vielleicht war es insgesamt eine dumme Idee gewesen, noch einmal hierherzukommen. Ich meine, was erwartete ich eigentlich?

Ich wollte bereits zurück in Richtung Hotel, als ich zwei junge Männer wahrnahm, die an mir vorbeigingen und entschlossen an die Tür klopften.

»Yanis, bist du noch da?«, rief der eine, während der andere ein zweites Mal an die Tür klopfte. Ich beobachtete sie. Ob sie Yanis näher kannten?

»Jetzt drückt der sich echt vor der Volleyball-Revanche, nicht zu fassen!«

»Ist echt ungewohnt, dass er seinen Laden früher dichtmacht. Sollen wir es noch mal auf seinem Handy versuchen?«

»Nee, womöglich ist er auch bei seiner Familie oder mit dem Boot rausgefahren. Heute kommt er noch mal davon. Aber aufgeschoben ist nicht aufgehoben!«

Die beiden Männer lachten. Sie drehten sich um und gingen erneut an mir vorbei, wobei der eine von ihnen – Typ Surferboy – innehielt und mich musterte.

»Hey, wartest du auf jemanden?«, fragte er mich freundlich. »Bist du auch auf der Suche nach Yanis?«

Da ich nicht wusste, was ich darauf erwidern sollte, nickte ich bloß. Ich kam mir blöd vor, die beiden belauscht zu haben und noch dazu wie bestellt und nicht abgeholt in der Gegend herumzustehen. Andererseits war das hier vielleicht auch eine Chance.

»Seid ihr Freunde von Yanis?«, fragte ich hoffnungsvoll.

Der Blonde nickte. »Ich bin Sebastian, und das hier ist Nikolas.« Er deutete auf den tätowierten Schwarzhaarigen neben sich. »Und du bist ...?«

»Toni«, antwortete ich nun ebenfalls mit einem zaghaften Lächeln.

»Bist du eine Freundin von Yanis?«, fragte dieser Nikolas. »Er hat noch gar nichts von dir erzählt.«

Jetzt konnte ich doch nicht verhindern, dass ich rot anlief. Hastig schüttelte ich den Kopf. »Nein, ähm ...« Ich kramte in meinem Kopf nach einer plausiblen Erklärung. »Wir sind eher so etwas wie ... Bekannte. Ich hab mir hier gestern seinen Schmuck angesehen.«

»Ah, ja, unser Yanis macht schon tollen Schmuck, nicht wahr?«, meinte Sebastian.

Erst jetzt fiel mir auf, dass sowohl Sebastian als auch Nikolas Schmuck trugen, der den Anschein hatte, als würde er aus Yanis' Händen stammen. Sebastian trug ein schmales Goldkettchen mit zig kleinen Muscheln daran, was ihm noch mehr das Aussehen eines Surferboys verlieh. Der Schmuck von Nikolas hingegen war etwas dunkler und geerdeter. An der schwarzen Lederkette um seinen Hals hing ein kleines Stück Treibholz, das in einen zierlichen goldenen Rahmen eingefasst war. Mir wäre niemals in den Sinn gekommen, dass eine solche Kombination gut aussehen konnte, doch die Kette stand Nikolas fantastisch. Dazu trug er ein ähnliches Armband wie das, das ich auch schon an Yanis' Handgelenk gesehen hatte. Offenbar zählten die beiden zu Yanis' größten Unterstützern, was ich richtig süß fand. Sie mussten wirklich gute Freunde von ihm sein.

Ich nahm meinen ganzen Mut zusammen. »Würdet ihr ihm sagen, dass ich hier war? Und ihm ausrichten, dass er mich ja vielleicht mal anrufen kann?«

»Sicher doch, wenn's weiter nichts ist.« Sebastians Lächeln wurde, wenn überhaupt möglich, noch etwas breiter.

Ich durchforstete meine Handtasche nach etwas zum Schreiben. Schließlich fand ich eine Visitenkarte vom Hotel sowie einen Kuli. Hastig kritzelte ich meine Handynummer auf die Rückseite und schrieb noch meinen Namen dazu, bevor ich Sebastian die Visitenkarte in die Hand drückte.

»Hier, bitte. Und danke euch.«

»Kein Ding, Toni.«

Wir verabschiedeten uns voneinander, doch auch als ich mich bereits von den beiden abgewandt hatte, konnte ich ihre fragenden Blicke noch immer auf mir spüren.

Als ich abends im Bett lag, nachdem ich es endlich geschafft hatte, auch mal meinen Koffer auszupacken, wurde eine unbekannte Handynummer auf meinem Display angezeigt. Mein Puls schoss unweigerlich in die Höhe. Nervös richtete ich meine Haare, bis mir klar wurde, dass die Person am anderen Ende der Leitung mich nicht sehen konnte. Mit klopfendem Herzen setzte ich mich ein Stück im Bett auf und nahm das Gespräch an.

»Hallo?«

»Hey, Toni, hier ist Yanis. Der seltsame Kerl, der seine Kaffeemaschine nach einer Göttin benannt hat.« Ich konnte Yanis' verschmitztes Grinsen förmlich vor mir sehen und lachte auf. Die Anspannung fiel augenblicklich von mir ab. Ich mochte es, dass sich Yanis selbst auf die Schippe nehmen konnte.

»Dann hat meine vollgekritzelte Visitenkarte also zu dir gefunden«, sagte ich und verdrehte gleich darauf die Augen. Selbstverständlich hatte Yanis meine Nachricht bekommen, andernfalls hätte er mich wohl kaum anrufen können.

»Auf Umwegen.« Yanis lachte nun ebenfalls. »Sebastian hat es irgendwie geschafft, die Karte zu verlegen. Er hat mir eben erst deine Nummer geschickt, sonst hätte ich mich schon eher gemeldet.«

Ich kuschelte mich in die Laken, während ich Yanis' Stimme lauschte. »Ihr seid gute Freunde, oder?«

»Sebastian, Nikolas und ich sind die besten Freunde, seitdem wir gemeinsam den Kindergarten besucht haben. Ich kann mich immer auf die beiden verlassen.«

»So geht es mir mit meiner Schwester Malina.« Ich lächelte still vor mich.

»Apropos: Was hat deine Schwester eigentlich zu deinem Fotochallenge-Beitrag gesagt?« Neugierde schwang in seiner Stimme mit.

»Tja, was soll ich sagen: Mein verwackeltes Foto von deinem Schmuck hat sich gegen Malinas finnische Lihapiirakka durchgesetzt.«

Kurz entstand Stille in der Leitung. »Finnische *was?*«

Das Grinsen in meinem Gesicht wurde breiter. »Lihapiirakka, eine finnische Fleischpastete.«

»Dann hat mein Schmuck also gegen ... eine Fleischpastete gewonnen? Was bedeutet, dass mein Schmuck *noch schlichter* ist als eine Fleischpastete? Ich weiß nicht, ob ich das gut finden soll.«

Wir scherzten noch eine ganze Weile miteinander herum. Seltsamerweise fühlte es sich so an, als würden Yanis und ich uns schon viel länger kennen als nur zwei Tage.

»Weißt du, was ein bisschen unfair ist?«, fragte Yanis irgendwann.

»Hmm?«

»Du hast meinen Arbeitsplatz schon kennengelernt, aber ich weiß noch nicht einmal, was du machst. Anhand deiner Visitenkarte konnte ich nur erahnen, dass du im Hotel arbeitest.«

»Okay, der Punkt geht an dich. Was willst du wissen?«

»Alles. Wo kommst du her, was machst du hier auf Santorini?«

Also begann ich, zu erzählen. Von meiner Heimat München, von meiner Familie. Von meiner Arbeit als Veranstaltungskauffrau im *Blue Ocean* und meinen ersten Tagen auf der Insel

Yanis und ich redeten bis spät in die Nacht hinein. Schließlich verabredeten wir uns für übermorgen, da ich an dem Tag frei hatte.

»Aber was ist mit deiner Goldschmiede?«, hakte ich nach. »Musst du die nicht öffnen?«

»Das ist der einzige Vorteil an der Selbstständigkeit: Ich bin mein eigener Boss und kann den Laden für einen Tag auch mal schließen.«

»Sicher?«, hakte ich nach und knibbelte an meiner Unterlippe. Irgendwie hatte ich ein schlechtes Gewissen dabei.

»Das passt schon«, beruhigte Yanis mich.

Nachdem wir ausgemacht hatten, wann wir uns bei seinem Laden treffen wollten, senkte sich für einen Augenblick erwartungsvolle Stille über unser Telefonat.

»Ich freu mich, Toni. Kaliníchta«, wünschte Yanis mir auf Griechisch eine gute Nacht.

»Ich freu mich auch, Yanis. Gute Nacht.«

16. Kapitel

Als der Tag von Yanis' und meiner Verabredung gekommen war, wachte ich bereits mit dem morgendlichen Zwitschern der Vögel auf. Die ganze Nacht über hatte ich so gut wie kein Auge zugetan, da mich meine wirren Gedanken nicht zur Ruhe kommen ließen. Ich drehte mich zwar noch ein paarmal im Bett hin und her, allerdings brachte das auch nichts. Irgendwann gab ich entnervt auf. Zu meinem eigentlich so dringend benötigten Schönheitsschlaf würde ich jetzt wohl nicht mehr kommen. Aber hey, mit viel Fantasie könnte man meine tiefen Augenringe vielleicht auch als Smokey Eyes durchgehen lassen.

Ich hatte, wie die letzten Tage auch, meine Balkontür über Nacht aufgelassen, für sonderlich viel Abkühlung im Apartment hatte es allerdings nicht gesorgt. Die Temperaturen hier auf Santorini waren schon krass. Tagsüber kletterte das Thermometer teilweise auf vierzig Grad (im Schatten, wohlgemerkt!), und in der Nacht sanken die Temperaturen kaum unter fünfundzwanzig Grad. Trotzdem ließ ich die Klimaanlage ungern über Nacht laufen, weil ich immer Sorge hatte, mir eine Erkältung einzufangen.

Ich mochte den Sommer sehr, doch an diese Hitze musste auch ich mich erst einmal gewöhnen. Der einzige Vorteil war, dass zumindest immer eine leichte, angenehme Brise vom Meer herüber wehte.

Selbst nachdem ich eine eiskalte Dusche genommen und mich ausgiebig abgetrocknet hatte, kam es mir so vor, als hätte sich schon wieder ein leichter Film über meine Haut gelegt. Warum genau war ich noch mal duschen gegangen?

Anschließend stand ich etwas unschlüssig im Zimmer. Die Nervosität machte sich allmählich immer deutlicher bemerkbar. Ich warf einen Blick auf mein Handy. Mir blieben noch drei Stunden. Genügend Zeit also, um meine Gefühlswelt auf Achterbahnfahrt zu schicken und emotional noch einmal so richtig auszuflippen.

Da ich mittlerweile seit einer geschlagenen halben Stunde vor dem Spiegel stand und immer wieder neue Klamotten anprobierte, die letzten Endes doch nur zusammengeknüllt auf meinem Bett landeten, seufzte ich entnervt auf. Normalerweise hätte ich so etwas gemeinsam mit Malina gemacht. Sie hätte mir gesagt, dass ich einen kühlen Kopf bewahren sollte, und mir dabei geholfen, ein passendes Outfit zu finden.

Ein Gedanke schoss mir durch den Kopf und brachte mich noch weiter aus der Fassung. War das heute eigentlich ein Date? Dieses Wort verlieh unserem Treffen auf einmal so etwas Großes, Mächtiges. Vor allem, da Date-Erfahrungen in den letzten Jahren quasi non-existent gewesen waren. Seit Leons Tod hatte ich keinen Mann mehr richtig in mein Leben gelassen ...

Einerseits sehnte ich mich nach Nähe und nach etwas Echtem, andererseits machte es mir Angst. Daher konnte ich mir auch nicht erklären, wie ich es geschafft hatte, von mir aus einen Schritt auf Yanis zuzugehen und einfach mal etwas Neues zu wagen. Vielleicht, weil er mir dieses Gefühl von Sicherheit vermittelte. Ein Gefühl, dass alles möglich war. Er hatte so positiv auf die Welt gesehen, und irgendwie hatte das etwas mit mir gemacht.

Trotzdem wollte ich mein Treffen mit ihm nicht als Date bezeichnen, da es nur zusätzlich Panik schürte und in mir die Frage aufkommen ließ, ob ich hierfür überhaupt schon bereit war. Daher redete ich mir selbst gut zu, dass ich meinen freien Tag heute einfach bloß mit einem netten jungen Mann verbrachte, der mir die Insel zeigen wollte. Dagegen war ja auch absolut nichts einzuwenden.

Ich konnte nicht verhindern, dass ein leichtes Flattern in meinem Bauch einsetzte. Aber vielleicht war das auch etwas Gutes. Denn es machte, dass ich mich lebendig fühlte. Vielleicht war es an der Zeit, nach beinahe fünf Jahren der

Trauer wieder aus meinem Schneckenhäuschen herauszukommen und der Welt zu zeigen, dass ich noch da war. Dass da unter diesen vielen Schichten noch immer die alte Toni steckte. Leise Zuversicht regte sich in mir.

Doch prompt meldeten sich auch die Schuldgefühle, die mich in den vergangenen Jahren stetig begleitet hatten, und ein dumpfer, altbekannter Schmerz legte sich auf mein Herz. Mein Blick schweifte durch die geöffnete Balkontür in Richtung des tiefblauen Meeres. Dieses Problem würde ich wann anders angehen, nicht heute. Da sich mein Hals schon wieder zuschnürte, atmete ich ein paarmal tief ein und aus, bis das Druckgefühl auf meiner Brust etwas abklang.

Dann griff ich nach meinem Handy und rief Malina an. Sie hatte mich über ihre Arbeitsschichten auf dem Laufenden gehalten, wodurch ich zumindest bessere Aussichten hatte, sie zu den passenden Zeiten zu erreichen. Gerade war sie meine einzige Hoffnung, das Ganze hier einigermaßen cool zu überstehen. Auch wenn ich die Sache damit nun selbst irgendwie größer machte. Das Wort »Date« prangte quasi wie eine unübersehbare Leuchtreklame vor meinem inneren Auge.

Kaum hatte Malina den Videocall angenommen und ich ihr von meiner Misere erzählt, kreischte sie los. »Du hast ein Date und erzählst mir erst jetzt davon? Nicht dein Ernst!«

»Es ist kein Date«, widersprach ich sofort. Das darauffolgende Schweigen in der Leitung führte mir vor Augen, dass weder Malina noch ich meinen Worten wirklich Glauben schenkten.

Wir diskutierten eine Weile, bis wir uns schließlich auf ein Outfit einigen konnten. Ich wählte einen kurzen weißen Flatterrock, der bei den Temperaturen genau das Richtige war. Dazu trug ich ein kurzärmeliges Carmenshirt, welches den Blick auf meine braun gebrannten Schultern freigab. Zwischen dem Shirt und dem Rock blitzte ein winziger Streifen Haut auf.

»Perfekt!«, befand Malina. »Und dazu noch einen Zopf und deine goldfarbenen Creolen! Und diese hübschen weißen Sandalen.«

Ich drehte mich noch einmal vor dem Spiegel. Ja, in diesem Outfit fühlte ich mich wohl.

»Und, was habt ihr vor?«, fragte Malina mich, während sie herzhaft in eine Zimtschnecke biss. Da kamen Erinnerungen auf …

Da ich jedoch nicht wieder allzu melancholisch werden wollte, konzentrierte ich mich auf Malinas Frage.

»Wir sind um 10 Uhr zum Frühstücken verabredet, allerdings hat Yanis mir noch nicht verraten, wohin wir gehen.« Ich zuckte mit den Schultern. »Wir treffen uns bei seiner Goldschmiede.«

»Wie aufregend«, freute Malina sich. »Du musst mir hinterher unbedingt alles berichten, ja? Und wie läuft's im Hotel und mit dem neuen Team? Und mit diesem Damiano?«

Ich erzählte zunächst davon, dass ich das Hotelteam mochte und mir die Arbeit im *Blue Ocean* Spaß machte. »Gestern Abend hatten wir einen richtig tollen Pianisten im Hotel«, schwärmte ich. »Aber die Veranstaltungen hier sind eher dezent gehalten, das ist sehr angenehm. Electra und ich haben überlegt, ob wir bei dem tollen Wetter nicht einen Open-Air-Kinoabend am Pool arrangieren könnten, das würde bestimmt super ankommen. Vielleicht könnte man auch mal einen Kochkurs für die Hotelgäste organisieren.«

»Oh, das finde ich eine ganz tolle Idee!«

»Komm doch vorbei und leite den Kochkurs«, scherzte ich, bevor ich ein Seufzen ausstieß. »Und was Damiano betrifft …«

»Was ist mit ihm?«, hakte Malina nach.

Ich verdrehte die Augen. »Er ist echt anstrengend. Ich hab den Eindruck, er hat es sich zur Aufgabe gemacht, mich zu quälen. Vielleicht immer noch als Rache für unseren misslungenen Start. Oder aus Langeweile, was weiß ich. Ich bin froh, dass ich ihm heute zur Abwechslung mal nicht hinterherrennen muss. Ehrlich, hätte ich gewusst, dass der Fokus meiner Stelle mehr auf dem ›Gästemanagement‹ als auf ›Eventmanagement‹ liegt, dann hätte ich mir das dreimal überlegt. Ständig kommt er mit den kuriosesten Anfragen um die Ecke.«

»Die da wären?«, wollte Malina es ganz genau wissen.

»Gestern sollte ich allen Ernstes ein sündhaft teures Hemd von ihm aus der Reinigung holen. Allerdings hatte das Teil einen Fleck, der nicht mehr rausging. Damiano hat total rumgetobt, dass er sich jetzt ein anderes Outfit überlegen müsste, und mir sogar noch unterstellt, ich hätte den Fleck absichtlich reingemacht. Klar, ich hab auch sonst nichts anderes zu tun. Außerdem hätte ich es wenn dann ordentlich gemacht und ihm ein Loch in sein Hemd geschnitten. Direkt auf Brusthöhe, damit sein Nippel rausschaut. Aber wahrscheinlich hätte er sich dafür sogar noch gefeiert und ein Foto davon ins Netz gestellt.«

Malina konnte sich das Grinsen nur schwer verkneifen und prustete los. »Geht ja richtig rund bei euch beiden.«

»Ich weiß schon, warum Antonios diesen Job nicht selbst übernimmt. Oder zumindest nicht alles davon.« Ich schnaubte.

»Ach, komm schon. Ich wette, so übel ist dieser Damiano gar nicht«, versuchte Malina, ihn in Schutz zu nehmen.

Ich legte den Kopf schief. »Wir können gerne tauschen, und du spielst den Babysitter.«

Sie lachte bloß, und ich war froh, dass sie trotz der Entfernung in gewisser Weise bei mir war. Dann wurde es langsam Zeit, sich zu verabschieden, da Malina zu ihrer Schicht aufbrechen und ich mich noch schminken und zurechtmachen musste.

»Ich drücke dir ganz doll die Daumen für dein Treffen, toi, toi, toi!«

»Danke.« Ich lächelte. »Ich meld mich später.«

»Das will ich doch wohl hoffen, schließlich steht ja auch die Fotochallenge wieder an.« Malina wackelte auffordernd mit den Augenbrauen, als wollte sie mich noch einmal an unseren Pakt erinnern.

»Ich hab's nicht vergessen!«

Überpünktlich machte ich mich auf den Weg zu Yanis' Goldschmiede. Ich genoss die kühle Meeresbrise, die hin und wieder über meinen Nacken strich. Es war eine gute Idee gewesen, einen hohen Zopf zu tragen, das versprach zumindest etwas Abkühlung.

Noch bevor ich den Parkplatz vor dem Hotel erreichte, drang eine aufgebracht klingende Stimme an mein Ohr, die mir nur allzu bekannt vorkam. Ich erspähte Damiano, wie er unruhig zwischen den parkenden Autos hin- und herlief, das Gesicht grimmig verzogen. Er sprach laut auf Englisch in sein Handy.

»Verdammt, James, ich brauche keinen Bodyguard! Und ich poste Bilder, wann ich das möchte, klar so weit? Und richte Gabriella aus, dass sie nicht mehr irgendwelche absurden Essenspläne ans Hotel schicken soll, ich werde hier in der kurzen Zeit schon nicht aufgehen wie ein Kugelfisch!«

Unbewusst verlangsamte ich meine Schritte. Damiano hatte mich noch nicht bemerkt, stattdessen drückte er das Gespräch wütend weg und starrte sein Handy an, als könnte sein zorniger Blick es in Flammen aufgehen lassen. Ich bekam fast Mitleid mit dem Handy.

Da holte Damiano plötzlich aus, als wollte er sein Telefon auf den Asphalt pfeffern, besann sich jedoch in letzter Sekunde und ließ die Hand wieder sinken.

»Merda, merda, merda!«, fluchte er, dann fiel sein Blick direkt in meine Richtung. Seine dunklen, dichten Augenbrauen zogen sich noch ein Stück weiter zusammen.

Unbehaglich trat ich von einem Bein aufs andere. »Morgen«, sagte ich, um die die peinliche Stille zwischen uns zu durchbrechen. Warum war das eigentlich immer so, dass ich gefühlt jedes Mal im falschen Moment auf Damiano traf?

Das Model verengte die Augen zu schmalen Schlitzen. »Hast du mich belauscht?«

Ich setzte nun ebenfalls einen selbstbewussten Blick auf, straffte meinen Rücken und schulterte meine zierliche Handtasche. »Dein Gespräch hätte man sicher auch noch dreihundert Meter weiter weg verstanden. Es war schwer, es zu *überhören.*«

Damianos Augenbrauen nahmen wieder ihre normale

Position ein, und es machte nicht mehr den Anschein, als wollte er wie ein Tiger über mich herfallen. »Ach, ist auch egal.« Resigniert winkte er ab. »Es ist eh egal, was ich will.«

Ich warf einen Blick auf meine schmale Armbanduhr. Eigentlich sollte ich mich auf den Weg zu Yanis machen. Trotzdem brachte ich es nicht übers Herz, jetzt einfach zu gehen. Auf einmal tat er mir irgendwie leid. Also machte ich einen Schritt auf Damiano zu.

»Alles okay?«, erkundigte ich mich vorsichtig und mit ehrlichem Interesse. Noch in derselben Sekunde wunderte ich mich darüber, wo das Mitgefühl für Damiano Rizzardi herrührte. Bisher hatten wir keine sonderlich gute Zeit miteinander gehabt.

Damiano sah mich an, seine Augen weiteten sich überrascht. Als wäre er es nicht gewohnt, dass er danach gefragt wurde. Vielleicht konnte er aber auch einfach nur nicht mit meiner Frage umgehen. Kurz kam es mir so vor, als würde unter der Schale, unter der Maske des italienischen Supermodels, der echte Damiano hervorblitzen. Ein Mensch, der wie alle anderen mit Unsicherheiten und Zweifeln zu kämpfen hatte.

Schweigen breitete sich zwischen uns aus, und ich konnte Damiano geradezu ansehen, wie es hinter seiner Stirn arbeitete. Als würde er überlegen, ob er sich mir anvertrauen sollte. Doch offenbar entschied er sich dagegen, und ich bereute es, mich überhaupt nach seinem Wohlergehen erkundigt zu haben, denn sein Gesicht nahm wieder diesen gleichgültigen, gelangweilten Ausdruck an. Undurchdringbar wie eine Mauer. Er wandte seinen Blick in Richtung Meer, von dem eine leicht salzige Brise zu uns herüberwehte.

»Das würdest du eh nicht verstehen«, antwortete er bloß. Er klang nicht unbedingt feindselig dabei, doch es schwang wieder dieser arrogante Unterton mit. Und ich hatte überhaupt keinen Bock, mir von ihm meinen Tag vermiesen zu lassen und seinetwegen zu spät zu meinem Treffen mit Yanis zu kommen.

Ich hob beschwichtigend die Hände. »Schon klar, wie könnte eine Normalsterbliche wie ich das auch verstehen?

Dann hab einen angenehmen Tag«, sagte ich und wollte bereits gehen, als Damiano auf einmal tief seufzte.

»Es ist wegen meines Managements«, antwortete er und sah mich ernst an. Er war an diesem Morgen ungeschminkt, und dunkle Augenringe zeichneten sich in seinem blassen Gesicht ab. Ob er die Nacht ähnlich beschissen geschlafen hatte wie ich? Wieso machte ich mir darüber überhaupt Gedanken?

Ich verschränkte die Arme vor der Brust. »Was ist mit deinem Management?«

»Gabriella, meine Agentin ... Einer ihrer Mitarbeiter hat mir gerade mitgeteilt, dass sie mir einen Bodyguard zur Seite stellen will, aber sie versteht nicht, dass ich einfach mal Zeit für mich haben und nicht 24/7 beschattet werden will.«

»Apropos Schatten ... Wo ist denn dieser Paolo hin, dein ...?«

»Er ist mein Assistent ... Na ja, eigentlich eher der von Gabriella. Ich hab ihn zurück nach Mailand geschickt.« Damiano machte eine kurze Pause. »Es war wirklich eine Tortur, mir diese kleine Auszeit zu erkämpfen. Am liebsten hätte Gabriella mich direkt wieder auf den Laufsteg oder zu irgendwelchen Fotoshootings geschickt. Aber ich bin gerade echt durch.«

Im ersten Moment war ich überrascht, dass er mir das anvertraute. Ich hatte angenommen, er mochte diesen Promistatus und den ganzen Trubel der Glamourwelt. Immer und überall persönliche Leibwächter und Chauffeure zu haben, von einer Traube Menschen umgeben zu sein, die sich um einen kümmerten. Es fiel mir schwer, mich in ihn hineinzuversetzen. Was war das wohl für ein Gefühl, wenn man eigentlich nur noch mit Personenschutz unterwegs sein konnte? Es klang ganz danach, als würde Damianos Leben auch deutliche Schattenseiten mit sich bringen.

»Na ja, sie macht sich wahrscheinlich einfach nur Sorgen um dich, oder?«, hakte ich nach.

»Sie macht sich eher Sorgen darum, dass ihrem Goldvögelchen etwas passieren könnte.« Damiano schnaubte, und pure Verachtung schwang darin mit.

Ich wusste nicht, was ich darauf erwidern sollte. Anscheinend musste ich aber auch nichts erwidern, da Damiano sich weiter in Rage redete.

»Auch wenn sie Tausende Kilometer weit entfernt ist, versucht sie, alles zu kontrollieren, selbst das, was ich esse oder trinke. Wenn ich noch einmal das Wort Brokkoli-Smoothie höre, schreie ich.«

Obwohl ich das Grinsen eigentlich unterdrücken wollte, da ich wusste, wie unpassend es in diesem Augenblick war, zuckten meine Mundwinkel unkontrolliert nach oben. Ich versuchte noch, mich halb von Damiano abzuwenden, aber da war es schon zu spät.

Ein Glucksen perlte von meinen Lippen, bis das Lachen schließlich aus mir herausbrach.

Damiano starrte mich an. »Ich klage dir mein Seelenleid, und du *lachst* darüber?«, fragte er betont theatralisch, doch im nächsten Moment schienen auch seine Mundwinkel zu zucken.

»Es tut mir leid«, gluckste ich, »aber Brokkoli-Smoothie ... Boah, das klingt schon total eklig.«

Anscheinend hatte ich Damianos harte Schale ein Stück weit geknackt, denn plötzlich und ganz unerwartet begann auch er zu lachen. Es klang natürlich und kein Stück aufgesetzt, und zu meiner eigenen Verwunderung musste ich mir eingestehen, dass Damiano ein wirklich schönes Lachen hatte. Es ließ ihn gleich viel menschlicher und nahbarer wirken. Ein Schauer rieselte meinen Rücken hinab, aber ich schob es auf die leichte Sommerbrise.

»Hey, der Brokkoli-Smoothie ist im Vergleich zu den Grünkohl-Smoothies, die mir Gabriella sonst immer andreht, fast noch erträglich«, scherzte Damiano.

Nachdem wir uns beide wieder etwas beruhigt hatten, kehrte auch die Ernsthaftigkeit zurück, und ich merkte, dass noch immer eine dunkle Wolke über Damiano schwebte, die sich nicht vollständig in Luft auflösen wollte.

»Ich hab den Essensplan gesehen«, murmelte ich und rief mir die lange Liste in Erinnerung, die an der Rezeption eingetrudelt war. Auf dieser Liste hatte ausführlich gestanden, was Damiano Rizzardi alles *nicht* zu sich nehmen durfte. Dazu zählten unter anderem Kaffee, Weißmehl, Zucker und Milchprodukte.

Tja, allein aus dem Grund würde ich niemals Model werden können. Kein Kaffee mehr? Nie wieder Zimtschnecken? No way!

»Den Plan für mein wöchentliches Work-out bekommt ihr bestimmt auch noch«, setzte Damiano finster hinterher.

»Ein Work-out-Plan?«, fragte ich.

»Yoga, Pilates und Boxen«, ratterte Damiano herunter.

Wie schrecklich. Ich hatte mir offenbar nicht allzu viel Mühe gegeben, meine Gefühle dazu zu verbergen, da Damiano meinen Gesichtsausdruck registrierte.

»Ganz meine Meinung«, sagte er bloß.

Ich dachte daran, was Leandros Electra und mir an meinem Anreisetag verraten hatte. »Stimmt es eigentlich, dass du kein Eis magst?«

Damiano runzelte die Stirn. »Was, wie kommst du denn darauf? Ich mag Eis, aber es zählt nicht gerade zu den Dingen, die ich jeden Tag essen kann.« Er wirkte von Sekunde zu Sekunde deprimierter.

Ich durchwühlte meinen Kopf nach etwas Aufmunterndem, aber mir wollte nichts einfallen. Alles klang so banal. Und allein die Tatsache, dass ich versuchte, ein italienisches Supermodel aufzubauen, war irgendwie absurd. Damiano und ich führten vollkommen unterschiedliche Leben.

»Gibt es etwas, dass du gern mal wieder essen wollen würdest?«, fragte ich aus einer spontanen Idee heraus.

Damiano blinzelte. »Burger. Einen richtig saftigen Burger, dazu eine Portion fettige Fries mit Mayonnaise.«

»O ja, es geht nichts über einen richtig guten Burger«, stimmte ich ihm zu. »Vor allem, wenn meine Schwester Malina ihn macht!«

Ein winziges Lächeln umspielte Damianos Mundwinkel, dann kehrte wieder Stille zwischen uns ein.

»Und, was hast du heute so vor?«, wechselte Damiano unerwartet das Thema. Erwartungsvoll hob er seine Augenbrauen. Kurz überlegte ich, ob das eine indirekte Frage an mich war, ob ich Lust hätte, etwas mit ihm zu unternehmen, aber allein die Vorstellung war so weit hergeholt, dass ich sie sofort wieder verwarf.

»Ich bin verabredet mit … mit einem Freund.«

»Mit einem Freund, soso«, Damiano schnalzte spöttisch mit der Zunge. Da war sie wieder, die Mauer. »Tja, dann will ich dich nicht länger aufhalten. Ich hab gehört, meine gute Freundin Gigi Hadid ist auf der Insel. Vielleicht lassen wir es uns auf ihrer Yacht oder in einem Strandclub mit ein paar Cocktails gut gehen.«

Warum tat er das jetzt schon wieder? Diese Prahlerei, wobei selbst ihm mittlerweile hätte auffallen müssen, dass mich Geld und Status nicht beeindruckten. Ich wurde einfach nicht schlau aus ihm.

Damianos Blick nach zu urteilen, hatte er wohl gedacht, dass mir der Name Gigi Hadid geläufig sein müsste, doch da klingelte nur ganz entfernt etwas.

»Jetzt sag mir nicht, du hast keine Ahnung, wer Gigi Hadid ist? Sie ist das Supermodel schlechthin. Aber gut, was erwarte ich, du hast ja nicht einmal mich erkannt. Wo lebst du eigentlich? Hinterm Mond?«

Ich zuckte bloß mit den Schultern.

Damiano stöhnte auf. »Du bist ein ganz und gar hoffnungsloser Fall.«

Sagte es, drehte sich um und ging.

Kopfschüttelnd sah ich ihm hinterher. Dieser Kerl machte mich wahnsinnig. Er erschien mir wie ein Buch mit sieben Siegeln.

Und merkwürdigerweise wollte ich wissen, was wirklich in diesem Buch geschrieben stand.

17. Kapitel

Auch als ich mein Ziel fast schon erreicht hatte, waren meine Gedanken zum Teil noch immer bei Damiano. Zum ersten Mal hatte eine Seite von ihm durchgeschimmert, die ich so noch nicht gesehen hatte. Wut, Verzweiflung, Hilflosigkeit. Er hatte geradezu *menschlich* gewirkt und nicht wie das Supermodel, das er sonst raushängen ließ. Gut, vom Ende unseres Gesprächs jetzt mal abgesehen, da hatte er den überraschend positiven Eindruck leider wieder zunichtegemacht.

Wieso wurde ich das Gefühl nicht los, dass ich ihn gekränkt hatte? Und wieso fragte ich mich gerade, ob Damiano überhaupt echte Freunde hatte?

Ich schickte eine kurze Nachricht an Electra.

Hey, könntest du mir einen Gefallen tun? Könntest du gegen Mittag einen richtig saftigen Burger mit Fries und Mayonnaise auf Damianos Zimmer bringen lassen? Geht auf mich. ☺

Electras Antwort kam prompt.

Klar, wird erledigt. Aber später musst du mir erzählen, was dahintersteckt. 😉
Btw: Was ist mit seinem Ernährungsplan?

Danke dir, bist ein Schatz. Ich nehm das auf meine Kappe!

Ich steckte das Handy beiseite.

Mein Blick fiel auf Yanis, der bereits vor der Goldschmiede wartete, und unweigerlich beschleunigte sich mein Herzschlag. Wieder einmal fiel mir auf, wie gut er aussah. Unpassenderweise schob sich in diesem Moment erneut Damianos Gesicht vor mein inneres Auge. Die beiden Männer hätten kaum unterschiedlicher sein können. Mit einem unmerklichen Kopfschütteln vertrieb ich Damiano aus meinen Gedanken.

Yanis trug heute ein weißes T-Shirt, beigefarbene Shorts und braune Mokassins. Seine dunklen Haare sahen aus, als wären sie von der Sommerbrise einmal kräftig durchgepustet worden.

»Kaliméra« begrüßte Yanis mich gut gelaunt, was ich ebenso schwungvoll erwiderte. Auf Griechisch bedeutete das so viel wie »Guten Morgen« oder auch »Guten Tag«.

Yanis machte einen Schritt auf mich zu und umarmte mich in einer freundschaftlichen Geste, wobei mir der Geruch seines frischen Aftershaves in die Nase drang.

»Freut mich, dass das heute klappt«, sagte er aufrichtig, und ich antwortete mit einem Lächeln.

Mein Handy vibrierte. Ich nahm es aus meiner Handtasche und warf einen kurzen Blick darauf. Electra hatte noch einmal geschrieben.

Hab das Küchenteam schon eingeweiht ☺

»Alles in Ordnung?«, fragte Yanis mit Blick auf mein Handy, und ich steckte es zurück in meine Tasche.

»Entschuldige«, sagte ich. »Ich weiß, es ist super unhöflich, während eines D…«, fast hätte ich das Wort »Date« ausgesprochen, brach im letzten Moment jedoch ab. War ich von allen guten Geistern verlassen?

Yanis schien im Gegensatz zu mir kein Problem damit zu haben, das Thema offen anzusprechen. »Während eines Dates?«, fragte er belustigt.

Obwohl ich mir eigentlich vorgenommen hatte, das hier nur als harmloses Treffen anzusehen, freute es mich, zu erfahren, dass Yanis unser Treffen offenbar als Date betrachtete.

Wir lächelten einander an.

Ich brauchte einen Wimpernschlag, um mich wieder zu sammeln. »Ich hatte bloß Sorge, es könnte etwas mit der Arbeit sein und dass ich doch kurzfristig einspringen muss. Aber es war nur eine Kollegin, die mir bei etwas geholfen hat.«

»Bei etwas geholfen?«

»Ach, wir haben im Moment einen Gast, der mir ein bisschen Kopfschmerzen bereitet.« Ich konnte Yanis gegenüber keinen Namen nennen. Ich verstieß schon gegen die Auflagen des Hotels, indem ich Malina von Damiano erzählt hatte. Aber bei ihr wusste ich, dass nichts davon jemals nach außen dringen würde.

Yanis nickte verständnisvoll. »Ja, Kundenkontakt ist manchmal gar nicht so einfach, was? Vor allem, wenn es darum geht, spezifische Wünsche zu erfüllen. Aber am Ende rufe ich mir immer in Erinnerung, dass die andere Person auch nur ein Mensch ist. Das hilft meistens.«

Ich lächelte. »Der Gedanke ist schön.« Da ich nicht weiter über Damiano nachdenken wollte, wechselte ich das Thema. »Und, wohin gehen wir frühstücken?«

Yanis lächelte nun ebenfalls. »Lass dich überraschen. Es wird dich begeistern.«

»Da legst du die Messlatte jetzt aber ganz schön hoch! Ist es weit von hier?«

Yanis schüttelte den Kopf. »Nein, es sind nur ein paar Gehminuten. Bist du bereit?«

Ich nickte. »Auf jeden Fall.«

Wir mischten uns unter die Touristen und ließen uns vom Strom der Menschen durch die Gassen und über das Kopfsteinpflaster schieben. Irgendwann blieb Yanis vor einem schnuckelig aussehenden Café zu unserer Linken stehen, das einen direkten Blick auf die Caldera bot.

Wir suchten uns ein schönes Schattenplätzchen direkt an der Balustrade.

Nachdem wir bestellt hatten – zweimal original griechisches Frühstück –, blickte Yanis mich neugierig an. »Wie ist das eigentlich so, im Hotel zu arbeiten?«, fragte er mich, während ich zeitgleich ein »Wie bist du eigentlich dazu gekommen, dich als Goldschmied selbstständig zu machen?« an ihn gerichtet hatte.

Wir mussten lachen, und Yanis deutete auf mich. »Bitte, nach dir.«

Ich lächelte. »Okay, also, was hat dich zu deinem Beruf gebracht?«

Yanis legte den Kopf schief. »Ich weiß auch nicht so genau. Es ging bei mir schon in der Schule los, dass mich Handwerkliches interessiert hat. Besonders das Feine, Filigrane. Oder wie du vielleicht sagen würdest: das Schlichte.« Yanis grinste mich frech an, und ich war kurz geneigt, ihm übermütig die Zunge rauszustrecken. Stattdessen grinste ich einfach nur zurück.

»Als ich dann ein Praktikum bei einem Goldschmied hier in der Gegend gemacht habe, da wusste ich, dass ich ebenfalls Goldschmied werden möchte. Ich hatte den Traum, etwas Eigenes zu erschaffen. Mir war klar, dass es nicht einfach werden würde mit der Selbstständigkeit, aber manchmal lohnt es sich trotzdem, mutig zu sein und ins kalte Wasser zu springen.« Seine Augen blitzten auf. »So, jetzt aber zu dir. Wie ist die Arbeit im Hotel? Ich stelle es mir total stressig vor.«

Ich dachte über seine Frage nach. »Klar ist es manchmal stressig, aber mir macht das Spaß. Ich liebe es, Veranstaltungen zu planen, zu organisieren und mich in neue Events zu stürzen.« Allein beim Reden merkte ich schon, wie meine Stimme einen immer euphorischeren Klang annahm und ich von Feuereifer erfasst wurde. »Es ist so, als ob ... als ob ich von einer heimlichen Kraft angetrieben werde.«

»Du meinst, eine unsichtbare Superpower?« Yanis schmunzelte.

Ich lachte auf. »Ja, vielleicht. Bei der Arbeit bin ich einfach ganz in meinem Element. Im Organisieren und Planen macht mir keiner so schnell etwas vor.« Ich grinste und zuckte ein wenig verlegen mit den Schultern, da ich keinesfalls wie ein Workaholic klingen oder Yanis mit Geschichten über meine Arbeit langweilen wollte. Andererseits hatte er mich danach gefragt, und seinem offenen Blick nach zu urteilen, schien es ihn ehrlich zu interessieren.

»Das kann ich von mir leider nicht behaupten, ich bin absolut kein Organisationstalent. Das fängt schon bei meinem Ablagestapel an, der wird gefühlt immer größer.« Er lachte, und der Klang seiner Stimme sandte mir eine angenehme Gänsehaut über den Rücken. »Kannst du mir was von deiner Superpower abgeben?«

Ich tat so, als müsste ich überlegen, und legte einen Finger ans Kinn. »Hm, darüber muss ich noch mal nachdenken.« Meine Mundwinkel zuckten unaufhörlich, und meine Kiefermuskeln taten fast schon ein bisschen weh.

Ein Knistern lag in der Luft, das beinahe greifbar war. Aus dem Augenwinkel bekam ich mit, wie der Kellner mit unserem Frühstück in der Hand seine Schritte verlangsamte, als wollte er uns diesen vertrauten Moment nicht nehmen.

Yanis schien es ebenfalls zu bemerken, denn er lächelte dem Kellner entgegen und rief ihm etwas auf Griechisch zu. Dann drehte er sich zu mir. »Ich habe ihm gerade gesagt, dass das sehr lecker aussieht.«

Der Kellner traute sich nun doch zu uns an den Tisch. Staunend betrachtete ich die ganzen Köstlichkeiten, und Yanis begann, mir alles ausführlich zu erklären. Die Speisenauswahl war eine Mischung aus süß und deftig, und ich merkte, wie mein Bauch ein vorfreudiges Grummeln von sich gab.

Er deutete auf die verschiedenen Teller und Servierplatten. »Hier hätten wir einmal griechischen Joghurt mit einem Klecks Honig sowie Walnüssen und Obstkonfitüre. Das Klischee ist wahr: Griechischer Joghurt ist eine der Hauptzutaten des griechischen Frühstücks.« Yanis schmunzelte, bevor er auf einen Korb deutete. »Frisch gebackenes Hausbrot ist einfach ein Muss, da geht kein Weg dran vorbei. Knusprige Außenseite, weiches Inneres … einfach göttlich. Vor allem mit Butter, in Olivenöl getunkt oder mit Honig beträufelt.« Er verdrehte genießerisch die Augen. Weiter ging es mit Fetakäse, Oliven, Tomaten, traditionell gebackenen Keksen aus Vollkornmehl, Feigen und stark geröstetem Kaffee.

»Guten Appetit«, wünschte Yanis schließlich.

»Guten Appetit!«

Wir reichten uns gegenseitig die verschiedenen Speisen und beluden unsere Teller. Danach setzte für eine Weile genüssliches Schweigen ein, doch die Stille zwischen uns war keinesfalls unangenehm. Die laue morgendliche Sommerbrise umspielte meine Arme, und der Geruch von Bougainvillea drang mir in die Nase.

Ich nippte an meinem Kaffee, der wirklich sehr stark war. Dann riss ich mir ein Stück Brot ab, beträufelte es mit Honig und nahm noch ein Stück Feta dazu. Ich hatte nicht mit der Geschmacksexplosion gerechnet, die sich kurz darauf in meinem Mund ausbreitete. Die Kombination aus süßem Honig mit salzigem Fetakäse und dem rustikalen Landhausbrot war einfach unfassbar.

»O mein Gott, ist das gut«, entfuhr es mir mit einem Stöhnen. Peinlich berührt über meine Reaktion hielt ich mir entschuldigend die Hand vor den Mund, was Yanis lächeln ließ.

»Freut mich, dass es dir schmeckt. Ich wünschte, ich könnte auch backen und kochen.«

Ich kaute den letzten Bissen von meinem Brot. »Meine Schwester Malina würde das hier lieben. Sie arbeitet als Köchin.«

»Du und deine Schwester, ihr steht euch sehr nah, oder?«

Ich war überrascht, wie schnell Yanis das in der kurzen Zeit, die wir uns kannten, herausgehört hatte.

Ich nickte. »Ja. Sie ist meine beste Freundin. Zu Hause in München war es bei uns beiden Tradition, gemeinsam in unserer WG zu frühstücken. Malina hat uns jedes Mal mit den tollsten Sachen versorgt.« Ich erzählte Yanis von unserem anfänglichen Plan, uns gemeinsam Stellen auf Korfu zu suchen, aber dass letzten Endes alles ein bisschen anders gelaufen war.

Kurz schweifte mein Blick über den Rand des Kraters in Richtung Meer, doch bevor sich ein unbehagliches Gefühl bei mir einschleichen konnte, widmete ich Yanis wieder meine volle Aufmerksamkeit.

»Wer weiß, vielleicht sollte es so kommen. Dass du jetzt hier auf Santorini bist und nicht auf Korfu, meine ich.« Der Blick, den er mir dabei zuwarf, brachte etwas in mir zum Kribbeln.

»Ja, vielleicht«, antwortete ich und blickte verlegen auf meinen Teller.

»Und du, hast du Geschwister?«, fragte ich, als ich mich traute, wieder aufzusehen. Ich hoffte, dass meine Wangen nicht allzu verräterisch leuchteten.

Yanis nickte nun ebenfalls. »Eine Schwester, sie ist fünf Jahre älter als ich. Womit sie mich auch regelmäßig aufzieht.« Er schnitt eine Grimasse. »Schätze, das ist das traurige Los jedes jüngeren Geschwisterkindes.«

Ich legte den Kopf schief. »Ich glaub, das Thema gab es bei uns nie so richtig. Malina ist als Pflegekind in unsere Familie gekommen, da war sie drei Jahre alt. Und wir sind beide im gleichen Alter, also …«

Einen Moment lang war ich selbst von mir überrascht, dass ich Yanis das anvertraute, obwohl wir uns erst seit so kurzer Zeit kannten. Aber es fühlte sich nicht falsch an, ganz im Gegenteil. Es fühlte sich so an, als müsste ich mir in seiner Nähe nicht den Kopf darüber zerbrechen, was ich sagen konnte und was nicht.

Sein Lächeln war mir Antwort genug. Es gab auch nichts, was er darauf zwingend hätte erwidern müssen.

Nachdem wir fast das gesamte Essen vertilgt hatten, lehnte ich mich zufrieden in meinem Stuhl zurück. »Das war richtig gut«, seufzte ich. »Allerdings bin ich jetzt echt pappsatt. Ich komme mir vor wie ein gestrandeter Wal.«

Yanis lachte. »Dito. Vielleicht würde uns etwas Bewegung guttun? Oder bist du den restlichen Tag über verplant?« Seine Frage klang zaghaft, beinahe schüchtern. Bedeutete das etwa, er würde gern noch etwas mit mir unternehmen?

Ich musste ein Lächeln unterdrücken und schüttelte den Kopf. »Also, ich hätte Zeit.«

»Cool«, sagte Yanis, winkte einen der Kellner heran und bezahlte für uns.

»Das hättest du doch nicht machen müssen«, protestierte ich, woraufhin Yanis nur »Hab ich gern gemacht« erwiderte.

»Beim nächsten Mal bin ich dran mit Bezahlen«, entschied ich, bevor mir bewusst wurde, was ich da gesagt hatte. Auch Yanis war es nicht entgangen.

Er zog die Augenbrauen in die Höhe. »Bedeutet das, es wird ein nächstes Mal geben?«

Zum Glück forderte er jedoch keine weitere Antwort von mir ein.

Wir schlenderten zunächst noch ein Stückchen durch die Gassen von Firá, die sich von Minute zu Minute mehr zu füllen schienen. Es war ein beinahe unüberschaubares Gewirr aus Boutiquen und kleinen Läden. Firá hatte Charme, keine Frage, auch wenn es mir fast ein wenig zu überlaufen war.

»Wollen wir uns vielleicht einen etwas ruhigeren Teil von Santorini suchen?«, fragte Yanis mich, als hätte er meine Gedanken gelesen. »Worauf hast du Lust?«

Ich zuckte mit den Schultern. »Bisher habe ich noch nicht sonderlich viel von der Insel gesehen. Also, überrasch mich.«

»Einverstanden«, antwortete Yanis mit einem verschmitzten Grinsen.

Als wir am Kraterrand zurück zur Goldschmiede gingen, fiel mir auf, wie Yanis' Blick hin und wieder beinahe sehnsüchtig in Richtung Meer glitt.

»Was hältst du davon, wenn wir mit dem Boot rausfahren?«, fragte er mich euphorisch. »Draußen auf dem Wasser kommen mir nicht nur die besten Schmuckideen, da ist man auch ungestört und abseits des ganzen Touristentrubels.«

Schlagartig krampfte sich mein Magen zusammen. Ich hätte mir eigentlich schon anhand von Yanis' Schmuckstücken denken können, dass das Meer für ihn eine ganz besondere Bedeutung haben musste, trotzdem erwischte mich seine Frage eiskalt.

Mein Blick ruckte in Richtung Meer, dessen Oberfläche fast spiegelglatt dalag. Geradezu harmlos. Meine Eingeweide verknoteten sich zu einem einzigen Wirrwarr, und meine Gedanken kehrten zu meinem Wellen-Traum zurück.

Ich erkannte die Begeisterung in Yanis' Augen, seine Faszination für das Meer. Wie kam ich aus der Situation nur wieder raus? Die widersprüchlichsten Gefühle machten sich in mir breit. Einerseits gefiel mir die Vorstellung, Zeit mit ihm allein zu verbringen. Andererseits genügte die bloße Vorstellung, mit ihm aufs offene Meer rauszufahren, um blanke Panik in mir aufsteigen zu lassen.

Ich wollte das nicht. Ich konnte das nicht. Aber wie sollte ich Yanis das sagen, ohne ihm auf die Füße zu treten oder ihn zu vergraulen?

Erinnerungen an Leon überfluteten mich, und ich merkte, wie der dunkle Strudel aus Gedanken und Gefühlen mich in die Tiefe zu zerren versuchte. Und so wohl ich mich auch in Yanis' Nähe fühlte ... Meine Dämonen waren nichts, das ich bei unserem zweiten Treffen mit ihm teilen würde, geschweige denn überhaupt teilen wollte.

Plötzlich spürte ich eine sanfte Berührung an meiner Schulter und zuckte zusammen, die Augen weit aufgerissen.

»Alles in Ordnung?«, hörte ich Yanis zaghaft und gedämpft an meinem Ohr. Es klang, als spräche er durch Watte. »Du wirkst auf einmal so in Gedanken versunken.«

Ich schluckte und setzte schließlich mein Pokerface auf. So wie ich es immer tat, wenn mir jemand zu nah kam und ich nicht damit umgehen konnte. Wenn ich die Menschen um mich herum auf Abstand halten wollte. Aus Selbstschutz. Oder auch aus Selbstsabotage, wie man's nahm. Gerade wusste ich mir einfach nicht anders zu helfen. Eine leise Stimme in mir flüsterte, dass ich mich endlich mit dem Trauma aus meiner Vergangenheit auseinandersetzen musste, doch ich verdrängte sie.

»Ich glaub, mich würde eher das Inselinnere reizen«, sagte ich daher mit möglichst fester Stimme, ohne auf Yanis' eigentliche Frage einzugehen.

Einen Moment wirkte er irritiert und runzelte die Stirn.

»Klar, warum nicht?«, erwiderte er dann, aber ich bemerkte das Zögern in seiner Stimme. Ein angespanntes Schweigen machte sich zwischen uns breit, und es tat mir leid, dass ich Yanis mit meiner ausweichenden Antwort so vor den Kopf gestoßen hatte. Schließlich war sein Vorschlag, einen Bootsausflug zu machen, nur gut gemeint gewesen. Er hatte ja keine Ahnung, was seine Frage bei mir ausgelöst hatte. Und trotzdem konnte ich gerade einfach nicht aus meiner Haut.

Kurz fragte ich mich, ob es falsch gewesen war, mich mit Yanis zu treffen. Sich mit einem Mann zu treffen, der das Meer offenkundig so liebte und eine ganz besondere Verbindung dazu hegte. Eigentlich war unser Kennenlernen von vornherein zum Scheitern verurteilt gewesen.

Yanis legte den Kopf schief. »Ich hab 'ne Idee. Was ist die heutige Fotochallenge, die du mit deiner Schwester Malina hast?«

Verdutzt sah ich ihn an. »Black and white«, antwortete ich wie ferngesteuert, merkte jedoch, wie ich mich langsam entspannte.

Ein Glitzern trat in seine Augen, als hätte er die Challenge bereits zu seiner gemacht.

»Okay, da sollte sich doch ein passendes Fotomotiv finden lassen. Lass mal überlegen ...« Aufmunternd lächelte er mich an. Ich war froh, dass er mir offenbar nicht böse war, dass ich seinen Bootsvorschlag abgelehnt hatte.

Auf dem restlichen Weg zurück zur Schmiede berührten sich ab und an unsere Schultern, und niemand von uns machte Anstalten, den Platz zwischen uns zu vergrößern.

»Ich hoffe, es ist für dich in Ordnung, wenn wir meinen Roller nehmen?«, fragte Yanis mich und deutete auf das Fahrzeug, das an der Außenwand der Goldschmiede lehnte. Es lag sogar ein zweiter Helm dabei, wie mir auffiel.

Ich wollte bereits danach greifen, als ich ein Geräusch vernahm, das ich zunächst nicht einordnen konnte. Ich lauschte in die Stille hinein.

Kurz darauf erklang es erneut. Wenn mich nicht alles täuschte, war es ein leises Mauzen. Ein sehr kläglich klingendes Mauzen.

»Hörst du das auch?«, fragte ich Yanis.

Er nickte. »Hört sich an wie eine Katze. Die gehören zu Santorini wie die hübschen weißen Häuser, nicht ungewöhnlich.«

»Ja, aber das Mauzen klingt irgendwie … verletzt.«

Ich folgte dem Geräusch, das aus einer Seitengasse zu kommen schien. Ich lief an dem Roller vorbei und weiter den schmalen Weg entlang. Das Miauen wurde immer lauter.

Da sah ich es. Ein kleines Kätzchen, das im Schatten eines Busches saß und eine Vorderpfote in die Höhe hielt, als könnte es sie nicht belasten. Als mich das Kätzchen erspähte, machte es ganz große Augen und duckte sich noch etwas weiter in den Schutz des Busches.

Yanis war mir inzwischen gefolgt. »Du hattest recht«, raunte er und hockte sich neben mich.

Das Kätzchen konnte höchstens ein paar Wochen alt sein. Es hatte einen weißen Bauch, während das Gesicht teilweise niedlich schwarz gefleckt war.

»Glaubst du, die Katze gehört jemandem?«, fragte ich Yanis, woraufhin er den Kopf schüttelte. »Nein, ich denke eher nicht. Das siehst du schon am Fell. Es sieht zwar nicht unbedingt ungesund aus, aber schon etwas struppig. Die meisten Katzen auf Santorini sind Straßenkatzen.«

Mir blutete das Herz.

»Und was machen wir jetzt? Das Kleine hat ganz offensichtlich Schmerzen. Wir können es doch nicht einfach hier zurücklassen.«

»Meine Schwester hat eine Tierarztpraxis. Die kann sich das Kätzchen bestimmt mal anschauen.«

Yanis organisierte eine Decke aus seiner Werkstatt, und mit ein bisschen Geduld gelang es mir, das verängstigte Tier anzulocken. Da Yanis und ich uns jedoch nicht sicher sein konnten, ob das Katzenbaby irgendwelche Krankheiten hatte, versuchte ich, es möglichst nicht anzufassen.

Yanis holte den Roller, und ich setzte mich mit Helm hinter ihn und schlang einen Arm um seinen Bauch. Mit dem anderen hielt ich das in die Decke eingewickelte Katzenjunge fest. Extra langsam machten wir uns auf den Weg zur Tierarztpraxis.

18. Kapitel

Yanis

Während der Fahrt zerbrach ich mir den Kopf darüber, warum Toni auf meine Einladung zu einem gemeinsamen Bootsausflug so merkwürdig reagiert hatte. Sie war wie erstarrt gewesen, als sie meinen Vorschlag hörte.

Hatte ich etwas Falsches gesagt? Oder lag es an mir? Hatte ihr die Vorstellung, Zeit mit mir allein auf einem kleinen Boot zu verbringen, Unbehagen bereitet? Der Gedanke nagte an mir und ließ mich nicht mehr los. Möglicherweise sah sie unser Treffen hier gar nicht als Date? Sie war vorhin schon so ins Stocken geraten. Andererseits ... Passte es dann, dass sie sich gerade an meinen Rücken schmiegte?

Ich genoss die Wärme, die von ihr ausging, und mir kam der Gedanke, dass diese Fahrt ruhig noch eine Weile dauern konnte.

Immer, wenn ich mit meinem Roller über eine kleine Unebenheit auf der Straße fuhr, gab Toni ein Glucksen von sich, und ich konnte nicht anders, als still in mich hineinzulächeln. Sie hatte ein schönes Lachen. Warm und voller Lebendigkeit.

Eigentlich sollte ich die Zeit mit ihr einfach genießen, aber mein Gedankenkarussell wollte nicht stoppen.

Woran lag es, dass sie vorhin plötzlich so distanziert gewirkt hatte? Es war mir vorgekommen, als hätte sie von einer Sekunde auf die andere eine Mauer um sich hochgezogen, die es mir unmöglich machte, zu ihr durchzudringen.

Und auch jetzt spürte ich diese emotionale Distanz zwischen uns. Eine Distanz, die vorher nicht da gewesen war. Beim Frühstück hatten wir uns unbeschwert unterhalten.

Meine Gedanken glitten zu meiner letzten Beziehung, die mittlerweile zwei Jahre zurücklag. Ich war noch nie der Kerl für One-Night-Stands gewesen, dafür würde ich mich auch viel zu trottelig anstellen. Außerdem wollte ich daran glauben, dass Werte wie Verbindlichkeit und Zusammenhalt auch in unserer schnelllebigen Generation noch Bestand hatten.

Ich glaube, das war etwas, was unsere Eltern Delphina und mir mitgegeben hatten. Selbst jetzt, mit Mitte fünfzig und nach fast dreißig Jahren Ehe, wirkten sie unfassbar glücklich miteinander. Und ich hoffte, eines Tages etwas ebenso Ehrliches zu finden wie sie. Vielleicht war das naiv, und auch meine Freunde belächelten mich oft dafür, insbesondere Sebastian, aber ich glaubte fest daran, dass es so etwas wie die große Liebe gab. Vielleicht gab es nicht zwangsläufig nur diese eine große Liebe, wie es häufig in irgendwelchen Hollywoodfilmen vermittelt wurde. Das hielt ich für Unsinn. Vielleicht fand man manchmal auch zwei oder drei große Lieben in seinem Leben.

Toni war die erste Frau seit Langem, die mich vom ersten Augenblick an fasziniert hatte. Nach der Trennung von Kassandra hatte ich mich lange Zeit in meine Arbeit vergraben. Als ich mich irgendwann doch mal auf Tinder gewagt hatte – da Nikolas und Sebastian einfach nicht lockerließen –, hatte ich es dort ganze dreißig Minuten ausgehalten, bevor ich die App wieder von meinem Handy verbannt hatte.

Doch als sich Toni jetzt an meinen Rücken schmiegte, wurde mir einmal mehr bewusst, wie sehr es mir fehlte, jemanden an meiner Seite zu haben. Ich war schon immer ein sehr eigenständiger Mensch gewesen, hatte viele Hobbys und gute Freunde. Und trotzdem war es schön, wenn da abends jemand auf einen wartete.

Ich war so in Gedanken, dass ich beinahe an der Praxis vorbeifuhr. Was war denn bloß los mit mir? Fast könnte man meinen, Toni hätte mir ein bisschen den Kopf verdreht.

19. Kapitel

Toni

Die Tierarztpraxis befand sich etwas außerhalb des Stadtzentrums und wirkte auf den ersten Blick sehr unscheinbar und fast schon marode. An der Fassade bröckelte der Putz ab, und auch das Schild mit der Aufschrift *Delphinas Clinic for Small Animals* hätte mal wieder einen Anstrich nötig gehabt.

Vorsichtig stieg ich vom Roller, darauf bedacht, das Kätzchen nicht allzu sehr zu bewegen und nicht aus Versehen sein Vorderpfötchen zu belasten. Yanis half mir, den Helm abzunehmen, was ganz angenehm war, da der Helm ein bisschen auf meinen Zopf gedrückt hatte.

Drinnen war die Einrichtung überraschend modern. Ein Ventilator brummte leise über unseren Köpfen.

»Delphina?«, rief Yanis in die Stille hinein, als im nächsten Moment auch schon eine junge Frau mit langen Haaren, die beinahe schwarz und zu einem Pferdeschwanz zusammengebunden waren, um die Ecke kam.

»Yanis?«, fragte sie überrascht, bevor ein Wortschwall auf Griechisch folgte, den ich nicht verstand. Ein halb belustigter, halb vorwurfsvoller Unterton schwang in ihrer Stimme mit. Als ihr Blick zu mir schweifte und an mir hängen blieb, hielt sie inne. Sie formte ihre Lippen zu einem »Oh«, und ihre Augen weiteten sich überrascht. War das jetzt ein gutes oder ein schlechtes Zeichen?

»Also bitte, so ist das ja nun auch nicht«, protestierte Yanis auf Englisch, als wollte er mich in die Unterhaltung einbeziehen. »Delphina hat gerade gefragt, ob ich mir ein Haustier zugelegt hätte, von dem sie nichts weiß, und hat mir unterstellt, ich würde sie sonst nie in ihrer Praxis besuchen.« Sein Blick huschte etwas verlegen zu mir, als würde ihn Delphinas Aussage beschämen. Ich biss mir auf die Unterlippe und konnte mir ein Grinsen nur schwer verkneifen.

Leichtfüßig lief Delphina die drei Treppenstufen zu uns hinab.

»Hi, ich bin Toni«, stellte ich mich ihr auf Englisch vor. Noch immer hielt ich das Kätzchen an mich gedrückt, das ein herzzerreißendes Maunzen von sich gab.

»Delphina, freut mich«, antwortete Yanis' Schwester, bevor ihr Blick auf das Bündel in meinen Armen fiel. »Wen haben wir denn da?«, fragte sie und linste in die Decke.

»Wir haben das Kleine verängstigt und laut jammernd neben Yanis' Goldschmiede gefunden«, erklärte ich, woraufhin Delphina fragend von mir zu Yanis blickte. Ihre Mundwinkel zuckten, doch gleich darauf schaltete sie wieder in den professionellen Modus.

»Okay. Gut, dass ihr das Findelkind hergebracht habt. Ich schau es mir mal an. Ihr könnt euch in der Küche gern einen Kaffee nehmen«, sagte sie, dann nahm sie mir das Kätzchen ab und verschwand durch einen Durchgang nach rechts, wo ich den Behandlungsraum vermutete.

»Das Angebot sollten wir besser dankend ablehnen, Delphina macht den schlechtesten Kaffee der Welt«, verriet Yanis mir mit einem Zwinkern. »Kein Wunder, dass unsere Eltern und unsere Großeltern nicht wollten, dass wir ins Familienrestaurant einsteigen. Delphina und ich sind in dieser Hinsicht einfach gänzlich unbrauchbar. Aber wenigstens mache ich den besseren Kaffee von uns beiden.« Yanis lachte, und auch ich konnte mein Grinsen mittlerweile nicht mehr verbergen.

»Das hab ich gehört!«, ertönte es aus einem anderen Raum, doch Yanis zuckte unbekümmert mit den Schultern.

»Deine Familie besitzt ein eigenes Restaurant?«, fragte ich neugierig. Noch etwas, das ich nicht über Yanis gewusst hatte, aber sehr spannend fand.

Er nickte. »Ja, eine kleine, sehr rustikale Taverne. Meine

Großeltern haben das Restaurant vor etlichen Jahren eröffnet, und irgendwann sind auch meine Eltern miteingestiegen. Glücklicherweise haben meine Eltern Delphina und mir die Wahl gelassen, was wir beruflich machen möchten. Es war schon immer Delphinas Traum, sich für Tiere in Not einzusetzen. Und ich, na ja, ich war wohl schon immer eher der Künstler in der Familie.«

»Das ist echt cool. Ich stell mir das toll vor, ein familiengeführtes Restaurant zu haben«, schwärmte ich.

Yanis wiegte den Kopf hin und her. »Es hat Vorteile, aber auch Nachteile.«

»Zeigst du mir die Taverne irgendwann mal?«, fragte ich aus einer Laune heraus. Yanis sah mich zunächst verblüfft an, dann verzogen sich seine Lippen zu einem Lächeln.

»Sicher«, sagte er und nickte. »Das würde mich freuen.«

»Störe ich?«, vernahm ich da auf einmal Delphinas Stimme, und ich zuckte zusammen. Ich hatte nicht mal bemerkt, dass sie wieder zu uns gestoßen war. Breit grinsend lehnte sie im Türrahmen und musterte Yanis und mich.

Peinlich berührt stieg mir die Hitze in die Wangen, und auch Yanis räusperte sich.

»Euer Findelkind ist eine Sie, und es geht ihr den Umständen entsprechend gut«, ließ Delphina uns wissen. »Sie ist wohl in eine Scherbe getreten, und die Wunde an ihrer Vorderpfote hat sich ein bisschen entzündet, weshalb sie nicht auftreten kann. Ich hab die Wunde versorgt und desinfiziert, die Kleine sollte also bald wieder auf den Beinen sein. Ich würde sie vorsorglich allerdings noch ein paar Tage zur Beobachtung hierbehalten.«

Ich atmete erleichtert aus. »Das freut mich. Mir hat echt das Herz geblutet, sie so zu sehen.«

Delphina nickte. »Versteh ich. Leider ist das in Griechenland sowohl mit verwahrlosten, herrenlosen Katzen als auch Hunden wirklich ein Problem. Wenn ich könnte, würde ich sie alle aufnehmen ...« Hilflos hob sie die Schultern.

»Du betreibst die Praxis allein?«, erkundigte ich mich.

Delphina schüttelte den Kopf. »Nein, ich habe noch eine Angestellte, allerdings liegt die gerade mit Sommergrippe flach. Dabei bräuchte ich echt mal jemanden, der sich um den ganzen Papierkram kümmert. Meine Ablage wird immer größer.«

»Scheint wohl in der Familie zu liegen«, antwortete ich belustigt mit Blick auf Yanis, der eine Grimasse zog.

»Hm?«, machte Delphina nur, und ich winkte ab.

Sie seufzte schwer. »Wieso hat mir vorher niemand gesagt, wie hart es ist, sich selbstständig zu machen?«

»Was soll ich denn sagen, Schwesterchen? Du hast wenigstens Patienten. Mit meiner Kundschaft sieht es echt mau aus.«

Delphina überhörte seinen Einwand, stattdessen nahm sie mich ins Visier. »Und du? Bist du eine Kundin von Yanis? Eine Freundin? Oder *seine* Freundin?«

»Delphina!«, zischte Yanis und sah so aus, als hätte er seine Schwester am liebsten auf den Mond befördert. »Jetzt überfall sie doch nicht so!« Er wirkte peinlich berührt, was mich trotz der auch für mich etwas unangenehmen Situation schmunzeln ließ.

Yanis sah mich entschuldigend an. »Sorry, meine Schwester benimmt sich gern wie der Elefant im Porzellanladen und merkt es nicht einmal.« Bei diesen Worten funkelte er sie beschwörend an.

Delphina zuckte lediglich mit den Schultern, als würde sie das nicht im Mindesten stören, und grinste frech. »Was denn? Dann weiß sie gleich, womit sie es in unserer Familie zu tun hat.« Sie wandte ihre Aufmerksamkeit wieder mir zu. »Unsere Familie ist laut und sehr direkt, aber ich kann dich beruhigen, wir sind völlig harmlos. Wie heißt es so schön: Hunde, die bellen, beißen nicht.«

»Phina …«, warnte Yanis sie, woraufhin sie lachend die Hände hob. »Ist ja gut, Bruderherz, ich hör ja schon auf.« Bevor Yanis ausweichen konnte, hatte Delphina sich nach vorne gebeugt und ihrem Bruder in die Seite gezwickt.

Yanis verdrehte die Augen. »Du bist und bleibst unmöglich.«

»Ich weiß.«

Amüsiert verfolgte ich das liebevolle Geplänkel. Ich konnte mir gut vorstellen, dass die beiden sich des Öfteren mal in den Haaren hatten, aber dass es nie wirklich ernsthafte Streitigkeiten zwischen ihnen gab. Meine Gedanken glitten zu Malina. Sie fehlte mir.

»Woher kennt ihr euch eigentlich?«, wollte Delphina wissen.

»Die Frage kommt definitiv in der falschen Reihenfolge, Phina. Das hättest du vielleicht am Anfang fragen sollen, bevor du Toni und mir eine Beziehung angedichtet hast.«

»Berechtigter Einwand.« Delphina grinste. »Aber jetzt mal ernsthaft. Ich hab dich noch nie auf der Insel gesehen, Toni.«

In ein paar Sätzen erzählte ich ihr von meiner Arbeit im *Blue Ocean* und wie ich auf Yanis' Goldschmiede aufmerksam geworden war.

»Eine Challenge, was für eine coole Idee! Und wie witzig, dass du dadurch auf Yanis' Schmuck aufmerksam geworden bist. Hach, sein Schmuck ist sowieso der schönste.«

Delphina krempelte ihr Hosenbein nach oben und deutete auf ein schmales Kettchen an ihrem Fußgelenk. »Dieses Fußkettchen hat Yanis für mich gemacht. Ich liebe es und trage es Tag und Nacht.«

»Sieht wirklich toll aus«, meinte ich.

Yanis seufzte. »Irgendwie deprimierend, dass mein Schmuck nur von Familie und Freunden getragen wird.«

Delphina verpasste ihrem Bruder einen Klaps und schaute möglichst böse drein. »Sind wir etwa *niemand?*«

»So war das nicht gemeint!« Yanis kratzte sich verlegen am Hinterkopf.

Dann kehrte wieder ein wenig Ruhe ein.

»Habt ihr noch etwas geplant?«, fragte Delphina uns, und kurz wusste ich nicht, wie ich darauf reagieren sollte. Würde Yanis mir noch die Insel zeigen, so wie es anfangs unser Plan gewesen war?

Auch er sah mich fragend an, als wüsste er nicht genau, was jetzt eigentlich der Stand der Dinge war. Schließlich waren unsere Pläne durchkreuzt worden.

Da ich nicht wollte, dass Yanis' und mein Tag erneut so abrupt endete, antwortete ich: »Yanis wollte mir noch ein bisschen die Insel zeigen. Ich habe bisher kaum etwas von Santorini gesehen.«

Delphina nickte, dann beugte sie sich verschwörerisch zu mir. »Hab ich dir schon verraten, dass Yanis nicht nur der beste Goldschmied, sondern auch der beste Tourguide ist?«

»Du übertreibst maßlos, Schwesterherz.«

Wir alberten noch ein bisschen rum, bis es langsam an der Zeit war, sich zu verabschieden. Auch unserem Findelkind sagten wir Lebewohl.

Ich strich der kleinen Katze über das Fell, was sie mit leisem Schnurren quittierte. Inzwischen wirkte sie schon deutlich munterer und etwas zutraulicher, vor allem, seitdem Delphina ihr einen Napf mit Wasser und Katzenfutter hingestellt hatte. Was wohl mit ihrer Mutter war? War sie von einem Auto angefahren worden? Ich wollte es mir lieber gar nicht so genau vorstellen.

Als ich erneut ihr schwarz-weißes Fell musterte, wusste ich plötzlich, dass ich mein heutiges Motiv für die Fotochallenge gefunden hatte.

20. Kapitel

Noch bevor Yanis und ich nach draußen traten, hatte Malina mir schon auf mein Katzenfoto geantwortet.

Ist die süüüüüß. Ich hab hier aber auch was verdammt Süßes, bei dem man ebenfalls Herzklopfen bekommt. ❤

Ich öffnete das Bild, und mir lief schon beim Anblick das Wasser im Mund zusammen. Malina hatte mir ein Foto von einer sündhaft lecker aussehenden Mousse au Chocolat geschickt, genauer gesagt von einer schwarz-weißen Oreo Mousse au Chocolat. Ich begann zu tippen.

Und einen Zuckerschock und Kalorienschub noch dazu ☺ Kannst du mir die nach Santorini rüberschicken?

Wenn du mir dafür das Katzenbaby mitbringst, wäre das ein verhandelbarer Deal. 😂

Ich hielt Yanis Malinas Foto unter die Nase, und seine Augen weiteten sich. »Woah, vielleicht sollte ich meinen Eltern und Großeltern vorschlagen, dass sie deine Schwester in ihrer Taverne einstellen sollen? Das sieht fantastisch aus!«

Ich setzte meinen Helm auf. »Ich wäre voll dafür, allerdings müsstest du Malina dann dem *White Sands* auf Korfu ausspannen, wo sie ab August arbeitet.«

»Ach Mann, und ich dachte schon, das wäre ein super Plan.«

Anschließend saßen wir wieder auf dem Roller. Um ehrlich zu sein, genoss ich es, meine Arme sanft um seinen Oberkörper zu schlingen, während mir der Fahrtwind leicht über die Haut strich. Außerdem zwangen mich die unebenen Straßen auf Santorini förmlich dazu, meine Arme zwischendurch noch ein wenig fester um seine Taille zu legen.

Yanis hatte mir nicht verraten wollen, wo wir hinfuhren. Mehr als ein schelmisches Zwinkern und ein bedeutungsschweres »Lass dich überraschen« konnte ich ihm nicht entlocken. Also ließ ich den restlichen Tag auf mich zukommen.

Inzwischen war es schon nachmittags, wie ich verblüfft festgestellt hatte. Die Zeit mit Yanis an meiner Seite verging wie im Flug.

Wir fuhren abermals an einigen Weinstöcken vorbei. Wieder fiel mir auf, wie karg die Insel doch war, aber vielleicht machte auch genau das ihren Charme aus. Je weiter Yanis und ich ins Hinterland kamen, desto unberührter wurde Santorini. Wir kurvten durch malerische kleine Dörfchen, die in völligem Gegensatz zu der touristischen Hauptstadt Firá standen. Hier hatte man ein bisschen das Gefühl, als wäre die Zeit stehen geblieben.

Mittlerweise schraubte sich die Straße stetig bergauf. Irgendwann erreichten wir das kleine Dorf Pýrgos, das auf einem Hügel lag.

Yanis hielt an und drehte sich zu mir um. Ich nahm bereits an, dass wir unser Ziel erreicht hatten, und wollte absteigen, doch Yanis hielt mich zurück.

»Das hier ist nur ein kurzer Zwischenstopp«, erklärte er und deutete auf das Dörfchen vor uns. Mein Blick fiel auf eine imposante Burg, die auf dem Hügel thronte und das Hauptmerkmal des Ortes zu sein schien. Drum herum schmiegten sich die traditionellen weißen Steinhäuser und Kirchen mit den charakteristischen blauen Kuppeln an den Hang.

»Pýrgos war bis 1800 noch die Hauptstadt von Santorini«,

ließ Yanis mich wissen. »Und es ist eine der fünf Festungsstädte, die im 14. Jahrhundert hier von den Venezianern erbaut wurden.«

Staunend ließ ich meinen Blick schweifen, bevor es für Yanis und mich weiterging. Wir ließen Pýrgos hinter uns und nahmen eine schmale Straße, die sich den Berg hinaufschlängelte. Die Straße war recht eng, doch mit dem Roller kamen wir ganz gut voran. Selbst zur Nachmittagsstunde war die Sonne so gleißend hell, dass ich froh war, eine Sonnenbrille in meine Handtasche gesteckt zu haben.

Wir erklommen Kurve für Kurve, wobei jede von ihnen eine neue Aussicht bot. Nachdem Yanis und ich auf der Bergkuppe angekommen waren, den Roller abgestellt und unsere Helme abgenommen hatten, bewältigten wir die letzten Schritte zu Fuß.

Ein Kloster markierte den höchsten Punkt, doch es war nicht das alte Gebäude, das mich faszinierte, sondern der fantastische Ausblick, mit dem Yanis und ich von hier oben belohnt wurden.

»Bisher hattest du immer nur den Blick auf die Caldera, aber ich dachte, es wäre schön, wenn du ganz Santorini mal von oben siehst«, meinte Yanis.

»Wow«, sagte ich nur und ließ meinen Blick schweifen. Majestätisch breitete sich die Insel zu meinen Füßen aus. Das Licht war um diese Uhrzeit weich und warm und verlieh Santorini einen fast schon goldenen Schimmer. Direkt vor uns wuchsen Olivenbäume auf dem erdigen Terrain, während sich dahinter und weit unten die kleinen weißen Häuser erstreckten. Das Meer schmiegte sich um die Insel und umgab es wie ein schützender Teppich.

Eine angenehme Stille hüllte mich ein, die lediglich von den Geräuschen der Natur durchbrochen wurde. Ich hörte das Summen von Insekten und das laute Zirpen der Zikaden, und ein tiefes Gefühl der Zufriedenheit machte sich in mir breit. Hier war es so viel entspannter als in den Gassen von Firá. Dieser Ort hatte etwas Magisches an sich. Selbst das Meer kam mir viel weniger bedrohlich vor.

Yanis trat ein kleines Stück an mich heran. »Sieh mal, von da kommen wir. Da liegt Firá.«

Sein Atem traf auf meine Wange, und auf einmal wusste ich überhaupt nicht, wie ich damit umgehen sollte. Mit seiner Nähe, seiner Wärme. Seinem Geruch.

Unmerklich begann ich zu zittern, und ein verheißungsvolles Ziehen machte sich in mir breit, das von meinem Bauch direkt in meinen Unterleib überging.

»Und da liegt Pýrgos, das Dorf, das wir eben gesehen haben«, sagte Yanis leise. Wann war seine Stimme so dunkel und rau geworden?

Von einem Moment auf den anderen war die Stimmung zwischen uns umgeschlagen. Die Luft um uns flirrte, als wäre sie elektrisch aufgeladen. Das Licht schien von Sekunde zu Sekunde goldener zu werden, und ich merkte, wie die wenigen anderen Menschen, die mit uns auf diesem Berg standen, in weite Ferne rückten. Es kam mir so vor, als wären Yanis und ich gerade die Einzigen hier oben. Als gäbe es nichts und niemanden außer uns, den Duft der Olivenbäume, das leise Rauschen des Windes und das Surren der Insekten.

Meine Sinne waren so geschärft wie schon lange nicht mehr. Auf einmal schien ich alles viel intensiver zu spüren, zu riechen, zu fühlen. Die feinen Härchen an meinen Armen richteten sich auf.

Ich wagte es kaum, mich zu Yanis umzudrehen. Stattdessen wartete ich ab, was passierte.

Als er seinen Finger diesmal ausstreckte, um mir etwas zu zeigen, berührte seine Wange hauchzart die meine. Sein Arm streifte meine nackte Schulter, und ich spürte seine Wärme an meinem Rücken. Ich konnte mich nicht auf seine Worte konzentrieren, nur auf den Klang seiner Stimme. Und auf seine Berührungen. Es kam mir vor, als würden sie meine Haut zum Glühen bringen.

Das Ziehen zwischen meinen Beinen wurde immer stärker, und mich überkam der Wunsch, mich zu Yanis umzudrehen und ihn zu küssen.

Während Yanis seinen Arm ausgestreckt hatte und auf

einen Punkt in der Ferne zeigte, stellte ich mir vor, er würde genauso meinen Körper erkunden. Stellte mir vor, wie er mit derselben Leidenschaft den Rundungen meiner Hüften folgte, jeden Millimeter erkundete, jede Wölbung mit seiner Fingerkuppe nachfuhr.

Noch immer stand ich mit dem Rücken zu ihm, doch seine Anwesenheit war mir mehr denn je bewusst. Ich lehnte mich ihm ein kleines Stück entgegen, sodass mein Rücken nun an seinem Oberkörper ruhte. Mein Atem ging flach, und ich merkte, dass auch Yanis' Atmung gepresster ging.

Ganz langsam legte Yanis seine eine Hand auf meine Taille, als wollte er mich stützen. An jene Stelle, an der zwischen meinem Rock und meinem Shirt der winzige Streifen sonnengebräunter Haut hervorblitzte.

Ich sog scharf die Luft ein.

»Ich komme gern hierher«, vertraute Yanis mir an, während wir nach wie vor keine Anstalten machten, uns zueinander umzudrehen. Aber vielleicht war es auch das, was die ganze Situation noch viel prickelnder und aufregender machte. »Weil es sich hier oben so anfühlt, als wäre alles möglich.«

Mein Herzschlag beschleunigte sich, und mein Hals fühlte sich trocken an.

Was meinte Yanis damit?

Da ich nicht wusste, wohin mit meinen Händen, schlang ich sie um meinen Bauch, wobei ich mit einer Hand zaghaft nach der von Yanis' tastete, die noch immer auf meiner Taille ruhte. Unsere Finger fanden sich und verschränkten sich sanft miteinander, bis Yanis seine Arme schließlich vollständig um meinen Bauch gelegt hatte, und ich auch nach seiner anderen Hand griff.

Es fühlte sich neu und aufregend und dennoch irgendwie vertraut an. Richtig.

Das verheißungsvolle Ziehen ließ etwas nach, stattdessen breitete sich auf einmal eine vollkommene Ruhe in mir aus. Als gäbe es doch noch eine Chance, endlich zu mir selbst zurückzufinden. Gerade fühlte ich mich unglaublich geborgen und … sicher.

Als ich meinen Blick über das Meer schweifen ließ, überkam mich zum ersten Mal so etwas wie Hoffnung. Ich dachte über Yanis' Worte nach.

»Ich glaub, ich weiß, was du meinst«, sagte ich leise. Meine Stimme klang ebenfalls ungewohnt heiser, und mein Blick war fortwährend auf das endlos scheinende Blau gerichtet.

Auf einmal wünschte ich mir inständig, dass es mir gelingen würde, meine Angst vor Wasser zu überwinden und meine Dämonen in den Griff zu bekommen.

Und auch wenn ich es anfangs niemals für möglich gehalten hätte – vielleicht war Santorini genau der richtige Ort dafür. Weil ich hier zwangsläufig mit Wasser konfrontiert wurde.

Als Yanis mich zum Hotel zurückbrachte und wir auf dem Parkplatz ankamen, war es schon Abend, und wir wurden mit einem fantastischen Sonnenuntergang über der Caldera belohnt. Der Himmel war in tieforangenes Licht getaucht.

»So schön ...«, seufzte ich.

»Dann hast du noch keinen Sonnenaufgang hier gesehen«, meinte Yanis schmunzelnd. »Für mich sind Sonnenaufgänge noch viel besonderer.« Er hielt kurz inne. »Hast du morgen früh schon etwas vor? Genauer gesagt, so um ... 4 Uhr?«

»Eigentlich hatte ich nur eine Verabredung mit meinem Bett, aber scheint ganz so, als hätten sich meine Pläne gerade geändert.« Ich schmunzelte ebenfalls, und in meinem Bauch flatterte es wild umher.

»Perfekt, dann hole ich dich morgen um 4 Uhr ab.«

Als Yanis mir seinen Helm abnahm, sahen wir einander ein paar Herzschläge lang in die Augen.

Dann beugte Yanis sich vor und gab mir einen sanften Kuss auf die Wange. Ich inhalierte erneut den Geruch seines Aftershaves und ertappte mich selbst dabei, wie ich für einen Moment genießerisch die Augen schloss. Ich hoffte, dass er es nicht bemerkte.

»Schlaf gleich gut, Antonia«, flüsterte er.

»Du auch, Yanis«, flüsterte ich zurück.

Als ich die Treppen innerhalb des Resorts erklomm, lag ein Lächeln auf meinen Lippen. Mein Handy vibrierte, und ich dachte schon, es wäre Yanis, der vielleicht noch etwas vergessen hatte, doch es war eine unbekannte Nummer, die mir bei WhatsApp geschrieben hatte.

Ich runzelte die Stirn und öffnete die Nachricht.

Danke für den Burger. D.

Das Lächeln auf meinen Lippen wurde noch etwas breiter. Flink begann ich, ebenfalls zu tippen.

Wie bist du an meine Nummer gekommen?

Hab Electra ausgetrickst.

Wer stalkt hier jetzt wen? ☺

Was soll ich sagen, hab offenbar ungeahnte Talente.

Ich verdrehte die Augen.

Du weißt schon, dass manche Frauen für deine Nummer vermutlich töten würden?

Mir ist da zu Ohren gekommen, dass man als Hotelmitarbeiterin die Privatsphäre der Gäste schützen muss. Da sind dir wohl oder übel die Hände gebunden, falls du überlegen solltest, meine Handynummer im Darknet an die Meistbietende zu versteigern.

Ich schüttelte grinsend den Kopf.

Mist, jetzt hast du mir meine Geschäftsidee ruiniert. 😭

Ich starrte mein Handy an, wartete darauf, dass Damiano noch etwas antwortete. Kurz erschienen die drei markanten Pünktchen bei WhatsApp, die mir signalisierten, dass Damiano am Tippen war. Aber genauso schnell, wie sie gekommen waren, verschwanden sie auch wieder. Damiano war offline gegangen.

21. Kapitel

Yanis

Als ich gegen 22 Uhr meinen Großeltern in ihrer Taverne in Oía noch einen Besuch abstattete, verließen die letzten Gäste gerade das Restaurant. Meine Oma war dabei, die Decken von den Tischen einzusammeln. Auf jeder der blau karierten Tischdecken brannte noch ein kleines Teelicht, was im Dunkeln wirklich schön aussah. Die Taverne meiner Großeltern weckte so viele Kindheitserinnerungen bei mir. Delphina und ich hatten früher viel Zeit hier verbracht. Das Restaurant versprühte einen leicht rustikalen, aber auch romantischen Charme mit den einfachen Holzstühlen und Tischen, die unter einer von Holzstreben und Weinranken überdachten Terrasse standen. Von der Terrasse hatte man einen fantastischen Blick über die Caldera und über Oía. Zu dieser Zeit lag die Stadt funkelnd und leuchtend zu meinen Füßen. Ich gab mir ein paar Sekunden, um den Anblick in mich aufzunehmen. Bei Nacht schien sich das Bild der Insel noch einmal zu wandeln, als würde ein Zauber über Santorini liegen und alles mit einem sanften Schimmer bedecken.

»Yanis, mein Junge! Wie schön, dich zu sehen!« Meine Oma ließ sofort alles stehen und liegen, kaum, dass sie mich sah. Sie eilte auf mich zu und schloss mich in eine innige Umarmung, wobei sie mir kaum bis zur Brust ging.

Als sie sich von mir löste, strahlten ihre Augen voller Freude, und auf ihrem faltigen, von der Sonne gebräunten Gesicht zeichneten sich Lachfalten ab.

»Georgios, schau mal, wer da ist!«, rief meine Giagiá sogleich ins Innere der Taverne, und es dauerte keine dreißig

Sekunden, bis mein Opa im Türrahmen erschien. Pappoús hob die Hände in die Höhe, als könnte er es kaum glauben, dann kam er auf mich zu.

»Endlich, der verschollene Junge«, rief Pappoús übertrieben aus, lachte laut und legte seine Hände an meine Wangen. »Schön, dass du mal wieder vorbeischaust!«

»Also ehrlich, ihr tut ja gerade so, als hätte ich euch seit Wochen nicht mehr besucht«, widersprach ich empört, als mein Magen ein lautes Knurren von sich gab.

Meine Giagiá sah mich entsetzt an. »Sag bloß, du hast noch nichts gegessen?«

Tatsächlich hatten Toni und ich so die Zeit aus den Augen verloren, dass wir nicht einmal mehr etwas gegessen hatten. Ich hatte die ganze Zeit über auch keinen Hunger gehabt, was bestimmt daran lag, dass mich das flatterige Gefühl in meiner Magengrube viel zu sehr abgelenkt hatte. Zumindest bis jetzt.

Ich bekam nicht einmal die Gelegenheit, zu antworten, da meine Großmutter schon weiterredete. »Deine Eltern stehen gerade noch in der Küche, bestimmt ist noch Essen übrig. Kleinen Moment.« Mit diesen Worten verschwand sie im Inneren der Taverne.

Pappoús und ich stellten uns an die Balustrade und blickten auf die nächtliche Caldera hinab. Ich wollte diesen Moment genießen, aber es fühlte sich an, als wäre ich gar nicht richtig anwesend. Meine Gedanken kreisten immerzu um Toni und den heutigen Tag.

Ich konnte an fast nichts anderes mehr denken als daran, wie nah wir uns auf dem Berg Profítis Ilías gekommen waren. Ich wusste nicht, was Toni mit mir angestellt hatte, aber sie wollte mir partout nicht mehr aus dem Kopf gehen. Und das, obwohl wir uns doch erst vor wenigen Tagen zum ersten Mal über den Weg gelaufen waren.

Ich erinnerte mich daran, wie es sich angefühlt hatte, sie heute in meinen Armen zu halten. Wie sich ihr zierlicher Körper an meine Brust geschmiegt und wie weich sich ihre Haut unter meiner Hand angefühlt hatte. Dieser kleine Streifen ihrer gebräunten Haut, der zwischen ihrem schulterfreien Shirt und ihrem Rock hervorgeblitzt hatte, hatte mich fast um den Verstand gebracht. Verdammt, in dem Moment hatte ich nicht mehr klar denken können. Am liebsten hätte ich sie zu mir herumgewirbelt und geküsst.

Unweigerlich hoben sich meine Mundwinkel zu einem Lächeln, was auch meinem Pappoús nicht entging.

»Du wirkst verändert«, stellte er fest.

Tief unter uns rauschte leise das Meer, und von irgendwo vernahm ich das Kreischen einer Möwe. Das Blätterdach aus Weinranken raschelte im Sommerwind leicht über unseren Köpfen.

Ich drehte mich zu meinem Opa um, wobei ich mich nun mit dem Rücken an die Holzbalustrade lehnte und die Taverne im Blick hatte. Die Teelichter flackerten noch immer vor sich hin, und es sah aus, als würden Glühwürmchen über den Tischen tanzen.

»Was meinst du?«, hakte ich nach und versuchte, mich möglichst ahnungslos zu geben, aber meine Stimme klang nicht so fest, wie ich beabsichtigt hatte.

Pappoús lächelte mich warm an. »Yanis, ich kenne dich seit mehr als vierundzwanzig Jahren. Glaubst du nicht, dass ich es sehe, wenn dich etwas beschäftigt?«

Ich schluckte, und zwischen uns entstand eine kurze Pause, in der Pappoús in seine Hosentasche griff und seine Pfeife und ein kleines Schächtelchen hervorholte. Seelenruhig stopfte er etwas Tabak in seine Pfeife und zündete sie sich anschließend an.

Er rauchte nicht oft, und Giagiá konnte es nicht ausstehen, wenn er es doch tat. Mal davon abgesehen, dass sie den Geruch nicht leiden konnte, machte sie sich immer viel zu viele Sorgen, vor allem in Hinblick auf die Gesundheit meines Großvaters. Mit Ende siebzig waren die beiden nun einmal auch nicht mehr die Jüngsten. Trotz ihres hohen Alters stand es für sie aber außer Frage, sich aus der Taverne zurückzuziehen und die Arbeit einzig und allein meinen Eltern zu überlassen.

Fragend zog ich die Augenbrauen hoch. »Das lass besser nicht Oma sehen, sonst macht sie dir Feuer unterm Hintern.«

»Es ist eine Ausnahme«, sagte mein Opa und blies genüsslich den Rauch aus, der sich nun vor uns in der Luft kringelte. »Außerdem kann deine Oma mir nie lange böse sein. Zu jeder Ehe gehören auch ein paar Unstimmigkeiten.« Er zwinkerte mir zu, und ich konnte mir das Grinsen nicht verkneifen.

Ich schätze, in der Hinsicht glichen sich Oma und Opa perfekt aus. Ja, mit meiner Giagiá ging hin und wieder auch das griechische Temperament durch, und dann flogen zwischen Pappoús und ihr die Fetzen. Allerdings versöhnten die beiden sich auch immer wieder schnell und wussten, was sie aneinander hatten.

Ich bewunderte meine Großeltern dafür.

»Es geht um ein Mädchen«, stellte Pappoús fest, während er weiter an seiner Pfeife zog.

Ich zuckte zusammen und starrte ihn fassungslos an, da ich diese Wendung unseres Gesprächs nicht erwartet hatte. Doch Pappoús war schon immer ein sehr aufmerksamer Mensch gewesen. Er mochte auf den ersten Blick zwar ruhig und nicht so temperamentvoll wie meine Oma wirken, aber das bedeutete nicht, dass er weniger aufmerksam war. Pappoús entging nichts. Er war ein stiller Beobachter.

Ich wusste im ersten Moment nicht, was ich darauf antworten sollte. Mein erster Impuls war, das Gesprächsthema mit einem simplen Nein abzuhaken. Weil es so viel leichter war, als sich ernsthaft mit den eigenen Gefühlen auseinanderzusetzen.

Andererseits ... Opa und ich hatten einander noch nie etwas vorgemacht, und wenn ich mit jemandem offen und ehrlich über meine Gefühle sprechen konnte, dann war es Pappoús. Ich schätzte seine kluge und besonnene Art.

Ich horchte in mich hinein und spürte schon wieder dieses leichte Flattern in meinem Bauch und meiner Brust. Meinen erhöhten Puls.

»Ja«, gestand ich leise. »Ich hab da jemanden kennengelernt.«

Pappoús ließ ein paar weitere Rauchkringel vor uns in die Luft steigen.

»Ich hatte genau den gleichen Gesichtsausdruck wie du, als ich deine Oma kennengelernt habe. Dieses stetige Lächeln auf den Lippen.« Bei Opas Worten hoben sich seine Mundwinkel, und ein besonderer Glanz trat in seine Augen. »Sie war damals schon ein kleiner Wirbelwind und äußerst temperamentvoll, das hat mir unheimlich imponiert.«

Es war schön, Opa bei seinem Schwelgen in den Erinnerungen zuzuhören.

»Wie heißt sie denn?«, fragte er.

»Toni«, sagte ich. »Eigentlich Antonia.«

»Sehr schöner Name.«

Wieder kehrte kurz Stille ein, wobei das bei Pappoús und mir öfter mal der Fall war. Manchmal war es einfach wohltuend, gemeinsam zu schweigen, aber dennoch um die Nähe des anderen zu wissen.

Ich fasste mir ein Herz. »Ich weiß nicht genau, was das zwischen ihr und mir ist. Wir haben uns erst vor wenigen Tagen kennengelernt. Was ich weiß, ist, dass ich sie gerne mag. Aber ich habe keine Ahnung, ob das überhaupt eine Chance hat. Sie kommt aus München und arbeitet zurzeit in einem Boutique Hotel in Firá.«

»Und du hast Sorge, dass sie wieder nach München gehen könnte, und fragst dich, ob das so überhaupt Sinn ergibt?«, fragte Pappoús. Dieser Mann konnte mich wirklich lesen wie ein offenes Buch.

Ich zuckte mit den Schultern, um meine Ratlosigkeit zu unterstreichen. Ich wusste, dass mein Opa mich auch so verstand.

»Weißt du, Yanis«, er legte mir eine Hand auf die Schulter, »Liebe ist nichts für Feiglinge. Manchmal ist es besser, die Dinge auf sich zukommen zu lassen, anstatt sie vorher kaputtzudenken. Ich habe damals auch gedacht, ich hätte bei deiner Oma keine Chance. Und sieh uns jetzt an.«

Er zog wieder an seiner Pfeife.

Ich lächelte meinen Großvater an. »Danke, Pappoús. Sag

mal, kann das vorerst unter uns bleiben? Ich möchte nicht das Gesprächsthema des heutigen Abends werden.«

Er wollte gerade zu einer Antwort ansetzen, als meine Oma mit meinen Eltern im Schlepptau die Terrasse betrat. Alle trugen Teller mit herrlich duftenden Spezialitäten.

Hastig wandte sich mein Opa ab, während ich versuchte, ihm Deckung zu geben.

»Einverstanden, wenn du dafür deiner Oma nichts hiervon verrätst«, raunte Pappoús dicht an meinem Ohr.

Ich grinste. »Meine Lippen sind versiegelt.«

Ihm gelang es gerade noch rechtzeitig, seine Pfeife auszuklopfen und in seiner Hosentasche verschwinden zu lassen. Unauffällig wedelte er die letzten Rauchkringel fort. Ich musste mich schwer beherrschen, um nicht zu lachen, und biss mir daher auf die Innenseite meiner Wange.

»Ihr habt doch wohl keine Geheimnisse vor uns?«, fragte Oma sogleich, und mein Opa hauchte ihr einen sanften Kuss auf die Wange.

»Auf gar keinen Fall«, antwortete er charmant und zwinkerte mir zu, als Oma es nicht sehen konnte.

Derweil hatten meine Eltern die Teller abgestellt und mich in Beschlag genommen. Meine Mutter drückte mich an sich, als hätte sie mich seit Ewigkeiten nicht mehr zu Gesicht bekommen.

Anschließend saßen wir alle beisammen und aßen die Reste, die vom heutigen Tag übrig geblieben waren. Als ich mich gerade über Mamas Souvlaki-Spieße und den Tomatenreis hermachen wollte, vernahm ich das leise Quietschen des Eisentors, das auf die Terrasse führte. Im nächsten Moment lugte meine Schwester Delphina um die Ecke.

»Ihr hattet doch wohl nicht vor, die Party ohne mich steigen zu lassen?«

Als sie mich umarmte, beugte sie sich ein Stück weit zu mir runter und flüsterte mir ins Ohr, sodass die anderen am Tisch uns nicht verstehen konnten. »Wo hast du denn deine charmante Begleitung von heute Morgen gelassen?«

Ich knuffte sie in die Seite. »Du bist einfach viel zu neugierig. Außerdem könnte ich die Frage an dich zurückgeben: Wo hast du denn deinen Mann gelassen?«

»Nikos ist zu Hause bei Linos. Ich bin auch nur auf dem Sprung hier, ich komme direkt aus der Praxis. Der Papierkram hat mich aufgehalten.« Delphina schnitt eine Grimasse, dann begrüßte sie den Rest der Familie.

Meine Gedanken glitten derweil wieder zu Toni. Plötzlich konnte ich es kaum erwarten, dass der nächste Morgen anbrach.

22. Kapitel

Toni

Yanis holte mich wie versprochen um 4 Uhr morgens mit dem Roller ab. Obwohl es noch sehr früh und die Nacht sehr kurz gewesen war, verspürte ich keine Müdigkeit. Dafür war ich viel zu aufgekratzt.

Eine angenehme Stille lag über dem Resort und über Santorini, und ich genoss das Gefühl, die Insel einen Moment lang nur für uns zu haben.

Yanis und ich fuhren nach Oía, einem Künstlerdorf, das im Norden der Insel lag und als Motiv für jeden Werbekatalog von Santorini herhalten musste. Der Helm drückte wie auch bei unserer letzten Fahrt ein wenig auf meinem hohen Zopf, aber glücklicherweise waren die Entfernungen hier nicht allzu groß.

Eine sanfte Brise erfasste mein leichtes weißes Sommerkleid. Ich hatte mich damals, als ich es gemeinsam mit Malina in einer Boutique in München gesehen hatte, augenblicklich darin verliebt. Es war aus einem angenehmen Baumwollwebstoff gefertigt, reichte mir bis zu den Waden und war mit einer hochwertigen Lochstickerei versehen. Dazu noch goldene Creolen, ein Paar braune Pantoletten und eine kleine braune Umhängetasche – und fertig war mein Look!

Noch war die Insel von den letzten Schatten der Nacht eingehüllt, doch der Himmel vor uns wurde merklich heller.

Nachdem Yanis seinen Roller geparkt hatte, nahm er mich bei der Hand, und ich ließ mich von ihm führen. Ich war noch nicht einmal eine Woche auf der Insel, hatte die verwinkelten Gassen und die strahlend weißen Häuser aber bereits lieben gelernt.

Um diese Uhrzeit war kaum jemand unterwegs. Hin und wieder sahen wir andere Pärchen, die sich vermutlich ebenfalls die Stadt bei Sonnenaufgang anschauen wollten. Die ganze Zeit über ließ Yanis meine Hand nicht los, und ich genoss das Gefühl seiner Finger auf meiner Haut. Bisher hatten wir an diesem Morgen nicht viel miteinander geredet, sondern nur die zauberhafte Stimmung der Insel auf uns wirken lassen. Das leise Vogelgezwitscher, die warme Sommerbrise und der Salzgeruch vom Meer. Die friedliche Stille, die Santorini auf einmal wortwörtlich in ganz anderes Licht hüllte. Tagsüber wirkte die Insel oft zu touristisch und von Menschen überlaufen, aber um diese Uhrzeit schien sie ihren ganz eigenen Glanz zu haben, den ihr niemand nehmen konnte.

Langsam wurde das nächtliche Blau des Himmels von einem morgendlichen Schimmer durchbrochen. Yanis und ich passierten eine Kirche mit blauem Kuppeldach und einem wunderschönen Glockenturm, die sich auf einem großen offenen Platz befand.

»Schauen wir uns von hier aus den Sonnenaufgang an?«, fragte ich euphorisch, doch Yanis schüttelte den Kopf. »Ein bisschen weiter müssen wir noch. Aber es dauert nicht mehr lange, versprochen.«

Wir ließen die Kirche hinter uns. Am Ende des Platzes erhaschte ich einen Blick auf die Caldera und die nahe gelegenen Inseln.

Irgendwann wurden die Gassen merklich enger, als Yanis mich vom Hauptweg aus nach links führte. Noch immer war kaum eine Menschenseele unterwegs, und seitdem Yanis und ich den Hauptweg verlassen hatten, waren wir niemandem mehr begegnet. Ich erspähte drei blaue Kirchenkuppeln und erkannte, dass es sich dabei um das Postkartenmotiv schlechthin handelte.

Yanis lief vor mir und hielt mich nach wie vor an der Hand, als wir eine schmale Treppe hinabstiegen. Inzwischen hatte sich der Himmel in zartrosa und leicht lilafarbene Schlieren verfärbt, während sich vor mir imposant die drei Kirchenkuppeln erhoben. Rechts und links von uns befanden sich kleine, schnuckelige Häuschen, die von halbhohen weißen Mauern und tiefblauen Gartenpforten eingerahmt wurden. Überall standen Blumentöpfe, in denen die unterschiedlichsten Pflanzen wuchsen.

Auf einem kleinen Plateau am Fuß der Treppe kam Yanis schließlich zum Stehen. »Hier ist es. Eigentlich geht die Sonne in unserem Rücken hinterm Berg auf, doch ich liebe es, wie sich der gesamte Himmel vor einem in die schönsten Farben hüllt, wenn das Licht langsam über die Insel wandert.«

Ich hob meinen Blick, während die Farben des Himmels vor mir immer intensiver wurden. »Das ist fast schöner als der Sonnenaufgang selbst.«

Unter uns auf dem Meer lagen einige Katamarane und Segelboote. Santorini wirkte zu dieser frühen Uhrzeit regelrecht verschlafen. Als würde die gesamte Insel einem Dornröschenzauber unterliegen und erst langsam von der aufgehenden Sonne wachgeküsst werden. Es hatte etwas Märchenhaftes und unglaublich Romantisches an sich.

»Hab ich zu viel versprochen?«, fragte Yanis mich und drehte sich zu mir um, seine warmen braunen Augen lagen erwartungsvoll auf mir. Ich schüttelte ergriffen den Kopf und war nicht in der Lage, eine Antwort von mir zu geben. Wie gestern wurde ich mir Yanis' Nähe deutlich bewusst. Er hatte sich heute für ein dunkelblaues, kurzärmeliges Hemd, eine beigegraue Hose und braune Mokassins entschieden. Ich wusste nicht, worauf ich mich mehr konzentrieren wollte, auf Yanis oder auf die Farben, die sich wie ein gemaltes Kunstwerk am Himmel entfalteten.

Hand in Hand standen wir auf dem Treppenabsatz und ließen das Lichtspiel des Sonnenaufgangs auf uns wirken.

Yanis drückte meine Hand noch ein bisschen fester, während ich meinen Kopf an seine Schulter sinken ließ und mich bei ihm anlehnte.

»Danke, dass du mir das gezeigt hast«, hauchte ich.

»Weißt du, warum ich Sonnenaufgänge viel schöner finde als Sonnenuntergänge? Sie besitzen etwas Zartes. Ein leises Versprechen. Und sie geben mir das Gefühl, dass ich den neuen Tag so lenken kann, wie ich es möchte. Ein Sonnenaufgang ist für mich wie ein Neubeginn. Die Chance, das zu tun, was ich möchte und was mich glücklich macht.«

Ich hob den Kopf und sah zu Yanis auf. Auf einmal schlug mein Herz wie verrückt. »Und was möchtest du tun?«, fragte ich. Mein Mund fühlte sich vor lauter Aufregung plötzlich ganz trocken an.

»Jetzt gerade?«, erwiderte Yanis mit rauer Stimme.

Ich nickte, während mir mein Herz fast aus der Brust springen wollte. In diesem Moment schien die Intensität der Farben am Himmel ihren Höhepunkt zu erreichen, ein Schleier aus Rosa, Lila, Gelb und Orange spannte sich über unseren Köpfen. Der Himmel schien immer heller zu strahlen und die Insel erwachen zu lassen. Doch nicht nur das ... auch in meiner Brust erwachte etwas.

Yanis legte seine Hand an meine Wange und strich sanft darüber. »Es gibt da etwas, das ich am liebsten gestern schon getan hätte«, raunte er, bevor er mein Gesicht zu sich heranzog und mich küsste.

Und dieser Kuss ... Er fühlte sich an wie eine Explosion aus unzähligen Farben. Tief wie das dunkle Blau des Meeres. Zart wie der fliederfarbene Sonnenaufgang. Magisch wie die Stimmung dieser Insel, die uns gerade umgab.

Ich stellte mich auf die Zehenspitzen, schlang meine Arme um Yanis' Hals und ließ mich voll und ganz in den Kuss fallen. Er sank gegen die Steinmauer in seinem Rücken und zog mich noch etwas enger zu sich heran.

Ich war wie berauscht. Von seiner Nähe. Seinen Berührungen. Dem Geschmack seiner Lippen.

Ich ließ meine rechte Hand an seinen Hals wandern, während Yanis mich mit einer Leidenschaft küsste, dass mir schwindelig wurde.

Dieser Moment, dieser Sonnenaufgang gehörte uns.

Uns ganz allein.

Meine Lider flatterten zu, und als ich sie wieder öffnete und Yanis und ich uns für einen Augenblick voneinander lösten, nahm mich das dunkle Braun seiner Augen gefangen.

Wir waren beide leicht außer Atem, doch ein glückseliges Lächeln umspielte unsere Münder. Noch immer konnte ich Yanis' Lippen auf meinen spüren und wäre fast mit dem Finger über sie gefahren, nur um mir selbst darüber klar zu werden, was hier eigentlich gerade passiert war. Am liebsten hätte ich Yanis sofort wieder an mich gezogen, um dort weiterzumachen, wo wir aufgehört hatten.

Er lehnte seine Stirn an meine. »Das war …« Er schien nach den richtigen Worten zu suchen, aber keine zu finden.

»Ich weiß«, antwortete ich daher nur, da es gerade keiner weiteren Worte bedurfte. Ich spürte Yanis' Herz oberhalb meiner Brust schlagen, ähnlich aufgeregt und schnell wie meines.

»Du hattest recht«, flüsterte ich.

»Womit?« Yanis lehnte sich wieder ein Stück zurück, damit er mir besser in die Augen sehen konnte.

»Du hast nicht zu viel versprochen, was diesen morgendlichen Ausflug betrifft.«

Ein Funkeln trat in Yanis' Augen. »Redest du von dem Sonnenaufgang oder von etwas anderem?«

Ich grinste und pikste ihm meinen Zeigefinger in die Brust. »Wovon sollte ich denn sonst sprechen?«, fragte ich mit einem leicht neckenden Unterton in der Stimme, auf den Yanis sofort einging.

Er beugte sich wieder ein Stück näher zu mir, und mein Puls beschleunigte sich. »Kannst du dir das nicht denken?«, raunte er, wobei der Klang seiner Stimme ein Kribbeln direkt in meine Mitte sandte. Verdammt. Ein schmerzlich süßes Pochen breitete sich zwischen meinen Beinen aus.

Ich wollte mehr. Viel mehr.

Ich wollte Yanis, mit Haut und Haaren.

Die letzten Jahre hatte ich nur hinter meinen selbst errichteten Mauern verbracht, aber mit Yanis fühlte ich mich wieder lebendig. Er gab mir ein unglaublich gutes Gefühl.

Yanis fuhr sich mit der Zunge über die Lippen, ob beabsichtigt oder unbeabsichtigt, ließ sich nicht sagen. Es führte auf jeden Fall dazu, dass sich mein Verstand komplett ausschaltete. Fasziniert starrte ich auf seinen glänzenden Mund und konnte auf einmal an nichts anderes mehr denken als daran, ihn wieder auf meinem zu spüren.

»Ich hab keine Ahnung, wovon du sprichst«, antwortete ich um Fassung bemüht, während alles in mir danach lechzte, Yanis am Kragen seines Hemdes zu fassen und ihn an mich zu ziehen. Meine Stimme zitterte leicht. Lange würde ich meinem Verlangen nicht mehr standhalten können. Jede einzelne Faser meines Körpers schien sich nach Yanis zu verzehren.

»O doch, das weißt du ganz genau. Aber ich kann dich gern noch einmal davon überzeugen.«

Als er mich diesmal an sich zog, übernahm seine stürmische Seite. Unser Kuss wurde intensiver, hingebungsvoller. Yanis umfasste meine Taille, wobei er mit einer Hand sanft über meinen unteren Rücken strich.

Auch ich war mit meinen Fingern inzwischen auf Erkundungstour gegangen und ließ meine Hand über die nackte Haut wandern, die seine obersten, geöffneten Hemdknöpfe preisgaben.

Doch das war mir nicht genug.

Wir küssten einander, bis unsere Lippen ganz wund waren und die ersten Sonnenstrahlen unsere Gesichter kitzelten, was uns schließlich auseinanderweichen ließ.

Es kam mir so vor, als wären nicht nur die Insel, sondern auch Yanis und ich aus einem Dornröschenschlaf erwacht.

»Verdammt, Toni, was machst du bloß mit mir? Ich glaub, wir sollten irgendwo anders hingehen«, keuchte Yanis.

Ich hatte seine Härte an meinem Oberschenkel gespürt. Und auch mich ließ das hier ganz und gar nicht kalt.

Dennoch blitzte zwischen diesem wattigen, süßen Gefühl in meinem Kopf kurz der Gedanke auf, dass mit dem Erwachen der Insel allmählich auch die Touristen kommen würden.

Ich nahm meinen ganzen Mut zusammen. »Du hast mir noch gar nicht richtig deine Goldschmiede gezeigt. Und ich habe auch noch etwas Zeit, bis meine Schicht im Hotel beginnt.«

Ich sah, wie sich der Schleier der Lust über Yanis' Augen verstärkte. »Das klingt gut.«

Ich griff nach seiner Hand, da ich plötzlich keine Sekunde mehr vergeuden wollte, als Yanis mich zurückhielt.

»Gib mir … gib mir bloß noch einen Moment, um wieder ein bisschen runterzukommen, ja?«

Zunächst verstand ich nicht, was er meinte, bis er etwas peinlich berührt auf seine Hose deutete, in deren Schritt sich unverkennbar eine Ausbeulung abzeichnete.

Ich räusperte mich. »Jap, wir wollen an so einem touristischen Ort lieber nicht wegen Erregung öffentlichen Ärgernisses verhaftet werden.«

Yanis und ich sahen einander an und mussten beide lachen, was der Situation ein bisschen an knisternder Spannung nahm, die sich zwischen uns aufgestaut hatte.

23. Kapitel

Ich genoss es, mich auf der Rückfahrt wieder an Yanis' Rücken zu schmiegen. Inzwischen war die anfängliche Glut zwischen uns zumindest so weit abgeklungen, dass ich wieder einigermaßen klar im Kopf war. Das lag zum einen daran, dass wir noch einen Moment die aufgehende Sonne in Oía betrachtet hatten, und zum anderen daran, dass der angenehme Fahrtwind meine hitzigen Gedanken ein bisschen abkühlte. Was nicht bedeutete, dass meine Gefühle nicht trotzdem noch das reinste Chaos waren.

Ich war aufgeregt, als ich kurze Zeit später gemeinsam mit Yanis seine Werkstatt betrat. Neugierig betrachtete ich seinen Arbeitsplatz, der überwiegend aus einem großen Tisch bestand, auf dem sämtliches Werkzeug lag.

»Was ist das?«, fragte ich. »Das alles brauchst du für deine Arbeit?«

Yanis nickte. »Als Goldschmied benötige ich nicht nur Fingerspitzengefühl, sondern auch die feinsten Werkzeuge. Komm, ich zeig sie dir.«

Er umrundete den Tisch und nahm davor Platz. Er deutete auf eine kleine massive Stahlplatte, die in den Tisch eingelassen war und an der sich vorne eine Art Holzkeil befand. »Das hier ist ein Feilnagel aus Hartholz und ein Werkbrettschoner aus Stahlguss. Der Feilnagel dient mir als Arbeitsfläche, wenn ich hier am Schleifen bin. Und auf dem Stahlguss kann ich heiße Werkstücke ablegen.«

Er öffnete eine Schublade und zog vier Feilen heraus, die nach Größe sortiert waren. »Mit den Feilen kann ich zum Beispiel Kanten von Metallteilen abschleifen, Oberflächen glätten, das Material formen und Details stärker herausarbeiten. Dementsprechend besitze ich je nach Arbeit auch unterschiedliche Feilen.«

Yanis' Stimme hatte mit jedem Wort begeisterter geklungen. Er schien seine Arbeit wirklich zu lieben. Lächelnd musterte ich ihn, und als er aufsah, erkannte ich ein euphorisches Funkeln in seinen Augen. Auf einmal zog er die Stirn kraus und wirkte fast schon beschämt.

»O Mann, jetzt texte ich dich hier mit irgendwelchen Werkzeugen voll. Sorry, bestimmt findest du das langweilig.«

Ich schüttelte energisch den Kopf. »Ich find das ganz und gar nicht langweilig, sondern ziemlich spannend. Bitte, erzähl ruhig weiter.«

Yanis kratzte sich am Hinterkopf und lächelte etwas verlegen. »Okay.« Er deutete auf verschiedene Werkzeuge, die in einer Hängetasche am Tisch angebracht waren, sodass er sie sofort griffbereit hatte. »Hier hab ich meine Zangen ordentlich sortiert.«

Ich zeigte grinsend auf den Messschieber, den Zirkel und das Lineal, die ebenfalls auf dem Arbeitstisch lagen. »Ich wusste nicht, dass Mathe für einen Goldschmied ebenfalls wichtig ist. Da kommen Erinnerungen an meinen Leistungskurs im Abi zurück. Und zwar keine guten.«

Yanis lachte. »Für einen Goldschmied sind Präzision und Perfektion das A und O. Aber in deinem Job ist es doch eigentlich nicht anders. Du richtest deine Events vermutlich auch mit sehr viel Präzision aus. Du willst, dass alles perfekt wird. So gesehen ist es als Goldschmied nicht wirklich anders. Es kommt auf Genauigkeit an.«

Ich lächelte. »Das klingt logisch.«

Yanis zeigte mir auch noch seine restlichen Utensilien. Darunter befanden sich ein Hammer, ein Ringriegel, Lötwerkzeug und Lötstation sowie Sägebogen und Sägeblätter, mit denen er Metalle oder andere Materialien zurechtschneiden konnte. Er erklärte mir, dass ein Handmotor nützlich war, um Metalle und Edelsteine zu bearbeiten, sie zu polieren, mit einer Gravur zu versehen oder Löcher hineinzubohren. Darüber hinaus besaß er

Vergrößerungsgläser und Schutzbrillen, um detaillierter arbeiten zu können und seine Augen zu schützen.

Zu guter Letzt führte er mir noch die Werkzeuge für das sogenannte Finishing vor, mit denen er seinem Endprodukt den letzten Schliff verlieh. Dazu zählten Schmirgelpapier, Bürsten, Polierwerkzeuge und Schleifsteine.

Danach entstand für einen kurzen Augenblick Schweigen. Yanis blies die Backen auf und ließ geräuschvoll die Luft entweichen. »Tja, jetzt weißt du, wie mein Arbeitsplatz aussieht.«

»Wow«, sagte ich. »Das sind echt verdammt viele Werkzeuge.« Ich hielt inne. »Würdest du es mir zeigen?«

»Was zeigen?«

»Würdest du mir zeigen, wie du ein Schmuckstück schmiedest? Ich habe so etwas noch nie gesehen.«

Yanis wirkte für einen kurzen Moment überrumpelt, doch gleich darauf kehrte seine Begeisterung zurück. »Wenn du es möchtest, gern.«

In der nächsten halben Stunde sah ich ihm dabei zu, wie aus einem Goldplättchen ein richtiger Ring wurde.

Yanis dabei zu beobachten, mit wie viel Leidenschaft er seinem Handwerk nachging und wie behutsam und zärtlich er mit seinen Werkzeugen hantierte, machte mich ungemein an. Und auch, wie er mit dem Lötgerät das Gold erhitzte, um es anschließend nach Belieben biegen zu können.

Mein Hals wurde trocken. Denn inzwischen hatte sich die Hitze seines kleinen Handwerkhelfers auch auf mich übertragen. Nicht nur das Gold hatte sich gerade verflüssigt. Ich merkte, wie sich erneut ein angenehmes Ziehen zwischen meinen Beinen ausbreitete. Während Yanis sich auf seine Arbeit konzentrierte, nahm meine Aufmerksamkeitsspanne immer weiter ab. Nicht, weil es mich nicht interessierte, was Yanis da machte, sondern weil ich nur noch Augen für ihn hatte. Für den konzentrierten Zug um seine Mundwinkel. Für seine eine Augenbraue, die höher stand als die andere, was Yanis ungemein sexy wirken ließ. Seine sehnigen Hände, die die Materialien und Werkzeuge umfassten, als wären sie etwas ganz Besonderes. Auf einmal wollte ich unbedingt dieses

Goldstück sein, dem er sich mit solcher Leidenschaft und Hingabe widmete.

Möglichst unauffällig kreuzte ich meine Beine unter meinem Kleid etwas, da das Ziehen mittlerweile unerträglich wurde.

Wann war es hier in der Werkstatt eigentlich so heiß geworden? Das konnte doch nicht an diesem kleinen Lötgerät liegen, oder? Ich hatte das Gefühl, dass sengende Hitze durch meine Adern schoss und mich von innen verbrannte.

Yanis sagte etwas, aber seine Worte drangen nicht zu mir durch. Ich konnte mich nur noch auf seinen Körper konzentrieren. Auf jede einzelne seiner Bewegungen.

Ich war erfüllt von purer Erregung. Von Leidenschaft. Einer Leidenschaft, die ich so überhaupt nicht mehr von mir kannte. Als hätte sich ein Schalter in mir umgelegt, der mich kurzzeitig ausblenden ließ, was in der Vergangenheit geschehen war.

Mit Yanis in seiner Goldschmiede auf einer kleinen griechischen Insel zu sein, fühlte sich so lebendig und echt an. *Ich* fühlte mich lebendig. Ein Gefühl, das ich so lange vermisst hatte.

Als Yanis mir am Ende stolz seinen geschmiedeten Goldring zeigte, trafen unsere Blicke aufeinander. Ich hatte nicht damit gerechnet, dass sich in seinen Augen die gleiche Sehnsucht, die gleiche Lust widerspiegeln würde, die ich fühlte.

Für einen Moment schien die Welt stillzustehen, doch ich wollte gar nicht, dass sie verharrte. Ich wollte sie in Bewegung setzen. Ich wollte, dass sie in Flammen aufging.

»Er ist wunderschön«, krächzte ich, wobei meine Stimme fremd in meinen Ohren klang.

Noch immer sahen Yanis und ich einander an. Sein Brustkorb hob und senkte sich schwer, die Spannung im Raum schien mit jeder Sekunde, die verstrich, zuzunehmen. Yanis hatte sich so auf seinem Stuhl gedreht, dass er mit dem Rücken gegen die Tischkante stieß.

Ich weiß nicht genau, was dann passierte. Es fühlte sich an, als würde etwas von mir Besitz ergreifen und die Führung übernehmen. Ich hatte keine Kontrolle mehr. Stattdessen gewannen meine Gefühle die Oberhand und setzten sich über alles andere hinweg. Über die Vernunft. Über meine Ängste, die irgendwo dunkel in meiner Brust lauerten, sich plötzlich jedoch ganz weit entfernt anfühlten. Als würde sich ein vorübergehender Schleier über all das legen.

Mit wild pochendem Herzen setzte ich mich rittlings auf Yanis' Schoß. Für einen Wimpernschlag stockte sein Atem, bevor ich ihn kräftig schlucken sah. Etwas flackerte in seinen Augen auf. Begierde.

Ich wagte es, ihm tief in die Augen zu sehen, und Yanis erwiderte meinen Blick. Im nächsten Moment kamen wir beide einander näher, und unsere Lippen prallten heiß aufeinander.

Dieser Kuss hatte rein gar nichts Zaghaftes mehr an sich, stattdessen war er voller Leidenschaft. Ungezähmt. Unkontrolliert.

Ich öffnete meine Lippen, und als sich kurz darauf unsere Zungen trafen, keuchte ich auf. Ich rieb mich an Yanis' Schoß, was diesem ein Stöhnen entlockte, das mich noch mehr erregte. Die anfänglich noch kleine Flamme hatte sich inzwischen zu einem wahren Feuer ausgebreitet.

Ich wollte Yanis. Hier und jetzt. Ich wollte ihn spüren, ganz nah. Und ich wusste, dass es ihm ähnlich ging wie mir, denn ich bemerkte seine wachsende Härte nur allzu deutlich.

Als Yanis seine Hände auf meinen Po legte und mich noch ein Stück näher auf sich zog, keuchten wir beide auf. Ich vergrub meine Hände in seinem Haar, das sich unglaublich weich anfühlte. Unser Kuss wurde immer intensiver. Ich bewegte meine Hüfte, sodass ich mit meiner pochenden Mitte immer wieder über die Ausbeulung in seinem Schritt streifte, was auch Yanis nicht entging.

»Fuck«, stöhnte er auf, als sich unsere Münder kurz voneinander lösten. Er umfasste meinen Po noch etwas fester und begann nun ebenfalls, sich meinen Bewegungen anzupassen. Ich war so ausgehungert, dass mich allein das fast zum Kommen brachte.

Noch nie war ich so erregt gewesen, während ich dabei noch all meine Kleidung trug.

Aber das reichte mir nicht. Ich wollte uns Haut an Haut spüren, ohne irgendeinen Stoff dazwischen.

Auch ihm schien das hier schon längst nicht mehr auszureichen, da er den Saum meines Kleides anhob und mit seinen Händen über meine nackten Oberschenkel strich. Ich erschauderte unter seinen zärtlichen Streicheleinheiten.

Als Yanis' Fingerspitzen schließlich sanft über meinen Slip strichen, rutschte ich ungeduldig auf seinem Schoß hin und her. Er beobachtete jede meiner Bewegungen mit lustverhangenem Blick.

Meine Unterwäsche fühlte sich inzwischen unglaublich feucht an, und ich war mir sicher, dass ich mittlerweile Spuren auf Yanis' Hose hinterlassen hatte. Seine Härte drückte sich verlockend gegen mich.

Fast hätte ich ihn angeknurrt, mich endlich von meiner Lust zu erlösen, doch Yanis nahm sich alle Zeit der Welt, während er meine empfindlichste Stelle sanft durch den dünnen Stoff streichelte. Unruhig wand ich mich unter seinen Berührungen. Und auch wenn Yanis sich Mühe gab, geduldig zu wirken und mich weiter zu reizen, wurden seine Bewegungen dennoch fahriger.

Als er seine Hand schließlich in mein feuchtes Höschen gleiten ließ und einen Finger in mich einführte, stöhnte ich auf. Ich krallte meine Hände in seine Schultern, da ich das Gefühl hatte, mich irgendwo festhalten zu müssen. Die Welt begann, sich schwindelerregend schnell zu drehen.

Ich vergrub mein Gesicht an seinem Hals.

Geschickt bewegte Yanis seinen Finger, und es dauerte nicht lange, bis er mich damit auf den Höhepunkt zutrieb. Mein Körper erbebte, und Yanis hielt mich so lange in seinen Armen, bis das Zittern allmählich aus meinem Körper wich.

Ein leichter Schweißfilm bedeckte meine Arme. Außer Atem lehnte ich mich auf Yanis' Schoß ein Stück zurück, und er strich mir sanft eine Haarsträhne aus dem Gesicht, die sich aus meinem Zopf gelöst haben musste. Sein Blick war noch immer lustverhangen, gleichzeitig lag jedoch auch etwas unglaublich Liebevolles darin. Mir wurde warm ums Herz.

Trotzdem merkte ich, wie es sich ein Stück weit zuschnürte. Yanis hatte sich binnen kurzer Zeit schon viel tiefer in mein Herz geschlichen, als gut für mich war. Und dennoch fühlte sich all das hier mit ihm so unglaublich richtig an.

Yanis musste schmunzeln, da ich noch immer leicht nach Atem rang. Ich hielt ihm meinen Zeigefinger vor die Brust. »Du bist aber auch noch dran.«

Er lächelte. »Ich bin gerade auch so mehr als zufrieden. Wir müssen nicht ...«

Ich legte ihm sanft meinen Finger an die Lippen. »Ich möchte aber. Ich möchte dich richtig spüren ... in mir.«

In Yanis' Blick flackerte etwas auf. Ich war fasziniert davon, zwischen wie vielen Dunkelbrauntönen sich seine Augenfarbe auf einmal bewegte. Als wären sie ein Spiegel seiner Emotionen. Ich meinte, eine Mischung aus Unsicherheit, aber auch Begehren und Neugierde zu entdecken.

»Bist du dir sicher?«, raunte er. »Ich ... ich hab aber keine Kondome hier.«

Ich griff in meine braune Umhängetasche und holte ein kleines rotes Päckchen aus meinem Portemonnaie hervor. »Ich aber.«

Yanis sah mich zunächst etwas verblüfft an, dann zuckten seine Mundwinkel verdächtig. »Antonia Breuer, du steckst voller Überraschungen.«

Ich verschwieg ihm, dass meine Schwester Malina mir klammheimlich Kondome in meinen Koffer geschmuggelt haben musste. Als ich mich heute Morgen – oder besser gesagt noch mitten in der Nacht – für unser Sonnenaufgangstreffen fertig gemacht und mich für ein Outfit entschieden hatte, waren mir direkt vier von den kleinen Päckchen regelrecht vor die Füße gefallen. Sie mussten gut versteckt zwischen meinen Kleidungsstücken im Schrank gelegen haben, denn beim Auspacken meines Koffers waren sie mir nicht aufgefallen. Ob das Malinas Wink mit dem Zaunpfahl an mich war, dass ich endlich einmal loslassen sollte?

Meine Gedanken stoben davon, als Yanis plötzlich aufstand und mich hochhob. Mit einem leisen, überraschten Quietschen schlang ich meine Beine um seine Taille. Geschickt bugsierte Yanis den Stuhl mit einem Fuß beiseite, drehte uns beide um und setzte mich behutsam auf der Tischplatte ab. Sämtliche Werkzeuge und Materialien hatte er vorsichtig an die Seite geschoben.

Obwohl Yanis mich gerade erst zum Kommen gebracht hatte, wurde ich schon wieder feucht. Doch noch immer sah ich diese leichte Unsicherheit in Yanis' Augen aufflackern.

»Bist du dir wirklich sicher?«, fragte er noch einmal. »Ich meine, ich ... Ich möchte, dass du dich wohlfühlst, und das hier ... Es hat nicht unbedingt den Luxus eines Fünf-Sterne-Hotels.« Yanis machte mit seiner Hand eine ausladende Handbewegung, als wollte er damit die Werkstatt erfassen. Sein Blick schweifte über den Arbeitstisch.

Ich beugte mich vor und hauchte ihm einen liebevollen Kuss auf die Lippen, bevor ich auf der Tischplatte ein Stück nach vorne rutschte und meine Beine um seinen Unterleib schlang. Dadurch zog ich ihn automatisch näher an mich heran, was Yanis aufkeuchen ließ.

»Es ist perfekt«, sagte ich leise. »Hier mit dir.«

»Gott, du raubst mir echt den Verstand«, knurrte Yanis, als er auch schon den Slip über meine Schenkel rollte und ihn neben sich auf den Boden fallen ließ.

Ich wollte auf keinen Fall untätig bleiben und zog ihm im Gegenzug das Hemd über den Kopf. Anschließend nestelte ich fast schon fahrig an seinem Gürtel herum, während sich Yanis' und meine Lippen erneut in einem innigen Kuss fanden.

Als Nächstes glitt Yanis' Hose an seinen Beinen hinab, dann folgte die Boxershorts. Für ein paar Sekunden nahm mir der Anblick den Atem.

Mittlerweile konnten wir nicht mehr voreinander verbergen, was wir wollten, was wir begehrten.

Yanis öffnete das rote Päckchen und rollte sich das Kondom über. Dann sah er mir ein weiteres Mal in die Augen, als wollte er sich bei mir vergewissern, dass das, was wir hier taten, auch wirklich in Ordnung für mich war.

Ich gab ihm eine stumme Zustimmung, indem ich noch ein

Stückchen weiter nach vorne rutschte und den Saum meines Kleids spielerisch nach oben zog. Ich konnte es kaum erwarten, ihn endlich in mir zu spüren.

Als Yanis in mich eindrang, keuchte ich auf. Der süße anfängliche Schmerz verwandelte sich kurz darauf in pure Lust. Mein letzter Sex lag bereits ein paar Monate zurück. In den letzten fünf Jahren war ich keine engere Bindung eingegangen und hatte nur mit Typen geschlafen, die mir nichts bedeuteten. Doch das hier war anders, denn Yanis bedeutete mir etwas.

Yanis ließ sich Zeit und machte langsam. Ich hatte den Eindruck, dass er fürchtete, mir wehzutun. Aber ich vertraute ihm.

Er zitterte, und ich sah ihm an, wie viel Beherrschung es ihn kostete, nicht sofort loszulassen. Nicht sofort tief in mich einzudringen. Stattdessen tastete er sich behutsam vor, zog sich immer wieder zurück, um beim nächsten Mal mit seiner Spitze noch etwas weiter in mich hineinzugleiten.

Er war geduldiger als ich, denn ich konnte und wollte nicht länger warten.

Als ich ihn mit meinen Beinen an mich presste und er dadurch mit einem Ruck in mich eindrang, stöhnten wir beide auf. Ich hatte nicht damit gerechnet, dass es sich *so* gut anfühlen würde.

Ich spürte seinen pulsierenden Schaft unglaublich heiß in mir. Zunächst waren seine Bewegungen noch langsam und zaghaft. Es dauerte aber nicht lange, bis wir im selben Takt waren, wir unsere Bewegungen einander angepasst hatten und Yanis stärker in mich stieß. Jeder Stoß von ihm katapultierte mich in eine andere Sphäre.

In mir machte sich schon wieder dieses süße, verlockende Ziehen breit. Es würde nicht mehr lange dauern, bis ich ein zweites Mal an diesem Tag Erlösung finden würde.

Ich umfasste Yanis' Gesicht und küsste ihn leidenschaftlich. Unsere Zungen umtanzten einander und fochten einen kleinen Kampf aus.

Yanis stöhnte in den Kuss hinein. Seine Bewegungen wurden unkontrollierter. Seine Hände lagen auf meiner Hüfte, wanderten nun aber wieder auf meinen Po, wodurch er mich noch enger an sich drückte.

Es fühlte sich an, als wären wir eins. Gemeinsam trieben wir uns gegenseitig auf den Höhepunkt zu. Meine Mitte pulsierte, und ich gab mich Yanis hin. Er ließ eine Hand an meinem Po, die andere wanderte unter dem Stoff meines Kleides zu meiner Brust. Meine Nippel waren steinhart, und als Yanis diese sanft knetete, wurde das süße Ziehen in meinem Unterleib beinahe unerträglich.

Fast gleichzeitig wurden wir beide heftig vom Wirbel der Lust mitgerissen. Unsere Körper zitterten, doch wir hielten uns gegenseitig.

Es dauerte einen Moment, bis wir in die Realität zurückkehrten. Keuchend verharrten wir eng umschlungen, bis wir plötzlich Schritte hörten, die aus dem Verkaufsraum zu kommen schienen. Keine drei Sekunden später vernahmen wir eine energische Frauenstimme.

»Hallo?«

Yanis und ich erstarrten. Plötzlich fiel es mir siedend heiß ein: Wir hatten wohl vergessen, die Eingangstür zur Goldschmiede abzuschließen!

»Verdammt«, fluchte Yanis leise, als er nach seinem Handy auf dem Tisch grapschte und die Uhrzeit checkte. »Ich hab schon seit zehn Minuten geöffnet.« Eilig rafften wir unsere Sachen zusammen und zogen uns an.

»Hallo? Ist geöffnet?«, rief die Frauenstimme erneut.

»Jahaaa, kleinen Moment, ich bin sofort bei Ihnen!«, antwortete Yanis durch den Stoffvorhang hindurch. Hoffentlich würde die Dame jetzt nicht einfach so in die Werkstatt spazieren, denn es war ziemlich offensichtlich, was hier gerade zwischen Yanis und mir vorgefallen war.

O mein Gott, ich hatte wirklich mit Yanis geschlafen. Diese Erkenntnis trieb mir die Röte in die Wangen.

Yanis blickte mir entschuldigend in die Augen. »Es tut mir leid, dass wir so abrupt unterbrochen wurden.«

Ich lächelte ihn an. »Da gibt es nichts zu entschuldigen. Das hier war einfach nur …«

»Wunderschön?«, ergänzte Yanis meinen Satz, woraufhin ich still nickte und selig vor mich hinlächelte.

Er umfasste mein Gesicht. »Ich bin gleich wieder da. Lauf nicht weg, ja?«

Ich schüttelte den Kopf. »Ich geh nirgendwohin. Aber lass dir nicht allzu viel Zeit, ich muss bald zur Arbeit.«

Er gab mir einen verheißungsvollen Kuss auf die Lippen. »Ich hoffe, du hast noch mehr Kondome dabei«, raunte er an meinem Ohr. Dann warf er mir noch ein bedeutungsschweres Grinsen zu, bevor er durch den Stoffvorhang verschwand.

Ich hörte, wie Yanis sich mit der Dame im Verkaufsraum unterhielt. Offenbar interessierte sie sich für eine von seinen Ketten.

Dabei fiel mir auf, dass seine Stimme noch immer einen sehr heiseren Klang hatte und er auch noch ein wenig außer Atem wirkte.

Er räusperte sich, und ich grinste in mich hinein. Es freute mich, dass ich offenbar solch eine Wirkung auf ihn hatte.

Ich spazierte ein bisschen durch die Werkstatt und lauschte dem Gespräch der beiden hinter dem Stoffvorhang, als mein Blick auf eine dreckverschmierte Glasplatte fiel, die auf einem Tisch in einer Ecke stand.

Ich betrachtete mein Spiegelbild darin. Meine Wangen waren gerötet, und meine Augen leuchteten.

Ich wusste nicht, wann ich das letzte Mal so glücklich ausgesehen hatte. Aber was ich wusste, war, dass Yanis meine Welt zum Beben gebracht hatte. Und das binnen weniger Tage.

Er war in sie eingetreten und nun auf dem besten Wege, sie wieder ein Stück weit zu reparieren. Wie ein geliebtes Schmuckstück, das in zwei Teile gefallen war.

Aber war es wirklich so einfach wie bei einem Schmuckstück? Ließ sich ein gebrochenes Herz auch wieder reparieren?

Ich wollte fest daran glauben.

24. Kapitel

Yanis

In den nächsten zwei Tagen bekam ich Toni nicht mehr zu Gesicht, da sie voll und ganz mit ihrer Arbeit im Hotel beschäftigt war, und auch bei mir stand heute mal wieder ein Treffen mit meinen Jungs auf dem Plan. Sie hatten sich schon beschwert, dass ich überhaupt keine Zeit mehr für sie hätte, und ich musste mir eingestehen, dass ich sie viel zu lange vertröstet hatte. Außerdem stand ja immer noch die Revanche aus.

Nik und Sebastian hatten sich bereits das Beachvolleyballfeld am Kamári Beach gesichert, während ich auf meinem Badehandtuch saß und aufs Meer starrte.

Noch immer konnte ich nicht ganz realisieren, was zwischen Toni und mir passiert war. Dass wir miteinander geschlafen hatten. Und ich wollte nichts lieber, als genau das mit ihr zu wiederholen. Sie überall zu berühren, sie am ganzen Körper zu küssen. Eins mit ihr zu werden.

Auch jetzt noch hatte ich ihr Stöhnen in meinen Ohren. Sah die ungezügelte Lust in ihren Augen. Und wie sie in ihrem Kleid und ohne Slip vor mir auf dem Werktisch gesessen hatte. Es hatte mich sämtliche Willenskraft gekostet, nicht über sie herzufallen.

Verdammt! Wenn ich nicht aufpasste, bekam ich hier gleich noch einen Ständer. Dabei konnte ich eigentlich nicht über mangelnde Befriedigung klagen, denn in der Werkstatt hatten Toni und ich noch zwei weitere Male miteinander geschlafen – diesmal bei verschlossener Tür. Und jedes Mal war der Sex heißer gewesen. Leider hatte uns irgendwann der Alltag eingeholt, denn ich hatte meinen Laden öffnen müssen, und Toni war überstürzt zur Arbeit aufgebrochen.

Ich merkte, wie sich die Hitze in meinem Unterleib zu stauen begann und mein bester Freund erwartungsvoll pulsierte. Shit, das war am Strand jetzt wirklich ungünstig, zumal sich hier etliche Familien mit ihren Kindern befanden, von Nik und Sebastian mal ganz zu schweigen.

Hastig stellte ich den Rucksack so vor mich, dass er meine Badeshorts bedeckte. Ich sollte schleunigst an etwas anderes denken. Und doch hatte ich nur Toni im Sinn.

Im nächsten Augenblick traf mich ein Ball am Kopf. Ich sah auf und blickte direkt in die feixenden Gesichter von Nik und Sebastian.

»Ey, wo bist du schon wieder mit deinen Gedanken?«, wollte Nik wissen.

Ich war froh, meine dunkle Sonnenbrille zu tragen. Hoffentlich konnte sie vor meinen Freunden verbergen, wie ertappt ich mich fühlte.

Nik hatte beinahe etwas Respekteinflößendes, wie er so vor mir aufragte, was vermutlich an den vielen Tattoos lag, die seinen durchtrainierten Körper zierten.

»Sag bloß, das hat etwas mit dieser brünetten Schönheit zu tun?«, neckte Sebastian und wuschelte sich durch seine blonde Surferfrisur.

Mir entging nicht, wie eine Gruppe Mädels kichernd an uns vorbeilief.

Sebastian setzte sogleich sein strahlendstes Lächeln auf. Ja, er war derjenige von uns, der keine Gelegenheit verstreichen ließ, wenn es um Frauen ging. Wenn man Nik und Sebastian so ansah, hätte man fast meinen können, es wäre andersherum, aber Nik war die treueste Seele, die ich kannte. Im letzten Jahr hatte er seiner Freundin eigentlich einen Heiratsantrag machen wollen, doch sie hatte ihn betrogen, woran die Beziehung schließlich zerbrochen war. Das hatte er bis heute nicht richtig überwunden. Nik war nicht der Wolf im Schafspelz, sondern eher das Schaf im Wolfsmantel.

Ich schirmte meine Augen mit den Händen ab, obwohl ich

ja bereits meine Sonnenbrille trug, und hob den Blick. »Ich hab keine Ahnung, wovon ihr redet.«

Nik deutete bloß ein Brummen an, wohingegen Sebastian ein ironisches »Sicher doch« von sich gab.

»Was ist nun, wollen wir endlich spielen?«, fragte Nik nahezu ungeduldig. »Deshalb sind wir doch hier, oder nicht?«

»Was ist mit einem vierten Spieler?«, fragte ich.

»Der ist schnell gefunden«, meinte Sebastian und machte eine ausholende Bewegung, als wollte er den gesamten Strand erfassen. Da hatte er wohl recht, es dauerte nie lange, bis Nik, Sebastian und ich einen vierten Spieler fanden.

»Wisst ihr was, ich spring noch mal kurz ins Wasser, und ihr sucht in der Zeit einen Spieler, okay?«

Bevor die beiden auch nur die Chance hatten, zu protestieren oder etwas darauf zu erwidern, sprang ich auf und lief in Richtung Wasserkante. Ich wollte lieber auf Nummer sicher gehen und genehmigte mir noch eine Abkühlung.

Ich stürzte mich in die Fluten. Leider versprach das Wasser nicht die Frische, die ich mir erhofft hatte, da sich das Meer über den Sommer ordentlich aufgeheizt hatte. Trotzdem merkte ich, wie die Erregung stetig aus meinem Körper wich. Was aber nicht bedeutete, dass Toni inzwischen aus meinen Gedanken verschwunden war.

Nik und Sebastian hatten Wort gehalten. Als ich aus dem Wasser kam und zuversichtlich war, dass mir kein peinliches Malheur mehr passieren und mein bester Freund da unten erst einmal auf der Ersatzbank sitzen würde, hatten Nik und Sebastian einen vierten Spieler gefunden, mit dem ich ein Team bildete. Er stellte sich uns als Finn vor, ein Urlauber aus Deutschland.

Während des Spiels war ich jedoch nicht wirklich bei der Sache, und so gut mein Mitspieler auch war, versemmelte ich einen Wurf nach dem anderen.

Irgendwann hatten Nik und Sebastian wohl genug, gegen solch einen unwürdigen Gegner zu spielen, und wir beendeten unser Match.

»Alter, was war das denn gerade? Das nennst du Revanche?«, fragte Sebastian, während ich mich frustriert auf mein Handtuch fallen ließ. »Sorry, aber da spielt meine Großmutter besser, und das trotz Hüft-OP.«

Sebastian hatte recht. Meine Leistung war unterirdisch gewesen. Und das wurmte mich.

»Sorry, Leute, vielleicht liegt's an der Hitze«, entschuldigte ich mich lahm und wusste noch in derselben Sekunde, wie unglaubwürdig sich das anhörte. Schließlich waren wir solche Temperaturen im Sommer gewohnt, und bisher hatten uns auch vierzig Grad nicht von einem Volleyballmatch abgehalten.

Mir entging nicht, wie Nik und Sebastian sich einen stillschweigenden Blick zuwarfen, doch ich konnte förmlich hören, was sie gerade dachten: *An der Hitze? Sein Ernst?*

Nik und Sebastian ließen sich neben mir auf ihren Handtüchern nieder.

»Es *hat* mit dieser Toni zu tun, oder?«, forschte Sebastian nach. Ich wusste, die beiden würden nicht lockerlassen. Schließlich kannten wir drei uns seit dem Kindergarten und waren seitdem unzertrennlich.

»Ja, vielleicht«, gab ich zu und ließ etwas Sand durch meine Hände rieseln.

»Und wo liegt das Problem? Hast du das Flirten verlernt?«, witzelte Sebastian.

Doch genau da lag das Problem. Toni war nicht einfach nur ein Flirt für mich. Und meine besten Freunde hatten keinen blassen Schimmer davon, dass Toni und ich den Teil mit dem Flirten irgendwie relativ schnell übersprungen hatten. Ich konnte selbst noch gar nicht richtig glauben, wie nah wir uns gestern gekommen waren. Normalerweise ließ ich es gerne etwas langsamer angehen ... Aber mit Toni hatte es sich einfach richtig angefühlt.

Nik hatte sich bisher aus Sebastians und meinem Gespräch rausgehalten. »Du magst sie.« Es war keine Frage, sondern vielmehr eine Feststellung. Nik war jemand, der still beobachtete und mehr mitbekam, als man dachte.

»Äh, ja, das wäre schon von Vorteil, wenn er sie mag«, erwiderte Sebastian, woraufhin Nik ihm einen bedeutungsschweren Blick schenkte. Sebastian sog die Luft ein. »Oh.«

Eine Weile sagte niemand ein Wort. Wir drei konnten echt über alles reden, aber wenn es um Gefühle ging, taten wir uns manchmal ein bisschen schwer damit, uns einander zu öffnen. Sebastian würde womöglich auch als Dauerjunggeselle in die Geschichte eingehen.

»Ich wusste nicht, dass du ernstere Absichten hast«, sagte Sebastian leise. »Ich meine, sie ist die erste seit Kassandra, für die du dich wirklich interessierst, oder? Und diese Toni ist gerade mal eine knappe Woche hier.«

Ich zuckte mit den Schultern. »Ach, ich weiß auch nicht. Irgendwie hab ich Angst, das Ding zu vermasseln. Ich will das richtig angehen, versteht ihr.«

»Seht ihr euch wieder?«, wollte Nik wissen.

»Wir haben noch nichts Neues ausgemacht. Sie hat im Hotel alle Hände voll zu tun. Aber wir schreiben viel.«

»Nimm sie doch mal mit dem Boot raus«, schlug Sebastian vor.

»Ich glaub, das ist keine so gute Idee.«

»Wieso?« Sebastian zog fragend eine Augenbraue hoch, wohingegen Nik mich einfach nur ansah. Und vermutlich analysierte. Dabei war er derjenige, der bei Gefühlen am ehesten dichtmachte.

»Als ich ihr letztens vorgeschlagen habe, sie mal auf dem Boot mitzunehmen, war sie plötzlich ganz seltsam, hat total abgeblockt. Und ich weiß nicht, ob das etwas mit mir zu tun hatte. Andererseits hatte ich auf dem Profítis Ilías nicht den Eindruck …« *Und in der Werkstatt*, fügte ich in Gedanken hinzu. Etwas regte sich bei mir, und nein, es war nicht mein Schwanz. Sondern ein Gefühl in meinem Brustkorb, das mir ein bisschen Angst machte.

»Sag bloß, ihr beiden habt's auf dem Berg gemacht?«, fragte Sebastian mit großen Augen, woraufhin Nik ihm mit der Hand gegen den Hinterkopf schlug. Typisch Sebastian.

»Nein, aber die Stimmung war schon ziemlich … aufgeheizt. Und am nächsten Tag, also gestern ... da haben wir in meiner Werkstatt miteinander geschlafen.«

Niks Augenbraue zuckte lediglich ein bisschen, wohingegen Sebastian gänzlich die Kinnlade nach unten klappte. »Ihr habt *was?*«

»Es ist einfach so passiert ...« Ich zuckte mit den Schultern. »Ich hab ihr vorher den Sonnenaufgang in Oía gezeigt ...«

»Natürlich ganz ohne Hintergedanken«, kommentierte Sebastian, woraufhin er sich einen Anranzer von Nik einfing.

»Halt die Klappe, Sebastian«, brummte der, auch wenn er es längst nicht so böse meinte, wie es vielleicht aus seinem Mund klingen mochte.

»Es war wirklich nicht geplant«, gab ich zu. »Ich wollte Zeit mit ihr verbringen, ja. Aber damit hatte ich auch nicht gerechnet. Vor allem, weil das zwischen Toni und mir so schnell passiert ist. Ich weiß selbst nicht, ob das gut ist.«

»Geil, warum habe ich keine Werkstatt? Würdest du mir die mal ausleihen für ein bis zwei Stunden? Da würde ich glatt mein nächstes Treffen hinverlegen«, überlegte Sebastian laut.

»Wen hast du denn jetzt schon wieder abgeschleppt?«, knurrte Nik.

»Ach, ich hab vorhin am Kiosk ein nettes Mädel aus Spanien kennengelernt. Sehr hübsch. Und in drei Tagen fliegt sie wieder. Das ist perfekt, um sich vorher noch mal zu treffen. Kein Drama, keine Verpflichtungen.«

»Mein Gott, werd endlich erwachsen«, stöhnte Nik.

»Sagt der, der inzwischen zum Mönch mutiert ist. Ganz im Ernst, du hättest dringend mal wieder etwas Spaß nötig«, konterte Sebastian. »Kein Wunder, dass du so unentspannt bist, wenn dein Kerl da unten nur noch als Deko hängt.«

Da ich Sorge hatte, dass das zwischen den beiden in einen ernsthaften Streit ausarten könnte, ging ich dazwischen. »Hey, hört auf jetzt! Stattdessen könnt ihr mir mal lieber einen Rat geben, wie ich mich jetzt verhalten soll. Seit unserem Sex habe ich sie nicht wiedergesehen, weil sie bei der Arbeit so eingespannt ist.«

Nik und Sebastian starrten sich noch einen Moment streitlustig an. Ehrlich, da sage noch mal einer, unter Männern gäbe es keine Diven.

»Vielleicht rufst du sie einfach an?«, meinte Nik. »Dann kannst du auch direkt abchecken, wie die Stimmung zwischen euch beiden ist.«

»Gute Idee, Telefonsex geht immer«, klinkte Sebastian sich ein. Als er Niks und meinem Blick begegnete, wurde er jedoch etwas ernster. »Sorry, ich bin in solchen Liebesdingen einfach nicht gut.«

Nahezu beschämt zuckte er mit den Schultern. Manchmal war ich wirklich der Meinung, dass ihm eine Frau an seiner Seite guttun würde. Die könnte ihm mal ein bisschen den Kopf zurechtrücken.

»Ich hab irgendwie Sorge, dann zu aufdringlich oder zu anhänglich zu wirken. Vielleicht sieht sie das Ganze ja auch nur als eine Art One-Night-Stand, versteht ihr?«

In dem Moment vibrierte mein Handy.

Als ich einen Blick aufs Display warf, entdeckte ich eine neue Nachricht von Toni.

Hab gerade kurz Pause. Hier ist echt die Hölle los im Hotel. Wünsche dir ganz viel Spaß beim Treffen mit deinen Freunden! ☺

Meine Mundwinkel hoben sich zu einem Lächeln. Ich freute mich, von ihr zu hören, andererseits … Die Nachricht war so unverbindlich. Überhaupt hatten wir bisher noch nicht über das gesprochen, was in der Werkstatt passiert war. Und was das zwischen uns eigentlich bedeutete. Falls es ihr denn überhaupt etwas bedeutete …

»Liebe Grüße von uns«, schrie Sebastian mir halb ins Ohr. Er hatte mir über die Schulter gelinst und die Nachricht von Toni mitgelesen.

Seufzend hielt ich auch Nik die Nachricht unter die Nase. »Findet ihr nicht, dass das irgendwie unverbindlich klingt? So nichtssagend?«

»Na ja, so was bespricht man ja vielleicht auch besser persönlich und nicht über WhatsApp, oder?«, warf Nik ein. »Außerdem ist es doch ein gutes Zeichen, dass sie dir schreibt, obwohl sie gerade so viel um die Ohren zu haben scheint. So egal ist ihr das Ganze mit dir dann wohl nicht.«

Ich wiegte den Kopf hin und her. »Ja, schon möglich. Vielleicht rufe ich sie später wirklich mal an«, meinte ich und merkte, wie gut es getan hatte, mich mit meinen Freunden auszutauschen.

Neuer Tatendrang machte sich in mir breit, und ich sprang auf. »Also, Jungs, ich wär jetzt bereit für ein *ernsthaftes* Match.«

»Da gibt man ihm einmal Beziehungsratschläge, und schon wird er größenwahnsinnig«, grinste Sebastian, sprang jedoch ebenfalls von seinem Handtuch auf. »Bin dabei.«

Nik schnappte sich den Ball. »Und der Verlierer spendiert 'ne Runde Bier.«

»Ist gebongt.«

Und was soll ich sagen? Ich gewann haushoch. Ob Toni vielleicht so etwas wie ein Glücksbringer war?

25. Kapitel

Toni

Nachdem ich in aller Eile aus Yanis' Werkstatt ins Hotel gehetzt war, hatte mich die Arbeit geradezu überrollt. Auch den Tag nach unserem Sonnenaufgangs-Treffen war ich nur am Arbeiten. Im Hotel hatten wir überstürzt eine Verlobungsfeier ausrichten müssen, da sich ein Pärchen, das vor ein paar Tagen mit Freunden eigentlich nur zum Urlaubmachen angereist war, spontan im *Blue Ocean* verlobt hatte. Anscheinend war das Pärchen von der Atmosphäre auf Santorini so überwältigt gewesen, dass der Mann augenblicklich in ein Juweliergeschäft in Firá spaziert war, einen Ring gekauft und seiner Freundin einen Antrag gemacht hatte. Und selbstverständlich war das Verlobungspärchen so aus dem Häuschen darüber, dass die beiden das Ereignis mit ihren Freunden unbedingt noch groß im *Blue Ocean* feiern wollten.

Dementsprechend war ich am Rotieren, von der Abstimmung des Caterings mit der Hotelküche bis hin zur Auswahl der Blumendekoration und dem Erstellen von Playlists lag alles in meinen Händen.

Wäre all das nicht schon chaotisch genug gewesen, so überbrachte Electra mir noch die Hiobsbotschaft, dass ich die Verlobungsgäste und das zukünftige Brautpaar am morgigen Tag auf einem Bootsausflug zu den umliegenden Vulkaninseln begleiten musste. Die Gruppe hatte darauf bestanden, zur Sicherheit jemanden aus dem Hotel dabeizuhaben, und Electra war morgen auf dem Geburtstag ihrer Tante. Bedeutete: Sie konnte die Gruppe nicht betreuen.

Allein bei dem Gedanken daran, den ganzen Tag lang von

Wasser und Gästen umgeben zu sein, die sich wahrscheinlich nichts sehnlicher wünschten, als in dem vulkanischen Schwefelwasser der Hot Springs zu baden, wurde ich nervös. Zwischendrin raubte mir Damiano mit seinem divenhaften Gehabe den letzten Nerv. Wenn ich nicht gerade ein paar Fans abwimmeln musste, die von seinem Aufenthalt im *Blue Ocean* Wind bekommen hatten, musste ich irgendwelche inszenierten Instagram-Fotos von ihm machen. Und wehe, da hatte auch nur ein einziges Haar nicht richtig gesessen! Mal ganz davon abgesehen, dass die Extrawünsche und die Mails seiner nervtötenden Agentin immer länger und anstrengender wurden.

Ich wusste nicht, wo mir der Kopf stand. Dabei gab es noch so viele andere Sachen, die meine Gedanken für sich beanspruchten: meine Fotochallenge mit Malina, meine Eltern, die sich schon bei mir beklagt hatten, dass ich mich so wenig meldete, und dann war da noch Yanis. Und unser heißer Sex in der Werkstatt, den ich permanent Revue passieren ließ. Bisher hatte ich nicht einmal Malina davon erzählt, weil ich das Ganze selbst erst verarbeiten musste.

Einerseits konnte ich es kaum erwarten, Yanis wiederzusehen. Andererseits merkte ich, wie ich schon wieder in diese negative Gedankenspirale abrutschte. Es machte mir ein bisschen Angst, wie schnell das zwischen Yanis und mir alles gegangen war. Und irgendwie lauerte da auch die Angst, nicht gut genug für ihn zu sein. Yanis war so ein toller Mensch. Er war liebevoll, zeigte viel Verständnis, war einfühlsam, hatte Humor und sprühte noch dazu vor positiver Lebensenergie. Kurzum: Er war ein absoluter Traummann. Er hatte einen Menschen an seiner Seite verdient, der ebenso unbeschwert und positiv durchs Leben ging wie er. Und nicht eine junge Frau mit zig Dämonen im Gepäck.

Aber trotzdem fühlte sich das zwischen uns besonders an. Nach mehr als nur einem Sommerflirt. War das nicht die Hauptsache? Sollte ich nicht den Mut aufbringen, zu schauen, was sich daraus entwickeln konnte, anstatt es von vornherein zum Scheitern zu verurteilen?

Ich wollte es so sehr. Und dennoch schienen die dunklen

Schatten, meine eigenen Schatten, vor allem in Momenten der Stille nach mir zu greifen. Sobald ich auch nur einen Wimpernschlag zur Ruhe kam, setzten sich die Zahnrädchen in meinem Kopf in Gang. In den letzten Jahren hatte ich aus Selbstschutz so viele Menschen von mir gestoßen, und es war nie über unverbindliche One-Night-Stands hinausgegangen. Bevor irgendwelche Gefühle hatten aufkommen können, hatte ich die Kerle vor die Tür gesetzt. Leons Tod hatte mir vor Augen geführt, wie schmerzhaft es war, einen geliebten Menschen zu verlieren. Damals hatte ich mir geschworen, nie wieder so fühlen zu wollen. Deshalb war es nach Leon auch keinem Kerl mehr gelungen, sich einen Platz in meinem Herzen zu erkämpfen.

Aber mit Yanis war es anders. Er hatte mir endlich wieder Hoffnung gegeben, hatte mir in den letzten Tagen gezeigt, wie schön es sein konnte, zu zweit durchs Leben zu gehen. Und vielleicht war gerade das mein Problem.

Auf einmal hatte ich etwas zu verlieren.

Dabei wollte ich so gern endlich wieder das Licht und die Zuversicht in meinem Leben zulassen und mich nicht länger von meinen Ängsten unterdrücken lassen. Und eigentlich gab es im Moment auch nichts, woran ich zweifeln musste. Yanis schrieb mir wirklich unfassbar süße Nachrichten. Erst vorhin hatte ich von ihm ein »Hätte dich gern bei mir« bekommen.

Doch da waren auch seine Liebe und die Faszination fürs Meer. Würde Yanis mich nicht unweigerlich immer an einen Teil meines Lebens erinnern, den ich eigentlich nur verdrängen wollte?

Als ich an dem Abend nach der Verlobungsfeier todmüde ins Bett fallen wollte, war ich nicht einmal mehr richtig in der Lage, zu meinem Apartment zu finden. Und so hatte ich wieder die falsche Abzweigung genommen.

»Mist, verdammter! Hoffentlich bringen die hier bald endlich Hausnummern an«, fluchte ich, als ich plötzlich eine mir vertraute Stimme hörte.

»Na, wieder falsch abgebogen? Warst du etwa auf der Suche nach mir?«, fragte jemand belustigt.

Ich drehte mich um und sah Damiano, der auf einer Bank zwischen blühenden Hibiskussträuchern saß. Ich blinzelte, um gegen die Müdigkeit, die mir spürbar in den Knochen saß, anzukämpfen. Leise schwebten die Klänge von der Party zu uns herüber. Ein paar letzte Gäste waren noch immer auf der Tanzfläche, doch Leandros hatte gesagt, dass ich ruhig schon gehen konnte und er mit den anderen den Rest bewältigen würde. Ich musste wohl ein sehr mitleiderregendes Bild abgegeben haben.

»Sagt derjenige, der hier nachts im Dunkeln und halb im Gebüsch verborgen hockt«, erwiderte ich spöttisch. »Wer von uns beiden lauert hier wem auf, hm?«

Damiano schnalzte mit der Zunge, stand auf und kam näher. Ich wusste nicht, ob es an meinem Schlafmangel und damit auch an fehlender Zurechnungsfähigkeit lag, aber ich beobachtete geradezu fasziniert, wie er sich geschmeidig und lautlos wie eine Raubkatze auf mich zubewegte. Ob sich alle Models so bewegen konnten? Ich konnte nicht aufhören, ihn anzustarren. Ja, ich war definitiv nicht mehr ganz zurechnungsfähig.

Erst jetzt fiel mir auf, dass er ebenfalls ordentlich herausgeputzt war. Ob er auch auf einer Party gewesen war? Auf der Verlobungsfeier hatte ich ihn nicht gesehen. Er trug eine graue Anzughose und ein weißes Hemd, das er bis unter die Brust aufgeknöpft hatte, sodass die Ansätze seiner Tattoos darunter hervorblitzten. Seine leicht welligen Haare fielen ihm offen über die Schulter, und seine Augen hatte er mal wieder mit schwarzem Kajal umrandet. Obwohl über unseren Köpfen nichts weiter als die Sterne und der Mond waren, kam es mir so vor, als würden seine dunklen Augen regelrecht funkeln. Wie bei einem Tiger auf der Jagd. Eigentlich sollte das bei mir einen Fluchtinstinkt auslösen, aber seltsamerweise tat es das nicht. Stattdessen starrte ich ihn an, was auch Damiano nicht entgangen zu sein schien.

»Möchtest du noch ein Foto haben?«, fragte er mit samtiger Stimme, und ich sah zu ihm auf.

Wieder war da dieses spöttisch-amüsierte Lächeln, das seine Mundwinkel umspielte. In meinem Magen flatterte es ganz leicht. Mein Gott, wie viel Ouzo hatte ich eigentlich getrunken? Das Verlobungspärchen hatte die ganze Belegschaft dazu gedrängt, mitzutrinken, und auch Antonios war als Hoteldirektor mit von der Partie gewesen. Bei solchen besonderen Anlässen machte er gern einmal eine Ausnahme, wie Electra mir verraten hatte. Aber ich hegte ohnehin den Eindruck, dass die Griechen im Ausschenken und Konsumieren von Alkohol in Hotels und Restaurants etwas lockerer waren, als es in deutschen Hotels oder Lokalitäten der Fall war.

Damiano machte noch einen Schritt auf mich zu. »Was mich zu meiner eigentlichen Frage zurückführt: Warst du auf der Suche nach mir?«

Ich tippte mir an die Stirn, allerdings nicht mehr ganz so koordiniert, und traf deshalb meine Nase. »Wovon träumst du eigentlich nachts?«

Ich hatte erwartet, dass Damiano etwas ebenso Spöttisches, Sarkastisches sagen würde, stattdessen war sein Blick undurchdringbar geworden. Ich suchte nach einem Anzeichen, nach einem verräterischen Zucken seiner Mundwinkel, fand jedoch nichts. Was für ein Spiel spielte er eigentlich? Und wieso entzog ich mich dem nicht?

So arrogant und unerträglich ich Damiano auch manchmal fand, er hatte irgendetwas an sich, das mich faszinierte. Das mich anzog wie die Motte das Licht. Und das war nicht gut. Damiano kam mir vor wie eine Klippe. Man wollte unbedingt wissen, welcher Anblick einen dahinter erwartete, doch der Abgrund stellte sich als umso gefährlicher heraus.

»Frag nicht danach, wenn du nicht wirklich bereit bist, die Antwort zu hören«, antwortete Damiano rau, und ich hatte keinen blassen Schimmer, was ich darauf erwidern sollte.

Ich fühlte mich in die Enge getrieben, wie ein Reh im Scheinwerferlicht. Und dennoch konnte ich nicht aufhören, mich zu fragen, was Damiano damit andeuten wollte. Er ließ seinen Blick über meinen schwarzen Einteiler gleiten, und obwohl es sich im Vergleich zu tagsüber deutlich abgekühlt hatte, wurde mir heiß.

»Tja, dann gute Nacht«, sagte ich und wollte bereits fluchtartig auf dem Absatz kehrtmachen.

»Hast du Lust, zu tanzen?«, fragte Damiano mich da plötzlich.

Wie vom Donner gerührt drehte ich mich wieder zu ihm um, um mich zu vergewissern, ob er mich gerade auf den Arm nahm. Doch an seiner ernsten Miene hatte sich nichts verändert.

»Tanzen? Hier? Im Dunkeln?«, fragte ich vollkommen verwirrt.

Jetzt schmunzelte Damiano. »Es ist doch nicht richtig dunkel.« Er deutete mit dem Kopf leicht in Richtung Himmel. »Außerdem mag ich die Nacht.«

Ich schluckte und war wie erstarrt. In meinen Eingeweiden kribbelte es. Und gleichzeitig fragte ich mich, ob Damiano das hier gerade ernst meinte oder er mich tatsächlich nur aufziehen wollte.

Aber da hatte er schon die letzte Distanz zwischen uns überbrückt und legte seine rechte Hand um meine Taille. Ganz sacht. Die andere hielt er mir auffordernd entgegen.

»Darf ich bitten?«, fragte er.

Der Mond und die Sterne tauchten uns in silbriges Licht, das sich als sanfter Schimmer in Damianos Augen spiegelte.

Ich nickte, nicht in der Lage, etwas anderes zu sagen. Auf einmal war ich unglaublich angespannt. Ich legte meine linke Hand auf seine Schulter, während ich meine andere Hand mit seiner vereinte. Es fühlte sich viel zu intim an und doch auf eine unerwartete Weise gut.

Der DJ spielte mittlerweile *I'll be* von Edwin McCain, und unweigerlich kam ich mir vor wie in *Cinderella Story*. Es war jenes Lied, das gespielt wurde, wenn Sam und Austin in dem Film auf dem Homecoming-Ball miteinander tanzten. Aufgrund von Malinas Begeisterung für diesen Film hatte auch ich ihn mindestens schon dutzendmal gesehen.

Damiano wirbelte mich sanft herum, und es fühlte sich an, als würden wir über den Boden fliegen. Ich hatte nicht erwartet, dass er so gut tanzen konnte.

»Weißt du, warum ich die Nacht so gern mag?«, fragte er mich plötzlich und umfasste meine Hand noch ein wenig fester. Als wollte er mich in dieser Nacht nicht mehr loslassen. Und ich ließ es geschehen.

Kurz blitzte der Gedanke an Yanis auf, und mich überkam ein schlechtes Gewissen. Trotzdem konnte ich mich der Magie, die zwischen Damiano und mir gerade in der Luft lag, nicht entziehen.

Ich schüttelte den Kopf, während die Welt um mich herum leicht schwankte. Oder war sie stehen geblieben?

»Weil die Nacht nur mir gehört. Keine Paparazzi, kein Scheinwerferlicht, keine Agentin, keine Fans. Es fühlt sich an, als ... als könnte ich die Maske wenigstens für einen Augenblick fallen lassen.«

Seine Worte berührten mich. Ich schluckte, denn ein Kloß hatte sich in meinem Hals gebildet.

Damiano zog mich ein Stück näher an sich heran, und als ich nun in seine Augen blickte, war da nichts als Aufrichtigkeit. Keine Maske. Für einen winzigen Moment konnte ich einen Blick auf sein zerbrochenes Inneres erhaschen.

»Verstehst du, was ich meine?«, fragte er mich leise.

»Ja, ich weiß ganz genau, was du meinst. Wie es ist, eine Maske zu tragen«, erwiderte ich ebenso leise.

Ob es das war, was Damiano und mich auf eine gewisse Art und Weise miteinander verband? Warum da diese Anziehung zwischen uns war, ich mir nicht erklären konnte?

Ich wusste nicht, was das hier zu bedeuten hatte, aber ich beschloss, mich für einen Moment fallen zu lassen. Meine Maske fallen zu lassen. Und nicht so zu tun, als wäre ich die selbstbewusste, mutige und toughe Toni, die ihr Leben im Griff hatte.

Denn gerade waren lediglich Damiano, der Mond und die Sterne am Firmament mein Zeuge.

Wir schauten einander an. Ohne Spott oder Hohn, wie wir es sonst gegenseitig getan hatten.

Damiano sah in diesem Moment glücklich aus, und dennoch traurig. Ich hatte keine Ahnung, was mich dazu brachte, aber ich hob meine Hand und legte sie ihm ganz vorsichtig an die Wange. Und womit ich noch weniger gerechnet hatte, war, dass er seine Hand über meine legte und sie an seinem Gesicht festhielt.

So tanzten wir ganz langsam weiter, bis auch die letzten Töne von Edwin McCains *I'll be* verklungen waren. Damiano und ich wichen langsam auseinander, als wären wir mit dem Ende des Liedes aus einem Traum erwacht und schlagartig in die Realität zurückgekehrt. Und als wüssten wir, dass die Magie und der Schutz der Nacht nicht ewig währten.

Es war seltsam. Ich kam mir vor wie in einer Art Zwischenwelt. Mit einem Fuß noch in der Nacht, während der andere schon einen Schritt in Richtung Tag machte.

Auf einmal wusste ich nicht mehr, was ich sagen sollte. »Danke für den Tanz«, krächzte ich.

»Jederzeit wieder«, antwortete Damiano. Doch ich glaube, wir wussten beide, dass eine solche Nacht nicht noch einmal kommen würde. Warum fühlte ich mich gerade so leicht und zugleich betrübt? Als hätte ich etwas verloren, was ich nie besessen hatte?

Keiner von uns machte Anstalten, sich zu verabschieden. Sich umzudrehen und zu gehen. Wir zögerten es beide hinaus, obwohl die ersten Vögel bereits zu zwitschern begannen.

Bald würde der Tag anbrechen.

Also machte ich den Anfang. »Schlaf gut«, flüsterte ich.

Damiano nickte leicht und deutete ein Lächeln an. »Du auch, Toni.«

Ich hatte mich bereits umgedreht, als Damiano mich noch einmal zurückhielt.

»Toni?«

»Ja?« Ich schaute über meine Schulter, meine Stimme klang belegt.

Damiano zögerte, doch dann rang er sich durch. »Das war die schönste Nacht seit Langem für mich.«

Ich schluckte erneut, und mein Herz brannte. Auf eine schöne, aber zugleich schmerzhafte Art und Weise. Es fühlte sich an, als befände sich ein Knoten in meiner Brust, der sich nicht vollständig lösen wollte. Vielleicht würde er sich niemals lösen.

»Aber auch eine Nacht geht irgendwann zu Ende«, erwiderte ich leise und mit Bedauern in der Stimme, bevor ich mich endgültig abwandte.

Den ganzen Weg über spürte ich Damianos Blick nur allzu deutlich in meinem Rücken, denn das Brennen auf meiner Haut wollte einfach nicht nachlassen.

Zurück auf meinem Zimmer war ich plötzlich wieder hellwach, sämtliche Müdigkeit schien mir aus den Knochen gewichen zu sein. Ich warf einen Blick auf mein Handy, das ich fast den ganzen Tag über nicht in der Hand gehabt hatte. Ein nervöses Flattern stellte sich ein, als ich sah, dass Yanis mir geschrieben hatte. Er hatte mir bereits um 19 Uhr eine Nachricht geschickt und gefragt, ob ich Lust hätte, zu telefonieren; inzwischen war es jedoch 3 Uhr morgens.

Sorry, war heute den ganzen Tag über mit der Verlobungsfeier im Hotel beschäftigt und hatte keine Zeit, auf mein Handy zu schauen. Telefonieren wir in der Früh? ☺

Ich legte mein Handy zur Seite und knibbelte nachdenklich an meiner Unterlippe. Dann trat ich auf den Balkon und blickte aufs Meer. Es wirkte unruhig, regelrecht aufgewühlt. In meinem Inneren sah es ähnlich aus.

Und ich fragte mich, was genau ich hier gerade eigentlich tat. Ich hatte gehofft, ich wäre bereit, mich meinen Dämonen zu stellen. Mich mit meiner Angst vor dem Wasser und dem, was geschehen war, auseinanderzusetzen.

Aber gerade hatte ich das Gefühl, ziellos zwischen zwei Ufern zu treiben.

Auf der einen Seite befand sich Yanis, auf der anderen Damiano.

26. Kapitel

Damiano

Als ich die Tür zu meiner Suite öffnete, zupfte noch immer ein Lächeln an meinen Lippen. Doch kaum, dass ich den letzten silbrigen Strahl des Mondes hereingelassen hatte und die Tür hinter mir schloss, wurde ich von Stille und Dunkelheit empfangen.

Für ein paar Sekunden regte ich mich nicht, war wie versteinert. Die Stille kam mir auf einmal ohrenbetäubend laut vor. Und mit der Stille trat auch mein lästiger Begleiter zurück in mein Leben.

Das unbeschwerte Gefühl, das ich in Tonis Nähe verspürt hatte, hinterließ einen schalen Beigeschmack in meinem Mund. Mir wurde schmerzlich bewusst, dass ich allein war.

Allein mit meiner Einsamkeit.

Sie lauerte in jeder einzelnen Ecke eines Raumes. Berühmtheit forderte ihren Preis, und ich hatte nie gedacht, dass er so hoch sein würde. Dass der Ruhm mir mein Leben stahl und nichts von mir zurückließ.

Ich streifte meine Schuhe ab, lief barfuß in die Küche und schenkte mir ein Wasser ein. Mit dem Glas trat ich schließlich nach draußen auf den Balkon und blickte hinaus aufs Meer. Der Wind hatte aufgefrischt, zerrte an meinem Hemd und ließ das Wasser in der Caldera aufbrausen. Der Mond stand dick und silbrig glänzend am Himmel, doch gerade kam es mir so vor, als würde er mich verhöhnen.

Meine Gedanken kehrten zurück zu Toni, zu unserem Tanz. Es war das erste Mal seit einer langen Zeit, dass ich alles vergessen hatte. Oder viel eher – Toni ließ mich vergessen, wer ich war. Sie ließ mich die oberflächliche Modewelt ausblenden und mich für einen Augenblick wie ein ganz normaler Mensch fühlen. Ich wusste nicht, wann ich das letzte Mal so spontan gewesen war. Einfach im Mondschein zu tanzen, ohne dass mir irgendein Booker oder Fotograf sagte, wie ich mich dazu zu bewegen oder wie ich dabei auszusehen hatte.

Die Modewelt ließ einen sämtliche negative Emotionen durchlaufen. Dass man nicht gut genug war, dass man niemals mit der Konkurrenz mithalten könnte. Aber sie ließ einen niemals spüren, dass es ausreichte, so zu sein, wie man war.

Ich starrte aufs Meer hinaus. Seitdem ich mit dem Modeln begonnen hatte, war mir genau ein Freund geblieben. Alles andere waren nur oberflächliche Bekanntschaften und Liebeleien, geschaffen für das Rampenlicht, nicht aber für die Welt, die sich abseits der Laufstege und roten Teppiche befand.

Toni reizte mich, sie provozierte mich. Und gleichzeitig ... erdete sie mich. Sie ließ etwas in mir heilen, von dem ich geglaubt hatte, es wäre nicht möglich.

In meiner Brust machte sich eine winzige Regung bemerkbar, eine, die ich seit Jahren nicht mehr verspürt hatte. Lebendigkeit.

Und trotzdem verschlang mich die Einsamkeit gerade stärker denn je. In meiner riesigen Suite fühlte ich mich verloren, und um die Magie der Nacht nicht vollends durch düstere Gedanken zu vertreiben, begann ich, mich durch Instagram zu scrollen – eine kurzfristige Ablenkungsmethode. Es war wie eine Sucht, ein Verlangen, das niemals gestillt wurde und ein Loch im Herzen hinterließ.

Inzwischen waren wieder einige Follower dazugekommen. Ich überflog die neuen Kommentare, die unter meinem Foto im Pool standen.

Früher hatte ich förmlich nach dieser Aufmerksamkeit gelechzt, nach jedem Like, jedem Follower, jedem Kommentar. Ich war regelrecht in einen Abgrund gefallen, wenn ich diese Art von Aufmerksamkeit nicht bekommen hatte.

Doch inzwischen war es anders. Ich fühlte mich unsichtbar und wertlos, *trotz* der vielen Benachrichtigungen, die ich jeden Tag bekam.

Denn sie waren nicht echt. Sie waren eine Illusion. Die Illusion eines Traumes, den ich einst gehabt hatte und der sich mehr und mehr in Rauch auflöste. Das Einzige, was zurückblieb, war die Einsamkeit.

Gabriella sagte stets, ich müsse meine Follower mit Informationen füttern, ihnen kleine Appetithäppchen zuwerfen. Und ja, anfangs war es für mich wie ein Rausch gewesen. Doch die Wahrheit war, dass jeder weitere Follower dazu führte, dass ich mir im Inneren nur noch leerer und einsamer vorkam.

Und das war ein verdammt hässliches Gefühl. Nicht nur das, es machte auch etwas Hässliches aus einem selbst.

Denn jetzt versteckte ich mein wahres Ich lieber hinter Skandalen, provozierenden Sprüchen und bissigen Kommentaren, nur um der Welt da draußen nicht zu zeigen, was ich doch eigentlich für ein Wrack war. Die Modewelt war nichts für zartbesaitete Menschen, und jeder, der sich ein anderes Urteil erlaubte, war meines Erachtens blind dafür, wie hart und grausam dieses Business wirklich war.

Ich war dumm und naiv gewesen, zu glauben, die Modebranche könnte mir das geben, was ich suchte und brauchte, könnte mir etwas zurückgeben, was für immer verloren war.

Und Toni? Sie schien die Einzige zu sein, die sich nicht für meinen Status interessierte. Der es vollkommen egal war, dass mein Gesicht irgendwelche Werbeplakate und Zeitschriftencover zierte. Sie machte sich rein gar nichts aus all dem. Und wenn ich ehrlich war, imponierte mir das ungemein.

In meinem ganzen Leben hatte ich bislang nur eine ernste Beziehung gehabt. Sie zerbrach, als ich auf dem Weg war, berühmt zu werden. Danach hatte ich nur noch belanglose Affären gehabt. Eine hatte mich für ein anderes Model verlassen, das berühmter war als ich, die andere hatte nur meinen Fame ausnutzen wollen. Und auch ich hatte einige von ihnen lediglich als Spielzeug angesehen, mit denen ich mich von meinem Schmerz ablenken konnte. Manche von ihnen waren auch einfach nur an meiner Seite gewesen, weil meine Agentur mir einen Stempel hatte aufdrücken wollen. Den des Frauenschwarms, der weltweit Herzen höherschlagen ließ. Der den Frauen den Kopf verdrehte.

Ich griff in die Brusttasche meines Hemdes und zog ein knittriges Bild daraus hervor. Es zeigte einen kleinen sechsjährigen Jungen mit wachen Augen und einem lebensfrohen Blick. Wie weit hatte ich mich eigentlich von mir selbst entfernt?

Als ich den Balkon verließ und an dem Spiegel im Flur vorbeikam, hielt ich inne.

Schwach, nicht genügend, zischte mir mein Spiegelbild entgegen. *Niemand liebt dich, nicht um deiner selbst willen. Wie könnte man auch? Sieh dich nur an.*

Ich schluckte.

Ich würde Toni gern eine andere Seite von mir zeigen. Den Damiano, der nicht ständig mit Zynismus reagierte und mit einem überheblichen Lächeln die Menschen um sich herum auf Distanz hielt, aus Angst, sie könnten enttäuscht sein von dem, was sie hinter der Fassade entdeckten.

Wie sollte jemand verstehen, dass Einsamkeit mich erfüllte, wenn ich doch eigentlich immerzu von Menschen umgeben war? Dass sie mein engster Freund war, selbst wenn ich mich mitten im Rampenlicht befand?

Die Einsamkeit fühlte sich an wie ein Dolch in meinem Herzen und traf mich unvorbereitet, oft mitten auf dem Laufsteg, in den lautesten Momenten. Aber auch in der Stille wartete sie auf mich.

Jetzt spürte ich wieder diese Beklemmung in meiner Brust. Mein Herz schlug schwer und schmerzhaft hinter meinen Rippen.

In mir war eine Dunkelheit, der ich nie ganz entkommen konnte.

Ich suchte nach einem Zuhause, an dem ich wirklich ich sein konnte. Nach einem Zuhause in mir selbst. Doch würde ich es jemals finden?

Toni hatte mir heute ein bisschen das Gefühl gegeben, zu

Hause zu sein. Als würde sie verstehen, wie es in mir aussah. Und zu meinem eigenen Erschrecken ertappte ich mich dabei, wie ich am liebsten an ihre Tür geklopft hätte, um weiter mit ihr durch den Mondschein zu tanzen. Um noch einen Moment länger das Funkeln in ihren Augen zu sehen, bei dem ich nie ganz sicher war, ob sie mir nicht am liebsten an die Gugel gehen würde.

Dieser Gedanke ließ mich unweigerlich lächeln.

27. Kapitel

Yanis

Es war bereits sehr spät, als ich die Goldschmiede verließ. Nach dem Volleyballspielen hatte ich mich bis tief in die Nacht in meiner Werkstatt verschanzt und an einem Schmuckstück für Toni gearbeitet. Mir war die Idee gekommen, die schöne Mittelmeer-Kegelschnecke, die ich kürzlich am Strand gefunden hatte, zu einem Anhänger zu verarbeiten.

Da Toni immerzu ihre goldenen Creolen trug, war ich mir inzwischen ziemlich sicher, dass sie eher auf Gold- als auf Silberschmuck stand. Wobei ich mir bei ihr auch ein elegantes Roségold wie bei ihrer Armbanduhr gut vorstellen konnte, weswegen ich mich schließlich für Letzteres entschied.

Ich hatte das Schneckenhaus auf der Rückseite in Roségold eingefasst, was dem Anhänger einen extravaganten Touch verlieh. Die Kette selbst arbeitete ich sehr fein. Ich fragte mich, ob ich sie zusätzlich noch mit weiteren Elementen ausschmücken sollte. Vielleicht mit zwei kleinen Seeglasscheiben, die die Schnecke einrahmten?

Ich probierte verschiedene Optionen aus, indem ich die einzelnen Materialien aneinanderhielt. Am Ende entschied ich mich doch dafür, die Schnecke in der vergoldeten Fassung für sich allein sprechen zu lassen. Manchmal war weniger eben mehr, und ich war mir sicher, dass Toni die Kette ausgezeichnet stehen würde. Die Frage war bloß: Wann gab ich sie ihr?

Nachdenklich hielt ich die Kette ins silberne Licht des Mondes, der dick und rund am Himmel auszumachen war. Ich wusste nicht, ob unser nächstes Treffen wirklich schon der passende Zeitpunkt war oder ob ich damit etwas überstürzte, da es das erste Wiedersehen nach unserem Sex sein würde.

Vermittelte ich dadurch ein falsches Signal? Auf keinen Fall wollte ich bei Toni das Gefühl aufkommen lassen, dass sie mir irgendetwas schuldete.

Seufzend ließ ich die Kette in ein kleines Stoffsäckchen gleiten, damit sie gut geschützt war, und zog mein Handy hervor. Toni hatte mir geschrieben, und sogleich verzogen sich meine Lippen. Gott, ich wollte gar nicht wissen, wie dämlich ich gerade grinste.

Sorry, war heute den ganzen Tag über mit der Verlobungsfeier im Hotel beschäftigt und hatte keine Zeit, auf mein Handy zu schauen. Telefonieren wir in der Früh? ☺

Mit einem Lächeln schob ich das Handy zurück in meine Hosentasche.

28. Kapitel

Toni

Am nächsten Morgen rief Yanis mich an. Ich lag noch im Bett und schreckte hoch wie ein Erdmännchen, als mein Handy auf einmal losbimmelte und ich Yanis' Namen auf dem Display erblickte. Die Nacht war sehr kurz gewesen, und ich hatte mal wieder schlecht geschlafen.

Dumpf kehrten die Erinnerungen an meinen Traum zurück und drängten sich an die Oberfläche. Ich erinnerte mich daran, wie ich in einem kleinen Fischerboot auf dem offenen Meer zwischen zwei Inseln getrieben war. Auf der Insel hinter mir hatte Damiano gewartet, eingehüllt in den Schutz der Nacht, während sich auf der Insel vor mir Yanis befand, der anbrechende Tag erhellte sein Gesicht.

Hatten sich etwa beide schon in mein Unterbewusstsein gemogelt? Wann genau war das passiert? Ich verlor die Kontrolle, und das war nicht gut.

Mit klopfendem Herzen nahm ich das Gespräch an.

»Guten Morgen«, sagte ich heiser.

»Kaliméra«, erwiderte Yanis mit dieser warmen, sanften Stimme, an die ich mich mittlerweile schon so gewöhnt hatte und die wie Musik in meinen Ohren klang.

Danach kehrte für einen kurzen Moment Stille ein, als wüssten wir beide nicht, was wir sagen sollten. Ich nahm meinen ganzen Mut zusammen.

»Sorry, dass …«, setzte ich genau in dem Augenblick an, als Yanis ebenfalls zu sprechen begann.

Wir beide prusteten los, und es fühlte sich an, als wäre diese kleine unsichtbare Barriere zwischen uns schlagartig verschwunden.

»Du zuerst«, sagte ich und entspannte mich ein wenig. Na ja, was heißt entspannen. Die Schmetterlinge in meinem Bauch waren schon wieder ordentlich in Aufruhr.

»Ich wollte fragen, ob du heute schon etwas vorhast«, hakte Yanis nach.

Ich rieb mir über die Schläfe und erzählte ihm von dem geplanten Bootsausflug heute Mittag zu den umliegenden Vulkaninseln.

»Das klingt ja super!«, meinte Yanis. »Was hältst du davon, wenn ich mitkomme? Ein bisschen Unterstützung bei der größeren Gruppe schadet doch bestimmt nicht.«

Mein Unbehagen wuchs. Es war eine Sache, dass ich damit klarkommen musste, mich den halben Tag auf dem Wasser zu befinden, wie sollte ich es da außerdem schaffen, mich selbstbewusst vor Yanis zu zeigen?

Auf einmal wünschte ich die Nacht wieder sehnlichst herbei.

Das große Fiasko kam jedoch erst noch. Nachdem Yanis und ich uns beide etwas verunsichert begrüßt und umständlich in den Arm genommen hatten, warteten wir mit der Verlobungsgesellschaft an der Ablegestelle auf unser Boot. Da fuhr auf einmal ein Taxi vor. Ich traute meinen Augen kaum, als Damiano mit Badeshorts, Hemd, Flipflops, Sonnenbrille und gepackter Sporttasche über der Schulter ausstieg.

»Ich hab gehört, hier legt gleich ein Boot ab?«, fragte er und grinste in die Runde.

Mir rutschte das Herz in die Kniekehlen, und mein Blick huschte nervös zu Yanis, der Damiano neugierig musterte.

Um Gottes willen! Was machte er hier? War mein Traum ein schlechtes Omen gewesen? Eine Warnung an mich selbst? Verdammt, ich hätte dem Tanz mit Damiano niemals zustimmen dürfen!

Die Verlobungsgesellschaft hingegen verfiel sogleich in theatralisches Kreischen, insbesondere die zukünftige Braut. Sie hob ihren Arm und winkte übertrieben. »Huhu, Damiano! Das ist ja toll, dass du es noch geschafft hast.«

Ich war irritiert. Wann hatte sich Damiano mit den Verlobungsgästen angefreundet?

Ich eilte auf ihn zu und zog ihn ein Stück zur Seite. »Was soll das?«, zischte ich möglichst leise, sodass Yanis von alledem nichts mitbekam. Das hier war schon unangenehm genug.

»Was soll was?«, gab sich Damiano ahnungslos und schob sich die Sonnenbrille ins Haar, das er heute in einem lockeren Dutt trug. Dass er damit ungemein attraktiv aussah, machte es leider nicht einfacher.

»Das weißt du ganz genau«, fauchte ich und konnte nicht verhindern, dass meine Stimme ein paar Oktaven höher kletterte. »Du kannst nicht einfach hier auftauchen und … und alles durcheinanderbringen. Der Bootstrip ist dem Verlobungspaar und seinen Gästen vorbehalten.«

»Ich finde ehrlich gesagt nicht, dass *deine* Gäste so unglücklich darüber aussehen, dass ich mitkommen will.« Damiano deutete auf die geifernden jungen Frauen. Die Männer und insbesondere der zukünftige Bräutigam sahen hingegen nicht ganz so begeistert aus.

»Das … das geht trotzdem nicht«, platzte es aus mir heraus.

Damiano zog die Augenbrauen in die Höhe. »Warum nicht? Du hast doch auch eine Begleitung dabei, oder nicht? Da spricht ja wohl nichts dagegen, dass ich auch noch mitkomme.«

Kurz entstand Stille, und Damiano rempelte mich in fast schon freundschaftlicher Geste an. »Komm schon, ich hab keine Lust, die ganze Zeit über auf meiner Suite zu hocken. Und Antonios hat freundlicherweise alles für mich in die Wege geleitet.«

Für einen Moment war ich irritiert, dass der Hoteldirektor und Damiano ganz offensichtlich schon beim »Du« angelangt waren. Er grinste mich unverschämt an und zwinkerte mir zu, und ich wusste noch in derselben Sekunde, dass ich verloren hatte.

»Wie du willst«, grummelte ich.

Doch es war seine nächste Frage, die mich gänzlich aus meinen Sandalen haute.

»Wovor hast du Angst, Toni? Hast du Angst, ich könnte dir gefährlich werden?«

Mein Herz klopfte wie verrückt, und obwohl ich vermutlich besser hätte schweigen sollen, konnte ich das Brodeln in mir nicht unterdrücken. Wut schwelte wie kochend heiße Lava durch meine Adern.

»Für wie wichtig nimmst du dich eigentlich?«

Mein Puls war inzwischen gefühlt auf hundertachtzig. Aber das Schlimmste war, dass Damiano nicht ganz unrecht hatte mit dem, was er gesagt hatte.

Ja, ich hatte Angst.

Zähneknirschend drehte ich mich um, zählte gedanklich bis drei, um wieder ein bisschen zur Ruhe zu kommen, und setzte dann ein strahlendes Lächeln auf.

Bloß nichts anmerken lassen, Toni, redete ich mir gut zu, doch das hatte leider nicht den gewünschten positiven Effekt. Aber ich musste jetzt professionell bleiben.

Ich wechselte kurz ein paar Worte mit dem Kapitän und bat anschließend die Gäste, sich aufs Boot zu begeben. »So, dann alle einsteigen, bitte, es kann losgehen!«

Während die Gruppe bereits auf dem Boot Platz nahm, kam Damiano zu Yanis und mir. Selbstbewusst reichte Damiano ihm die Hand.

»Hi, ich bin Damiano.«

Yanis erwiderte den Händedruck. »Freut mich, ich bin Yanis. Gehörst du zu der Verlobungsgesellschaft?«

»Nicht direkt. Aber ich wohne zurzeit auch im *Blue Ocean Boutique Hotel*«, erwiderte Damiano, bevor er seinen Blick auf mir ruhen ließ.

Obwohl ich ein kurzes Kleid trug und hier am Wasser zumindest ein angenehmes Lüftchen ging, wurde mir verdammt heiß. Zwischen Damiano und Yanis zu stehen, erweckte bei mir tatsächlich den Eindruck, mich auf der Schwelle zwischen Nacht und Tag zu bewegen.

Und ich hatte keinen blassen Schimmer, welche Seite davon ich einladender fand.

»Du kommst mir irgendwie bekannt vor«, meinte Yanis. Er legte den Kopf schief. »Warte mal … Du bist dieses italienische Männermodel, oder? Meine Schwester ist ein großer Fan von dir.«

Damiano lächelte lediglich, als wäre damit alles gesagt.

Konnte die Situation eigentlich noch absurder werden? Ich betete, dass ich diesen Bootstrip irgendwie überstehen würde.

Kaum hatte unser Boot abgelegt, das zu meinem Unbehagen leider keinen so besonders verlässlichen Eindruck erweckte, ließen Damiano und die Verlobungsgesellschaft die Korken knallen. Inzwischen hatten sich alle einen Bikini oder eine Badehose angezogen, nur ich schmorte in meinem Kleid vor mich hin. Und mein Angstschweiß kam noch hinzu.

Nervös schielte ich hin und wieder auf das Wasser, das im Sonnenlicht verlockend glitzerte. Das hier war echt die Hölle. Hätte ich Antonios Dimou vielleicht doch anvertrauen sollen, dass ich ein eher schwieriges Verhältnis zum Wasser hatte? Aber mein Job und diese Chance bedeuteten mir alles, und ich wollte nicht, dass meine Ängste jetzt auch noch meine Arbeit belasteten. Es war der einzige Bereich, in dem ich mir selbstbewusst und selbstbestimmt vorkam. Das wollte ich mir nicht nehmen lassen.

Mit zitternden Knien klatschte ich einmal in die Hände, um mir Aufmerksamkeit zu verschaffen. »Einmal als Info an euch alle, der heutige Tagesablauf sieht wie folgt aus: Wir fahren erst zur Vulkaninsel Néa Kaméni, wo wir eine kleine Wanderung auf den Krater machen werden. Anschließend geht es weiter nach Paléa Kaméni. Vor dieser Insel werden wir allerdings nur ankern, und ihr habt die Möglichkeit, in der dortigen Thermalquelle zu schwimmen. Danach geht es gemütlich wieder zurück in Richtung Hafen.«

Ein kurzes Jubeln folgte, und ich setzte mich auf eine Bank, die sich mittig auf dem Deck befand und glücklicherweise reichlich Abstand zur Reling bot.

Während um mich herum eine ausgelassene Partystimmung herrschte, verlor ich mich in meinen Gedanken. Ich betrachtete die kleinen Wirbel, die sich auf der Wasseroberfläche abzeichneten, und plötzlich kam es mir vor, als befände ich mich wieder an dem See, an dem ich in meiner Jugend so oft zum Schwimmen gewesen war. Dabei blieb ich gedanklich bei diesem einen verhängnisvollen Tag hängen.

»Ich geh mal 'ne Runde schwimmen. Kommst du mit?«, fragte Leon und blickte mich aus seinen blauen Augen an.

»Geh ruhig schon mal vor, ich möchte mich noch einen Moment sonnen. Es ist gerade so schön hier.«

»Alles klar.« Leon warf einen Blick in die Runde. »Und ihr? Was ist mit euch?«

»Später ...«, murmelten einige aus unserer Freundesclique.

»Ihr Faulenzer«, lachte Leon. »Aber gut, ihr wisst ja nicht, was ihr verpasst.« Dann drehte er sich zu mir um. »Bis gleich, mein Schatz.« Mit diesen Worten hauchte er mir einen Kuss auf die Lippen und sah mir anschließend fest in die Augen. »Ich liebe dich, Toni.«

Ich nahm Leons Gesicht in beide Hände und lächelte ihn zärtlich an. »Ich liebe dich auch.«

Es war das letzte Mal, dass ich in seine lebhaften blauen Augen hatte schauen und ihm sagen können, was er mir bedeutete.

»Alles in Ordnung?«, vernahm ich unerwartet eine Stimme dicht an meinem Ohr, die mich aus meinen Gedanken riss. Yanis saß in Badeshorts neben mir. Ich hatte gar nicht mitbekommen, dass er sich genähert hatte. Beim Anblick seines nackten Oberkörpers musste ich unweigerlich daran denken, wie wir in der Goldschmiede gegenseitig jeden Zentimeter unserer Körper erkundet hatten. Er streckte seine Hand nach meiner Wange aus. »Hast du geweint?«

Erst jetzt fiel mir auf, dass meine Augen brannten und meine Wangen sich feucht anfühlten. Hastig wischte ich mir darüber und setzte ein Lächeln auf, das mir gänzlich falsch vorkam.

»Das muss der Wind gewesen sein«, wiegelte ich ab und hoffte, Yanis damit überzeugen zu können. Ich war gerade nicht bereit dazu, mit ihm über meine Vergangenheit zu sprechen. Ich wusste ja nicht einmal, wo uns unser Weg eigentlich hinführte. Und es wäre ein absoluter Stimmungskiller gewesen, hätte ich ihm jetzt gesagt, dass ich an meine erste große Liebe gedacht hatte. An meinen Freund, der im See ertrunken war. Und dass ich ihn nicht hatte retten können. Selbst nach all den Jahren konnte ich es mir nicht verzeihen. Und wer weiß, vielleicht hatte ich es auch nicht verdient, jemals wieder glücklich zu sein. Es waren Gedanken und Zweifel, die ich jeden Tag mit mir herumschleppte. Und inzwischen wusste ich auch, wie fragil Glück war. Einen Moment hatte man alles, was man sich wünschte, im nächsten war alles weg. Das hatte ich auf äußerst schmerzhafte Weise lernen müssen.

Yanis schien noch nicht ganz überzeugt, ließ das Thema jedoch auf sich beruhen.

»Ich hatte schon Sorge, dass du es vielleicht bereuen könntest, mich mitgenommen zu haben.« Er lachte, und Verunsicherung schwang darin mit.

Das Letzte, was ich wollte, war, ihm ein schlechtes Gefühl zu geben oder den Eindruck zu vermitteln, dass er hier unerwünscht war. Ich legte meine Hand kurz auf seine. »Nein, es ist schön, dass du da bist.« Und das meinte ich auch so. Noch schöner hätte ich es allerdings gefunden, wenn unser Wiedersehen nicht ausgerechnet auf einem Boot stattgefunden hätte, umgeben von Wasser, einer jetzt schon halb betrunkenen Reisegruppe … und Damiano.

Mein Blick schweifte zu ihm hinüber. Sein Oberkörper war etwas schmaler als der von Yanis, jedoch nicht weniger durchtrainiert. Dieser Mann schien kein Gramm Fett zu besitzen, was er vermutlich dem strikten Ernährungs- und Work-out-Plan seiner Agentin zu verdanken hatte. Und obwohl ich Damiano schon einmal oberkörperfrei gesehen hatte, scannte ich nun erneut seine zahlreichen Tattoos.

Er unterhielt sich angeregt mit einer jungen blonden Frau, deren Bikini wirklich rein gar nichts mehr der Fantasie überließ. Komischerweise versetzte mir der Anblick der beiden einen winzigen Stich. Wo kam das jetzt her? Ich ging mir selbst gewaltig auf die Nerven. Hoffentlich hatte ich nicht schon einen Sonnenstich. Vielleicht hätte ich mir doch eine Cap oder einen Sonnenhut mitnehmen sollen.

In dem Moment, als ich mein Gesicht abwenden wollte, sah Damiano zu mir herüber. Er schien meinen Blick einfangen zu wollen, und ich erkannte dieses minimale, kaum wahrnehmbare Zucken seiner Mundwinkel, als er seine Aufmerksamkeit wieder der Blondine widmete.

Auch ich brauchte jetzt dringend Ablenkung. Yanis schien von meinem Blickkontakt mit Damiano glücklicherweise nichts mitbekommen zu haben. »Wie geht es eigentlich dem kleinen Kätzchen?«, fragte ich Yanis ehrlich interessiert und auch, um mich nicht darauf zu konzentrieren, dass wir uns gerade auf dem offenen Meer aufhielten.

»Dem geht's gut. Delphina hat mir gestern sogar ein Video geschickt, warte mal.« Er kramte in seinem Rucksack und hielt mir kurz darauf sein Handy unter die Nase. In dem Clip war das schwarz-weiße Katzenbaby zu sehen, wie es vergnügt mit einem Tennisball spielte. Mir ging das Herz auf.

»Sieht ja schon wieder putzmunter aus«, freute ich mich.

Yanis nickte lächelnd. »Ich glaube, Delphina bringt es nicht übers Herz, sich von der Kleinen zu trennen.«

»Kann ich gut verstehen.« Ich seufzte. »Sie ist einfach zuckersüß. Eigentlich sollten wir ihr einen Namen geben, findest du nicht auch?«

»Gute Idee!«, pflichtete Yanis mir bei. »Hm, was hältst du von … Athina? Wie die Namenspatronin der griechischen Hauptstadt. Es bedeutet ›Kämpferin‹ im Griechischen.«

»Gefällt mir sehr gut!«

»Dann hoffen wir mal, dass er auch Delphina gefällt.« Yanis zwinkerte mir zu. Und während wir noch immer in Richtung der ersten Insel schipperten, fanden sich Yanis' und meine Hand. Und das fühlte sich verdammt schön an. Hauchzart strich Yanis mit seinem Daumen über meinen Handrücken, und mein Herz schlug ein bisschen schneller.

Nachdem unser Boot in Néa Kaméni angelegt hatte, ging es für unsere Gruppe zunächst hoch auf den Krater. Inzwischen waren die meisten wieder auf festes Schuhwerk umgestiegen, denn auch wenn die Wanderung nicht lange dauern sollte, so war der Weg doch sehr steinig, und man konnte schnell umknicken.

Ich war auf jeden Fall froh über meine Sneakers, die ich extra mitgebracht hatte.

»Wie war die Verlobungsfeier gestern eigentlich?«, wollte Yanis wissen, als er von einer jungen Frau in Beschlag genommen wurde, die ihn bat, sich bei ihm einhaken zu dürfen, da ihre Absatzsandalen ihr Schwierigkeiten bereiteten.

Yanis sah mich etwas ratlos an, und ich zuckte nur mit den Schultern. Und so hilfsbereit und freundlich wie er war, konnte er der Frau ihren Wunsch nicht abschlagen.

Ich ging ein ganzes Stück lang allein den Krater hinauf, wobei ich hin und wieder eine kurze Pause machte und meinen Blick schweifen ließ.

»Und, ist der Ausflug so, wie du ihn dir vorgestellt hast?«

Ich drehte mich um, und Damiano grinste mich an. Er passte auf diesen Krater in etwa so gut wie ein Formel-1-Fahrer auf einen Tretroller. Komischerweise hatte ich aber den Eindruck, dass ihm der Ausflug Freude bereitete. Oder er hatte tatsächlich eine sadistische Ader und genoss es, mich leiden zu sehen. Vermutlich Letzteres.

»Ist die Frage ernst gemeint?«, fragte ich, ohne Damiano dabei weiter anzusehen, stattdessen setzte ich unnachgiebig einen Schritt vor den nächsten. Mein Gott, wann kam denn endlich der blöde Gipfel?

Für Damiano schien es jedoch ein Leichtes zu sein, mit mir mitzuhalten. Mein anfänglicher Plan, jeden Tag joggen zu gehen, um meine Kondition wieder zu trainieren, hatte bereits beachtlich nachgelassen. Genau genommen, hatte er nur einen einzigen Tag lang angehalten.

»Versuchst du, vor mir wegzurennen?«, fragte Damiano mich amüsiert.

»Wie kommst du darauf?«

»Na ja, du schaust mich nicht mal an.«

Jetzt blieb ich doch stehen. Ein bisschen zu abrupt, denn Damianos oberkörperfreie Brust prallte gegen mich. Verdammt, ich hatte gerade ein Déjà-vu.

»Sag mal, machst du das mit Absicht? Mich so auf die Palme zu bringen?«, zischte ich.

»Ich bringe dich also auf die Palme?«, fragte er.

»Ja, Herrgott!«, stieß ich aus und ärgerte mich darüber, dass ich mich so wenig im Griff hatte. Gerade schienen meine Gefühle Salsa zu tanzen.

»Weißt du, was das bedeutet?«, fragte er mich seelenruhig.

Ich stemmte meine Hände in die Hüften und funkelte ihn an. »Nein, aber du wirst es mir sicher gleich verraten.«

Damiano beugte sich noch näher zu mir. »Dass ich dir nicht so gleichgültig bin, wie du es gerne hättest, Mondscheinmädchen.« Seine Stimme klang sanft und gleichzeitig wie ein Reibeisen. Als ich aufblickte und in Damianos Augen sah, fand ich diesmal jedoch nichts Spöttisches darin. Mir entging auch nicht, wie Damiano schluckte, sein Adamsapfel hüpfte auf und ab. Dann ging er gemächlich weiter den Krater hinauf, so, als wäre nichts gewesen.

Mein Puls beschleunigte sich, und ich starrte ihm ungläubig hinterher, wie er den restlichen Hang des Kraters bewältigte.

Ich schnaubte. Dieser Mistkerl .... Und obwohl ich ihn für seine Arroganz verachten wollte, hatte ich doch immerzu nur dieses eine Wort von ihm im Kopf: *Mondscheinmädchen.*

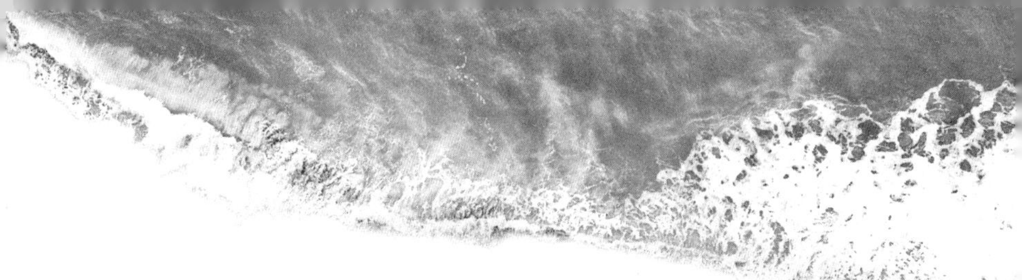

29. Kapitel

Die Wanderung auf den Krater hatte sich trotz aller Strapazen und der glühenden Hitze letzten Endes doch gelohnt. Ich kam mir vor, als wäre ich in einer Mondlandschaft gelandet. Ich fragte mich, ob Damiano den gleichen Gedanken hatte, da er mir zwischendurch immer wieder dieses verschwörerische Grinsen zuwarf.

Oben auf dem Kraterrand begleitete uns allerdings der permanente Gestank von Schwefel, und so eindrucksvoll die Landschaft auch wirkte, war ich aufgrund des strengen Geruchs dann doch ganz froh, als wir alle wieder am Boot ankamen.

Als Nächstes steuerte der Kapitän die Insel Paléa Kaméni an, die für ihre heißen Quellen bekannt war. Er ankerte in einer Bucht vor der Insel, und die Ersten aus der Gruppe sprangen bereits mit Begeisterung in das warme Wasser. Damiano hatte sich ebenfalls schon zu ihnen gesellt, nur Yanis und ich waren noch auf dem Boot.

Er warf mir einen fragenden Blick zu, da ich keine Anstalten machte, mir einen Bikini anzuziehen. »Willst du gar nicht mit ins Wasser kommen? So eine Erfahrung muss man unbedingt mal gemacht haben, in einer heißen Quelle zu schwimmen.«

»Tut mir leid, aber da dieser Ausflug für mich heute Arbeit bedeutet und ich alles im Blick behalten sollte, ist es wohl besser, ich bleibe auf dem Boot.« Ich lächelte Yanis entschuldigend an und war gleichzeitig froh, in diesem Moment eine ehrliche Ausrede zu haben. Yanis konnte ja nicht wissen, was der eigentliche Grund war, warum ich nicht ins Wasser stieg.

Er wiegte den Kopf hin und her und zog seine Stirn kraus. »Stimmt, daran habe ich eben gar nicht gedacht. Da ist es wirklich besser, wenn du auf dem Boot bleibst.« Er warf einen Blick zu unserem Grüppchen, das mit sichtlicher Begeisterung in der Quelle planschte, bevor er wieder mich ansah. »Weißt du was, dann bleibe ich auch. Ich möchte dich nicht allein hier sitzen lassen.«

Er lächelte mich so süß an, dass mein Herz erneut zu klopfen begann. »Das ist total lieb, aber ich bin schon groß.« Ich versuchte mich an einem möglichst überzeugenden Grinsen.

»Tja, also ...« Yanis kratzte sich nervös am Hinterkopf und machte noch immer keine Anstalten, sich in Bewegung zu setzen.

»Na los, geh schon! Genieß das warme Wasser«, redete ich aufmunternd auf ihn ein.

Yanis lächelte mich noch einmal an, bevor er sich zu den anderen begab. Wenigstens hatte ich so einen kurzen Moment Zeit, mich um die heutige Fotochallenge von Malina und mir zu kümmern. Das Motto lautete diesmal: Kreis.

Ich ließ meinen Blick über das Deck schweifen, in der Hoffnung, etwas Passendes zu finden. Da erspähte ich die rot-weiß gestreiften Rettungsringe, die sich sowohl rechts und links an dem umlaufenden Geländer des Schiffes befanden. Ich machte ein Foto davon und sendete es an Malina. Sie hatte mir bereits ein Bild geschickt, mal wieder aus der Küche. Das Foto zeigte einen kunstvoll verzierten Donut, doch das Allerbeste daran war: Malina hatte mit pinkfarbener Glasur meinen Namen darauf geschrieben, dahinter befand sich ein Herz.

Flink begann ich zu tippen.

Awwww. Vermisse dich. ❤

Ich wollte ihr bereits schreiben, dass wir demnächst unbedingt mal wieder telefonieren mussten, als ich einen Schrei vernahm. Und die Stimme klang nach ... Damiano.

Mein Herzschlag setzte aus. Ich sprang von meinem Platz auf, ließ alles stehen und liegen und rannte zur Reling. Ich funktionierte wie auf Autopilot, gleichzeitig fühlten sich meine Beine bleischwer an.

Ich spähte ins Wasser und erkannte Damiano etwas entfernt von der Gruppe, wie er zappelte und mit den Händen um sich schlug. Es sah so aus, als könnte er sich nicht mehr über Wasser halten. Und tatsächlich: Im nächsten Augenblick tauchte er mit dem Kopf unter.

»O mein Gott, jemand muss ihm helfen!«, schrie ich außer mir, gleichzeitig überfiel mich schiere Panik. Verdammt, musste ich als Aufsichtsperson dieses Ausflugs jetzt etwa zu ihm ins Wasser springen?

Während ich sekundenschnell meine Optionen durchging, sah ich im nächsten Moment, wie die Blondine vor Damiano aus dem Wasser auftauchte und dieser ebenfalls wieder an die Oberfläche kam. Prustend strich er sich seine klatschnassen Haare aus dem Gesicht.

Eine Brünette, vermutlich eine Freundin von der Blonden, sah zu mir hoch. »Chill mal, Tammy hat doch bloß versucht, Damiano unter Wasser die Badehose auszuziehen«, giggelte sie angeheitert.

Schwer atmend fuhr ich mir mit der Hand durchs Haar. Ich hatte das Gefühl, als müsste ich mich gleich übergeben. Mit zitternden Fingern klammerte ich mich an der Reling fest. Damianos Blick schwenkte zu mir, fragend, verständnislos, und ich merkte, wie alles in mir gefror. Die beiden hatten sich nur einen dummen Spaß erlaubt, während ich ernsthaft geglaubt hatte, Damiano könnte in Not sein.

»Hier unten ist alles gut, Toni, du brauchst dir keine Sorgen zu machen«, versuchte Yanis, mich zu beruhigen. Aber ich war nicht mehr zu beruhigen.

Als Damiano hinter allen anderen aus dem Wasser stieg, kam er direkt auf mich zu. Er strubbelte sich durch sein nasses Haar, wodurch vereinzelte Tropfen auf meine nackte Haut fielen. »Hast du dir etwa Sorgen um mich gemacht? Das ist echt süß.«

Süß?! In mir explodierte etwas. Ich trommelte gegen Damianos Brustkorb. »Ich hab wirklich gedacht, du würdest ertrinken«, fauchte ich, und vor lauter Wut stiegen mir Tränen in die Augen. Ich zitterte jetzt am ganzen Körper, und obwohl ich wusste, dass wir gerade sämtliche Aufmerksamkeit auf uns zogen – auch die von Yanis –, kam ich nicht gegen diesen Knoten in meinem Bauch an. Ich merkte, wie mich eine Welle aus Angst, Trauer und Wut überrollte.

»Es war doch nur ein Spaß. Tammy war halt schon ein bisschen betrunken, und ich wollte ihr nicht kampflos meine Badehose überlassen.« An Damianos Reaktion erkannte ich, dass er nicht mal ansatzweise verstand, worum es mir hier ging. Er sah nur seinen Spaß. Das Feiern.

»Und dann musstest du lauthals um Hilfe rufen?«

Damiano sah mich verwirrt an, reagierte jedoch nicht.

Diesmal war ich diejenige, die ihm ganz nah kam. »Hast du mal daran gedacht, dass ich die Verantwortung für diesen Ausflug trage?« Ich versetzte ihm einen letzten Stoß vor die Brust. »Arschloch«, sagte ich mit tränenerstickter Stimme, bevor ich mich von ihm abwandte.

30. Kapitel

Damiano

Vollkommen verwirrt und sprachlos sah ich Toni hinterher, wie sie davonstapfte. Ich musste kein Blitzmerker sein, um zu wissen, dass ich sie verärgert hatte. Dabei war das doch gar nicht meine Absicht gewesen. Zu keinem Zeitpunkt. Gut, ich hatte sie durch mein Flirten mit Tammy vielleicht ein bisschen aus der Reserve locken wollen, aber dass sie jetzt so aufgebracht war, hatte ich wirklich nicht gewollt.

Der Funke schlechten Gewissens meldete sich irgendwo tief in mir. Hinter mir kamen Tammy und ihre brünette Freundin aus dem Wasser. Wie hieß sie noch gleich? Keine Ahnung, hatte ich vergessen, und eigentlich war's mir auch egal.

Tammy hängte sich sofort an meinen Arm. »Mein Gott, was war denn mit der los? Wie prüde kann man bitte sein?« Sie gackerte los, und inzwischen war ich von den beiden siamesischen Zwillingen und ihrem betrunkenen Gehabe nur noch genervt.

»Lasst sie in Ruhe«, nahm ich Toni in Schutz und war kurz überrascht von mir selbst. »Sie hat nur ihren Job gemacht.«

Tammy ließ von mir ab und teilte einen vielsagenden Blick mit ihrer Freundin. »Okay, hätte nicht gedacht, dass du auf einmal so spießig bist.«

Dann zogen die beiden mit schwingenden Hüften von dannen, was mir nur recht war. Vielleicht hatte Toni recht, wenn sie mich als Arschloch betitelte.

Nachdenklich ließ ich mich auf der Sitzbank vor der Reling nieder und trocknete meine Haare mit einem Handtuch, während mein Blick erneut zu Toni schweifte, die auf der anderen Seite des Bootes stand. Als wollte sie so viel Abstand wie möglich zwischen uns bringen. Selbst von hier konnte ich erkennen, dass sie zitterte. Sie knibbelte mit den Zähnen nachdenklich an ihrer Unterlippe und starrte wie hypnotisiert aufs Meer.

Ob ich mich bei ihr entschuldigen sollte? Sie hatte völlig außer sich gewirkt, auch wenn ich nicht richtig verstand, warum. Tammy und ich hatten uns doch bloß einen kleinen Spaß erlaubt. Nicht mehr und nicht weniger.

Hatte sie sich wirklich solche Sorgen um mich gemacht? Dieser Gedanke sorgte dafür, dass mir plötzlich warm im Bauch wurde, gleichzeitig musste ich schwer schlucken. Ich war es nicht gewohnt, dass Menschen sich um mich sorgten. Um mich als Person, nicht um das Model Damiano.

Ich haderte mit mir, ob ich zu Toni rübergehen sollte. Fuck, ich war echt nicht gut in so was. Man sollte es bei meinem Job kaum meinen, aber irgendwie hatte meine soziale Ader in den letzten Jahren doch beachtlich gelitten.

Als ich mich gerade dazu durchgerungen hatte, mit Toni zu sprechen, und bereits aufgestanden war, sah ich, wie dieser Yanis auf Toni zusteuerte. Er legte ihr in einer sehr vertraut wirkenden Geste die Hand auf den Arm, bevor er sie in eine innige Umarmung zog.

Ich hielt inne. Da war mir wohl jemand zuvorgekommen. Meine Mundwinkel rutschten unweigerlich ein Stück nach unten, und ich konnte die steile Falte auf meiner Stirn spüren.

Merkwürdigerweise verursachte der Anblick der beiden ein unangenehmes Zwicken in meiner Magengrube, wobei ich aber nicht sagen konnte, was genau mich an diesem Bild störte.

Obwohl … Ich wusste es schon, wollte es aber nicht wahrhaben.

Warum hatte ich nicht einfach etwas eher die Eier in der Hose gehabt und mich bei Toni entschuldigt? Jetzt konnte ich mir die Nummer auch schenken. Immerhin hatte Toni ja schon jemanden zum Trösten gefunden.

Während ich mir fast schon ruppig meine Haare weiter abtrocknete, glitt mein Blick immer wieder zu Yanis und Toni. Ob zwischen den beiden was lief? Sie wirkten sehr innig miteinander.

Toni hing schlaff in Yanis' Armen, doch während er sie hielt, änderte sich etwas an ihrer Körperhaltung. Nach einer Weile stellte sie sich auf die Zehenspitzen und schlang ihre Arme um Yanis' Hals.

Meine Laune sank rapide in den Keller.

»Ey, Grinch, was ziehst du denn auf einmal ein Gesicht wie sieben Tage Regenwetter?«

Nicht schon wieder Tammy. Die hatte mir jetzt gerade noch gefehlt. Meine Güte, sie war schlimmer als eine Klette. Und ich war mir ziemlich sicher, dass sie mir nur so hinterherschlich, weil sie meinen Promistatus genoss.

Ätzend.

»Keine Ahnung«, antwortete ich ein bisschen schroff. »Aber wenn's dir nichts ausmacht, hätte ich gern ein paar Minuten für mich.« Ich konnte mir vorstellen, dass mein aufgesetztes Lächeln gerade eher dem Zähnefletschen eines Piranhas glich.

Tammy zog empört die Augenbrauen nach oben und wackelte dann beleidigt davon.

Obwohl ich es nicht wollte, wurde meine Aufmerksamkeit wieder in Richtung Toni gezogen. Und ich stellte mir vor, wie es wäre, wenn ...

Wenn sie nicht mit Yanis dort stehen würde.

Sondern wenn ich derjenige wäre, an den sie sich schmiegte.

31. Kapitel

Toni

Zu sagen, dass der Bootsausflug absolut katastrophal geendet hatte, war wohl noch untertrieben. Viel schlimmer hätte es eigentlich nicht laufen können. Als Yanis und ich uns voneinander verabschiedeten, war die Stimmung komisch. Etwas Unausgesprochenes stand zwischen uns. Ich hatte den Eindruck, dass er mit mir reden wollte, gleichzeitig schien er aber nicht den ersten Schritt machen zu wollen. Dass er mich nach der Aufregung um Damiano und Tammy einfach in den Arm genommen hatte, ohne mich mit Fragen zu löchern, wusste ich zu schätzen. Leider hatte es auf dem Boot keinen Moment der Zweisamkeit mehr gegeben, in dem wir uns einfach mal ruhig und allein miteinander hätten unterhalten können. Dabei gab es so viel Ungesagtes. Das, was zwischen uns in der Werkstatt vorgefallen war, leuchtete förmlich in drei leuchtend roten Buchstaben auf. Doch heute hatte ich keine Kraft mehr, mit ihm darüber zu sprechen.

Ich wollte einfach nur auf mein Zimmer, nur noch allein sein. Nichts mehr hören und niemanden mehr sehen. Ich war emotional am Ende meiner Kräfte.

Auf dem Weg zu meinem Apartment hielt Damiano mich zurück. »Toni, kannst du mir mal erklären, was los ist? Was ich falsch gemacht habe?«

»Lass mich in Ruhe«, antwortete ich wie betäubt und ging einfach weiter.

»Diese Nacht, dieser Tanz … Er hat dir ebenso viel bedeutet wie mir, Mondscheinmädchen.«

Wütend drehte ich mich zu ihm. »Zu blöd, dass wir jetzt

aber in keinem verdammten Cinderella-Film mehr sind und der Tag angebrochen ist! Und da sieht die Realität leider sehr viel bitterer aus.«

Als ich diesmal ging, lief Damiano mir nicht mehr hinterher. Und das fühlte sich einerseits gut, andererseits enttäuschend an.

Auf meinem Zimmer zog ich nur noch meine Schuhe aus und wechselte mein Kleid vom Ausflug gegen ein Shirt und eine Schlabberhose, dann kroch ich unter meine Bettdecke und rollte mich wie ein Embryo zusammen, während die Tränen still und leise meine Wangen hinabliefen.

Ich hatte gewusst, dass mich meine Vergangenheit eines Tages einholen würde. Doch ich hatte nicht damit gerechnet, dass dieser Tag heute sein würde.

Ich hatte keine Ahnung, wie spät es war, als es an meiner Tür klopfte. Ich brauchte einen Moment, um mich zu sortieren. Offenbar war ich nach dem Bootsausflug völlig erschöpft eingeschlafen. Und jetzt leider mit Kopfschmerzen aufgewacht. Kein Wunder, bei so einem Tag.

Das Klopfen an meiner Tür wurde lauter.

»Ich komme ja schon«, murmelte ich und schlurfte Richtung Tür, vor der mich eine bestens gelaunte Electra in einem schwarz-weißen Cocktailkleid erwartete.

Bei meinem Anblick stutzte sie. »Um Gottes willen, du siehst fürchterlich aus«, knallte sie mir schonungslos ehrlich vor den Kopf. »War der Bootsausflug so schlimm?«

Ich winkte ab. »Frag nicht.«

Electra biss sich auf die Unterlippe. »Jetzt hab ich ein ganz schlechtes Gewissen, dass ich dich mit der Gruppe alleingelassen habe.«

Ich lächelte müde. »Schon okay. Ich hoffe, du hattest wenigstens eine schöne Zeit auf dem Geburtstag deiner Tante?«

»Was das angeht, hätte ich nur allzu gerne mit dir getauscht. Ich liebe meine Familie, aber manchmal ist sie einfach nur verdammt anstrengend.« Sie verdrehte vielsagend die Augen, doch sogleich erhellte sich ihr Gesicht. »Deshalb werden wir beide jetzt auch noch bei der *Black & White Pool Night* vorbeischauen.«

»Wo?«, nuschelte ich, da ich noch immer nicht ganz auf der Höhe war.

Electra bedachte mich mit einem Stirnrunzeln. »Der Bootsausflug muss ja heftiger gewesen sein als gedacht. Heute ist vom Hotel aus doch das *Black & White*-Event am Pool. Du weißt schon, schwarz-weiße Kleidung, schwarz-weiße Cocktails, stimmungsvolle Musik ... Außerdem wollte ich mal schauen, ob da alles rundläuft und unsere Kollegen von der Bar alles im Griff haben.«

»Ach, stimmt ja ...«, murmelte ich und rieb mir über die Schläfe. Da ich für diese Schicht jedoch nicht eingeteilt worden und stattdessen bei der Bootstour eingesprungen war, hatte ich das abendliche Event aus meinen Gedanken gestrichen.

»Die Verlobungsgesellschaft fliegt morgen früh auch wieder heim, und Damiano hat eben lauthals verkündet, dass er Freigetränke am Pool spendiert. Da sage ich nicht Nein. Bei solchen Veranstaltungen drückt Antonios immer ein Auge zu. Außerdem geht es nur um ein Getränk. Ich will mich ja nicht hemmungslos besaufen.« Electra hielt inne. »Okay, will ich eigentlich schon, aber das müssten wir dann hinter verschlossener Tür machen.« Sie knuffte mich in die Seite.

Ich rieb mir über die Schläfe. Das Letzte, was ich gerade wollte, war, auf Damiano zu treffen. Und in Partystimmung war ich ebenso wenig. Daher sah ich Electra entschuldigend an.

»Sorry, aber der Ausflug heute hat mich wirklich geschlaucht. Ich denke, ich lege mich direkt wieder ins Bett.«

Sie sah mich vollkommen entgeistert an. »Ins Bett legen? Es ist noch viel zu früh!«

Ich seufzte. »Ich weiß, aber ich bin echt am Ende. Es ist auch total lieb, dass du nach mir geschaut hast. Danke, Electra.« Ich strich ihr kurz über den Arm.

In dem Moment schien sie erst so richtig zu verstehen, dass es mir nicht gut ging. Sie machte ein zerknirschtes Gesicht. »Tut mir leid, dass ich dich so gedrängt habe. Ich hatte nur Sorge, dass du dich vielleicht allein fühlen könntest. Kann ich etwas für dich tun?«

Als ich nur stumm den Kopf schüttelte, nahm sie mich in den Arm, und das fühlte sich gerade so gut an, dass ich nur mit Mühe und Not ein Schluchzen unterdrücken konnte.

Dann schob sie mich auf Armeslänge von sich und unterzog mich einem prüfenden Blick. Liebevoll strich sie mir eine Haarsträhne aus der Stirn. »Ruh dich erst mal aus, ja? Falls du doch noch etwas Gesellschaft haben möchtest, Leandros und ich sind am Pool.«

»Danke.« Ich lächelte sie aufrichtig an. Electra war wirklich ein Herzensmensch.

Als sie sich bereits umgedreht hatte, rief ich sie noch einmal zurück. »Electra? Das Outfit steht dir hammermäßig.«

Jetzt strahlte sie übers ganze Gesicht. Sie warf mir eine Kusshand zu, bevor sie eins mit der Nacht wurde und ich die Tür zu meinem Apartment schloss.

Als ich mich wieder ins Bett legte, fand ich jedoch keine Ruhe, sondern drehte mich von einer Seite auf die andere, zumal meine Kopfschmerzen von Sekunde zu Sekunde schlimmer wurden. Hinter meiner Schläfe dröhnte es, als würde dort jemand einen Hammer schwingen.

Ich versuchte, an etwas anderes zu denken, um mich von den Schmerzen abzulenken, aber es wollte mir nicht gelingen. Stattdessen bahnte sich nun auch Übelkeit an.

Mist, und ich hatte keine Kopfschmerztabletten hier!

Ächzend richtete ich mich auf und ging kurz meine Optionen durch. Vielleicht könnte ich Alexandra an der Rezeption fragen, ob sie irgendwo Tabletten für die Gäste aufbewahrten?

Ich schlüpfte in die nächstbesten Schuhe, warf mir eine Strickjacke über und machte mich auf den Weg zur Rezeption.

32. Kapitel

Vom Pool drang bereits Musik zu mir herüber, die Party schien in vollem Gange zu sein. Es wurde getanzt, gelacht, und der DJ spielte einen Song von Katy Perry.

Ich entdeckte Leandros mit ein paar weiteren Kollegen hinter der Theke, wie er fleißig Cocktails zubereitete und sich gerade mit einer äußerst hübschen und knapp bekleideten Brünetten unterhielt. Antonios Dimou stand etwas abseits und ließ seinen Blick zufrieden über die anwesenden Gäste gleiten. Glücklicherweise vertiefte er sich danach in ein Gespräch mit Electra, sodass ich unbemerkt an ihnen vorbeihuschen konnte. Die Kapuze meiner Strickjacke zog ich noch etwas tiefer ins Gesicht. Ich wollte weder, dass die Hotelgäste, noch, dass meine Arbeitskollegen mich in diesem Zustand sahen. Von Damiano war weit und breit keine Spur, und ich atmete erleichtert auf.

An der Rezeption war nichts los. Alexandra hatte ihr Gesicht dem Computerbildschirm zugewandt, vermutlich beantwortete sie Reservierungsanfragen.

Sie musste meine Schritte gehört haben, denn als sie mich erblickte, sah sie mich besorgt an und sprang von ihrem Stuhl auf. »Toni, ist alles in Ordnung? Geht es dir nicht gut?«

»Hey, Alexandra. Sorry, dass ich dich so spät hier noch störe, aber habt ihr Kopfschmerztabletten da? Mein Kopf hämmert wie verrückt.«

»Natürlich, setz dich einen Moment hin«, Alexandra deutete auf den zweiten Stuhl hinter der Rezeption. »Ich bin sofort wieder bei dir!«

Mit diesen Worten eilte sie davon, während ich mich auf den Stuhl gleiten ließ. Keine zwei Minuten später kehrte sie mit einem Glas Wasser und einer Tablette zurück. Beides nahm ich dankbar an mich und spülte die Tablette mit ein paar großen Schlucken hinunter.

»Vielleicht bleibst du noch einen Moment sitzen, bis die Tablette wirkt, hm? Du siehst ziemlich blass um die Nase aus.«

Ich hatte den Eindruck, dass meine Kollegin in diesem Augenblick kein »Nein« von mir akzeptieren würde, da sie mich fast gluckenhaft beäugte, und so blieb ich brav auf meinem Platz sitzen. Alexandra schien nicht unbedingt der redseligste Mensch zu sein, und gerade war ich einfach nur froh, dass sie mir kein Gespräch aufzwang. Bald merkte ich, wie sich die Kopfschmerzen langsam, aber stetig besserten. Das Hämmern ließ nach, die Übelkeit verschwand gänzlich, und es blieb nur noch ein leiser, dumpfer Schmerz.

Ich wusste nicht, wie lange ich neben Alexandra gesessen hatte, aber der lauten Musik vom Pool nach hatte die Party ihren Höhepunkt erreicht.

»Danke, Alexandra. Du warst echt meine Retterin, mir geht's schon viel besser. Ich werd mich jetzt mal wieder ins Bett begeben. Hoffentlich kann ich etwas schlafen.«

Alexandra lächelte mich aufmunternd an. »Hier sind noch ein paar Tabletten, für den Notfall. Schlaf gut, Toni. Und weiterhin gute Besserung.«

Als ich mich diesmal unauffällig am Pool und den feiernden Gästen vorbeischlängeln wollte, hatte ich leider nicht so viel Glück.

Electra und Leandros waren die Ersten, die mich entdeckten und zu sich winkten. Ich blickte an mir hinab. Gerade versprühte ich in etwa den Charme eines Kartoffelsacks.

»Hey!«, Electra stieß mich leicht an. »Hast du es dir doch anders überlegt?«

»Kann ich dir was Schönes mixen?«, fragte Leandros sogleich mit einem breiten Lächeln.

Dass die beiden kein Sterbenswörtchen über mein Outfit oder meinen Zustand verloren, rechnete ich ihnen hoch an.

Dankend lehnte ich ab. »Ich hab mir bei Alexandra an der Rezeption nur eine Kopfschmerztablette geholt.«

»So schlimm?« Electra verzog mitfühlend das Gesicht.

»Es geht mir schon viel besser. Trotzdem will ich nur noch ins Bett. Euch aber ganz viel Spaß, ja?«

Electra und Leandros wünschten mir ebenfalls noch eine gute Besserung. Als ich mich abwandte, lief ich prompt in einen strahlenden Antonios Dimou hinein. Na prima!

»Frau Breuer, wie ich von der Verlobungsgesellschaft hörte, war der heutige Bootsausflug ein voller Erfolg. Die Gäste waren sehr angetan. Ich freue mich darüber, dass Sie sich mehr und mehr in unserem Hotel einleben, und bin durchweg zufrieden mit Ihrer Arbeit. Ich weiß, Sie hatten keinen leichten Start hier, umso beeindruckender ist es, wie Sie alles meistern und sich hervorragend ins Team integrieren.« Auf einmal hielt er mir seine Hand entgegen. »Nennen Sie mich gerne Antonios. Wir sind ein kleines Team in diesem Hotel, und da finde ich eine persönliche Atmosphäre einfach angenehmer.«

Ich merkte, wie Electra mir einen vielsagenden Seitenblick zuwarf, während ich vollkommen verdattert über das unerwartete Lob des Hoteldirektors war. Immerhin war ich so geistesgegenwärtig, ihm ebenfalls meine Hand hinzuhalten. In meinem Kartoffel-Outfit. »Toni«, stammelte ich überrumpelt und konnte das Ganze noch nicht richtig begreifen.

Antonios lächelte. »Auch Damiano Rizzardi hat den Ausflug in höchsten Tönen gelobt. Es scheint mir, als wäre er wunschlos glücklich mit seinem Aufenthalt in unserem Hotel, was ich gewiss auch Electra und dir zu verdanken habe.«

Na ja, als »wunschlos glücklich« würde ich ihn nicht unbedingt bezeichnen, wenn man mal an seine Extrawünsche dachte … Aber ich wollte Antonios nicht seiner Illusion berauben.

Wie auf Kommando ließ ich meinen Blick in Richtung Pool schweifen. Damiano hatte es sich auf einer der Liegen bequem gemacht, einen Cocktail in der Hand. Er erhaschte meinen Blick und prostete mir zu. Ich kniff die Lippen zusammen und konzentrierte mich wieder auf Antonios Dimou.

Gleich kannst du zurück in dein Bett kriechen und diesen Tag aus deinem Gedächtnis streichen, redete ich mir gut zu.

»Also dann, noch einen schönen Abend, Toni.« Mit diesen Worten ließ mich der Hoteldirektor schließlich allein zurück. Warum hatte er ein solches Gespräch ausgerechnet mit mir führen müssen, wenn ich aussah wie ein Grottenolm?

Mein Blick streifte den Pool. Verführerisch glitzerte er im Licht der untergehenden Sonne, die wie ein roter Feuerball über der Caldera stand. Es sah beeindruckend aus.

»Willst du gar nicht feiern?«, vernahm ich auf einmal eine Stimme. Ich musste mich nicht umdrehen, um zu wissen, wem sie gehörte. Als ich es doch tat, merkte ich, wie sich schon wieder etwas in mir zusammenbraute.

Ich ließ meinen Blick an Damiano hinabgleiten, der einen schwarz-weißen Anzug trug, die Jacke war mit zig Pailletten besetzt. Und darunter … trug er nichts. Mein Blick fiel unweigerlich auf seinen nackten Oberkörper. Unauffällig war echt nicht so sein Ding.

Er hielt mir einen weiß schimmernden Cocktail entgegen, doch ich verschränkte meine Arme vor der Brust.

»Danke, aber mir ist nicht nach einem Cocktail«, antwortete ich frostig.

Damiano stellte das Glas auf einem der umstehenden kleinen Tische ab. Seine Bewegungen waren nicht mehr ganz so koordiniert, und ich sah ihm an, dass er schon gut getrunken hatte. Was ich ihm nicht einmal verübeln konnte, schließlich war er hier, um Urlaub zu machen und ein bisschen Abstand zu seinem Job zu bekommen. Wir standen auf unterschiedlichen Seiten. In vielerlei Hinsicht.

»Wieso ignorierst du mich?« Er lallte leicht.

»Wieso, ich rede doch mit dir.«

Damiano schnaubte. »Du siehst mich ja kaum an.«

»Ich hab jetzt echt keine Lust, diese Unterhaltung mit dir zu führen«, sagte ich und wollte mich bereits zum Gehen wenden, da legte er auf einmal einen Arm an meinen Rücken, schob den anderen unter meine Beine und hob mich hoch.

»Vielleicht brauchst du gerade einfach eine kleine Abkühlung, dann kommst du bestimmt wieder runter«, meinte er.

Ich wand mich wie eine Schlange. »Damiano, lass mich runter!«, zischte ich. Ich zwang mich dazu, möglichst ruhig zu bleiben, um die anwesenden Gäste nicht auf uns aufmerksam zu machen. Dennoch schwang Panik in meiner Stimme mit, und meine Brust schnürte sich zu.

Damiano machte keine Anstalten, mich wieder abzusetzen. Stattdessen hielt er zielstrebig auf den Pool zu. Ich ahnte, was er vorhatte, und mir wurde eiskalt. Mit weit aufgerissenen Augen starrte ich auf das Wasser.

»Damiano, lass mich runter!« Meine Stimme war schärfer und lauter geworden, und ich registrierte nur am Rande, wie sich die ersten Gäste nach uns umdrehten. Aber all das schien Damiano nicht zu kümmern.

Mittlerweile war ich von blanker Panik erfüllt. Als Damiano den Pool erreicht hatte und Anstalten machte, mich hineinzuwerfen, verlor ich gänzlich die Kontrolle, meine Angst übernahm.

»DAMIANO, LASS MICH SOFORT RUNTER!«, schrie ich und strampelte wild, meine Stimme war völlig hysterisch.

In dem Moment schien auch Damiano einzusehen, dass er eine Grenze überschritten hatte. Sofort setzte er mich ab.

Für einen Augenblick herrschte gänzliche Stille, sämtliche Partygäste starrten mich an. Selbst der DJ hatte aufgehört zu spielen.

Ich zitterte vor Anspannung am ganzen Leib, meine Augen füllten sich zunehmend mit Tränen, bis ich sie nicht mehr aufhalten konnte.

Damiano war deutlich blasser um die Nase geworden. Entsetzt sah er mich an. »Toni, ich …«

Bevor er weitersprechen konnte, rannte ich an den verdutzten und zum Teil schockierten Partygästen und meinen Kollegen vorbei, aber ich fing im Vorbeilaufen noch Electras und Leandros' zutiefst betroffene Blicke auf. Von Antonios war nichts zu sehen. Ich lief einfach weiter.

Bloß weg von hier, bloß weg …

Ich rannte zu meinem Apartment, erklomm die Stufen innerhalb des Resorts, wobei ich beinahe stolperte und hinfiel, doch ich konnte mich noch fangen. Da hörte ich auf halber Strecke, wie mir Schritte folgten.

»Toni, bitte warte. Es tut mir leid!« Es war Damiano.

Ich achtete nicht auf ihn und lief einfach weiter, bis er mich sanft am Arm fasste und somit zwang, mein Tempo zu drosseln. Als ich mich zu ihm umdrehte, stand Damiano das schlechte Gewissen deutlich ins Gesicht geschrieben. Schwarze Schatten zeichneten sich unter seinen Augen ab.

»Toni, ich ... Ich wusste nicht ... Es sollte nur ein Spaß sein ...«

»Spaß?«, fragte ich, während die Tränen unaufhörlich meine Wangen hinabliefen. »Sag mal, bekommst du in deiner Glamourwelt eigentlich noch irgendwas mit?« Mittlerweile schrie ich, mir waren sämtliche Sicherungen durchgebrannt. »Für dich ist immer alles nur Spaß, was? Das ist das Einzige, was dich interessiert!« In diesem Moment war mir alles egal. Es war mir egal, ob es mich meinen Job kosten würde oder welche Konsequenzen das womöglich nach sich zog.

Damiano zuckte zusammen.

»Toni, es tut mir wirklich aufrichtig leid ...«

Ich schüttelte energisch den Kopf. »Für dich ist das alles hier nur ein verdammtes Spiel, das Leben ist für dich eine einzige Party. Und es ist dir scheißegal, ob du anderen Menschen wehtust oder nicht. Hauptsache, das Supermodel Damiano Rizzardi steht im Vordergrund und hat seinen großen Auftritt!«

Ich sah, wie seine Schultern merklich nach unten sackten. »Hör auf«, bat er. »Bitte.«

Ich machte einen Schritt auf ihn zu. »Du bist ein ignorantes Arschloch, Damiano. Mehr nicht. Und ich bereue es, dass ich anfangs gedacht habe, hinter deinem egozentrischen Verhalten könnte sich doch noch etwas anderes verbergen. Aber da habe ich mich wohl getäuscht. Und weißt du, was ich am allermeisten hasse? Ich habe meinen Job bisher immer perfekt gemacht, ich habe mich immer vorbildlich verhalten und mir keine Fehler erlaubt. Aber du, du bringst das Schlimmste in mir zum Vorschein.«

Mein Körper bebte, und mein Atem ging schwer.

Ich weiß nicht, ob ich es mir einbildete, dass auf einmal auch Damianos Augen verdächtig schimmerten. Aber es interessierte mich auch nicht. Alles in mir schmerzte.

Als ich endlich auf meinem Zimmer war, ließ ich die Tür ins Schloss fallen und glitt zu Boden. Ich krümmte mich zusammen, zog meine Beine an den Körper und umschlang sie mit meinen Armen. Dann weinte ich bitterlich.

Es war inzwischen drei Uhr nachts, und ich hatte kein Auge zugetan. Die Kopfschmerzen waren weg, aber dafür hielten mich unendlich viele Gedanken auf Trab. Die Erkenntnis, dass Damiano mich vor sämtlichen Gästen und meinen Kollegen bloßgestellt hatte und ich vor versammelter Mannschaft in Panik geraten war, nistete sich wie ein fieser Splitter in mir ein. Wie sollte ich diesen Menschen jemals wieder in die Augen schauen? Gerade hätte ich am liebsten meine Sachen gepackt und den nächsten Flieger zurück nach München genommen. Zurück zu meinen Eltern, zu Malina. In diesem Augenblick bereute ich es ungemein, nach Santorini gegangen zu sein. Aber vielleicht hatte sich durch die Szene am Pool ohnehin alles erledigt. Vielleicht würde Antonios mir morgen meine Kündigung überreichen. Schließlich konnte ich mir nicht vollkommen sicher sein, dass er die Szene nicht doch mitbekommen hatte.

Ich fühlte mich wie betäubt.

Mein Handy vibrierte. Sowohl Yanis als auch Electra hatten mir schon vor einigen Stunden geschrieben, doch ich ließ alle Nachrichten unbeantwortet. Stattdessen ließ ich das Handy auf die Matratze fallen. Ich wollte gar nicht wissen, wie desaströs ich aussah, schließlich trug ich auch immer noch das Make-up, das ich für den Bootsausflug aufgelegt hatte. Als ich schließlich doch einen Blick in den Spiegel warf, sah ich aus wie ein Waschbär. Notdürftig schminkte ich mich mit einem Reinigungstuch ab, bevor ich in Sandalen nach draußen trat.

Eine friedliche Stille lag über dem Hotel. Der Himmel war bewölkt, vereinzelt blitzte der Mond hervor. Aber nach Sternen suchte man an diesem Abend vergeblich.

Wie passend, schoss es mir spöttisch durch den Kopf. Ich ließ die einigermaßen kühle Nachtluft in meine Lunge strömen und blickte in Richtung der Caldera. In dieser trostlosen Nacht wirkte das dunkle, unergründliche Meer wie ein Ungetüm auf mich.

Ich hatte mir zu viel zugetraut. Ich hatte gedacht, dass ich das hier schaffen würde. Wie sollte das möglich sein, wenn ich schon bei einem Pool in blanke Panik geriet?

Ich hatte geglaubt, ich könnte das Monster besiegen. Aber vielleicht war ich doch noch nicht bereit dafür. Und würde es niemals sein.

Leons Verlust hatte eine klaffende Wunde in meinem Herzen hinterlassen. Das Wasser hatte mir so viel genommen. Wie sollte es jemals wieder ein Freund werden können?

Ich dachte daran, wie mich die Leute vorhin angesehen hatten. Verständnislos. Irritiert. Ich hatte ihnen ihre Gedanken förmlich ansehen können. *Was stellte sie sich denn wegen ein bisschen Wasser so an?*

Ich fröstelte in meiner Strickjacke und zog sie noch etwas enger um mich. Vielleicht sollte ich wirklich meine Sachen packen und abhauen, in einer Nacht-und-Nebel-Aktion. Einfach alles hinter mir lassen.

Während ich in der nächtlichen Stille planlos durch das Resort lief und meinen düsteren Gedanken nachhing, hörte ich auf einmal etwas. Ich hielt inne. Es klang nach einem Schniefen.

War das ein Tier gewesen?

Ich näherte mich dem Geräusch, bis ich ausgerechnet Damiano erspähte, der auf jener Bank saß, auf der ich ihn auch vor unserem nächtlichen Tanz angetroffen hatte. Neben ihm stand eine Flasche Wodka, wobei nur noch etwa ein Viertel in der Flasche war.

Er blickte mich aus glasigen, verschleierten Augen an, und obwohl es mich eigentlich nach allem, was vorgefallen war, nicht kratzen sollte, schockierte mich sein Anblick. Er wirkte komplett zugedröhnt.

»Du hast recht«, lallte er. »Du hast mit allem recht. Ich bin ein ignorantes Arschloch. In mir ist so viel kaputt.« Er linste in den Flaschenhals, bevor er die Flasche an die Lippen setzte und einen großen Schluck daraus trank.

Eigentlich hätte ich gehen sollen. Und trotzdem konnte ich es nicht. Denn in mir keimte der Verdacht auf, dass ich an seinem jetzigen Zustand nicht ganz unbeteiligt war. Wortlos ging ich auf ihn zu und nahm ihm den Wodka weg, woraufhin Damiano einen protestierenden Laut von sich gab.

»Ey, das ist meine Flasche!«

»Nicht so laut ... Oder willst du, dass das ganze Resort davon Wind bekommt?«

Damiano zuckte mit den Schultern. »Ist doch eh schon alles egal. Das ist bei ignoranten Arschlöchern wie mir wohl so.« Er verzog seine Lippen zu einem spöttischen Grinsen. Als er wiederholt nach der Wodkaflasche in meiner Hand greifen wollte, machte ich einen Schritt zurück.

»Du hattest genug von dem Zeug«, sagte ich bestimmt.

»Wer bist du, meine Mutter? Ach nee, die hat mich ja auch verlassen. Die wollte mich auch nicht. Bestimmt wusste sie, dass aus mir mal ein Arschloch wird«, nuschelte er.

Ich hielt inne. Was erzählte er da? Und wie viel hatte er eigentlich getrunken?

Kurzerhand entleerte ich den restlichen Inhalt der Flasche über den Pflastersteinen, woraufhin Damiano sich entsetzt nach vorne beugte. »Nein, der gute Wodka. Du kannst doch nicht einfach den Wodka wegkippen!«

Er starrte mich an. Im nächsten Moment griff er in seine Hosentasche, aus der er mit zitternden Fingern ein kleines Plastiktütchen hervorholte. Ein Plastiktütchen, in dem sich ein verdächtiges weißes Pulver befand.

Ich hatte in meinem ganzen Leben noch keine Drogen angerührt und hatte auch nicht vor, es jemals zu tun. Doch ich war keineswegs auf den Kopf gefallen und wusste ganz genau, worum es sich bei dem weißen Pulver handelte. Mit fahrigen Händen friemelte Damiano an dem Plastiktütchen herum.

»Damiano, was tust du da?«, fragte ich ruhig, auch wenn ich am liebsten ausgeflippt wäre.

»Siehst du doch. Das, was ich am besten kann. Feiern«, antwortete er und machte keine Anstalten, von dem Tütchen abzulassen.

»Jetzt reicht es mir aber«, sagte ich und nahm ihm auch das Tütchen weg. »Reiß dich jetzt verdammt noch mal zusammen!«

»Weißt du, wie viele Menschen mir das in meinem Leben schon gesagt haben? Ich hab aber keine Lust mehr, mich zusammenzureißen!« Als er sich diesmal streckte, um das Tütchen zurückzubekommen, klappte er wie eine Marionette nach vorne und blieb einfach auf den Pflastersteinen liegen.

»Damiano, steh auf.«

»Will nicht«, murmelte er.

Ich betrachtete das Häufchen Elend vor mir, obwohl es mir selbst eigentlich nicht besser ging. Ich seufzte schwer.

»Los jetzt, wir gehen zu deiner Suite.«

33. Kapitel

Ich war schweißgebadet, als ich Damiano endlich auf seine Suite gebracht hatte. Den gesamten Weg über hatte ich ihn stützen müssen, da er kaum noch in der Lage war, einen Fuß vor den anderen zu setzen.

Jetzt saß er stöhnend hinter der Badezimmertür und kotzte sich die Seele aus dem Leib, während ich erst einmal das Kokain im Ausguss in der Küche hinunterspülte und das Plastiktütchen anschließend in den Müll warf. Ob man das wohl noch unter »Der Kunde ist König« verbuchen konnte? Wohl kaum. Generell hatten Damiano und ich diese professionelle Ebene zwischen Hotelmitarbeiterin und Gast schon lange überschritten.

Als ich mit einem Glas Wasser in der Hand zurück in Richtung Bad ging, hatte Damiano es zumindest schon einmal aus dem Raum geschafft, doch nun saß er mit dem Rücken an der Badezimmertür auf dem Boden. Er sah absolut elend aus. Die Haare hingen ihm strähnig in die Stirn, und seine Haut war noch blasser als sonst.

Ich ging vor ihm in die Hocke und reichte ihm das Wasserglas, aber er schüttelte nur den Kopf. Seufzend stellte ich es neben ihm auf dem Fußboden ab.

»Wenn du noch etwas brauchst, dann meld dich an der Rezeption, okay?« Ich hatte mich bereits erhoben und stand nun an seiner Wohnungstür, als Damiano leise vor sich hin redete.

»Bitte, Toni ... Bitte geh nicht. Ich möchte gerade nicht allein sein.«

Etwas in mir brach. Einerseits wollte ich nur so weit wie

möglich von Damiano weg, auf der anderen Seite ... Auf der anderen Seite tat es mir weh, ihn so zu sehen.

Also ließ ich mich schweigend neben ihm auf dem kühlen Marmorboden nieder. Das alles hier war so verkorkst.

»Es tut mir leid, Toni. Das mit vorhin ... mit dem Pool«, begann Damiano, und ich hatte Mühe, sein undeutliches Gestammel überhaupt zu verstehen. »Das war völlig drüber von mir. Bitte verzeih mir.«

Ich schwieg noch immer, da mich mein eigener Schmerz daran hinderte, eine Antwort zu formulieren.

»In der Welt, in der ich lebe, da ist es manchmal einfacher, sich der Oberflächlichkeit hinzugeben. Die Menschen mit Arroganz und blöden Sprüchen fernzuhalten. Um nicht zu zeigen, wie ... wie dunkel es doch eigentlich dahinter aussieht. Und wie allein man sich fühlt.«

Ich zögerte. »Hat es ... etwas mit dem zu tun, was du vorhin gesagt hast? Mit deiner ... Mutter?« Als ich meinen Blick nach rechts wandte, stellte ich fest, dass eine einzelne Träne Damianos Wange hinablief. Und das berührte mich mehr, als es sollte. Mehr, als ich zulassen wollte. Erst dachte ich schon, dass Damiano mir nicht antworten würde.

Doch dann brachte er ein kaum wahrnehmbares »Ich bin im Heim aufgewachsen« über die Lippen.

Damit hatte ich nicht gerechnet.

»Das tut mir leid«, flüsterte ich. Damianos Vergangenheit war zwar keine Rechtfertigung für sein Verhalten, aber zumindest eine Erklärung.

»Meine Mutter war alkoholkrank, mein Vater ist schon bei meiner Geburt abgehauen«, erzählte Damiano weiter. »Kurz nach meinem sechzehnten Geburtstag hat mich dann ein Talentscout entdeckt und aus dem Heim rausgeholt. Ich hatte gedacht, dass sich von da an einiges ändern würde. Dass sich mein Leben bessern würde. Aber in der Modewelt ist man nicht weniger allein.«

»Ich kann mir nicht mal ansatzweise vorstellen, ein Leben wie du zu führen«, antwortete ich.

»Na ja, die Partys, das Geld, die Reisen ... das ist schon

ganz cool.« Damiano hob seine Mundwinkel zu einem halbherzigen Lächeln, das seine Augen jedoch nicht erreichte.

Wieder entstand Schweigen zwischen uns.

»Das, was du mir vorhin an den Kopf geworfen hast … Es hat mich ziemlich getroffen. Weil du der erste Mensch seit einer halben Ewigkeit bist, der mir ehrlich und ungeschönt die Meinung gesagt hat. Wahrscheinlich hab ich das mal gebraucht. Ich weiß schon lange nicht mehr, wer ich eigentlich bin. Ich glaub, mit dem Einstieg in die Modebranche ist auch meine Persönlichkeit immer mehr verloren gegangen.« Er lachte auf, doch es klang verbittert.

Ich warf Damiano erneut einen Blick von der Seite zu. Er wirkte in sich gekehrt und am Boden zerstört. Und auch wenn er sich mir gegenüber wie ein absolutes Arschloch verhalten hatte, so war ich doch beeindruckt von der Ehrlichkeit, mit der er jetzt sprach. Nicht jeder hätte den Mut gehabt, sich einzugestehen, dass er sich selbst an einem gewissen Punkt verloren hatte. Und gerade dieses Thema kam mir mehr als vertraut vor. Vielleicht war das auch der Grund, warum ich nicht einfach aufstand und ihn seinen eigenen Dämonen überließ.

Ich holte tief Luft. »Ich denke, ich kann ein bisschen nachempfinden, was du meinst.«

»Arbeitest du als Secret Model, und ich weiß nichts davon?« Damiano zog eine Augenbraue nach oben.

Ich schüttelte den Kopf, lächelte schmal und knetete meine Finger. Ich hatte Angst davor, die Worte laut auszusprechen, die in mir schwelten, und dennoch verspürte ich das Bedürfnis, mich ebenfalls zu öffnen. Weil ich hoffte, dass die Worte, wenn sie einmal draußen waren, mir ein bisschen die Last von den Schultern nahmen.

»Ein Teil von mir ist an dem Tag verloren gegangen, als mein Freund im Badesee ertrunken ist«, sagte ich leise.

Ich konnte hören, wie Damiano die Luft einsog. Als er mich anschaute, spiegelte sich Erkenntnis in seinen Augen wider.

»Deshalb wolltest du partout nicht ins Wasser«, schlussfolgerte er ebenso leise, woraufhin ich nickte. »Und deswegen hast du dir auf dem Bootsausflug solche Sorgen gemacht.« Damiano schluckte schwer, sein Adamsapfel hüpfte auf und ab. Anstatt noch etwas zu sagen, griff er ganz vorsichtig nach meiner Hand und hielt sie fest.

Ich atmete ein paarmal tief ein und aus, bis der Druck auf meiner Brust etwas nachließ.

»Wie ist es passiert?«, flüsterte Damiano in die Stille der Suite hinein.

Ich dachte an den Tag zurück. Die Erinnerungen waren noch immer so präsent, als wäre es erst gestern passiert.

»Wir waren mit unseren Freunden am See«, begann ich leise. »Es war ein warmer Sommertag, und wir hatten uns ein schönes Plätzchen in Ufernähe gesucht. Leon war ein sehr lebhafter Mensch, er musste ständig in Bewegung sein. Er hat Sport geliebt.« Sein Bild schob sich vor mein inneres Auge. Die athletische Figur, die blonden Haare, die blauen Augen. Die kleine Narbe an seiner Stirn. Und das freche Lächeln auf seinen Lippen. Bei der Vorstellung hoben sich kaum merklich meine Mundwinkel.

»Leon wollte unbedingt ins Wasser, doch wir anderen waren zu träge und wollten noch ein bisschen in der Sonne dösen. Also ging Leon allein rein. Als er bereits etwas weiter rausgeschwommen war, bekam er plötzlich einen Krampf in den Beinen. Er hat panisch gezappelt und geschrien. Ich bin sofort ins Wasser gesprungen, um ihm zu Hilfe zu eilen, aber als ich bei ihm ankam, war er schon bewusstlos. Es war schwer, ihn bis zurück zum Ufer zu ziehen. Die Sanitäter haben noch versucht, ihn zu reanimieren, aber es war zu spät.«

Mein Herz krampfte sich zusammen. »Das Schlimmste an alldem ist, dass ich es hätte vermeiden können. Wäre ich einfach mit ihm schwimmen gegangen, dann würde er jetzt vielleicht noch leben. Wäre ich ihm früher zu Hilfe geeilt und schneller geschwommen …« Ich schluckte.

»So darfst du nicht denken, Toni. Es war ein Unfall. Ein tragischer Unfall.«

»Ich weiß«, antwortete ich mit erstickter Stimme. »Und

trotzdem lässt es mich nicht los. Ich bin jeden Tag in Gedanken bei ihm.«

»Wie lang ist das her?«

»Fast fünf Jahre.« Ich blickte Damiano an. »Ich habe das Schwimmen früher geliebt. Das Wasser. Ich war in der Hinsicht ähnlich wie Leon. Aber seit dem Unfall habe ich keinen Fuß mehr hineingesetzt.«

»Vermisst du das Schwimmen?«

Damianos Frage überraschte mich. Konnte man etwas ernsthaft vermissen, das einem so viel genommen hatte?

»Ja«, antwortete ich ehrlich. Weil es stimmte. Früher hatte ich unglaublich viel Zeit im Freibad verbracht und es genossen, wie ein Blitz durchs Wasser zu schießen. Mir schwerelos vorzukommen. Es war ein unbeschreibliches Gefühl, das ich nur im Wasser hatte.

Damiano lehnte seinen Hinterkopf gegen die Wand und starrte an die Decke. Inzwischen hatte ich den Eindruck, dass es ihm wieder etwas besser ging.

»Mir geht es ähnlich mit dem Modeln«, meinte er. »Weißt du, einerseits liebe ich Mode, ich liebe es, mich auf dem Laufsteg zu bewegen, weil ich dann für einen kurzen Moment das Gefühl habe, frei zu sein. Aber abseits davon ist so viel Druck. Viele halten dem nicht stand. Und ich hasse die ganze Oberflächlichkeit, die Heuchelei. Es gibt kaum ernsthafte Freundschaften, weil die Branche einem Haifischbecken gleicht.«

Er hielt kurz inne, als wollte er seine Gedanken sortieren. »Es ist damals mein Traum gewesen, mich durch Mode anders präsentieren zu können. Der Welt da draußen mein wahres Ich zeigen zu können. Zu zeigen, dass auch ein kleiner Junge aus dem Heim es schaffen kann. Aber die Wahrheit ist, dass ich für den Job meine eigene Persönlichkeit Stück für Stück aufgegeben habe. Manchmal frage ich mich, was eigentlich noch von mir bleibt. Ich kann nicht mal mehr mein eigener Herr sein, ich bin eine Marionette meiner Agentin, meiner Booker und der Designer. Am liebsten würde ich den ganzen Scheiß hinschmeißen.«

Ich bemerkte, dass es sich irgendwie erstaunlich vertraut anfühlte, hier mit Damiano zu sitzen. Trotz allem, was vorgefallen war. Damiano löste einfach so viele widersprüchliche Gefühle in mir aus, die sich nicht miteinander vereinbaren ließen.

Warum fiel es mir gerade so ungewohnt leicht, mit ihm über all das zu reden? Insgeheim hatte ich meine Antwort eigentlich schon.

Weil ich mich ähnlich verloren fühlte wie er. Nie hätte ich gedacht, dass sich hinter seiner Fassade so viel Verletzlichkeit verbarg. Ich hatte ihn in eine Schublade pressen wollen, in die er nicht reinpasste.

»Ich wollte dir nicht wehtun, Toni. Weder beim Bootsausflug noch vorhin am Pool. Es tut mir aufrichtig leid, und ich hoffe, dass du mir verzeihen kannst.«

Ich lächelte traurig. »Mir tut es auch leid. Die Dinge, die ich dir an den Kopf geworfen habe.«

»Wirst du dem Wasser irgendwann noch mal eine Chance geben?«, fragte Damiano nach einer Weile.

Ich dachte über seine Frage nach. Es war an der Zeit, dass ich mein Leben endlich wieder in die Hand nahm. Mich nicht mehr von meinen Ängsten leiten ließ. Ich drehte mich zu Damiano um und sah ihm fest in die Augen. »Wirst du denn der Modebranche noch mal eine Chance geben?«

Eine erwartungsvolle Stille machte sich breit. Es war, als würde dieses Gespräch zwischen uns darüber entscheiden, wer wir wirklich sein wollten.

Damiano wiegte den Kopf hin und her. »Ich würde in Zukunft gern einiges anders machen. Wieder mehr zu mir selbst zurückkehren. Mehr für mich einstehen.«

Auf einmal bekam ich Angst vor meiner eigenen Courage, doch jetzt gab es kein Zurück mehr. Ich hielt Damiano meine Hand hin. »Okay, lass uns einen Deal machen«, sagte ich entschlossen. »Ich gebe dem Wasser noch eine Chance, wenn du in die Modebranche zurückkehrst mit dem Willen, für dich einzustehen. Einverstanden?«

Damiano sah mich überrascht an. Er zögerte, dann ergriff er meine Hand. »Lass es uns versuchen. Deal!«

Mein Herz klopfte bei meiner nächsten Frage, aber ich

wusste, dass ich es schaffen wollte. Jedoch würde mir das womöglich nicht ohne Hilfe gelingen. Und ich hatte den Eindruck, dass Damiano hierfür genau der richtige Mensch war. Weil er ähnlich viel erlebt hatte wie ich und ebenfalls Verluste hatte verkraften müssen. Und weil ich mir bei ihm sicher sein konnte, dass er meine Ängste verstand und nicht einfach nur Mitleid hatte.

»Würdest du mir dabei helfen, Damiano?«

Jetzt wirkte er mehr als überrascht. Anscheinend hatte ich ihn mit meiner Frage überrumpelt.

»Es wäre mir eine Ehre«, antwortete er schließlich feierlich, wobei er meine Hand nach wie vor nicht losließ.

34. Kapitel

Mit meinem Plan, mich künftig nicht mehr von meiner Angst vor dem Wasser und meiner Vergangenheit beherrschen zu lassen, hatte ich mir ganz schön was aufgehalst. Heute hatte ich meinen freien Tag, und Damiano und ich hatten uns verabredet, um direkt in den Morgenstunden an den Strand zu fahren. Gegen Abend würde ich mich mit Yanis treffen. Er hatte vorgeschlagen, gemeinsam etwas essen zu gehen.

Ich fühlte mich schlecht, dass ich Yanis nicht ehrlich sagte, was bei mir los war und wie es in mir aussah. Seitdem wir miteinander geschlafen hatten, war alles irgendwie total kompliziert geworden, und ich merkte selbst, dass ich gerade dazu neigte, mich wie eine Muschel vor ihm zu verschließen.

Ich wusste einfach, wie wichtig ihm das Meer und das Wasser waren, und hatte Angst, dass er mich plötzlich mit anderen Augen sehen würde, wenn er die Wahrheit erfuhr. Über das, was ich seit Jahren mit mir herumschleppte und was inzwischen ein Teil von mir geworden war. Diese Angst hatte ich bei Damiano nicht, weil wir beide ähnlich verkorkst waren.

Damiano und ich hatten uns eine ruhige Badestelle gesucht, in der Hoffnung, unbemerkt zu bleiben. Ich hatte keine Lust, bei meinen Planschversuchen beobachtet zu werden, ebenso wenig wollte Damiano von einer Horde Fans umringt werden.

Es war acht Uhr, und glücklicherweise hatten Damiano und ich den Strand, der hauptsächlich aus dunklem Sand mit Kieseln bestand, fast für uns allein.

»Gott, brummt mir der Schädel.« Damiano verbarg sein Gesicht hinter einer riesigen, dunklen Sonnenbrille und verzog gequält das Gesicht. Mir ging es ähnlich, denn Damiano und ich hatten höchstens vier Stunden geschlafen.

»Wieso haben wir noch mal heute mitten in der Nacht diesen Plan gefasst? Wie viel hatte ich da überhaupt intus?«

Einiges, dachte ich, schwieg jedoch. Stattdessen ging ich nur auf seine erste Frage ein. »Weil wir unser Leben jetzt bei den Hörnern packen und endlich die Menschen werden, die wir sein wollen.«

Damiano gab nur ein Brummen von sich.

In meinen schwarzen Bikini gekleidet, stand ich an der Wasserkante, konnte mich aber nicht dazu durchringen, einen Schritt nach vorne zu machen. Es war nicht so, dass mir Wasser grundsätzlich Unbehagen bereitete. Schließlich ging ich ja auch ganz normal duschen.

Doch sobald die Wasserfläche größer als der Boden meiner Duschkabine war, versteifte sich etwas in mir. Ich verkrampfte dann und vermochte nicht mehr klar zu denken.

Selbst durch meine Sonnenbrille wirkte das Meer im Licht der Sonne beinahe grell. Es sah aus, als würden kleine Diamanten unter der Wasseroberfläche funkeln.

»Hey, du musst das nicht tun«, sagte Damiano, der auf einmal an meiner Seite war.

»Ich möchte es aber«, sagte ich. »Meine Angst macht mir so viel kaputt. Ich möchte mich endlich wieder frei fühlen.«

Verbissen machte ich einen Schritt auf das Meer zu, das heute glücklicherweise einigermaßen ruhig dalag. Ich grub meine Zehen in den Sand, der sich warm unter meinen Füßen anfühlte. Es war das erste Mal, dass ich hier auf Santorini am Strand war.

Ich blickte zu Damiano auf. »Was machst du, wenn du das Gefühl hast, von all den Eindrücken um dich herum überrollt zu werden? Von den Menschen, den Lichtern, dem ganzen Glamour? Hast du einen Trick dafür?«

»Manchmal stelle ich mir vor, ich wäre ein Chamäleon.«

Ich stutzte. »Ein Chamäleon?«

Damiano nickte. »Ich finde, es sind unfassbar beeindruckende Geschöpfe. Sie wandeln ihr Aussehen, wann immer sie es wollen. Sie können sich jeder Situation perfekt anpassen. Und ich denke, das können wir auch. Wenn wir aufhören, in unseren selbst errichteten Käfigen zu leben. Verstehst du, was ich meine?«

»Ich glaube schon.«

Ich blickte hinaus aufs Meer. Meine größte Kritikerin war ich selbst. Und es galt, nur diese zu überzeugen. Niemand anderen sonst.

Als eine kleine Welle an den Strand rollte und meine Zehen umspülte, breiteten sich die unterschiedlichsten Gefühle und Gedanken in mir aus. Der erste war ganz klar: Flucht. Doch da waren auch andere Gefühle. Es war, als kehrte ein alter Freund, den ich seit Ewigkeiten nicht mehr gesehen hatte, plötzlich in mein Leben zurück. Bloß war es nicht so leicht, die Pforten zu meinem jetzigen Leben einfach so zu öffnen. Ich hatte mich verändert und war nicht mehr der Mensch von früher.

»Ich glaub, ich brauch etwas Ablenkung«, gab ich offen zu. »Also, was ist dein Traum? Was möchtest du in der Modebranche erreichen?« Ich machte einen zaghaften Schritt nach vorne.

Damiano schien einen Moment über meine Frage nachdenken zu müssen. »Ich würde die Modebranche gern zum Umdenken bewegen. Die Welt darauf aufmerksam machen, dass nicht alles Glamour ist. Ich möchte etwas bewegen, Gutes tun. Vielleicht auch Modeshows organisieren, die einem guten Zweck dienen.«

»Inwiefern?«, hakte ich nach und kämpfte mich noch einen Schritt nach vorne.

»Ich setze mich zum Beispiel für hilfsbedürftige Kinder ein, die in schwierigen Familienverhältnissen aufgewachsen sind.«

Überrascht blickte ich mich zu Damiano um, als in dem Moment eine Welle bis zu meinen Knocheln hochschwappte und ich erschrocken einen Schritt zurück ging. Das Herz schlug mir bis zum Hals.

»Vielleicht machen wir fur heute erst einmal Schluss, was meinst du?«, fragte Damiano.

Auch wenn ich das Gefühl hatte, gescheitert zu sein und

nicht genügend gegeben zu haben, nickte ich. Ich musste Geduld haben. Immerhin war Rom auch nicht an einem Tag erbaut worden.

Mein Wiedersehen mit Yanis verlief anders, als ich erwartet hatte. Denn als er gesagt hatte, dass wir essen gehen würden, hatte ich keine Ahnung gehabt, dass er mich zu einem abendlichen BBQ mit seinen Freunden am Strand mitnehmen würde.

Am Perívolos Beach angekommen, wurde ich sogleich von Sebastian und Nik in Empfang genommen.

»Hey, Toni«, sagte Sebastian. »Schön, dich mal wieder zu sehen.« Während ich noch überlegte, wie ich die beiden am besten begrüßte, wurde ich bereits von Sebastian umarmt.

Nik war dagegen etwas zurückhaltender und hob lediglich die Hand zum Gruß.

Mir entging nicht, wie Sebastian seinen Blick von Yanis zu mir gleiten ließ. Doch Nik legte seinem Freund eine Hand auf die Schulter und sah uns an. »Tja dann, macht euch einen schönen Abend.« Er machte eine ausholende Handbewegung, als wollte er damit das Strandrestaurant erfassen, das das heutige BBQ ausrichtete.

Es war ordentlich was los am Perívolos Beach. Jung und Alt fanden sich am Strand wieder. Die Außenplätze des Restaurants waren gut belegt, ebenso die Strandliegen. Sanfte Gitarrenklänge drangen an mein Ohr.

Kaum, dass Sebastian und Nik uns allein gelassen hatten, standen Yanis und ich etwas unbeholfen voreinander. Wieso fühlte es sich auf einmal so verkrampft zwischen uns an?

»Wenn ich gewusst hätte, dass das BBQ am Strand ist, dann hätte ich mir etwas anderes angezogen.« Entschuldigend deutete ich auf meine Jeans und mein Crop-Top. Fast alle Mädels trugen knappe Shorts und einen Bikini.

»Es tut mir so leid, dass ich vergessen habe, das zu erwähnen. Wenn du magst, können wir auch direkt gehen und uns ein ruhigeres Plätzchen suchen?« Yanis blickte aufrichtig zerknirscht drein.

Ich winkte ab. »Ach, schon okay, kein Problem.«

»Wir müssen ja nicht lange bleiben. Wir essen eine Kleinigkeit, und dann hauen wir hier ab«, setzte Yanis noch hinterher, als hätte er das Gefühl, sich erklären zu müssen. Er wirkte nervös. Ob er mich vielleicht absichtlich mit hierher genommen hatte, weil er dachte, es würde die Stimmung zwischen uns auflockern?

Wir holten uns etwas zu trinken, ich nahm eine Cola, Yanis ein Bier.

Auf einmal spürte ich eine Hand auf meiner Schulter, und als ich mich umdrehte, sah ich direkt in das Gesicht von Yanis' Schwester Delphina.

»Hey, Toni, das ist ja eine schöne Überraschung.« Sie umarmte mich, bevor sie ihren Bruder begrüßte. »Ich hatte keine Ahnung, dass ihr beide kommt. Übrigens geht es eurem Findelkind immer besser. Das kleine Kätzchen strotzt nur so vor Entdeckerfreude. Gestern hat es sich mit Begeisterung in die Gardinen geworfen. Euer Namensvorschlag Athina passt richtig gut, sie ist wahrhaftig eine Kämpfernatur. Oder vielmehr ein richtiger Wirbelwind.« Sie lachte.

»Na, dann passt ihr beiden doch bestens zusammen«, grinste Yanis, woraufhin er von seiner Schwester einen Knuff in die Seite bekam.

Dann stellte sie sich auf die Zehenspitzen und ließ ihren Blick suchend über die Gäste am Strand schweifen. »Mein Mann müsste auch irgendwo herumschwirren, der wollte uns etwas zu essen besorgen. Na, ich mach mich mal auf die Suche nach ihm. Viel Spaß euch noch.«

Und damit verschwand Delphina auch schon wieder in der Menge.

»Ich finde, essen ist das perfekte Stichwort«, meinte Yanis. »Sollen wir mal schauen, was es so gibt? Allmählich könnte ich etwas vertragen.«

Ich nickte lächelnd. »Das klingt gut.«

Vom Restaurant waren mehrere Grillstände am Strand aufgebaut worden. Yanis und ich entschieden uns beide für ein Stück gegrilltes Steak und setzten uns mit einem Pappteller und unseren Getränken in der Hand etwas abseits in den Sand, zogen unsere Schuhe aus und stellten sie neben Yanis' Rucksack und meine Handtasche. Selbst zu dieser Zeit fühlte der Sand sich angenehm warm an.

Schweigend aßen wir unser Steak, während entferntes Gelächter und Stimmengewirr an meine Ohren drang. Ich mochte das Ambiente.

Wenn nicht das Meer direkt vor mir gelegen hätte. Einige der anwesenden Gäste genossen das erfrischende Bad, und ich sah auch Sebastian und Nik im Wasser. Sebastian schien gerade auf Kuschelkurs mit einer Blondine zu gehen.

Yanis blickte ebenfalls aufs Meer hinaus, und ein Lächeln teilte seine Lippen. Ich fragte mich, ob er auch gern dort draußen mit seinen Freunden wäre.

Schon wieder bildete sich dieser lästige Knoten in meinem Magen. Eigentlich könnte alles perfekt sein. Wenn ich mir nicht selbst so sehr im Weg stehen würde.

Yanis rückte ein Stück näher an mich heran. »Du hast mir gefehlt«, sagte er leise und versetzte mein Inneres damit in helle Aufruhr. Obwohl das Licht zu dieser Uhrzeit mittlerweile nicht mehr so stark war, hätte ich schwören können, dass sich bei Yanis' Worten ein rötlicher Schimmer auf seine Wangen legte.

»Du hast mir ebenfalls gefehlt«, antwortete ich. Auch wenn gerade irgendwie alles kompliziert war. Weil ich es kompliziert *machte.* Zu gern würde ich wieder Zeit mit Yanis allein verbringen. Mit ihm in seiner Werkstatt. In dem Moment hatte ich das Gefühl gehabt, wir beide wären zusammen stärker als der Rest der Welt. Doch inzwischen war die Realität leider wieder mit voller Wucht über mich hereingebrochen.

Unsere Hände fanden sich, und wir verflochten unsere Finger ineinander, während sich der Himmel vor uns in ein sanftes Orange und Pink färbte. Auf dieser Seite der Insel konnte man die Sonne zwar nicht direkt untergehen sehen, dafür war es schön, zu beobachten, wie der Himmel vom Tag- allmählich in den Nachtmodus überging und sich dabei noch einmal von einer seiner schönsten Seiten präsentierte. Yanis lehnte sich zu mir herüber. »Du hast ja keine Ahnung, wie gern ich gerade mit dir allein wäre. Soll ich ehrlich sein? Ich hab mich von Sebastian belabern lassen. Es war sein Vorschlag, dich zum BBQ mitzunehmen.«

»Ist ja schon irgendwie süß, dass deine Freunde so an dich denken.« Ich senkte meine Stimme. »Trotzdem können wir mit deinem Roller ja jederzeit woanders hinfahren.«

»Das klingt äußerst verlockend.« Yanis sah mir tief in die Augen, unsere Lippen näherten sich einander. Wieder fühlte es sich an, als würden zig Schmetterlinge in meinem Bauch aufflattern.

Doch plötzlich tauchte ein tropfnasser Sebastian vor uns auf, und wir fuhren auseinander. »Ey, ihr zwei Turteltauben, ihr müsst unbedingt mit ins Wasser kommen! Es ist einfach herrlich.«

Wie, um uns eine Kostprobe zu geben, schüttelte er sich wie ein nasser Hund, sodass einzelne Tropfen auf uns landeten. Ich wich ein Stück zurück.

»Mann, Sebastian, muss das sein?«, murrte Yanis, doch seine Mundwinkel zuckten. Anscheinend konnte er seinem Freund nicht wirklich böse sein.

»Was meinst du, hast du Lust, eine kleine Runde schwimmen zu gehen?«, fragte Yanis mich.

In mir wurde alles ganz kalt, doch ich bemühte mich, das Gesicht zu wahren.

»Ich hab leider nicht das passende Outfit dafür an. Aber geh du nur«, sagte ich und lächelte Yanis an. In diesem Moment war ich regelrecht froh darüber, dass er vergessen hatte, zu erwähnen, dass es sich um ein BBQ am Strand handelte.

Sebastian sah das Ganze offenbar etwas anders. »Ach, hier hat auch niemand was dagegen, wenn du in Unterwäsche schwimmen gehst. Oder nackt«, fügte er mit einem anzüglichen Grinsen hinzu.

»Basti!«, sagte Yanis mit einem warnenden Unterton, woraufhin dieser abwehrend die Hände hob. »Hab schon verstanden. Springst du dann wenigstens kurz mit ins Wasser?«

Yanis warf mir einen verunsicherten Blick zu. Ich wusste, dass er meinetwegen zögerte und mich nicht allein hier sitzen lassen wollte. Genau wie auf dem Boot. Vermutlich hatte er ohnehin schon ein schlechtes Gewissen, weil er mir nicht Bescheid gesagt hatte, dass ein strandtaugliches Outfit nicht schlecht für den Anlass wäre. Ich wollte aber auf keinen Fall, dass er aus Rücksicht auf mich seine eigenen Interessen vernachlässigte. Außerdem würde ich mir ansonsten wie eine riesengroße Spaßbremse vorkommen. Dieses Gefühl hatte ich schon bei unserem Bootsausflug zu den umliegenden Inseln nicht abschütteln können, und es war schrecklich gewesen. Manchmal kam es mir so vor, als würde ich die Menschen um mich herum ausbremsen. Malina, die meinetwegen überlegt hatte, Korfu sausen zu lassen. Yanis, der mir zuliebe nicht mit seinen Freunden ins Meer hüpfen wollte ... Gerade kam ich mir vor wie eine Last.

»Ich laufe nicht weg«, sagte ich mit einem zweideutigen Zwinkern. Ich hoffte, dass er meine Anspielung auf unsere gemeinsame Zeit in der Werkstatt verstand, denn damals war unsere Unterhaltung ähnlich verlaufen.

Ein Lächeln breitete sich auf Yanis' Lippen aus, was mir signalisierte, dass er genau wusste, worauf ich hinauswollte. Er zog sich das T-Shirt und die Bermudahose aus, unter der er Badeshorts trug.

»Ich bin gleich wieder da«, versprach er und wandte sich zum Gehen. Dann überlegte er es sich jedoch noch einmal anders, beugte sich zu mir herunter und hauchte mir einen Kuss auf die Wange.

Etwas wehmütig und mit einem Stich in der Brust beobachtete ich Sebastian, Nik, Yanis und einige weitere Strandbesucher, wie sie sich im Wasser austobten. Mir kam der Gedanke, dass ich gerade gern bei ihnen gewesen wäre. Mich ebenfalls gerne mit ihnen amüsiert hätte.

Ich zog meine Beine ganz dicht an mich heran und starrte

aufs Wasser. Dann schnappte ich mir mein Handy und rief Damianos Nummer auf.

Hast du morgen früh schon etwas vor?

Ich bräuchte noch etwas Schwimmunterricht.

Die Antwort kam prompt.

Was bekomme ich denn dafür?

Ich verdrehte die Augen. Typisch Damiano. Ich überlegte kurz, dann begann ich erneut, zu tippen.

Ich wäre bereit, noch mal einen Burger springen zu lassen.

Oho, sehr großzügig. Selbst zubereitet?

Ich grinste, während ich meine Antwort schrieb.

Du hast ja keine Ahnung, worauf du dich da einlässt. 😁

Dieses Risiko bin ich bereit einzugehen.

Immer noch grinsend schob ich mein Handy zurück in meine Hosentasche, als Yanis auf einmal wieder vor mir stand und sich zu mir in den Sand setzte. Wassertropfen liefen an ihm herab.

Erneut machte sich dieses nagende Gefühl in mir breit, dass ich Yanis etwas vormachte. Aber wie würde es bei ihm ankommen, wenn ich ihm erzählte, dass Damiano mir dabei half, mich wieder ans Wasser zu gewöhnen? Zum einen würde er es bestimmt merkwürdig finden, dass ich einen Hotelgast so nah an mich heranließ. Und zum anderen sollte eigentlich Yanis dieser Mensch sein, dem ich mich anvertraute. Ich wollte so gern ehrlich zu ihm sein. Und dennoch schaffte ich es nicht. Weil ich Angst hatte, ihn damit vor den Kopf zu stoßen.

Yanis riss mich aus meinen Gedanken und strahlte mich an. »Was hältst du davon, wenn wir uns von hier verziehen?«

Ich nickte. »Bin dabei.«

Wir hatten uns ein Stück weit von der Menschenmenge abgesondert und spazierten den Strand hinunter. Vom Wasser aus drangen die Lichter vereinzelter Schiffe zu uns herüber, und hinter uns funkelten die Lichter der Stadt. Außer dem knirschenden Sand unter unseren nackten Füßen und dem leisen Rauschen der Wellen war hier nichts zu hören.

Inzwischen war die Sonne vollständig untergegangen, und der Mond tauchte das Meer in silbrig schimmerndes Licht.

Wir hielten einander an den Händen, wobei wir in unserer jeweils freien Hand unsere Schuhe trugen.

»Sorry übrigens wegen Sebastian«, entschuldigte Yanis sich auf einmal. »Er ist manchmal eine Nervensäge. Eine sehr liebenswerte Nervensäge.«

»Ich mag ihn«, antwortete ich ehrlich. »Er scheint sich selbst nicht allzu wichtig zu nehmen. Ich denke, es ist von Vorteil, eine so sorglose Art an sich zu haben.«

Yanis wiegte nachdenklich den Kopf. »Vermutlich.«

Sein Blick glitt in Richtung Meer, und ich sah ihm an, dass ihn etwas beschäftigte.

Ich verlangsamte meine Schritte. »Hey, ist alles in Ordnung?«, fragte ich.

Als Yanis mir seinen Blick zuwandte, las ich nichts als Aufrichtigkeit darin. »Ich weiß nicht, was du mit mir angestellt hast, Toni. Seit ich dich kennengelernt habe, kann ich an nichts anderes mehr denken als an dich. Ich hab keine Ahnung, wo das mit uns beiden hinführt, aber … ich würde es gern herausfinden.«

Mein Hals schnürte sich zu. Vor Rührung. Vor Überforderung. Weil es mir ähnlich ging wie Yanis. Bloß hatte ich nicht den Mut, es offen auszusprechen. Ihm offen zu sagen, wie es in mir aussah. Dass in mir das reinste Chaos wütete, als hätten sich die verschiedensten Emotionen wie in einem Wollknäuel verheddert.

»Das würde ich auch gern herausfinden«, erwiderte ich leise.

»Ich möchte einfach, dass du weißt, dass … dass ich das nicht nur als One-Night-Stand angesehen habe und … O Mann, ich klinge echt wie ein Depp mit meinem ganzen Gestammel und ich …«

Bevor sich Yanis weiter um Kopf und Kragen reden konnte, hatte ich mich bereits auf die Zehenspitzen gestellt, meine Hand in seinen Nacken gelegt und ihn zu mir gezogen.

Seine Lippen schmeckten nach salzigem Meerwasser, aber auch nach Wärme und Geborgenheit. Dieser Kuss hatte etwas Sanfteres, Zärtlicheres an sich als die, die wir in der Werkstatt miteinander geteilt hatten.

Als wir uns voneinander lösten, sah ich Yanis tief in die Augen. »Es tut mir leid, wenn ich dir in den letzten Tagen ein doofes Gefühl vermittelt habe. Ich weiß, dass das alles echt ungünstig gelaufen ist. Der Bootsausflug, meine Arbeit im Hotel, der ganze Stress und dass wir keine Zeit zu zweit hatten …«

Diesmal war es Yanis, der mich unterbrach und mir seinen Zeigefinger an die Lippen hielt.

»Ich möchte gerade gar nicht im Gestern leben, sondern einfach nur den Moment mit dir genießen.«

Das Dunkelbraun seiner Augen nahm mich gefangen. Er ließ seine Schuhe in den Sand fallen und auch meine Sandalen rutschten mir aus der Hand. Alles kam mir wie in Zeitlupe vor, und doch versetzte mich dieser Mann in einen schwindelerregenden Zustand. Meine Welt hatte sich so lange im Stillstand befunden, als hätte sie jemand angehalten.

Yanis hatte es geschafft, ihr neuen Schwung zu geben. Er vermittelte mir das Gefühl, dass die Welt nicht nur aus Ängsten bestand. Sondern aus Hoffnung und Zuversicht.

Yanis umfasste mein Gesicht mit seinen Händen, und unsere Lippen fanden sich, stürmisch und hungrig. Wir klammerten uns aneinander fest, stolperten durch den Sand. Inzwischen hatte ich auch meine Handtasche von meinen Schultern rutschen lassen, Yanis hatte seinen Rucksack abgenommen.

Ich ließ meine Hände unter seinem T-Shirt auf Erkundungstour gehen und strich über seine warme Brust, was Yanis ein Keuchen entlockte.

Er drückte mich an eine kleine Hütte, die sich am Strand befand, und ich spürte das trockene Holz in meinem Rücken, während sich Yanis' warmer Körper an mich drängte.

Wir küssten uns so lange, bis wir vollkommen außer Atem waren.

Irgendwann zauberte Yanis eine Stranddecke aus seinem Rucksack hervor, und wir machten es uns darauf gemütlich. Über unseren Köpfen leuchteten unzählige Sterne, das Meer rauschte leise, und der Mond spendete angenehmes Licht. Außer uns konnte ich niemanden am Strand entdecken.

Yanis und ich kuschelten uns eng aneinander. Ich lauschte dem Geräusch seines Herzschlags, das mich beruhigte.

»Ich hab da übrigens noch etwas für dich«, sagte Yanis irgendwann leise und setzte sich wieder auf. Er griff in seinen Rucksack, hielt seine eine Hand anschließend jedoch hinter seinen Rücken, als wollte er noch ein Geheimnis daraus machen.

Auf einmal wirkte er fast beschämt wie ein kleiner Schuljunge. Ich setzte mich ebenfalls auf, und mein Herzschlag beschleunigte sich. Was könnte Yanis denn für mich haben?

»Ich wusste nicht, wann ich es dir geben sollte, aber vielleicht ist jetzt ja ein guter Moment.«

Als er seine Hand hinter dem Rücken hervorholte, baumelte ein Anhänger an einer feinen Kette aus Roségold. Ich beugte mich vor, um das Schmuckstück näher zu betrachten, und erkannte eine Schnecke, die ebenfalls in eine Fassung aus Roségold eingesetzt war.

Meine Augen weiteten sich. »Hast du die etwa selbst gemacht?«, hauchte ich.

Yanis nickte. »Ich habe die Schnecke nach unserer ersten Begegnung am Strand gefunden und musste dabei direkt an dich denken. Ich hoffe, dir gefällt die Kette.«

Auf einmal fiel es mir schwer, zu schlucken. Ich war so ergriffen von dieser Geste, dass sich mein Hals ganz eng anfühlte.

»Sie ist wunderschön. Würdest du sie mir anlegen?« Mit klopfendem Herzen setzte ich mich so hin, dass ich Yanis meinen Nacken zuwandte.

Der Anhänger fühlte sich angenehm kühl auf meiner Haut an, als Yanis mir die Kette anlegte, und ich strich immer wieder über die kleine Schnecke.

Ich wandte mich Yanis zu. »Danke. Ich weiß gar nicht, was ich sagen soll. Was genau ist das für eine Schnecke?«

»Eine Mittelmeer-Kegelschnecke. Und es freut mich, wenn dir die Kette gefällt.« Yanis lächelte, und ein Glitzern lag in seinen Augen.

Ich kletterte auf seinen Schoß. »Meinst du, wir könnten *hier* ein Problem wegen Erregung öffentlichen Ärgernisses bekommen?«

Das Glitzern in seinen Augen verwandelte sich in ein vorfreudiges Funkeln. Ich war mir ziemlich sicher, dass wir beide gerade an den Moment in Oía dachten. Als Yanis und ich uns während des Sonnenaufgangs immer heftiger geküsst hatten.

»Darauf lasse ich es diesmal gerne ankommen«, raunte er und zog mich noch etwas enger an sich. Erneut versanken wir in einem Kuss, der diesmal voller Leidenschaft war. Ich hoffte, dass diese Nacht nicht so schnell enden würde.

35. Kapitel

Ich befand mich in einem seltsamen, fast schon tranceähnlichen Zustand. Mein Kopf hing irgendwo in den Wolken, und mein Herz befand sich bei Yanis. Doch da gab es auch diesen stillen Begleiter von mir, meine Angst, die immer noch in der Dunkelheit lauerte.

»Ist das eigentlich was Ernstes zwischen dir und diesem Yanis?«, fragte Damiano mich, als wir uns am nächsten Morgen am Strand trafen.

Nachdem ich die erste Stunde damit verbracht hatte, angesichts meines Vorhabens mit schwitzigen Händen, Atemnot, Herzrasen und Schwindelgefühl auf die heranrollenden Wellen zu blicken, war es mir inzwischen zumindest gelungen, bis zu den Knien ins Wasser zu waten. Trotzdem ließ sich das mulmige Gefühl in meinem Bauch nicht unterdrücken.

Damiano stand neben mir und musterte mich neugierig. Dabei musste ich immer wieder auf seinen unsagbar hässlichen Hut starren, den er sich aufgesetzt hatte, um nicht von Fans erkannt zu werden. Zusätzlich dazu hatte er sich ein schwarzes Hemd übergezogen, aus Sorge, dass irgendjemand seine Tattoos wiedererkennen könnte. Meiner Meinung nach litt er unter Anflügen von Paranoia, aber wer wäre ich, mich darüber lustig zu machen, wo mein Sorgenglas doch auch eher halb voll als halb leer war.

»Ich wüsste nicht, was dich das angeht«, antwortete ich.

»Weiß er eigentlich … hiervon?« Damiano machte eine ausladende Handbewegung.

»Nein«, sagte ich ehrlich. Warum musste Damiano mich ausgerechnet jetzt danach fragen? Als ob ich mich nicht so schon schlecht genug fühlte.

Schweigen machte sich zwischen uns breit, als auf einmal zwei junge Frauen in schicken Bikinis an uns vorbeigingen.

»Ich hab auf Instagram ein Bild gesehen, dass sich Damiano Rizzardi derzeit auf der Insel befinden soll«, sagte die eine. »Mit dem würde ich ja zu gern mal ein Foto machen. Er ist so unfassbar heiß.«

»Angeblich soll er was mit Kendall Jenner gehabt haben«, sagte die andere.

Mir entging nicht, wie Damiano sich augenblicklich versteifte. Der Blick der beiden Frauen schweifte zu uns herüber.

»Schau mal, der da sieht fast ein bisschen wie Damiano Rizzardi aus …«

Bevor sie weitersprechen konnte, hatte Damiano mich auf einmal herumgewirbelt, sodass er mit dem Rücken zu den Frauen stand, und senkte vollkommen unerwartet seine Lippen auf meine.

Ich ließ es einfach geschehen, da ich viel zu perplex war, um darauf zu reagieren.

Aus dem Augenwinkel bemerkte ich, wie die zwei Frauen langsam weitergingen. Ich meinte noch, die eine etwas sagen zu hören, da in etwa wie »Nee, der echte Damiano würde niemals so ein No-Name-Girl küssen« klang. Unverschämt, was bildeten die sich eigentlich ein?

Obwohl die beiden schon längst weitergezogen waren, hatte Damiano den Kuss noch nicht beendet. Und ich? Ich stand da wie zur Salzsäule erstarrt. Hatte Damiano seine Augen etwa geschlossen?

Ich legte meine Hände etwas verkrampft auf seine Schultern und klopfte ungelenk darauf herum.

Er löste sich von mir und blickte sich rasch um. »Sind sie weg?«

Ich gab lediglich ein Brummen von mir und starrte Damiano an wie ein Alien. »Du hättest mich wenigstens vorwarnen können. Wofür war das denn jetzt?«

»Na, um nicht erkannt zu werden. Hier wäre die Hölle los, wenn irgendwelche Fans oder Paparazzi mich mit dir gesehen hätten.«

Seine Bemerkung versetzte mir einen Stich. Mir war klar, dass nichts Ernsthaftes hinter seinem Kuss gesteckt hatte, doch zu wissen, dass Damiano mich lediglich als Ablenkungsmanöver benutzt hatte, tat weh.

»Wow«, sagte ich nur, da mir die Worte fehlten. In manchen Augenblicken hatte ich sogar ausblenden können, dass Damiano ein bekanntes Model war, aber gerade hatte er mir wieder einmal vor Augen geführt, dass zwischen uns beiden wirklich Welten lagen.

Ich wandte mich von Damiano ab und stakste aus dem Wasser.

»Toni, warte«, rief er mir hinterher, kurz darauf schloss sich seine Hand sanft um mein Handgelenk. »Was ist auf einmal los?«

Ich sah ihm in die Augen. »Ist das dein Ernst? Es tut mir leid, dass ich kein Supermodel oder irgendein Promi bin, mit dem du dich ablichten lassen kannst.«

Ich hatte gedacht, dass Damiano und ich vielleicht Freunde hätten werden können, so absurd sich das auch anhören mochte. Oder dass wir auf dem Weg dahin waren. Womöglich hatte ich mich getäuscht. Womöglich war das hier zwischen Damiano und mir nur eine Art *Zweckgemeinschaft*. Nicht mehr, nicht weniger.

Damiano schüttelte traurig den Kopf. »So habe ich das nicht gemeint, Toni. Du führst ein normales und bodenständiges Leben, und ich möchte dich nicht in meine chaotische Welt reinziehen. Du hast keine Ahnung, wie es sich anfühlt, nicht mehr unerkannt auf die Straße gehen zu können oder Angst haben zu müssen, dass an irgendeiner Ecke die Paparazzi warten. Und die schaffen es sogar, aus etwas Schönem etwas ganz und gar Hässliches zu machen.«

Damiano blickte mich unglücklich an. »Ich … ich mag dich. Und gerade deshalb möchte ich dich schützen vor dem, was ich bereits kenne. Kannst du das verstehen?«

Ich dachte über seine Worte nach. Damiano klang aufrichtig, und ich wollte ihm Glauben schenken.

Zögerlich nickte ich. »Irgendwie schon, ja.«

Ein lautes Knurren durchbrach die Stille, und Damiano starrte fassungslos auf meinen Bauch. »Kam das gerade aus dir? Aus diesem zierlichen Körper?«

»Ähm, scheint so.«

»Ich glaube, dann sollten wir jetzt dringend Burger machen«, schlug Damiano vor.

Ich zog eine Augenbraue hoch. »Du meinst, *ich* soll Burger für dich machen?«

»Ja, so war das eigentlich gedacht.« Damiano lächelte schief, was in mir etwas zum Flattern brachte. Dabei gehörte dieses Gefühl da gerade gar nicht hin. Ich schob es auf mein allgemeines Gefühlschaos, das derzeit in mir vorherrschte. Da hatten sich anscheinend ein paar Synapsen falsch verknüpft.

Ich verdrehte die Augen. »Und, kommst du wenigstens mit zum Einkaufen, oder müssen wir dich vor den Paparazzi verstecken?«

Das Einkaufen mit Damiano wurde ziemlich witzig, da ich feststellen musste, dass ihm einiges fremd war. Und leider hatte er nicht übertrieben, was sein Outfit betraf, denn er spazierte mit fetter Puck-die-Stubenfliege-Sonnenbrille und seinem hässlichen Anglerhut durch den Supermarkt, doch seltsamerweise schenkte uns niemand Beachtung. Offenbar war man solche schrägen Outfits auf einer Glamour- und Prominenteninsel wie Santorini schon gewohnt, und niemand schien zu ahnen, wer sich dahinter verbarg.

»Ich hab eigentlich gedacht, wir bestellen die Zutaten auf unser Zimmer«, flüsterte Damiano mir verschwörerisch zu. »Macht man das nicht so?«

Okay, dieser Mann war wirklich weltfremd. Er hatte anscheinend bereits so lange in der Modescheinwelt gelebt, dass er vergessen hatte, wie sich ein ganz normaler Mensch seine Lebensmittel beschaffte.

»Nicht jeder verfügt über einen Privatassistenten oder eine Agentin, die einem alles Mögliche aufs Zimmer liefern lassen«, antwortete ich, während ich an der Gemüseauslage stand. »Also, wir brauchen auf jeden Fall Salat, Tomaten, vielleicht noch eine Gurke und Zwiebeln.«

Es war wirklich von Vorteil, eine Schwester zu haben, die kochen über alles liebte. Allerdings hätte sie mir ruhig etwas von ihrem Kochtalent abgeben können. Aber bei Burgern konnte man ja hoffentlich nicht so viel falsch machen.

Damiano sah sich derweil fasziniert die verschiedenen Gemüsesorten an und griff nach einer Artischocke.

»Was zur Hölle ist das denn für ein Geschöpf? Ich will ja nichts sagen, aber das Teil hat definitiv kein Modelpotenzial.«

Ich warf einen flüchtigen Blick zu Damiano rüber und konnte mir das Grinsen nicht verkneifen. »Du willst mir doch nicht ernsthaft weismachen, dass du noch nie eine Artischocke gesehen hast?«

Damiano starrte noch immer auf das distelartige Gemüse. »Hey, im Heim musste ich das essen, was auf den Tisch kam, und kurz darauf wurde ich dann schon von meiner Agentur vertreten. Also nein, ich bin noch nicht in näheren Kontakt mit einer Artischocke getreten. Hat allerdings Ähnlichkeit mit dir«, sagte er. »Kratzbürstig und stachelig.«

Ich tat so, als ich hätte ich seinen stichelnden Kommentar nicht gehört.

»Artischocken sind öfter mal auf einer Pizza«, klärte ich ihn auf.

Damiano ließ ganz kurz seine Sonnenbrille auf die Nasenspitze gleiten. »Ach, und du denkst, Pizza würde auf meinem Speiseplan stehen? Ich kann froh sein, wenn ich mir hin und wieder mal einen Haferriegel genehmigen darf.«

»Okay, hast gewonnen.« Meine Lippen verzogen sich zu einem diabolischen Grinsen. »Aber Artischocken eignen sich bestimmt auch ganz hervorragend für einen Smoothie. Soll ich das deiner Agentin vielleicht mal vorschlagen? Meine Schwester Malina hat übrigens mal erzählt, dass Artischocken gut für die Verdauung sind.«

Damiano sah mich erst schockiert an, bevor er die Artischocke fast schon angeekelt zurück zu ihren Artgenossen plumpsen ließ.

Er deutete mit dem Zeigefinger auf mich. »Du, Antonia Breuer, hast noch eine viel dunklere Seele, als ich dachte. Aber ich gebe zu, ich bin auch ein bisschen beeindruckt.«

Er stolzierte an mir vorbei, nur um gleich darauf wieder fasziniert vor dem Süßigkeitenregal stehen zu bleiben. Wie ein kleines Kind, das alles entdecken und am liebsten auch alles anfassen wollte.

Der Einkauf dürfte vermutlich länger dauern …

36. Kapitel

»Kannst du mir noch mal verraten, warum wir uns nicht einfach einen Burger aus dem hoteleigenen Restaurant bestellt haben?«, fragte ich Damiano, als wir mit unseren Einkaufstüten in seiner Suite standen und die Küche unsicher machten. Sie hatte sich binnen weniger Minuten in ein Schlachtfeld verwandelt.

Wenigstens hatte Damiano inzwischen seine Sonnenbrille und den Hut abgesetzt. Mir fiel erst jetzt auf, wie an seinem Hemd ein Schildchen von Dolce & Gabbana aufblitzte. Ich wollte lieber nicht wissen, wie viel so ein Teil kostete, aber vermutlich hatte Damiano es bei einer seiner Shows umsonst abgestaubt.

»Weil ich nicht immer nur Essen bestellen will, das mache ich ohnehin viel zu oft«, antwortete Damiano. »Also, wie geht's jetzt weiter?«

»Keine Ahnung, du hast dir wirklich die furchtbarste Köchin für dein Vorhaben rausgesucht. In unserer Familie ist meine Schwester Malina das Kochgenie.«

»Tja, Malina ist jetzt aber nicht hier, also werden wir beide wohl miteinander vorliebnehmen müssen«, sagte Damiano ganz pragmatisch.

»Also gut, möchtest du dich um das Hackfleisch oder um die Zwiebeln kümmern?«, fragte ich.

»Wie? Ich dachte, du bekochst mich?«

Ich tippte mir an die Stirn. »Nee, nee, Freundchen, so haben wir nicht gewettet«, entgegnete ich und schob Damiano schließlich die Zwiebeln hin. »Hier, bitte schon.«

Ich sah ihm dabei zu, wie er die Zwiebel anstarrte, als würde sich die Schale damit jeden Moment von selbst ablösen.

»Ist es schon zu spät, den Lieferservice zu bestellen?«, erkundigte Damiano sich, woraufhin ich ihm ungerührt ein Küchenmesser in die Hand drückte.

Eine Zeit lang arbeiten wir schweigend nebeneinander. Während ich das Hackfleisch mit Salz und Pfeffer in einer Schüssel vermengte, hatte Damiano sichtlich mit der Zwiebel zu kämpfen, da ihm bereits nach kurzer Zeit die ersten Tränen über die Wangen liefen.

Ich grinste. »Bist wohl doch nicht so ein harter Kerl, was?«

»Wir können gern tauschen«, murrte Damiano und wischte sich mit der Hand über den Augenwinkel, wobei er es jedoch nur noch schlimmer machte. »Ah, das brennt!«

Ich schüttelte amüsiert den Kopf. »Wer hätte gedacht, dass es tatsächlich Menschen gibt, die in der Küche noch unbeholfener sind als ich.«

Damiano zeigte mir lediglich den Mittelfinger.

»Ja ja, du mich auch«, erwiderte ich grinsend.

Ich arbeitete weiter und merkte plötzlich, wie Damiano mich von der Seite ansah. Sein Blick fühlte sich so intensiv an, dass sich ein Kribbeln von meiner Kopfhaut bis zu meinen Füßen ausbreitete.

Ich wandte ihm mein Gesicht zu, doch statt dass Damiano sich irgendwie ertappt fühlte und den Blick abwandte, sah er mich weiter unaufhörlich an. Seine Augen wirkten vom Zwiebelnschneiden etwas glasig.

»Was ist?«, fragte ich verunsichert. »Habe ich irgendetwas im Gesicht?« Ich strich mir mit dem Handrücken über Stirn und Wangen.

»Auch wenn du manchmal eine verdammte Nervensäge bist und mich mit deiner schonungslosen Ehrlichkeit in den Wahnsinn treibst …«, setzte Damiano an, woraufhin ich ihn unterbrach.

»Halt, stopp, das klingt jetzt nicht unbedingt nach einem Kompliment.« Ich runzelte die Stirn.

Damiano wirkte für einen kurzen Moment irritiert darüber, dass ich ihn inmitten seines Satzes einfach so unterbrochen hatte. »Jetzt lass mich doch mal ausreden.«

»Sorry«, murmelte ich und verstummte. Und aus irgendeinem Grund fing mein Herz an, ganz nervös zu holpern. Als wäre es ein bisschen außer Atem.

»Was ich sagen wollte, ist ...« Damiano holte tief Luft. »Du bist die Einzige, die mich nicht mit Samthandschuhen anfasst und mir nichts vorspielt. Und das ist schön. Ich kenne das nicht.«

Ich wollte es auf die Zwiebeln schieben, als ich merkte, wie sich ebenfalls ein leicht glasiger Schleier über meine Augen legte. Doch wenn ich tief in mich hineinhorchte und ehrlich mit mir selbst war, dann rührten mich Damianos Worte und lösten etwas in mir aus.

»Es tut mir leid, dass die Menschen um dich herum nicht ehrlich mit dir sind«, sagte ich, fühlte mich zugleich jedoch wie eine Heuchlerin. Wie konnte ich es mir überhaupt anmaßen, über Werte wie Ehrlichkeit und Aufrichtigkeit zu sprechen, wo ich es doch selbst nicht schaffte, ehrlich mit Yanis zu reden, obwohl ich ihn verdammt gernhatte? Daher setzte ich ein »Aber manchmal ist es eben einfacher, eine Lüge zu wählen« hinterher.

Damiano zuckte nur hilflos mit den Schultern. »Ja, vielleicht. Aber dadurch habe ich verlernt, wie es ist, anderen Menschen zu vertrauen.«

»Das kann ich gut verstehen«, flüsterte ich.

Damiano schaute mich noch immer an, als würde ihm etwas auf dem Herzen liegen. Ich erkannte, wie er mit sich haderte. Sah es an dem Flackern in seinen Augen.

Doch dann schien er es sich anders überlegt zu haben und wandte sich wieder dem Gemüse vor sich zu. Ich knibbelte auf meiner Unterlippe herum.

Warum machte seine Nähe mich auf einmal so nervös? Und warum fragte ich mich die ganze Zeit, ob es etwas gab, das er mir noch hatte sagen wollen?

»Mein Gott, ist das heute warm hier drinnen. Trotz Klimaanlage ...«, ächzte Damiano auf einmal und zog sein Hemd aus, sodass er jetzt nur noch in kurzer Hose neben mir stand.

Mir wurde heiß, und ich verharrte unweigerlich in meiner

Bewegung. Während ich vorgab, nach einer Pfanne zu suchen, konnte ich es nicht lassen, Damiano immer wieder einen verstohlenen Blick zuzuwerfen.

Ich hatte ihn nun schon ein paarmal mit nacktem Oberkörper gesehen. Hatte seine Tattoos schon mehrfach zu Gesicht bekommen.

Doch diesmal war es irgendwie anders. In diesem Augenblick kam mir die Küche für uns beide viel zu klein vor, und ich hatte das Gefühl, nicht genügend Abstand zu Damiano zu haben. Auf der einen Seite fühlte es sich vollkommen normal an, hier mit ihm Burger zu machen, und auf der anderen Seite war es so ... surreal.

Ich hatte das Hack inzwischen zu Patties geformt und etwas Öl in die Pfanne gegeben, aber mein Blick wollte unaufhörlich zu Damiano wandern. Auch wenn ich es mir partout nicht eingestehen wollte, gab es etwas an ihm, das mich anzog.

Ich wünschte, es wäre nicht so, dennoch verspürte ich eine gewisse Faszination für Damiano. Und ich wusste nicht, ob ich diese Faszination insgeheim mit »Anziehung« gleichsetzte, denn es war eine andere Art von Anziehung, als ich sie für Yanis empfand.

Neugierig musterte ich seine Tattoos. Manche waren Schriftzüge, andere wiederum Symbole. Die dunklen Farbkleckse standen in starkem Kontrast zu seiner blassen Haut, die mich ein bisschen an einen Vampir erinnerte.

»Möchtest du doch noch ein Foto haben?«, fragte Damiano auf einmal mit rauer Stimme, ohne mich dabei anzusehen. Ich wusste sofort, dass er auf unser misslungenes Kennenlernen anspielte. Bei unserer ersten Begegnung hatte Damiano vor Arroganz und Überheblichkeit nur so gestrotzt. Aber jetzt klang seine Stimme belegt, heiser ... und fast schon ein bisschen verunsichert.

Mir schoss die Hitze in die Wangen, und ich zwang mich dazu, Ruhe zu bewahren. Was war nur mit mir los? Warum spielte auf einmal alles in mir verrückt, und wieso hatte ich das Gefühl, jemand hätte die Welt auf den Kopf gestellt?

»Das hättest du wohl gern«, antwortete ich spöttisch. Leider klang meine Stimme diesmal nicht so bestimmt und resolut, wie es mir gegenüber Damiano sonst gelungen war.

Ich stellte mich wieder an den Herd. Verdammt, wann wurde die Pfanne endlich warm? Als nach einem weiteren Moment immer noch nichts geschah, fiel mir auf, dass ich die Herdplatte nicht angestellt hatte. Im Ernst, Toni? Ich verpasste mir gedanklich einen Schlag gegen die Stirn.

»Weißt du, ich bin nicht der oberflächliche Casanova und Frauenheld, für den alle mich halten«, sagte Damiano ganz unvermittelt, und ich war unsicher, was ich darauf erwidern sollte.

»Ach nein?«

»Nein.« Damiano ließ das Messer in seiner Hand sinken. »Es ist eine Rolle, die meine Agentur aus mir machen wollte. Und die Presse. Eine Art Vermarktungsstrategie.«

»Wieso ... wieso erzählst du mir das?«, fragte ich, ohne ihn dabei anzusehen. Unweigerlich hielt ich den Atem an.

Damiano wandte sich mir wieder zu, während ich fast schon beharrlich auf den Herd starrte. »Weil es mir bei dir nicht egal ist, was du von mir denkst. Ich wollte einfach, dass du das weißt.«

Mein Herz machte einen Satz nach vorne, stolperte kurz, nur um dann in schwindelerregendem Tempo loszugaloppieren. Ich wagte es nun doch, mein Gesicht Damiano zuzuwenden.

Ich war nicht darauf gefasst, wie er mich ansah. Mit welchem Blick er mich bedachte. Ich erfasste seinen Schmerz, seine Trauer, seine gebrochene Seele. Doch da war auch etwas anderes. Etwas Hoffnungsvolles und Zartes. Etwas Zerbrechliches.

»Ich vertraue niemandem, Toni. Außer dir.«

»Sag das nicht«, erwiderte ich mit brüchiger Stimme. Ich wünschte so sehr, dass seine Worte mich kaltließen. Dass *er* mich kaltließ.

Aber dem war nicht so. Damiano berührte mich. Auf eine gänzlich andere Art und Weise, als es Yanis tat.

Wo war ich hier nur hineingeraten?

Ich kam mir gerade so unglaublich schwach vor. Weil ich nicht gegen diese Gefühle ankam. Und weil Damiano mir nicht so gleichgültig war, wie ich mir das anfangs eingeredet hatte. Weil er etwas in mir auslöste, das ich nicht einordnen konnte.

Mir kam es in der Küche auf einmal noch viel wärmer vor, was jedoch nicht an der Pfanne lag, in der das Öl langsam heiß wurde.

»Durch deinen Mut, dich wieder ins Wasser zu wagen, ist mir bewusst geworden, dass ich auch endlich wieder selbstbestimmt durchs Leben gehen möchte.«

»Ich bin ganz gewiss nicht mutig«, flüsterte ich.

»Doch, das bist du, Toni. Mutiger, als ich es bin.«

Damiano war inzwischen einen Schritt auf mich zugekommen, und mir war seine Nähe in diesem Moment stärker denn je bewusst.

»Du bedeutest mir etwas, Toni.«

Mein Hals schnürte sich zu. So vieles an dem hier war falsch. Ganz besonders Yanis gegenüber war es falsch. Ich verstand mich selbst nicht. Ich hatte Gefühle für Yanis entwickelt und war auf dem Weg, mich mehr und mehr in ihn zu verlieben. Was also hatte das mit Damiano zu bedeuten? Wieso hielt ich ihn nicht auf?

Ich wollte mich bewegen, mich umdrehen und gehen, aber ich war wie erstarrt. Damiano hob seine Hand und strich hauchzart über meine Wange. Die Berührung war so sanft, dass ich sie mir auch hätte einbilden können. Als hätte mich eine Feder gestreift.

Noch hatte ich die Chance, all dem ein Ende zu bereiten. Die Richtung, in die sich das hier entwickelte, war nicht gut. Und doch tat ich nichts. Sah Damiano einfach nur an und wartete ab, was als Nächstes passierte.

»Toni«, flüsterte Damiano, und eine Gänsehaut lief über meinen Rücken.

Diesmal war ich diejenige, die ihre Hand hob. Sanft strich ich über das Tattoo an Damianos Oberarm. Es war eine Schwalbe.

»Wofür steht das Tattoo?«, fragte ich.

»Für meinen Wunsch nach Freiheit«, flüsterte Damiano. »Schwalben können fliegen, wohin sie wollen. Und … gerade jetzt wünsche ich mir nichts sehnlicher, als mich frei zu fühlen. Frei von meinem Job, von der Erwartungshaltung anderer und von dem Druck ... Ich möchte frei und einfach ich selbst sein.«

Als er an mir vorbeigriff, sog ich zischend die Luft ein, da ich aus irgendeinem Grund angenommen hatte, er würde nach *mir* greifen.

Stattdessen streckte er sich zum Herd, drehte die Platte aus und stellte die Pfanne beiseite. Mir schlug das Herz bis zum Hals.

»Und an deiner Seite fühle ich mich frei«, sagte Damiano, beugte sich zu mir herunter und senkte seine heißen Lippen auf meine.

In meinem Kopf war eine leise Stimme, die mir sagte, dass ich Damiano unbedingt von mir schieben sollte, und ich wusste tief in meinem Herzen, dass sie recht hatte. Dass das hier moralisch verwerflich war und ich mich auf außerst dünnem Eis befand.

Aber da war auch diese Neugierde, die gestillt werden wollte. Ich fühlte mich mit Damiano verbunden. Weil wir beide insgeheim von einem Schmerz erfüllt waren, den andere nicht sahen. Und vielleicht verspürte ich genau aus diesem Grund eine Art von Verbindung zu Damiano, die ich bei Yanis nicht empfand.

Auch ich wollte mich frei wie eine Schwalbe im Wind fühlen. Und dieser Kuss mit Damiano ... Er fühlte sich wie eine Befreiung an. Wie ein stummer Schrei.

Es war, als würden wir unseren Schmerz miteinander teilen und dem anderen dadurch ein Stück weit die unerträgliche Last nehmen können.

Dieser Kuss hatte nichts Romantisches an sich. Vielmehr etwas Verzweifeltes, Hungriges. Eine Sehnsucht, die ungestillt und vielleicht auch ungehört blieb. Und dennoch barg er etwas unglaublich Tröstliches.

Damiano schmeckte nach etwas Vertrautem, Bekanntem. Yanis hingegen schmeckte nach Zuversicht und etwas Neuem. Es war, als würde ich mich zwischen zwei Welten bewegen, nicht wissend, in welcher ich denn nun eigentlich sein wollte.

Eine einzelne Träne löste sich aus meinem Augenwinkel. Damiano bemerkte es und küsste sie fort, bevor sich unsere Lippen erneut fanden.

Ich vergrub meine Hände in seinem Haar, und er drückte mich gegen den Herd. Doch als ich Damianos wachsende Härte an meinem Unterleib spürte, war es, als hätte mich jemand wachgerüttelt.

Die Blase, in der ich mich zuvor befunden hatte, zerplatzte und legte frei, was ich getan hatte. Entsetzt über mich selbst riss ich die Augen auf und schob Damiano von mir. Auch er bedachte mich mit einem Blick, als könnte er nicht verstehen, was soeben zwischen uns passiert war.

Schwer atmend standen wir beide voreinander und sahen uns an.

»Toni, ich ...«, setzte Damiano an, aber ich schüttelte bloß den Kopf und legte meinen Zeigefinger auf seine Lippen.

Damianos Wangen waren gerötet, sein Blick unruhig und die Haare vollkommen zerzaust.

»Sag nichts«, flüsterte ich. »Wir hätten das hier nicht tun dürfen. Es war ein Fehler.«

Damiano schluckte schwer. »Ich halte das hier nicht für einen Fehler.«

Meine Augen brannten. Vor Scham, vor Trauer.

»Es tut mir leid, Damiano«, brachte ich leise hervor und merkte, wie meine Augen sich mit Tränen füllten. »Wir sind zu weit gegangen. *Ich* bin zu weit gegangen.«

Dann lief ich aus der Küche, schnappte mir noch meine Sandalen im Flur, bevor ich Damianos Suite verließ. Ich hatte mich nicht nur Yanis gegenüber falsch verhalten, sondern riskierte noch dazu meinen Job, indem ich mich auf einen Hotelgast einließ.

Wie konnte sich mein Herz auf einmal noch viel schwerer anfühlen als vor meiner Reise nach Santorini?

37. Kapitel

Bei meiner Schicht am Nachmittag war ich überhaupt nicht bei der Sache. Ich war unaufmerksam und konnte mich nicht auf meinen Arbeitsablauf konzentrieren. Irgendwann bemerkte auch Electra, dass etwas nicht stimmte.

Sie zog mich beiseite. »Hey, Toni, ist irgendwas nicht in Ordnung? Du wirkst, als wärst du mit deinen Gedanken ganz woanders.«

Ich rieb mir über die Schläfe. Es ärgerte mich ungemein, dass mein Gefühlschaos, in das ich mich ganz allein reinmanövriert hatte, sich nun auch negativ auf meinen Job auswirkte.

»Sorry, Electra, ich bin gerade etwas durch den Wind. Ich werde mich von jetzt an besser konzentrieren.«

Electra sah mich prüfend an. »Wenn es etwas gibt, worüber du reden möchtest, dann kannst du jederzeit zu mir kommen.«

Ich strich meiner Kollegin, die sich langsam zu einer echten Freundin entwickelte, über den Arm. »Das weiß ich zu schätzen, danke dir. Aber ich glaube, ich muss mich erst mal selbst sortieren.«

Electra machte eine kurze Pause. »Kann es sein, dass es etwas mit Damiano zu tun hat?«

»Wie kommst du denn darauf?« Ein Hauch von Panik lag in meiner Stimme.

Electra zuckte mit den Schultern. »Nur so eine Vermutung. Ich hab euch beide in letzter Zeit öfter mal gesehen. Und Damiano wirkt ähnlich durch den Wind.«

Der Kloß in meinem Hals schien von Sekunde zu Sekunde größer zu werden.

»Was meinst du?«, hakte ich alarmiert nach.

»Leandros hat erzählt, dass Damiano vorhin an der Bar

war und sich einen Cocktail bestellt hat. Doch als Leandros ihm seinen Drink gebracht hat, hat Damiano das volle Glas einfach nur angestarrt, Leandros dann das Geld auf den Tisch geknallt und ist mit einem ›Sorry, Bro‹ abgedampft.«

Ich dachte an den Abend, als Damiano sich besinnungslos betrunken und das Tütchen mit dem Kokain rausgeholt hatte. Er würde doch wohl keine Dummheit begehen? Angst beschlich mich, andererseits beruhigte es mich, zu wissen, dass Damiano den Cocktail stehen gelassen und seinem Drang, Gefühle in Alkohol zu ertränken, offenbar widerstanden hatte.

Es war schon viel zu lange her, dass ich zuletzt mit Malina telefoniert hatte. Abseits unserer Fotochallenge hatte ich mich in den vergangenen Tagen nur selten bei ihr gemeldet, und ich brauchte jetzt dringend ein vertrautes Gesicht und eine Person, mit der ich reden konnte. Ich wusste Electras Angebot zu schätzen und mochte sie auch wirklich gern, aber es war nun einmal etwas anderes, mit der eigenen Schwester zu sprechen, die einen in- und auswendig kannte.

Nachdem ich Malina mein Herz ausgeschüttet hatte, herrschte erst einmal Schweigen.

Malina schüttelte seit bestimmt zehn Sekunden ungläubig den Kopf. »Ich muss das gerade erst mal verarbeiten. Du hast was mit dem heißen Goldschmied am Laufen? Und Damiano Rizzardi hat dich geküsst? Was bitte habe ich noch alles verpasst?«

Ich nickte, und das schlechte Gewissen lastete schwer auf meinen Schultern. Dabei hatte ich es nicht verdient, mich jetzt in Selbstmitleid zu baden. Die Suppe hatte ich mir selbst eingebrockt, und ich ganz allein war auch diejenige, die sie wieder auslöffeln musste.

»Ich weiß einfach nicht, was ich machen soll, Malina«, schluchzte ich. »Beide bedeuten mir etwas, aus völlig unterschiedlichen Gründen. Wenn ich bei Yanis bin, dann …« Ich suchte nach den richtigen Worten. »Er ist der Mann, mit dem ich mir eine Beziehung vorstellen könnte. Er versprüht so viel Lebensfreude und Hoffnung und blickt mit einer Leichtigkeit auf das Leben. Gleichzeitig ist da aber auch diese dunkle Wolke über mir, diese Scham und meine Schuldgefühle, weil ich Yanis noch immer nichts von meiner Angst vor dem Wasser erzählt habe. Und er liebt das Meer. Er liebt es über alles. Das setzt mich unglaublich unter Druck. Bei Damiano hingegen … Da habe ich das Gefühl, verstanden zu werden. Weil wir beide mit schlimmen Erfahrungen in der Vergangenheit kämpfen mussten. Wir müssen einander nichts vormachen.«

Malina hörte mir aufmerksam zu. Nachdenklich runzelte sie ihre Stirn.

»Sag doch bitte etwas«, flehte ich.

Malina blickte mich ernst an. »Das ist schwierig. Ich kann mir vorstellen, wie beschissen es dir gerade geht. Aber wenn ich mich entscheiden müsste, dann würde ich mich für die hellere von beiden Seiten entscheiden. Für die Hoffnung.«

Ich zog die Nase kraus. »Wie meinst du das?«

Malina seufzte schwer. »Toni, eigentlich kann ich dir nichts raten. Nur *du* kannst diese Entscheidung für dich treffen. Aber hast du dir einmal überlegt, warum du dich zu Damiano hingezogen fühlst?«

Zunächst verstand ich nicht, worauf meine Schwester hinauswollte.

»Ich … Weil … weil ich mich in ihm wiedererkenne und …« Ich brach ab, da mir auf einmal bewusst wurde, was ich da sagte. Ein Teil von mir fühlte sich zu Damiano hingezogen, weil ich mich selbst in ihm sah. Meine Ängste, meine Dämonen. Doch anstatt mich ernsthaft mit meiner Vergangenheit auseinanderzusetzen, verlagerte ich meine Probleme. Damiano und ich … Auch wenn wir uns halfen, würden wir uns irgendwann unweigerlich gegenseitig in den Abgrund ziehen. Wir mussten erst einmal unsere eigenen Themen klären.

»Ich mach es schon wieder, habe ich recht?«, flüsterte ich. »Ich stoße Menschen von mir, die mir eigentlich etwas bedeuten. Ich habe Yanis nicht mal die Chance gegeben, mich zu verstehen.«

Malina schwieg einen Moment, bevor sie weitersprach. »Ich habe einfach Angst, dass du dich wieder in dein Schneckenhaus verziehst und dadurch etwas wirklich Schönes verpassen könntest. Ich kann mir vorstellen, dass Damiano im Kern ein herzensguter Mensch ist, der ebenfalls mit viel Leid umgehen musste. Dass das einen prägt und euch auch verbindet, ist absolut verständlich. Aber die wichtigste Frage ist: Möchtest du in die Zukunft blicken oder in der Vergangenheit verharren?«

Ich griff wie von selbst nach dem Kettenanhänger von Yanis an meinem Hals. Malinas Frage war wie ein schmerzhafter Schlag in den Magen, denn sie hielt mir damit unweigerlich einen Spiegel vor.

Als Leon gestorben war, hatte ich mich von sämtlichen Freunden losgesagt, mich tagelang unter meiner Decke verkrochen und war nicht mehr darunter hervorgekommen. Ich hatte solche Angst entwickelt, andere Menschen, die mir am Herzen lagen, eines Tages auch zu verlieren. Von da an war es mir unglaublich schwergefallen, enge Freundschaften aufzubauen oder Männer in mein Leben zu lassen. Irgendwann war immer der Punkt erreicht, an dem ich sie von mir gestoßen hatte. Aus Selbstschutz.

Und was tat ich jetzt? Obwohl ich es nicht wollte, sperrte ich Yanis in gewisser Weise aus meinem Leben aus, dabei war er mir mit der Zeit schon so sehr ans Herz gewachsen und unter die Haut gegangen. Wie sollte es mir denn jemals möglich sein, enge und aufrichtige Beziehungen zu führen?

Fühlte ich mich aus den falschen Gründen zu Damiano hingezogen? Waren es nur unsere Vergangenheit und unsere gebrochenen Seelen, die irgendwie zueinandergefunden hatten? Weil es uns vertraut war?

Ich wollte nicht länger das Gefühl haben, auf der Stelle zu treten. Ich wollte, dass die dunklen Wolken vollends aus meinem Leben verschwanden und Platz für Licht und Hoffnung machten.

Aber wie konnte ich diesen Schritt gehen und mir selbst treu bleiben, ohne dabei anderen das Herz zu brechen?

Denn dazu würde es unweigerlich kommen, das war mir klar.

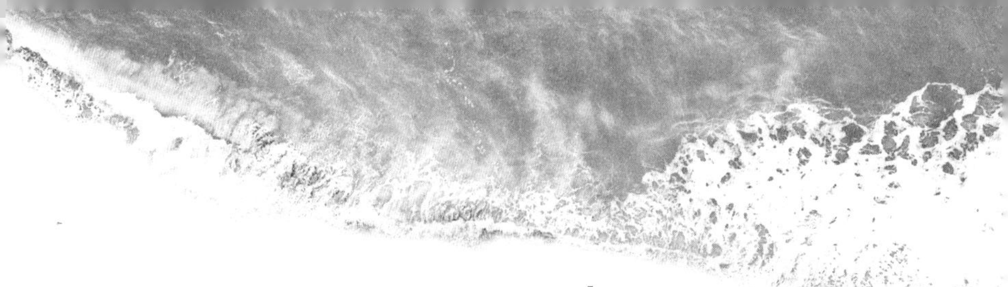

38. Kapitel

Ich war unsagbar nervös, als ich am nächsten Tag vor Damianos Suite stand. Ein paarmal hatte ich schon meine Hand gehoben, um an die Tür zu klopfen, nur um sie im nächsten Moment doch wieder entmutigt sinken zu lassen.

Wie sollte ich das Gespräch mit ihm überhaupt beginnen? Ich fühlte mich wie an meinem ersten Tag, als ich vor Damianos Tür stand, um mich bei ihm zu entschuldigen.

Seitdem war so viel passiert. Fast kam es mir so vor, als wäre eine halbe Ewigkeit vergangen.

Ein wehmütiges Lächeln schlich sich auf meine Lippen bei dem Gedanken daran, wie sehr Damiano und ich uns anfangs in den Haaren gehabt hatten. Und jetzt? Jetzt war er mir irgendwie wichtig.

Ich atmete noch einmal tief ein und aus. Davon, dass ich hier draußen Wurzeln schlug, würde sich das Problem auch nicht einfach in Luft auflösen.

Also hob ich die Hand und berührte bereits mit den Fingerknöcheln die Tür, als diese überraschend von innen geöffnet wurde und Damiano mir gegenüberstand. Er wirkte blass, noch blasser als sonst.

»Oh«, machte ich nur.

»Hey, Toni«, sagte Damiano leise, und es klang längst nicht nach dem selbstgefälligen Mann, den ich anfangs in ihm gesehen hatte. Tiefe Augenringe zeichneten sich in seinem Gesicht ab. Ich wusste, dass ich keinen Deut besser aussah. Vorhin wäre ich fast hintenübergefallen, als ich im Bad mein Spiegelbild erblickt hatte. Ein Zombie war ein Witz dagegen. Sommerlichen Glanz versprühte ich derzeit auf jeden Fall nicht.

Ich wischte meine feuchten Hände an meinen Jeansshorts ab.

»Wolltest du irgendwo hin?«, fragte ich mit zittriger Stimme, nur um keine Stille zwischen uns aufkommen zu lassen.

»Um ehrlich zu sein, war ich auf dem Weg zu dir«, antwortete Damiano und sah mich lange an.

»Oh«, machte ich wieder nur. Ehrlich, fiel mir nichts anderes ein?

Ich holte ein weiteres Mal tief Luft.

»Können wir reden?«, sprachen Damiano und ich da fast zeitgleich aus. Wir lachten nervös, dann machte Damiano eine Bewegung mit der Hand.

»Bitte, komm rein.«

Wir setzten uns auf seinen Balkon, und mein Blick schweifte zum Meer. Merkwürdigerweise löste der Anblick nicht mehr ganz so große Unruhe bei mir aus, nur noch ein leichtes Unbehagen.

»Damiano, es tut mir leid, ich ...«, setzte ich an, doch diesmal war Damiano derjenige, der mich unterbrach.

»Du hattest recht, Toni. Wir hätten uns nicht küssen dürfen.«

Okaaaay ... Mit dieser Wendung hatte ich nicht gerechnet. Dementsprechend musste ich meine Gedanken auch erst wieder neu zurechtlegen.

»Oh.« Mein Gott, hatte sich mein Wortschatz gerade auf ein Minimum reduziert?

Damiano flocht seine Finger ineinander. »Ich bereue den Kuss mit dir nicht. Auf keinen Fall. Ich hab die ganze Nacht darüber gegrübelt. Und ich spüre auch eine Anziehung zu dir, die ich nur schwer unterdrücken kann. Trotzdem ist mir klar geworden, dass wir uns vielleicht zu sehr ...« Damiano brach ab und schien nach den richtigen Worten zu suchen.

»Zu sehr dem Vertrauten hingegeben haben?«, beendete ich seinen Satz.

Er sah mich ehrlich überrascht an. »Ja, genau.«

Ich lächelte traurig. »Mir geht es ähnlich«, sagte ich mit gesenkter Stimme und spürte einen Kloß in meinem Hals.

»Wir hatten selbst noch gar nicht richtig die Möglichkeit, uns zu finden. Was ist, wenn das, was wir gerade fühlen, nur eine Illusion ist?« Damianos Worte waren kaum mehr als ein Flüstern, das vom Wind davongetragen wurde. Aber ich hatte jedes einzelne Wort gehört. Ich merkte, dass auch ihm dieses Gespräch keinesfalls leichtfiel.

Dennoch hatte ich nicht erwartet, dass es so schwer werden würde. Hilflos zuckte ich mit den Schultern. »Ich weiß nicht, was das zwischen uns ist. Irgendetwas ist da, das spüre ich. Aber ich habe Angst, dass wir einander nur weiter nach unten ziehen würden und die Gelegenheit verpassen könnten, wirklich bei uns selbst anzukommen.«

Damiano schluckte und nickte. »Ich hatte lange keine Ahnung, wer ich wirklich bin und wer ich sein möchte. Du hast mir geholfen, diesem Ziel ein Stück weit näher zu kommen. Aber ich glaube, den weiteren Weg müssen wir beide allein gehen.«

Seine Worte waren von Schmerz begleitet.

Und auch mein Herz fühlte sich schwer in meiner Brust an. Vielleicht war das hier einer der Momente, in dem wir schonungslos ehrlich und aufrichtig zu uns selbst waren.

Ich hatte gedacht, dass ich mich zwischen Yanis und Damiano entscheiden musste. Doch inzwischen war mir klar, dass es nicht darum ging. Nicht nur. Es ging vor allem darum, dass ich mich für mich selbst entschied. Dass ich mich selbst an erste Stelle setzte und auf meine innere Stimme hörte, die mir sagte, was ich brauchte und was ich wollte. So egoistisch das vielleicht auch klang. Ich wollte mich nicht abhängig von einem Mann machen, weder von Damiano noch von Yanis.

»Und was machen wir jetzt?«, fragte ich mit erstickter Stimme.

Damiano lehnte sich in seinem Polsterstuhl ein Stück nach vorne. »Wir machen da weiter, wo wir angefangen haben.«

»Du meinst, wir wünschen uns von jetzt an wieder gegenseitig die Pest an den Hals?« Ich schnitt eine Grimasse, die so ganz und gar nicht zu meinen widersprüchlichen Gefühlen passen wollte.

Damiano lachte. »Ganz so weit müssen wir auch nicht zurückgehen.«

Es entstand eine kurze Pause, in der wir beide unseren Gedanken nachhingen.

Da griff Damiano nach meiner Hand und sah mir fest in die Augen. »Ich werde dir niemals vergessen, dass du mich aus meinem dunklen Loch rausgeholt hast.«

»Du warst auch kein schlechter Schwimmlehrer«, scherzte ich, wobei ich die letzten Worte fast tonlos sagte, so eng fühlte sich mein Hals an.

Damiano streichelte meinen Handrücken. »Ach, fuck!«, fluchte er und wandte kurz den Blick ab, als würde er es in diesem Moment nicht schaffen, mir weiter in die Augen zu sehen. Ich beobachtete ihn dabei, wie er ebenfalls ein paarmal tief ein- und ausatmete.

Als er sich mir wieder zuwandte, schimmerten seine Augen. »Ich hätte nicht gedacht, dass mir das hier so schwerfallen würde. Gerade würde ich dich am liebsten einfach wieder an mich ziehen und küssen. Und trotzdem weiß ich, dass es nicht geht.« Er vergrub sein Gesicht in den Händen.

Obwohl ich mich gezwungen hatte, stark zu bleiben, stiegen nun doch Tränen in mir auf. Wie konnten einem zwei so unterschiedliche Männer so viel bedeuten? Wieso machte das Herz, was es wollte?

»Es war einfacher, als ich dich noch hassen konnte.« Ich lachte traurig auf.

Damiano sah mich ebenfalls traurig an. »Ich hab dich nie gehasst. Aber wer hätte gedacht, dass du mir mal den Kopf verdrehen würdest?«

»Ach, du wirst mich bestimmt vergessen haben, sobald du wieder in deiner Modewelt abgetaucht bist und ein attraktives Model datest«, versuchte ich, die ernste Stimmung zu vertreiben, aber Damiano verzog seine Lippen nicht einmal ansatzweise zu einem Grinsen.

»Ich könnte dich nie vergessen, Toni.«

Ich schluckte schwer. »Meinst du, wir können trotz allem Freunde bleiben?«

Ich hatte Menschen früher oft belächelt, die mit ihrer Affäre oder ihrem Ex-Freund auf einmal eine Freundschaft führten. Ich war mir immer sicher gewesen, dass so etwas nicht funktionierte. Aber mit Damiano ... Da wünschte ich es mir von ganzem Herzen. Die Vorstellung, dass er gänzlich aus meinem Leben verschwinden und ich womöglich nie wieder etwas von ihm hören würde, stimmte mich traurig.

»Das hoffe ich sehr«, antwortete Damiano.

»Warum fühlt sich das hier dann gerade wie ein Abschied an?«, fragte ich.

»Es ist kein Abschied. Es ist ein Neuanfang für uns beide. Und hey ... Ich hab mir schon immer eine beste Freundin gewünscht.«

Wir lächelten einander an, bevor sich wieder Stille zwischen uns senkte. Ich glaube, noch fiel es uns beiden schwer, die Situation zu akzeptieren.

»Was wirst du jetzt tun?«, fragte Damiano. »Wirst du Yanis hiervon erzählen? Von unserem Kuss?«

Ich nickte. »Ja. Ich hab keine Ahnung, was aus ihm und mir wird. Trotzdem hat er es verdient, dass ich ehrlich zu ihm bin.«

»Das versteh ich.« Er lehnte sich in seinem Stuhl wieder ein Stück nach hinten. Sein Blick schweifte über das Meer. »All das hier wird mir fehlen. Ich kann kaum glauben, dass übermorgen schon mein Flug zurück nach Mailand geht.«

»Du fliegst schon in zwei Tagen zurück?«, fragte ich betroffen. Wo war nur die Zeit geblieben?

Damiano nickte betrübt. »Aber ich gebe heute Abend eine Party auf einer Yacht, die ich gechartert habe. Einige bekannte Gesichter aus der Modewelt sind auch dabei. Ich würde mich freuen, wenn Yanis und du kommt.«

Ich zögerte. »Danke, aber ich kann nichts versprechen. Ich denke, ich bin es Yanis schuldig, dass ich vor der Party mit ihm spreche. Er sollte selbst entscheiden können, ob er mich dann überhaupt noch begleiten möchte ...« Ich kaute auf meiner Unterlippe. Allein bei dem Gedanken daran, mit Yanis zu sprechen, wurde mir schlecht.

Damiano lächelte mich zaghaft an. »Das verstehe ich.«

39. Kapitel

Ich erzählte Yanis am Telefon von der Einladung von Damiano und bat ihn darum, dass wir uns etwas früher trafen, da ich noch etwas Wichtiges mit ihm bereden wollte. Wir machten aus, dass wir uns nach meiner Schicht um 19 Uhr am *Blue Ocean* trafen.

Abends friemelte ich mir nervös meine Creolen ins Ohr, meine Hände zitterten. Mit fahrigen Bewegungen strich ich mir immer wieder mein Kleid glatt, während ich gedanklich erneut durchging, wie ich Yanis die ganze vertrackte Situation am besten erklären konnte. Aber um ehrlich zu sein, klang jede Variante verdammt bescheiden, und ich konnte es drehen, wie ich wollte: Ich hatte einen riesigen Fehler begangen und war keineswegs stolz auf mein Verhalten. Was, wenn ich es verbockt hatte und Yanis mir nicht verzeihen können würde?

Als mein Handy 18:45 Uhr anzeigte und meine Nerven bereits völlig blank lagen, bekam ich einen Anruf von Yanis. Mein Herzschlag beschleunigte schneller als eine Achterbahn. Bevor ich zu einer Begrüßung ansetzen konnte, ergriff Yanis schon das Wort. Dabei klang er sichtlich gehetzt.

»Hey, Toni, es tut mir total leid, aber können wir uns doch direkt am Hafen bei Damianos Yacht treffen? Delphina hat gerade angerufen und gefragt, ob ich noch eine Stunde auf Linos aufpassen könnte, weil sie einen Notfall in der Praxis hat.«

»J-ja klar«, stammelte ich, während mein Panikbarometer vollends ausschlug. Wenn Yanis direkt zu Damianos Yacht kam, hätte ich keine Chance mehr, vor der Party mit ihm zu sprechen. Der Kloß in meinem Hals wurde, wenn überhaupt möglich, noch größer.

»Also, ich …«, setzte ich an, kam aber nicht mehr dazu, meinen Satz zu beenden.

»Danke für dein Verständnis, Toni. Ich mach's wieder gut, ja? Ich freu mich auf später!«

Und damit hatte er aufgelegt.

Aufgewühlt starrte ich auf mein Handy. O Gott, das war ein Fiasko! Was machte ich denn jetzt bloß? Alles absagen? Dafür war es schon zu spät.

Da half wohl nur: Kopf hoch und Krönchen richten …

Von der Yacht drang laute Musik zu mir herüber. Mein Herz schlug laut und schmerzhaft gegen meine Rippen, und ich hätte nur zu gern die Flucht ergriffen. Was diesmal weniger mit der Tatsache zu tun hatte, dass die Party auf einem Boot stattfand, sondern vielmehr damit, dass ich noch immer nicht wusste, wie ich mich Yanis gegenüber verhalten sollte. So war das alles nicht geplant gewesen.

»Hey, tut mir leid, dass ich es erst jetzt schaffe.« Ich schreckte aus meinen Grübeleien auf und blickte in Yanis' strahlendes Gesicht. Er gab mir einen Kuss auf die Wange und lehnte sich dann ein Stück zurück. »Du siehst umwerfend aus, Toni.«

»Danke.« Ich lächelte schmal. »Kann ich nur zurückgeben.«

Yanis hatte sich richtig herausgeputzt. Er trug ein schwarzes, langärmeliges Hemd, das ihm fantastisch stand, und eine ausgewaschene Jeans. Ich hatte mich für ein fliederfarbenes, mit dezenten Blütenstickereien verziertes Cocktailkleid entschieden.

Sprich mit ihm, Toni, jetzt!, redete ich mir selbst ins Gewissen, als Yanis nach meiner Hand griff.

»Du ahnst ja gar nicht, wie sehr ich mich auf einen Cocktail mit dir freue. So süß Linos auch ist, heute hat er mir den letzten Nerv geraubt. Ich musste ihm dreimal hintereinander dasselbe Buch vorlesen.« Yanis lachte und zog mich mit sich. Ich stolperte planlos hinter ihm her.

Die ganze Sache entglitt mir gerade immer mehr.

An Deck der Yacht drängten sich bereits viele Menschen aneinander und wippten zum Takt der Musik. Ich fragte mich unweigerlich, wer diese Leute waren. Freunde von Damiano? Bekannte aus der Modewelt? Vermutlich. Doch der weitaus einnehmendere Gedanke, der in meinem Kopf vorherrschte, war der, dass ich bei dem Lärm und der Menschenmenge keine Chance haben würde, mich in Ruhe mit Yanis zu unterhalten. Mal ganz davon abgesehen, dass der Zeitpunkt jetzt auch nicht mehr bombastisch war. Wobei es für ein Gespräch dieser Art wohl niemals den richtigen Zeitpunkt gab.

Damiano kam uns entgegen. Er hatte sich für einen extravaganten glitzernden schwarzen Anzug entschieden, dazu trug er ein auffallendes Collier. Größer hätten die Klunker daran auch nicht sein können. Ob die Steine echt waren?

»Schön, dass ihr gekommen seid!«, sagte er, und ich merkte ihm an, wie sehr er sich freute. Er nahm mich in den Arm, bevor er Yanis freundschaftlich auf die Schulter schlug.

»Bitte, fühlt euch wie zu Hause. Bedient euch gerne an der Bar, geht alles auf mich. Ich sag's euch, die Cocktails sind Weltklasse.«

Damiano gab sich betont locker, doch als sich unsere Blicke für einen kurzen Moment begegneten, sah ich Schmerz in seinen Augen aufblitzen.

Yanis hatte es wohl auch bemerkt, denn er warf uns einen kurzen, irritierten Blick zu. Ich fühlte mich immer unwohler in meiner Haut. Das hier erschien mir alles nicht richtig. Mit Yanis auf eine Party zu gehen, dessen Gastgeber ich vor einem Tag noch geküsst hatte. So eine Person war ich eigentlich nicht, und so wollte ich auch nicht sein.

Kaum, dass Damiano sich von uns beiden entfernt hatte, um weitere Gäste an Bord zu begrüßen, sprach Yanis mich auf die Situation an.

»Sag mal, ist bei euch alles in Ordnung? Es hat eben ein bisschen angespannt zwischen euch gewirkt.«

Ich fasste mir ein Herz. »Können wir reden?«, fragte ich, gerade in dem Moment, als der DJ die Musik lauter drehte und sich ein Partygast zwischen Yanis und mir hindurchdrängelte.

Yanis verzog das Gesicht. »Was hast du gesagt? Himmel, ist das laut. Und worüber wolltest du eigentlich vorhin mit mir reden?«, rief er über den Lärm hinweg.

Okay, das hatte keinen Zweck. So übel es auch war, ich musste ein Einsehen haben, dass ich erst nach der Party mit Yanis reden konnte. Glücklich war ich darüber nicht.

Daher machte ich eine hilflose Geste in Richtung meiner Ohren, was Yanis auch so verstand.

Bei all dem Trubel hatte ich gar nicht mitbekommen, dass das Schiff inzwischen abgelegt hatte. Jetzt jedoch sah ich, wie der Hafen in immer weitere Ferne rückte und die Lichter Santorinis kleiner wurden.

Heute war das Meer etwas aufgewühlter als sonst, und ich spürte das Rattern der Motoren und das leichte Schaukeln der Yacht unter mir. Ich beruhigte mich damit, dass das Boot recht groß war und deshalb glücklicherweise stabil im Wasser lag. Andernfalls hätten mich keine zehn Pferde hier raufbekommen, auch nicht, wenn es sich um Damianos Abschiedsparty handelte.

Ich war froh, mich inmitten unzähliger Partygäste zu befinden und nicht an der Reling zu stehen. Nur, weil ich nicht mehr ganz so viel Angst vor dem Meer hatte, bedeutete das noch lange nicht, dass ich keinen Respekt mehr davor hatte. Ganz im Gegenteil. Und dass ich mich gerade kurz vor Einbruch der Dunkelheit auf einem Boot auf offenem Wasser befand, bereitete mir ein mulmiges Bauchgefühl. Daher war ich dankbar, Yanis an meiner Seite zu wissen, trotz der verfahrenen Situation.

Sein Blick schwenkte in Richtung Bar. »Ich besorge uns mal Drinks. Möchtest du etwas Bestimmtes?« Er musste seine Frage fast schreien.

Ich schüttelte den Kopf. »Ich lass mich überraschen!«, schrie ich zurück.

Während er in Richtung Bar verschwand, ließ ich meinen Blick über die Menge gleiten. So viele Menschen … Ob Damiano die wirklich alle kannte? Zu wie vielen hatte er eine persönliche Bindung, und wie viel von alldem war Publicity? Ich konnte es nicht sagen.

Eine kräftige Welle erfasste das Boot, und für einen kurzen Augenblick suchte ich krampfhaft nach etwas, woran ich mich klammern konnte. Vielleicht war es doch die falsche Entscheidung gewesen, Damianos Einladung anzunehmen. In mehrerlei Hinsicht. Vielleicht wollte mir Karma gerade einen ordentlichen Arschtritt verpassen.

Ich hatte nicht mal wirklich einen Blick für die Sonne übrig, die wie ein glühender Feuerball tief am Himmel stand und so aussah, als wollte sie jeden Moment mit dem tiefblauen Meer verschmelzen.

Das flaue Gefühl in meinem Bauch verstärkte sich, und ich schwankte. Aus dem Augenwinkel sah ich, wie mir einige der umstehenden Leute einen irritierten Blick zuwarfen und vor mir zurückwichen.

Ich beugte mich nach vorne. Als ich eine Hand auf meinem Rücken spürte, rechnete ich bereits damit, dass es Yanis war, aber es war Damiano, der mich besorgt musterte.

»Toni, geht's dir gut? Scheiße, warum habe ich nicht bedacht, dass das hier zu viel für dich werden könnte?« Er wirkte zutiefst zerknirscht. Inzwischen war die Musik auch wieder etwas leiser geworden, vielleicht hatte sich jemand beschwert.

»Es … es geht bestimmt gleich wieder«, presste ich hervor. Ich wusste nicht einmal, ob es gerade meine Angst war, die diese Gefühle in mir weckte, oder ob es lediglich am Schwanken des Bootes lag, das mir Übelkeit verursachte. Vermutlich eine Mischung aus beidem.

Die nächste Welle erfasste das Boot, und ich wäre fast umgekippt, hätte Damiano mich nicht gehalten. Ich richtete mich auf, während er mich stützte.

»Bist du sicher, dass es dir gut geht?« Er strich über meinen Arm, und ich hielt mich an ihm fest. Weil ich so das Gefühl hatte, das Schaukeln unter mir etwas ausgleichen zu können.

»Mir ist ein bisschen schlecht«, gestand ich.

Damiano sah sich um. »Wo ist denn eigentlich Yanis? Ist er gar nicht bei dir?«

»Er holt uns gerade etwas zu trinken«, hauchte ich.

»Ich schau mal unter Deck nach, bestimmt gibt es irgendwo ein paar Tabletten gegen Übelkeit. Bleib hier, okay? Setz dich am besten hierhin.«

Er bugsierte mich zu einer Sitzfläche vor der Reling und verscheuchte ein knutschendes Paar, das es sich dort gemütlich gemacht hatte.

»Ich bin gleich wieder da«, versprach er mir.

40. Kapitel

Yanis

Während ich an der Bar auf unsere Drinks wartete – ich hatte Toni einen fruchtigen Sex on the Beach bestellt, für mich einen Caipirinha –, musterte ich die Menschen um mich herum. Sie schienen allesamt aus einer anderen Welt zu stammen. Aus jener Luxusszene von Santorini, die ich bisher tunlichst gemieden hatte. Der Kerl neben mir trug einen maßgeschneiderten Anzug von Giorgio Armani, an seinem Handgelenk blitzte eine goldene Uhr auf, die mit Sicherheit ein Vermögen gekostet hatte.

Würden Nik und Sebastian mich hier jetzt so sehen, würden sie mir vermutlich einen Vogel zeigen. Normalerweise waren solche Veranstaltungen überhaupt nicht mein Ding, aber ich hatte mich darüber gefreut, als Toni mich gefragt hatte, ob ich sie zu Damianos Abschiedsparty begleitete. Das war doch ein gutes Zeichen? Das bedeutete, dass ich ihr wichtig geworden war, oder? Noch immer hatten Toni und ich nicht darüber gesprochen, was das zwischen uns beiden jetzt eigentlich war. Lief es auf etwas Festes hinaus? Oder wollte sie nur eine Sommerromanze? Als sie vorhin am Telefon gesagt hatte, dass sie etwas mit mir bereden wollte – vielleicht hatte sie genau das Thema ansprechen wollen? Auch eben hatte ich das Gefühl gehabt, dass ihr etwas auf dem Herzen lag, aber bei der lauten Musik war es unmöglich gewesen, ein vernünftiges Gespräch zu führen. Diese Party war offensichtlich nicht der beste Zeitpunkt, um über uns zu sprechen. Wahrscheinlich war auch Toni diese Erkenntnis gekommen. Nach diesem Abend würde ich auf jeden Fall das

Gespräch mit ihr suchen, auch wenn mich schon der Gedanke daran nervös machte.

Mittlerweile wurde das Gedränge an der Bar immer dichter, und die Kellner hatten sichtlich Mühe, mit den Bestellungen hinterherzukommen. Wenigstens hatte der DJ die Lautstärke runtergeregelt. Was Damiano diese Party wohl kostete? So viel Geld würde ich vermutlich nicht einmal in einem ganzen Jahr verdienen.

Auf der Suche nach Toni ließ ich meinen Blick über die Feiernden schweifen und entdeckte sie gemeinsam mit Damiano. Von hier aus konnte ich die beiden nur von hinten sehen. Zunächst dachte ich mir nichts dabei, doch dann legte Damiano eine Hand auf Tonis Rücken. Es sah nach einer sehr vertrauten Geste aus.

Ich stutzte.

Im nächsten Moment schmiegte Toni sich an Damiano, krallte sich fast schon an ihm fest. Die beiden wirkten innig miteinander. Damiano hielt Toni fortwährend fest und strich ihr über den Arm.

Mein Hals schnürte sich zu. Lief da was zwischen den beiden? Eigentlich hatte ich bisher angenommen, Damiano und Toni würde eine rein professionelle Ebene verbinden, die sich zu einer Art Freundschaft entwickelt hatte. Mehr nicht. Oder hatte ich mir selbst etwas vorgemacht? War das zwischen Toni und mir doch nichts Ernsteres, so wie ich insgeheim gehofft hatte?

Ich dachte an alle unsere Treffen, unsere Gespräche, den Sex, unsere Küsse. Es hatte sich so echt angefühlt, so tief. Und eigentlich hatte ich auch nicht daran gezweifelt, dass das, was Toni und ich miteinander teilten, mehr war als ein oberflächlicher Sommerflirt.

Bis eben. Der Anblick von Toni und Damiano verwirrte mich zutiefst, und ein Stich der Eifersucht durchfuhr mich.

»Hier, bitte«, drangen die Worte des Barkeepers dumpf an mein Ohr. Nur aus dem Augenwinkel bekam ich mit, wie er die beiden Cocktails über den Tresen schob, da mein Blick noch immer auf Toni und Damiano geheftet war.

Im nächsten Moment stolperte der Uhrenkerl neben mir,

da er offenbar von jemand anderem angerempelt worden war. Hastig wich ich aus, in der Hoffnung, dadurch das größte Malheur vermeiden zu können, aber da war sein Long Island Iced Tea schon auf meinem Hemd gelandet.

»Verflucht!«, schnaubte ich und blickte an mir hinab. Der beißende Geruch von Wodka, Rum und Tequila machte sich sofort bemerkbar, und ich rümpfte die Nase.

Der Barkeeper schob mir ein paar Servietten zu, mit denen ich notdürftig versuchte, meine Kleidung trocken zu reiben. Damit machte ich es jedoch nur schlimmer. Jetzt hatte ich auch noch hässliche Serviettenfussel auf meinem Hemd, ganz großartig.

Der Uhrenkerl sah mich aus geröteten Augen entschuldigend an. Was hatte der eigentlich schon alles intus? Andererseits wollte ich lieber gar nicht wissen, was der sich eingeworfen hatte. »Sorry, Bro. Wenn ich das irgendwie wiedergutmachen kann …«

Er zückte sein Portemonnaie, und ich hob ablehnend die Hand. »Alles gut. Kann passieren.«

Meine Laune war im Keller. Vielleicht war es ein Fehler gewesen, Toni auf diese Party zu begleiten. Im Moment sah es ganz danach aus, als würde der Abend alles andere als angenehm werden.

Mein Blick wanderte erneut über die Menschenmenge. Irritiert runzelte ich die Stirn. Wo waren Toni und Damiano denn auf einmal hin? Ich hatte sie doch nur ein paar Sekunden aus den Augen gelassen.

Der Stachel in meiner Brust wuchs.

Waren die beiden jetzt ernsthaft zusammen verschwunden?

Okay, Yanis, schalt mal einen Gang runter, redete ich auf mich ein. Bestimmt war alles viel harmloser, als es gerade wirkte. Und dass mir jemand einen Cocktail über mein Outfit schüttete, hätte auch auf jeder anderen gottverdammten Party passieren können.

Ich atmete tief ein und aus. Ich sollte Toni finden und mit ihr reden. Jetzt. Klären, ob da etwas zwischen Damiano und ihr lief.

Ich wollte bereits nach den beiden Cocktails greifen und

mich auf die Suche nach Toni begeben, als der Uhrenkerl neben mir ein Grölen ausstieß. Er starrte auf sein überdimensional großes Handy.

»Damiano, der kleine Weiberheld! Hat der sich hier auf Santorini schon wieder eine Neue klar gemacht. Wann macht er eigentlich mal keine Schlagzeilen?«

Ich hielt in der Bewegung inne.

»Was sagst du da?«, fragte ich den noch immer namenlosen Typen, der mir daraufhin sein riesiges Display unter die Nase hielt.

Mir stockte der Atem, als mein Blick auf die Schlagzeilen und das etwas unscharfe Bild darunter fiel.

»Damiano Rizzardi: Heiße Sommerromanze auf Santorini! Wer ist die hübsche Unbekannte?«

Das Foto zeigte Damiano am Strand, wie er im Wasser eine brünette Frau küsste. Seine Hände hatte er um ihr Gesicht gelegt. Die junge Frau selbst war nicht gut zu erkennen, doch in meiner Brust krampfte sich etwas zusammen, denn sie kam mir trotz allem sehr bekannt vor.

Nein, das konnte nicht sein!

»Steht da, von wann das Bild ist?«, fragte ich den Kerl wie ferngesteuert.

Er runzelte angesichts meiner Frage die Stirn. »Nee, steht da nicht. Warum willst'n das wissen?«

Ich antwortete ihm nicht mehr, sondern lief wie in Trance durch die Menschenmenge. Die Cocktails ließ ich einfach an der Bar stehen, aber mir war die Lust auf einen Drink auch vergangen. Es passte einfach alles ... ihre Haltung, die Silhouette ihres Körpers, die Frisur. Noch dazu hatte sie allein schon durch die Arbeit viel Kontakt zu ihm. Wie wahrscheinlich war es also, dass es sich bei jener Frau um eine andere als Toni handeln könnte?

Man musste nicht Einstein sein, um zu wissen, dass die Wahrscheinlichkeit beschissen gering war.

»Gott, du bist so naiv, Yanis! Ein riesiger Dummkopf!«, schalt ich mich selbst. Zum Glück gingen meine Worte in der Musik unter.

Die ganze Zeit über hatte ich mich gefragt, warum Toni so zurückhaltend reagiert hatte, wenn es um das Meer gegangen war. Ich dachte daran, wie sie meinen Vorschlag, einen gemeinsamen Ausflug mit dem Boot zu machen, abgelehnt hatte. Oder daran, wie sie bei dem BBQ am Strand nicht mit ins Wasser gekommen war. Und jetzt musste ich in irgendeiner Klatschpresse ein Foto von ihr sehen, wie Damiano Rizzardi und sie sich im Wasser küssten?

Dieses Bild schmerzte auf so vielen Ebenen. Hatte ich mich tatsächlich so sehr in Toni getäuscht? Hatte ich mir selbst nur etwas vorgemacht?

Meine Gefühle waren ein einziges Wirrwarr. Enttäuschung und Wut vermischten sich zu einem quälenden Gift.

Ich hätte schon bei dem Ausflug zum Krater merken sollen, dass da irgendetwas zwischen Damiano und Toni vor sich ging. Ich hatte sie zwar nicht auf ihren damaligen Ausbruch angesprochen, aber sie hatte unerwartet heftig reagiert, als Damiano sich einen Spaß mit dieser Blondine erlaubt und die ihn unter Wasser gezogen hatte.

Ich achtete nicht einmal mehr darauf, wohin ich ging. Ich erwischte irgendjemanden mit meinem Ellbogen, während ich mich durch die tanzende und wogende Menge kämpfte. Es war mir auch egal, dass mir jemand eine wüste Beleidigung hinterherrief.

Ich wollte nur noch weg. Runter von diesem Boot. Es war von Anfang an ein Fehler gewesen, hierherzukommen. Die Menschen hier, der Luxus, die Oberflächlichkeit ... Das war nicht meine Welt, ich gehörte hier nicht hin.

Ich lief in jemanden hinein.

»Yanis?«, vernahm ich eine Stimme. Ich erkannte sofort, wem sie gehörte, und ein tiefes Grollen erwachte in meiner Brust. Ich musste mich beherrschen, Damiano nicht umgehend eine reinzuhauen.

Als ich mich umdrehte, begegnete ich seinem fragenden Blick. »Weißt du, wo Toni ist?«

Ungläubig glotzte ich ihn an. Wie bitte? Ausgerechnet *er*

fragte mich, wo Toni steckte? Wollten die beiden mich eigentlich verarschen?

»Ist das gerade echt dein Scheißernst? Du müsstest das doch wissen!«

Damiano hob abwehrend die Hände. »Woah, Alter, beruhig dich mal. Ich hab ihr gerade nur ein paar Tabletten gegen Übelkeit geholt.«

»Übelkeit?«, fragte ich verwirrt nach.

»Ja, weil ihr der Wellengang und das Meer ziemlich zu schaffen machen. Hat sie dir nicht ...« Damiano hielt im Reden inne, und Erkenntnis legte sich auf sein Gesicht. »Sie hat es dir nicht gesagt.«

Es war keine Frage, sondern vielmehr eine Feststellung. Er musterte mich nachdenklich.

»Was hat sie mir nicht gesagt?«

Damiano zögerte sichtlich. »Das sollte sie dir vielleicht besser selbst anvertrauen.«

Ich lachte höhnisch auf, Wut züngelte durch meine Adern. »Tja, es gibt offenbar eine ganze Menge Dinge, die ich nicht über sie weiß.«

Ich griff in meine Hosentasche und holte mein Handy daraus hervor. Ich öffnete Google, gab ein paar Schlagworte ein und hielt Damiano das Bild unter die Nase.

»Zum Beispiel das hier.«

Damianos Augen weiteten sich, als er die Schlagzeilen erfasste. »Fuck, wo haben die das denn jetzt schon wieder her? Diese Aasgeier!« Er ballte die Hände zu Fäusten, Ärger spiegelte sich auf seinem Gesicht wider. Doch dann fasste er sich und blickte mich an. »Hör zu, Yanis, es ist nicht so, wie du denkst. Es waren Fans am Strand, und um nicht erkannt zu werden, habe ich mich umgedreht und Toni geküsst. Ich hab nicht drüber nachgedacht, okay? Es war ein Ausrutscher.«

Er sagte das, als würde es nichts bedeuten. Aber das tat es. Es bedeutete, dass ich mich in Toni getäuscht hatte.

So viele Fragen geisterten mir durch den Kopf. Vor allem: Wann war dieses Foto entstanden? Als es zwischen Toni und mir bereits ernster geworden war?

»Dann willst du mir also sagen, dass es nur diesen einen Kuss gab, ja?«

Damiano schluckte. Die Sekunden verstrichen quälend langsam. Doch sein Zögern sagte alles. Ich hatte meine Antwort.

»Yanis, bitte … Rede mit Toni«, erwiderte Damiano beinahe flehend. »Es ist alles etwas komplizierter, als du denkst. Du bist ihr unfassbar wichtig. Sie hat sich für dich entschieden.«

Kurz blieb mir die Luft weg. »Sie hat sich für *mich* entschieden? Wie gönnerhaft! Ich wusste nicht mal, dass es offenbar einen Wettstreit zwischen dir und mir gab!«

Himmel, gerade hasste ich es so sehr, dass meine Eltern Delphina und mich so gut und anständig erzogen hatten. Denn in diesem Augenblick wollte ich nichts lieber tun, als Damiano eins auf die Fresse zu geben. Und der Gedanke schockierte mich zutiefst.

»Yanis, komm runter, es ist …«

Ein gellender Schrei ertönte, der selbst das Gelächter und die tanzende Menge übertönte. Damiano und ich sahen einander an.

Toni!

41. Kapitel

Toni

Wenige Minuten zuvor …

Schlotternd saß ich an der Reling, während das Boot unaufhörlich von den Wellen geschaukelt wurde. Der Wind war aufgefrischt, und auch die große, stabile Yacht war davor nicht sicher. Hoffentlich würde Damiano bald mit den Tabletten zurückkehren.

Anscheinend hatte jedoch nicht nur ich mit dem Schwanken meine Probleme, sondern auch ein paar weitere Gäste, die an der Reling standen und keinen besonders guten Eindruck machten.

Dabei fiel mir ein junger Mann auf, der nicht viel älter als achtzehn oder neunzehn Jahre sein konnte. Er torkelte beim Gehen, und ich war mir ziemlich sicher, dass das mehr an seinem Alkoholpegel und weniger an den Wellen lag, die immer wieder geräuschvoll gegen die Yacht krachten.

Die Reling war an der einen Stelle nur sehr niedrig, und der junge Mann lehnte sich verdächtig weit vornüber. Unweigerlich beschleunigte sich mein Puls.

Trotz meiner zitternden Beine rappelte ich mich auf und machte ein paar Schritte auf den Kerl zu.

»Hey, komm da mal ein Stück von der Reling weg, das ist echt gefährlich.«

Aber über den Lärm der Partygäste hinweg hörte er mich nicht. Stattdessen beugte er sich noch etwas weiter vor, als wollte er fasziniert das Wasser beobachten.

Ich bemühte mich, meine Schritte zu beschleunigen, kam

zwischen den anderen Gästen jedoch nicht sonderlich gut hindurch.

Als ich ihn erreicht hatte, fasste ich ihn bei der Schulter.

»Hey, komm da mal ein bisschen weg«, bat ich ihn eindringlich. Panik kroch meine Kehle hinauf.

Der Kerl drehte sich mit glasigem Blick zu mir um, seine Augen waren blutunterlaufen. Ja, er stand definitiv unter dem Einfluss irgendeiner Substanz, ob es jetzt der Alkohol war oder noch andere Drogen im Spiel waren. Aber das konnte mir auch egal sein, er sollte da bloß weg.

Es kam mir vor, als sähe er regelrecht durch mich hindurch, dann verzog er seine Lippen zu einer Grimasse. »Wer bist du, meine Mutter?«, höhnte er, was mich an ein sehr ähnliches Gespräch mit Damiano erinnerte. Verdammt, wie bekam ich den Kerl nur von der Reling weg?

In diesem Moment traf eine große Welle seitlich auf die Yacht. Ein Ruck ging durch das Boot, und der Typ geriet ins Straucheln. Halt suchend, klammerte er sich an mir fest, doch zu spät ... Er hatte bereits das Gleichgewicht verloren. Im Schwung seiner Bewegungen riss er mich mit sich.

Ein Schrei perlte von meinen Lippen, als wir beide über Bord fielen.

Dann wurde ich von kaltem Wasser eingehüllt, und mein schlimmster Albtraum wurde wahr.

Wasser über mir und überall um mich herum.

Für einen kurzen Moment war ich wie gelähmt, dann begann ich, zu strampeln. Versuchte, zu schreien, aber ich konnte nichts sehen, zumal die Wassermassen und das aufgewühlte Meer mich immer wieder nach unten drückten.

Nackte Panik zerrte an mir wie die Klauen eines Raubtiers, während ich wild mit den Armen um mich schlug. Noch immer konnte ich kaum etwas erkennen, da das Meer aufgewirbelt war. Das Wasser wirkte undurchdringlich. Hinzu kam, dass es hier draußen so gut wie keine Lichter gab außer denen vom Boot. Die Sonne war längst untergegangen, und Nacht hatte sich über das Meer gesenkt.

Mein Verstand hatte sich mittlerweile verabschiedet. Der

einzige Gedanke, der in mir vorherrschte, war: Überleben! Also zog ich mich halb blind mit ein paar kräftigen Armzügen nach oben. Zumindest vermutete ich, dass in dieser Richtung oben war, denn die Lichtschimmer vom Boot drangen schwach zu mir durch. Heftig nach Atem ringend, durchbrach ich die Wasseroberfläche.

Ich keuchte und hustete, mein Herz raste.

Schreie und aufgeregte Rufe drangen wie durch Watte an mein Ohr. Meine Augen brannten vom Salzwasser, und ich nahm die Umrisse der Yacht, die ein paar Meter von mir entfernt im Wasser lag, nur verschwommen wahr. Sie musste zuvor geankert haben, ansonsten wäre ich bei dem Wellengang und der Geschwindigkeit des Bootes schon weit davon entfernt gewesen. Dicht gedrängt standen Menschen an der Reling.

»Haltet durch, wir holen euch da raus!«, rief jemand.

Mein Blick schweifte hektisch über das unruhige Meer, das im Schein der Nacht noch viel dunkler und bedrohlicher wirkte als sonst. Wo war der Junge hin?

Ich konnte nicht mehr klar denken, meine Panik hatte das Kommando übernommen. Der Druck auf meiner Brust schien stetig zuzunehmen, als würde jemand mit seinem ganzen Gewicht auf mir liegen.

In dem Moment rollte eine weitere Welle auf mich zu, und bevor ich darauf reagieren konnte, hatte sie mich schon erreicht. Sie schwappte über mich hinweg, und ich schluckte ordentlich Salzwasser.

Wieder war ich von Wasser umgeben, gefangen wie in einem Käfig. Erneut strampelte ich, um irgendwie zurück an die Oberfläche zu gelangen. Doch die Wellen schienen mich immer wieder nach unten zu drücken.

Mein Überlebenswille bäumte sich auf, und ich strampelte, so kräftig ich konnte. Meine Arme und Beine schmerzten und brannten. Aber sosehr ich auch gegen das Meer anzukämpfen versuchte, es war stärker als ich. Ich war der Kraft des Wassers einfach nicht gewachsen. Und mit jeder Sekunde wurde mein Körper schwächer, sämtliche Energie wich aus mir. Ich konnte nicht mehr.

Ich ließ los.

Plötzlich war es, als wäre ich schwerelos. Als würde ich im Wasser schweben. Ich spürte nicht mal mehr den Schmerz in meinen Gliedmaßen.

Alles war ganz still und ruhig. Fast schon friedlich.

Die Ruhe, die mich umgab, breitete sich auch in meinem Körper aus.

Und dann tauchte auf einmal Leon vor mir auf. Er war es wirklich. Leon sah mich aus diesen wunderschönen blauen Augen an.

Toni, hörte ich ihn sagen. *Toni, du musst jetzt stark bleiben. Du darfst jetzt nicht aufgeben, hörst du?* Seine Stimme klang einerseits so unglaublich nah und doch weit entfernt.

Ich konnte es kaum glauben, Leon zu sehen. Er war hier, bei mir. Ich betrachtete sein blondes Haar, durch das ich immer so gern mit meinen Fingerspitzen gefahren war. Seine hellblauen Augen, die mich so aufgeweckt und lebendig anblickten.

In meinem Kopf formte sich eine Antwort. *Aber ich bin so unglaublich müde. Und erschöpft. Ich kann nicht mehr. Und ich will bei dir bleiben. Ich will nicht, dass du wieder gehst.*

Ich spürte einen Schluchzer, der tief in meiner Brust saß.

Toni, erklang wieder Leons Stimme. *Es ist nicht deine Schuld, was damals passiert ist. Es ist niemandes Schuld.* Leons Silhouette flackerte vor meinen Augen.

Ich wollte schluchzen, wollte weinen. *Ich hab dich allein ins Wasser gehen lassen. Ich hätte bei dir sein müssen ...*

Ich blickte Leon ins Gesicht, und es schien, als ... als würde er weinen. Als würden Tränen in seinem Gesicht glitzern.

Es war ein Unfall, Toni. Ein schrecklicher Unfall. Du kannst die Vergangenheit nicht ändern, aber du kannst über deine Zukunft entscheiden. Und ich möchte, dass du lebst. Dass du für uns beide lebst und die Welt entdeckst. Das Leben wieder lieben lernst und glücklich bist. Aber das geht nur, wenn du jetzt stark bleibst. Er klang verzweifelt.

Bitte verlass mich nicht wieder. Das könnte ich nicht ertragen. Ich fühlte mich so schwach. Und mir war so verdammt kalt.

Leon streckte eine Hand nach mir aus, und ich konnte seine Wärme an meiner Wange spüren. Konnte *ihn* spüren. Ich hielt seine Hand an meiner Wange fest.

Ich werde immer bei dir sein, Toni. Immer und überall, auch wenn du mich nicht sehen kannst. Außerdem brauchst du doch einen Schutzengel, der von oben über dich wacht. Über die wundervolle, stürmische Toni.

Er lächelte schief. Sein typisch schiefes Leon-Lächeln.

Ich liebe dich, Antonia. Für immer und ewig. Vergiss das nie. Aber jetzt ist es Zeit, zu gehen. Du musst jetzt auftauchen, bevor es zu spät ist. Bevor es kein Zurück mehr für dich gibt.

Er entfernte sich ein Stück von mir, aber ich war noch nicht bereit, ihn loszulassen.

Unsere Hände berührten sich, glitten jedoch immer weiter auseinander.

Wach auf, Antonia!, hallte seine Stimme in mir nach, als mich auf einmal jemand packte und ich japsend und prustend die Oberfläche des Wassers durchbrach.

Dann breitete sich eine Dunkelheit über mir aus, in der nichts zu existieren schien.

42. Kapitel

Als ich wieder zu mir kam, hatte ich im ersten Moment keinen blassen Schimmer, wo ich mich befand. Ich hatte Mühe, überhaupt die Augen aufzubekommen, und blinzelte ein paarmal. Das helle Licht war unangenehm. Meine Lider fühlten sich bleischwer an, mein Körper träge, als wäre ich einen Marathon gelaufen.

Als es mir schließlich dennoch gelang, die Augen vollständig zu öffnen, erblickte ich einen hellen Raum. Ich lag in einem mir fremden Bett.

Überrascht zuckte ich zusammen, als ich den Kopf wandte und feststellte, dass Yanis an meinem Bett saß. Kaum, dass er bemerkt hatte, dass ich wach war, beugte er sich über mich.

In seinen Augen las ich die verschiedensten Emotionen. Ich meinte, Erleichterung darin zu erkennen. Aber auch noch etwas anderes. Etwas Schweres, Dunkles.

»Du bist wach«, stellte er mit heiserer Stimme fest. »Wie fühlst du dich?«

»Ich ... ich weiß nicht. Ein bisschen schlapp und müde. Aber sonst ganz gut.« Die Worte kamen nur krächzend über meine Lippen, mein Hals war ganz trocken.

Yanis sprang sogleich auf und kehrte kurz darauf mit einem Glas Wasser zurück. »Hier, etwas zu trinken.«

»Danke.« Mit zittrigen Händen griff ich nach dem Glas und leerte es in ein paar großen Schlucken. Ich genoss es, wie die kühle Flüssigkeit meine Kehle hinabrann.

Yanis nahm mir das Glas ab und stellte es auf ein kleines Tischchen. Danach bedachte er mich wieder mit diesem Blick, den ich nicht recht deuten konnte.

Ich fasste mir an die Schläfe, in dem Glauben, mich dadurch besser konzentrieren zu können. Für einen Augenblick fühlte sich alles matschig in meinem Kopf an, und ich konnte keinen klaren Gedanken fassen. Was war passiert? Wo befand ich mich? Warum war Yanis hier?

»Wo bin ich?«

»Du bist im Krankenhaus«, antwortete Yanis. »Ich bin so froh, dass es dir gut geht. Du hast fast einen ganzen Tag lang durchgeschlafen. Glücklicherweise hast du bis auf eine leichte Unterkühlung keine größeren Schäden davongetragen«, setzte er hinterher.

Erinnerungen tauchten in meinem Kopf auf. An Wasser. Sehr viel Wasser. Ich merkte sofort, wie sich mein Brustkorb zusammenzog und Angst meinen Hals hinaufkroch.

Da fiel mir auf einmal alles wieder ein. Langsam setzten sich die Zahnrädchen in meinem Kopf in Bewegung, und die einzelnen Puzzleteile fügten sich allmählich zu einem Bild zusammen.

Der Abend auf Damianos Yacht. Der junge Mann, der viel zu nah an der Reling gestanden hatte. Und wie wir beide ins Wasser gefallen waren.

Ich schnappte nach Luft. »Was ist mit dem Jungen? Geht es ihm gut?«

Yanis legte mir beruhigend eine Hand auf den Arm. »Es geht ihm den Umständen entsprechend gut. Wir konnten euch beide glücklicherweise rechtzeitig aus dem Wasser holen.«

»Wir?«

»Damiano und ich.«

»Danke«, flüsterte ich.

Yanis sah mich ernst an. »Ich hatte wirklich Angst um dich, Toni.« Tränen glitzerten in seinen Augenwinkeln.

Leons Gesicht tauchte vor meinem inneren Auge auf. Ich erinnerte mich daran, wie er mir gestern unter Wasser erschienen war. Wie er mir gesagt hatte, dass ich endlich mein Leben leben sollte.

Und da wusste ich, dass ich mit Yanis reden musste und unser Gespräch nicht weiter aufschieben durfte.

Bevor mich mein Mut wieder verließ, griff ich nach seiner

Hand. »Yanis, ich muss dir etwas sagen.« Ich räusperte mich. Ich war verdammt noch mal nicht gut darin, mich jemandem zu öffnen, und hatte keinen blassen Schimmer, wo ich eigentlich anfangen sollte. Mir wurde ein bisschen schlecht. In den letzten Jahren hatte ich meine Gefühle immerzu eingesperrt. Sie jetzt auf einmal auszusprechen, war beängstigend.

Ich richtete mich im Bett auf. Es dauerte einen Moment, bis ich die passenden Worte fand. Dann begann ich, zu erzählen. Von Leon. Von dem schrecklichen Unfall. Von meiner Angst vor dem Wasser, die mich seit jenem Tag wie ein Gespenst begleitet hatte. Und dass es eigentlich nie meine Absicht gewesen war, nach Santorini zu kommen, was nicht nur an der unerwarteten Planänderung bei Malinas und meinem Reisevorhaben lag.

Als ich kurz Luft holte, begegnete ich Yanis' mitfühlendem Blick. »Toni, ich ... ich hatte ja keine Ahnung. Es tut mir so unglaublich leid, was du durchmachen musstest.«

»Ich hab mir all die Jahre die Schuld an seinem Tod gegeben und hatte Schwierigkeiten damit, wieder Menschen in mein Leben zu lassen. Doch dann kamst du und ...« Ich knibbelte an meiner Unterlippe. »Du hast mir gezeigt, wie lebenswert das Leben ist. Wie leicht es sich anfühlen kann. An deiner Seite waren die Dämonen auf einmal nicht mehr ganz so Furcht einflößend, und ich hatte wieder Hoffnung. Ich wollte schon so viel eher mit dir reden, aber ...« Ich stockte kurz. »Da war deine Begeisterung für Wasser. Ich weiß, wie viel das Meer dir bedeutet. Und das mag sich vielleicht banal anhören, aber ich hatte Angst, dass ich nicht die Richtige wäre, um diese Leidenschaft mit dir zu teilen.«

»Hast du echt gedacht, dass das meine Meinung über dich ändern könnte? Hast du mich für so oberflächlich gehalten?« Schmerz schwang in Yanis' Stimme mit, und es tat mir weh, dass ich diejenige war, die ihm diesen Schmerz bereitete.

»Nein, so ist das nicht, ich ...« Auf einmal wusste ich nicht mehr, wie ich fortfahren sollte. »Ich wollte nicht, dass du siehst, wie kaputt und gebrochen ich innerlich war, als ich nach Santorini kam«, sagte ich leise. »Ich wollte, dass du eine andere Version von mir kennenlernst.«

»Ich würde eine Person niemals aufgrund ihrer Vergangenheit bewerten. Vielleicht kannst du es selbst noch nicht erkennen, aber du bist eine wahnsinnig starke und beeindruckende Frau. Und jeder Mensch hat im Leben sein Päckchen zu tragen, trotzdem definieren wir uns doch nicht darüber.« Yanis' Worte sanken tief in meine Seele. Ich schämte mich wahnsinnig dafür, dass ich mich ihm nicht viel eher anvertraut hatte.

Und ich wusste, wenn ich wollte, dass Yanis' und ich eine Chance hatten, musste ich ihm die ganze Wahrheit anvertrauen.

»Yanis, da ist noch etwas, das ich dir sagen muss.« Ich schluckte, da der Kloß in meinem Hals immer größer wurde. »Damiano und ich, wir haben uns ...«

»Geküsst«, beendete Yanis meinen Satz und blickte mir direkt in die Augen. Kurz brachte er mich damit aus dem Takt, und mir wurde abwechselnd heiß und kalt. Woher wusste er das? Hatte Damiano etwa ...?

»Wie ... Woher?«, presste ich hervor.

Ein paar Sekunden verstrichen, in denen Yanis mich nur schweigend ansah. Dann griff er wortlos in seine Hosentasche und zog sein Handy hervor. Er tippte ein paarmal auf seinem Bildschirm herum und hielt das Display schließlich so hin, dass ich es sehen konnte.

Als ich die Schlagzeilen und das Kussfoto von Damiano und mir am Strand erfasste, machte sich Übelkeit in mir breit, und das Herz rutschte mir in die Kniekehlen. Ich war so schockiert, dass ich im ersten Moment nichts zu sagen wusste. »Yanis, es tut mir so leid, wirklich«, brachte ich schließlich hervor.

Er schob das Handy zurück in seine Hosentasche. Ängstlich verfolgte ich jede kleinste Regung, doch sein Gesicht war in diesem Augenblick wie eine Maske.

»Das ist der Grund, warum du gestern mit mir reden wolltest, oder? Warum du gefragt hast, ob wir uns vor der Party treffen können.«

»Ich wollte die ganze Zeit mit dir sprechen, aber dann ist immer etwas dazwischengekommen, und ich hab den richtigen Moment verpasst«, flüsterte ich.

»Als ich gestern auf der Yacht das Foto gesehen habe, da wollte ich zunächst nicht glauben, dass es wahr ist. Ich dachte, es wäre etwas Tieferes zwischen uns ...« Yanis hatte mir noch immer nicht sein Gesicht zugewandt.

Alles in mir schmerzte, und ich war unfähig, etwas zu erwidern. Tränen traten in meine Augen, mein Hals brannte.

»Aber dann ist es mir wie Schuppen von den Augen gefallen«, sagte er leise. »Warum ich manchmal das Gefühl hatte, dass du irgendetwas vor mir zurückhältst. Ich hätte schon auf diesem Bootsausflug zum Vulkan bemerken sollen, dass da etwas zwischen Damiano und dir ist.« Jetzt sah er mich direkt an.

»Es ist nicht so, wie du denkst«, erwiderte ich mit erstickter Stimme und wusste noch im selben Moment, wie falsch und heuchlerisch sich das anhörte. »Damiano hat eine ähnlich schwere Vergangenheit wie ich. Vielleicht hab ich geglaubt, ich müsste mich deshalb bei ihm nicht verstellen. Es tut mir leid.«

Kaum, dass die Sätze aus meinem Mund waren, wusste ich, dass ich die falschen Worte gewählt hatte. Der Schmerz in Yanis' Augen war nicht zu übersehen.

»Du hattest das Gefühl, du müsstest dich für mich verstellen? Glaubst du echt, Damiano und du, ihr seid die einzigen Menschen auf der Welt, die schon einmal Trauer und Schmerz erlebt haben?«

Mist. Jetzt war Yanis wütend, seine Stimme klang aufgebracht. Ich redete mich gerade um Kopf und Kragen, und anstatt hier irgendetwas zu retten, machte ich die ganze Situation nur noch schlimmer.

Ich griff wieder nach seiner Hand. »Ich bin echt nicht gut in solchen Dingen. Ich möchte aber, dass du weißt, dass du mir unglaublich wichtig bist. Das mit dir bedeutet mir etwas.«

Yanis blickte auf unsere Hände, die übereinanderlagen.

»Du bedeutest mir auch sehr viel, Toni. Aber ich kann das nicht. Nicht so.«

Erneut breitete sich Panik in mir aus, diesmal jedoch aus einem anderen Grund. Denn ich merkte, wie Yanis sich gerade emotional von mir distanzierte. Diesmal war er derjenige, der einen Schutzwall um sich hochzog und mich damit ausschloss.

»Wie meinst du das?« Mir wurde kalt.

»Ich glaube, es ist besser, wenn wir uns nicht mehr wiedersehen, Toni«, hauchte Yanis. Ich merkte ihm an, wie schwer ihm diese Worte fielen, denn in seinen Augen flackerten Traurigkeit und Bedauern auf, und sein Adamsapfel hüpfte auf und ab.

Mein Herz krampfte sich schmerzhaft zusammen. »Wenn es um den Kuss geht …«, setzte ich an, doch Yanis unterbrach mich.

»Es geht nicht um den Kuss, Toni. Es geht darum, dass du Damiano mehr vertraut hast als mir. Dass du gedacht hast, ich würde dich aufgrund deiner Vergangenheit oder deiner Ängste verurteilen. Ich weiß, dass man sich Vertrauen erst erarbeiten muss, und es ist okay, dass du diesen Teil von dir bisher vor mir verborgen hast. Aber es tut weh, dass du dachtest, Damiano könnte besser mit der Wahrheit umgehen als ich. Du hast mir nicht einmal die Möglichkeit gelassen, für dich da zu sein.«

Mittlerweile liefen die ersten Tränen still meine Wangen hinab. Ich schaffte es nicht mehr, dagegen anzukämpfen, ich hatte es satt, meine Emotionen zu verstecken.

»Ich weiß nicht, was ich sagen kann, außer, dass es mir unendlich leidtut.«

Yanis entzog mir vorsichtig seine Hand. »Ich möchte nicht, dass du das Gefühl hast, dich in meiner Gegenwart verstellen zu müssen. Ich möchte, dass du offen mit mir bist und diejenige sein kannst, die du sein möchtest. Und wenn ich nicht die richtige Person dafür bin, dann muss ich das akzeptieren. Dann ist das okay. Aber ich kann nicht mit jemandem zusammen sein, der sich mir gegenüber verschließt.«

Ich war wie gelähmt, als ich dabei zusah, wie Yanis von

seinem Stuhl aufstand. Doch nicht nur ich weinte. Auch seine Augen schimmerten feucht.

Als er schon an der Tür war, fragte ich mit zitternder Stimme: »Dann war es das jetzt also?«

Yanis hatte seine Hand bereits auf die Türklinke gelegt, drehte sich dann jedoch noch einmal zu mir um. »Ich wünsche dir nur das Beste, Toni, wirklich.«

Damit verließ er den Raum, und ich wurde von ohrenbetäubender Stille eingehüllt.

43. Kapitel

Zwei Tage später wurde ich aus dem Krankenhaus entlassen. Sie hatten mich einen weiteren Tag zur Beobachtung dabehalten, aber ich hatte es kaum länger im Bett ausgehalten. Electra holte mich mit einem riesigen Blumenstrauß in der Hand ab und beteuerte mehrfach, wie erleichtert das ganze Hotelteam war, dass mir nichts Schlimmeres passiert war.

All das bekam ich gar nicht richtig mit. Es kam mir so vor, als hätte mir jemand eine Betäubungsspritze verpasst. Trotzdem spürte ich die dumpfe Qual in meinem Herzen überdeutlich. Ich war die restliche Woche von der Arbeit freigestellt worden. Obwohl ich darauf beharrte, dass ich in der Lage war, wieder zu arbeiten, wollte Antonios nichts davon hören. Generell sorgten sich meine Kollegen und das gesamte Team wirklich rührend um mich.

Doch mich beschäftigte etwas ganz anderes und erfüllte mich mit wachsender Unruhe. Noch immer konnte ich nicht glauben, dass es das jetzt zwischen Yanis und mir gewesen sein sollte. Ich sprach viel mit Malina. Sie tat ihr Bestmögliches, um aus der Ferne für mich da zu sein, aber ihre aufmunternden Worte halfen auch nur geringfügig.

Am Mittwoch bekam ich eine Nachricht von Yanis. Als sein Name auf meinem Display aufleuchtete, schoss mein Puls augenblicklich in die Höhe.

Hey, wie geht es dir?

Es war nur dieser eine Satz, und dennoch sorgte er dafür, dass sich sogleich ein winziger Hoffnungsschimmer in mir ausbreitete. Fieberhaft brütete ich über dem kleinen Bildschirm, überlegte, was ich ihm schreiben könnte. In dem Moment ging ein Anruf ein.

Es war Damiano. Auch er hatte mich noch im Krankenhaus besucht, war aber inzwischen abgereist und befand sich wieder in Mailand, wo er heute Abend auf der Fashion Week laufen sollte. Eigentlich fand die Mailänder Herrenmodewoche – die Milano Moda Uomo – immer im Juni statt, allerdings hatten die Veranstalter das Event dieses Jahr aus organisatorischen Gründen in den Juli verschoben.

»Hey«, murmelte ich ins Telefon.

»Toni? Hörst du mich?«, drang Damianos Stimme durch den Lautsprecher, doch ich konnte ihn kaum verstehen, da es bei ihm im Hintergrund so laut war.

»Damiano, was ist das für ein Krach?«

»Sorry, bin hier gerade im Backstagebereich. Warte, ich verzieh mich mal in meine Garderobe.« Es folgte weiteres Stimmengewirr und ein unangenehmes Rauschen in meinen Ohren, dann wurde es von einer Sekunde auf die andere deutlich ruhiger.

»Endlich! Hier geht's schlimmer zu als in einem Bienenstock«, gab Damiano entnervt von sich. Ich lachte etwas angespannt.

»Wie geht's dir?«, fragte er mich sanft.

Ich schluckte, und wieder fühlte es sich an, als würde sich meine Kehle zuschnüren.

»Ging mir schon mal besser«, antwortete ich ehrlich.

»Wir hatten im Krankenhaus nicht mehr viel Gelegenheit, miteinander zu sprechen, aber es tut mir so leid, wie alles gekommen ist, Toni. Das mit den Paparazzi und ...«

»Du kannst nichts dafür, Damiano«, widersprach ich sofort.

»Ich hätte wissen müssen, dass so etwas passiert und diese Aasgeier nicht lockerlassen. Ich hätte dich nie in mein verkorkstes Leben mit reinziehen dürfen.« Er seufzte schwer.

»Ach, mein Leben war vor dir doch auch schon verkorkst. Und wie heißt es so schön: Geteiltes Leid ist halbes Leid.«

Auch wenn ich Damianos Reaktion nicht sehen konnte, ahnte ich, dass er schmunzelte.

»Und was ist mit Yanis? Habt ihr noch mal miteinander gesprochen?«

Ich hatte ihm im Krankenhaus nur in der Kurzfassung erzählt, dass Yanis nichts mehr von mir wissen wollte.

»Nein«, sagte ich leise. »Aber er hat mir gerade eine Nachricht geschrieben und gefragt, wie es mir geht.«

»Das ist doch gut! Oder nicht?«

Ich zuckte mit den Schultern, bis mir einfiel, dass Damiano das nicht sehen konnte. »Ich weiß es nicht. Was ist, wenn er mir nur aus Höflichkeit geschrieben hat?«

»Toni, lass mich dir eines sagen: Yanis hätte dir nicht geschrieben, wenn du ihm nicht noch immer etwas bedeuten würdest.«

»Meinst du?« Ich knibbelte an meiner Unterlippe.

»Ja, das meine ich.«

Im Hintergrund ertönte auf einmal eine Stimme, die laut und temperamentvoll auf Italienisch redete, im nächsten Moment antwortete Damiano mit einem ebenso temperamentvollen Wortschwall. Ich musste das Handy ein Stück weit von meinem Ohr weghalten.

Damiano stöhnte ins Telefon. »Sorry, Toni. Ich muss auflegen. Irgendwas passt mit dem Outfit nicht, und in die Maske muss ich auch noch. Wir hören uns, okay? Ich glaub an dich. Und ich bin mir sicher, dass dir etwas einfallen wird.«

»Viel Glück! Oder Hals- und Beinbruch! Sagt man das nicht so?«

»Ehrlich gesagt, hab ich diesen Spruch noch nie verstanden«, lachte Damiano, dann legten wir beide auf.

Ich dachte über seine Worte nach. Bestand noch Hoffnung, dass Yanis mir verzeihen würde? Aber wie stellte ich das an? Wie konnte ich ihn davon überzeugen, dass er mir wirklich wichtig war?

Ich überlegte fieberhaft. Dachte daran, was Yanis wichtig war. Er liebte seine Familie, seine Freunde, die Goldschmiede und das Meer.

Ich strich über den Kettenanhänger an meinem Hals, den Yanis für mich gefertigt hatte. Man spürte die Liebe, die darin steckte. Yanis' Liebe für diese Insel.

Und plötzlich hatte ich eine Idee. Eine Idee, die mich nicht mehr losließ.

Ich war froh, dass ich etwas hatte, worauf ich mich mit Feuereifer stürzen konnte. Wenn ich etwas konnte, dann war es Planen und Organisieren, und ich war erleichtert, endlich wieder etwas anzupacken, von dem ich wusste, dass ich wirklich gut darin war.

So unbeholfen ich auch in zwischenmenschlichen Angelegenheiten war, bei organisatorischen Dingen blühte ich auf.

Und als ich schließlich das Go von Antonios hatte, war zum ersten Mal seit Yanis' und meinem Gespräch im Krankenhaus doch wieder so etwas wie Zuversicht in mir.

44. Kapitel

Yanis

Ich hatte keine Ahnung, wann es mir das letzte Mal so beschissen gegangen war. Nichts bereitete mir Freude. Nicht einmal meine Arbeit in der Goldschmiede konnte mich ablenken. Meine Gedanken kreisten permanent um Toni.

Auch jetzt rief ich wieder unseren Chat auf. Auf meine Frage, wie es ihr ging, hatte sie nur eine kurze Antwort geschrieben:

> Es wird langsam besser. Danke, dass du fragst.

Ihre Nachricht war inzwischen schon wieder zwei Tage her, und ich hatte nichts mehr darauf erwidert. Zum wiederholten Male schwebten meine Finger über der Tastatur, während die Worte auf dem Display langsam vor meinen Augen verschwammen. Es juckte mich in den Fingern, Toni zu schreiben, doch wie zuvor verließ ich auch jetzt den Chat wieder und schob das Handy in meine Hosentasche. Ich wusste nicht, was es genau war, ob nun fehlender Mut oder falscher Stolz, der mich abhielt.

»Verdammt«, knurrte ich und raufte mir die Haare. Vielleicht hatte ich es einfach wie Sebastian halten sollen – gar nicht erst große Gefühle aufkommen lassen. Aber jetzt hatte ich den Salat. Toni war mir in den letzten Wochen immer mehr ans Herz gewachsen, und sie fehlte mir. Ihr Lachen fehlte mir. Das Glitzern in ihren Augen, wenn sie sich über etwas freute.

Ich fühlte mich innerlich zerrissen. Ein Teil von mir wollte

Toni schreiben, sie im Arm halten, ihre Nähe spüren. Doch der andere Teil von mir war viel zu verletzt dafür. Noch immer konnte ich nicht verstehen, warum sie sich Damiano und nicht mir anvertraut hatte.

Wieder glitten meine Gedanken zu dem Kussfoto, das im Internet nach wie vor die Runde machte, und ein fieser Stich machte sich in meiner Brust bemerkbar.

Ich musste endlich auf andere Gedanken kommen und zwang mich dazu, mich auf meine Arbeit zu konzentrieren. Doch was ich auch anpackte – nichts wollte mir gelingen, nicht einmal ein einfacher Goldring. Meine Kreativität hatte sich auch verabschiedet. Mein eigener Schmuck kam mir auf einmal vollkommen langweilig und nichtssagend vor.

Nachdem der Goldring am Ende aussah wie ein misslungenes Ei, pfefferte ich ihn wütend in eine Ecke und zog meinen Arbeitskittel aus.

»Was mache ich hier eigentlich?«, murmelte ich vor mich hin. Als ich Toni kennengelernt hatte, waren die Schmuckideen nur so aus mir herausgesprudelt. Ihre Nähe hatte mich beflügelt, zur Höchstform getrieben. Ohne Toni an meiner Seite hatte ich das Gefühl, dass meine Kreativität wie eine Quelle im Erdboden versiegt war.

In dem Moment vernahm ich die Klingel, die ankündigte, dass jemand mein Geschäft betrat. Unweigerlich musste ich an die Situation denken, als Toni und ich hier hinten fast erwischt worden wären, als wir ... Verflucht, ich musste endlich aufhören, mich permanent selbst mit Erinnerungen zu foltern.

»Bin sofort bei Ihnen«, rief ich nach vorne, aber da hörte ich auch schon, wie jemand den Vorhang zur Werkstatt zur Seite schob.

»Entschuldigen Sie, diese Räume hier sind nicht öffentlich zugänglich ...«

»Ich bin's doch nur.« Delphina stand mir gegenüber, ein Lächeln auf dem Gesicht. In den Händen hielt sie eine Tüte. Ein köstlicher buttriger Geruch breitete sich sogleich in meiner Werkstatt aus, und mein Magen gab ein verräterisches Knurren von sich. Ich hatte nicht einmal gefrühstückt.

»Hast du heute überhaupt schon etwas gegessen?«, fragte Delphina mich vorwurfsvoll, noch bevor ich sie begrüßen konnte. Sie ließ mir nicht einmal Zeit, um Luft zu holen. Sie war schon immer der Wirbelwind der Familie gewesen. Da kam sie wohl ganz nach Oma.

Ich schüttelte den Kopf. »Hatte keinen Hunger.«

Delphina seufzte schwer. »Wie gut, dass du mich hast. Giagiá hat Baklava gemacht. Komm, wir setzen uns nach draußen in die Sonne.«

Ich ahnte, dass meine Schwester nicht nur zum Baklavaessen vorbeigekommen war, doch ich konnte es ihr nicht verübeln. Als große Schwester war es irgendwie ja auch ihre Aufgabe, sich Sorgen um ihren jüngeren Bruder zu machen, auch wenn sie mir damit manchmal gewaltig auf die Nerven ging.

»Kleinen Moment«, sagte ich, lief einmal um den Tisch herum und hob den unförmigen Ring auf, den ich zuvor lieblos in die Ecke gepfeffert hatte.

Delphina hob die Augenbrauen.

»Frag lieber nicht«, murrte ich und folgte ihr schließlich nach draußen. Da ohnehin gerade keine Kundschaft da war, setzten wir uns auf die schmale Holzbank vor meiner Goldschmiede.

Delphina musterte mich aufmerksam von der Seite, während sie in die Tüte griff und mir ein Stück Baklava und eine Serviette reichte.

»Du siehst echt scheiße aus«, kommentierte sie ungeniert. »Wie lange hast du dich eigentlich nicht mehr rasiert?«

»Wow, danke, Schwesterherz. Das hört man doch gern. Jetzt geht's mir gleich viel besser.« Meine Stimme triefte nur so vor Sarkasmus.

»Gern geschehen, dafür sind Geschwister doch da«, zwitscherte Delphina übertrieben freundlich.

Eine Zeit lang aßen wir schweigend unser Gebäck. Ich hätte nicht gedacht, dass ich überhaupt Appetit haben würde, aber Omas Baklava war legendär. Ich liebte die in Honig eingelegten Teilchen aus Blätterteig und die Füllung aus Pistazien und gehackten Walnüssen.

Mein Blick schweifte immer wieder zur überfüllten Gasse

vor uns, als könnte Toni dort jeden Moment entlanggejoggt kommen.

Die ganze Zeit über merkte ich, wie mich Delphina musterte, bis sie schließlich mit der Sprache herausrückte. »Jetzt mal ehrlich, Yanis ... Wie geht's dir? Ich mach mir langsam Sorgen um dich.«

Ich hatte gerade das letzte Stück Baklava vertilgt und ließ mir extra lange Zeit mit dem Kauen, um Delphinas Frage aus dem Weg zu gehen. Doch ich wusste, sie würde nicht lockerlassen.

Ich leckte mir über meine vom Honig klebrigen Lippen.

Delphina wusste von Tonis Unfall und von dem Kussfoto mit Damiano, ich hatte ihr davon erzählt. Und auch, dass ich Toni gesagt hatte, es wäre besser, wenn wir uns nicht wiedersahen.

Einen Moment lang starrte ich einfach nur auf das Meer. Heute konnte mich nicht einmal dessen Anblick erfreuen. Normalerweise hatte Wasser immer einen beruhigenden Effekt auf mich, aber an diesem Tag bildete ich mir zum ersten Mal ein, dass mir das Meer etwas genommen hatte.

Ich zuckte mit den Schultern. »Keine Ahnung. Zurzeit will nichts so richtig funktionieren, nicht einmal die Arbeit lenkt mich ab. Ich bringe nur Mist zustande.«

»Hast du noch einmal mit Toni gesprochen?«

Ich schüttelte den Kopf. »Ich hab sie nur gefragt, wie es ihr geht, das war's.«

»Weißt du, ich find's auch echt scheiße, wie das alles gelaufen ist, und ich will Toni da gar nicht in Schutz nehmen. Aber ich denke trotzdem, dass du ihr sehr wichtig bist. Diese besondere Verbindung zwischen euch ... Ich hab sie sofort gespürt. So etwas findet man nicht oft.«

»Bitte, Delphina, lass einfach gut sein.« Ich rieb mir übers Gesicht.

»Übrigens habe ich ein neues Zuhause für euer kleines Kätzchen Athina gefunden«, versuchte Delphina, das Thema zu wechseln, was auch nicht unbedingt hilfreich war, da ich jetzt daran denken musste, wie sich Toni auf dem Roller an meinen Rücken geschmiegt hatte. Dennoch freute ich mich über diese Neuigkeiten.

»Das ist schön«, sagte ich, bevor ich durch das Vibrieren meines Handys abgelenkt wurde. Es war fast schon lächerlich, wie ich darauf hoffte, dass Toni mir geschrieben hatte. Ich zog das Handy aus der Hosentasche, und die Ernüchterung folgte kurz darauf. Vor allem, da die Nachricht von einem unbekannten Absender stammte und mit »Sehr geehrter Herr Koumantaras« begann.

Ich runzelte die Stirn.

»Was Wichtiges?«, fragte Delphina sogleich.

»Keine Ahnung«, murmelte ich und öffnete die Nachricht. Kurz überflog ich die wenigen Zeilen.

Sehr geehrter Herr Koumantaras,
ich bin Hoteldirektor des *Blue Ocean Boutique Hotels* in Firá und kürzlich auf Ihre Goldschmiede und Ihr Handwerk aufmerksam geworden. Wir planen, in unserem Hotel eine kleine Schmuckboutique einzurichten, und würden uns freuen, wenn wir unseren Gästen etwas Außergewöhnliches bieten könnten. Und ich glaube, dass Sie genau der Richtige dafür wären. Ich würde mich freuen, wenn wir beide uns einmal zusammensetzen. Vielleicht passt es Ihnen ja morgen schon? Sie können mich jederzeit telefonisch unter dieser Nummer erreichen. Ich freue mich, von Ihnen zu hören.

Herzlich
Antonios Dimou

Ich las die Nachricht noch ein zweites und ein drittes Mal, als könnte ich es nicht glauben. Bei dem Namen *Blue Ocean* klingelte es bei mir. Das war doch das Hotel, in dem Toni arbeitete!

»Was ist denn nun? Du siehst aus, als wärst du einem Geist begegnet.« Delphina lehnte sich ungeduldig zu mir herüber und versuchte, einen Blick auf das Handydisplay zu erhaschen.

»Du bist wirklich die mit Abstand ungeduldigste und neugierigste Person, die ich kenne.« Ich schmunzelte, hatte aber ein Nachsehen mit meiner Schwester, bevor sie gleich noch über mich herfiel und mir das Handy entriss. Also reichte ich es ihr, sodass sie die Nachricht selbst lesen konnte.

Ihre Augen weiteten sich merklich, kaum, dass sie zu lesen begonnen hatte. Sie blickte mich an.

»O. Mein. Gott! Yanis, das ist einfach grandios! Du musst dich mit diesem Kerl treffen! Das ist deine Chance, endlich mehr aus deinem Talent zu machen.«

Sie gab mir mein Handy zurück.

Ich wusste nicht, was ich von dieser Nachricht halten sollte. Zumal Toni im *Blue Ocean* arbeitete.

Als sich Delphina eine halbe Stunde später von mir verabschiedete, bedachte sie mich mit einem strengen Blick. »Ruf diesen Hoteldirektor an, okay? Versprich mir das!«

»Ja doch, Mama«, antwortete ich grinsend, woraufhin Phina mir einen sanften Klaps auf den Oberarm gab.

Am nächsten Tag traf ich mich morgens mit Antonios Dimou in einem kleinen, angesagten Café in der Stadt. Ich hatte extra einen Zettel an die Tür meiner Goldschmiede gehängt, dass ich heute eine Stunde später öffnen würde. Wir machten uns miteinander bekannt, bestellten einen Kaffee und kamen ziemlich zügig auf die Arbeit zu sprechen.

Herr Dimou faltete seine Hände ineinander. »Herr Koumantaras, ich bin wirklich fasziniert von Ihrem Handwerk. Ihr Schmuck spiegelt genau das wider, wofür auch unser Hotel steht: schlichte Eleganz mit Blick fürs Detail. Ich könnte mir gut vorstellen, dass wir Ihren Schmuck künftig in unserem Hotel ausstellen. Möglicherweise könnten wir gemeinsam eine exklusive Schmuckkollektion ausarbeiten, die einzig und allein in unserem Hotel zu erwerben ist. Ich denke, dass das von unseren Gästen ganz hervorragend angenommen werden würde.«

»Wow, ich weiß gar nicht, was ich sagen soll …«, erwiderte ich perplex. Eine eigene Exklusiv-Kollektion … Nicht einmal in meinen kühnsten Träumen hätte ich gewagt, mir so etwas vorzustellen.

Herr Dimou lächelte. »Mich würde interessieren, was Ihre Vision ist? Wofür steht Ihr Schmuck?«

Ich dachte einen Moment lang über seine Frage nach. »Wissen Sie, Schmuck hat für mich etwas Zeitloses, etwas Unvergängliches. Gerade in der heutigen schnelllebigen Zeit ist mein Schmuck von bleibendem Wert. Wie eine warme Erinnerung. Schmuck kann so viel mehr sein als einfach nur ein Modeaccessoire.«

Herr Dimou hatte seine Stirn in Falten gelegt. »Wie eine warme Erinnerung«, wiederholte er meine Worte. »Das gefällt mir. Dass unsere Gäste stets eine warme Erinnerung haben, wenn sie unser Hotel mit Ihrem Schmuck am Handgelenk verlassen und eines Tages zu uns zurückkehren. Daraus könnte man eine inspirierende Kampagne machen und ... Ach, ich spinne schon rum, verzeihen Sie.« Der Hoteldirektor verzog entschuldigend das Gesicht. »Aber Ihre Worte haben mich inspiriert, und Ihre Leidenschaft für Schmuck ist spürbar.«

»Danke«, sagte ich geschmeichelt.

»Herr Koumantaras, was halten Sie davon, wenn Sie mir Ihre Werkstatt zeigen und Ihr Handwerk einmal persönlich vorführen?«

»Sehr gern«, antwortete ich. »Wollen wir direkt los?«

Herr Dimou ließ es sich nicht nehmen, für uns beide zu zahlen. Es waren nur wenige Meter von dem Café bis zu meiner Goldschmiede, und schon kurz darauf führte ich den Hoteldirektor durch mein Geschäft.

Am Ende streckte Herr Dimou mir seine Hand entgegen. »Herr Koumantaras, ich bin begeistert! Sollten Sie Interesse haben, dann lasse ich Ihnen gerne einen Vertragsentwurf für unsere gemeinsame Kooperation zukommen. Ich würde mich sehr über eine Zusammenarbeit mit Ihnen freuen.«

Ich reichte ihm ebenfalls meine Hand. »Die Freude ist ganz meinerseits. Und bitte, schicken Sie mir gern den Vertragsentwurf zu.«

»Hervorragend!«, freute Herr Dimou sich.

»Danke für diese Möglichkeit, das bedeutet mir sehr viel«, entgegnete ich aufrichtig.

Herr Dimou hob seine Hand und lächelte wieder. »Bitte, danken Sie nicht mir. Danken Sie viel eher meiner geschätzten Mitarbeiterin Antonia Breuer. Sie hatte diese fantastische Idee, und ich bin froh, dass sie mich auf einen solch begabten und inspirierenden jungen Künstler aufmerksam gemacht hat. Sie hat keine Mühen gescheut, mich von Ihrem Talent zu überzeugen, und Sie in den höchsten Tönen gelobt. Nun kann ich verstehen, warum.«

Allein die Erwähnung von Toni reichte aus, um mich völlig aus dem Takt zu bringen. Sie hatte all das hier auf die Beine gestellt? Ich hatte keinen Plan, wie ich mit dieser Information umgehen sollte, und hoffte, dass Herr Dimou mir meine Verwirrung nicht anmerkte. Eigentlich hätte ich mir denken können, dass Toni hierbei ihre Finger im Spiel hatte.

Es gab genügend Juweliere und Goldschmiede auf dieser Insel. Da gehörte schon ziemlich viel Glück dazu, dass ein angesehenes Hotel auf mich aufmerksam wurde.

Mein Brustkorb füllte sich mit Wärme, und gleichzeitig suchte mich wieder dieses stechende Gefühl heim.

Tonis Geste rührte mich zutiefst, und ich wusste zu schätzen, was sie für mich getan hatte. In meinem Kopf herrschte das reinste Gedankenchaos.

Weil ich keine Ahnung hatte, was das hier zu bedeuten hatte. Was es für Toni und mich bedeutete. Ob es irgendetwas zwischen uns änderte.

Als Herr Dimou sich von mir verabschiedete und meine Goldschmiede verließ, schweifte mein Blick durch das Fenster in Richtung Meer.

Das hier war eine große Chance für mich. Eine Möglichkeit, meinen Schmuck auf der Insel zu etablieren und mehr Menschen darauf aufmerksam zu machen.

Und dennoch kam mir das unter diesen Umständen irgendwie falsch vor.

45. Kapitel

Toni

Zurzeit funktionierte ich nur noch wie ein Roboter. Seit ein paar Tagen stand fest, dass Yanis seinen Schmuck künftig wirklich in unserem Hotel ausstellen würde. Auch wenn ich persönlich noch nichts von ihm gehört hatte, freute es mich riesig, dass er der Kooperation zugestimmt hatte. Ich war mir sicher, dass das eine perfekte Win-win-Situation für beide Seiten war.

Doch damit nicht genug: Für heute Abend war ein ganz besonderes Event in unserem Hotel geplant, das ich betreuen und anmoderieren sollte. Eines, bei dem Antonios und ich unseren Gästen Yanis' Schmuck zum ersten Mal vorstellen und zudem ankündigen würden, dass das Hotel in Zukunft gemeinsam mit Yanis eine eigene Schmuckkollektion herausbrachte. Unsere Gäste hatten somit die Möglichkeit, heute schon einmal einen exklusiven Einblick in Yanis' Arbeit zu bekommen.

Es würde Häppchen geben, und Yanis' Schmuck würde besonders in Szene gesetzt werden. Dazu hatten wir uns einiges überlegt.

Zum zwanzigsten Mal checkte ich meine Liste, ob ich auch nichts Wichtiges vergessen hatte.

Electra bekam meine Aufregung mit und konnte sich ein Schmunzeln nicht verkneifen. »Das wird heute Abend schon alles klappen, da bin ich mir sicher.«

»Meinst du?«

Ich wollte, dass dieses Event perfekt lief. Aber ich war nicht nur deswegen nervös, sondern auch, weil es das erste

Mal seit meinem Krankenhausaufenthalt vor zwei Wochen war, dass ich Yanis wieder persönlich gegenüberstehen würde. Allein der Gedanke sorgte dafür, dass ich schwitzige Hände bekam, mein Pulsschlag sich beschleunigte und meine Gedanken Achterbahn fuhren. Schon heute Morgen hatte ich stundenlang vor dem Spiegel gestanden und überlegt, mit welchem Outfit Yanis' Schmuck am besten zur Geltung käme.

Wie würde er wohl reagieren, wenn wir uns wiedersahen? Noch immer hatte ich die Hoffnung nicht aufgegeben, dass zwischen uns alles so werden könnte wie vorher.

Yanis fehlte mir.

Electra bedachte mich mit einem aufmunternden Blick und strich ihre roten Haare glatt. »Das wird schon, glaub mir. Sieh doch mal: Du hast einfach mal binnen drei Tagen dieses Event fast komplett allein hochgezogen. Wie eine Löwin hast du dich darauf gestürzt. Das find ich schon beeindruckend.«

»Hoffen wir mal, dass Yanis das auch so sieht«, murmelte ich, jedoch mehr an mich selbst gewandt.

Wir hatten uns dazu entschieden, das Schmuck-Eröffnungsevent heute nach drinnen in unseren Veranstaltungsraum zu verlegen. Da Yanis' Schmuck stark vom Meer und der Küste Santorinis inspiriert war, hatten wir uns für eine überwiegend blaue und weiße Dekoration entschieden. Zum Glück blieb mir noch ein bisschen Zeit, um etwas runterzukommen. Die Veranstaltung war erst für heute Abend um 21 Uhr angesetzt, damit die Hotelgäste vorher noch das Abendessen im Hotelrestaurant einnehmen konnten.

Als am frühen Mittag eine Nachricht eintrudelte und der Absender niemand Geringeres als Yanis war, schnellte mein Puls unweigerlich in die Höhe.

Doch die Ernüchterung folgte prompt.

Es tut mir leid, aber mir ist das gerade alles zu viel. Ich kann das nicht.

Für einen Moment war ich wie erstarrt. Versuchte, den Sinn der Worte zu begreifen. Was konnte er nicht? Das Event heute Abend?

Oder ...

Konnte er das alles *meinetwegen* nicht?

46. Kapitel

Damiano

Ich saß gerade in der Maske für mein bevorstehendes Interview mit der *VOGUE*, das in einem Luxus-Penthouse auf Mykonos stattfand. Zig Leute wuselten um mich herum, während ich mal wieder gelangweilt durch Instagram scrollte. Währenddessen machte meine Agentin die arme Redakteurin, die gleich das Interview mit mir führen sollte, darauf aufmerksam, welche Fragen sie mir zu stellen und welche sie zu unterlassen hatte. Noch immer war die Aufregung um das Kussfoto mit Toni nicht abgeklungen, und jeder schien sich nur auf diese eine Frage stürzen zu wollen: *Ist Damiano Rizzardi mit der unbekannten Frau vom Strand zusammen?* Allmählich hing es mir echt zum Hals heraus.

»Keine Fragen, die sein Liebesleben betreffen, das habe ich doch nun schon dreimal gesagt!«, keifte meine Agentin gerade los. Es kam nicht von ungefähr, dass sie hinter vorgehaltener Hand gern mal als »Terrier« bezeichnet wurde, denn für ihre geringe Größe konnte sie verdammt gut kläffen.

Ich musste mich zusammenreißen, um mir nicht anmerken zu lassen, wie genervt ich von alldem war. Selbst der Fummel, in dem ich heute steckte, sah fürchterlich aus. Man könnte meinen, jemand hätte einen Hahn gerupft, so viele Federn besaß das Kostüm.

In dem Augenblick vibrierte mein Handy und zeigte mir eine Nachricht von Toni an. Ich hatte ihr kurz zuvor noch Glück für das heutige Schmuck Event gewünscht. Es war fast schon ein bisschen ironisch, wie sich meine Agentin und die Redakteurin wegen des Kussfotos zankten, während besagte

Quelle der Aufregung mir gerade schrieb. Ein Lächeln teilte meine Lippen, als ich unseren Chat öffnete.

Damiano, ich bin verzweifelt. Yanis hat das Event für heute Abend abgesagt. Wahrscheinlich meinetwegen. Was soll ich denn jetzt bloß machen? ☹

Sofort saß ich kerzengerade in meinem Stuhl, was meine Visagistin gar nicht lustig fand.

»Bitte, Sie müssen stillhalten, sonst kann ich nicht ...«

Auf die Gefahr hin, dass ich gerade wie die größte Diva schlechthin wirkte und damit das Klischee des überheblichen Models noch befeuerte, hob ich die Hand. »Ganz kleinen Moment, bitte.«

Ich stand vom Stuhl auf, lief ans Fenster und wählte Tonis Nummer, doch sie ging nicht ran. Ich versuchte es noch ein weiteres Mal, aber auch jetzt hob sie nicht ab.

»Mist«, fluchte ich. Ich konnte mir vorstellen, dass Toni mit ihren Nerven am Ende war. Grübelnd starrte ich auf mein Handy.

Ich ahnte, dass es zum Teil auch meine Schuld war, dass Yanis sich auf einmal so verkroch. Angespannt tippte ich mit meinen Schuhen auf den Boden.

»Damiano, Schatz, würdest du dich bitte wieder in die Maske setzen? Das Interview beginnt in zehn Minuten.« Meine Agentin hatte sich zu mir ans Fenster gesellt.

»Streich das Interview«, sagte ich mit fester Stimme.

Gabriella blickte mich einige Sekunden lang verwirrt an. Dann begann sie, hysterisch loszulachen, und hielt sich den Bauch. »Guter Scherz, Damiano, wirklich. Du hattest mich damit gerade fast. Aber wir haben jetzt keine Zeit dafür.«

»Das war kein Scherz. Streich bitte das Interview.«

Ich blickte an ihr vorbei, auf der Suche nach ihrem persönlichen Assistenten. »Paolo, bitte schau nach, wann die nächste Maschine nach Santorini geht.«

Er zuckte zusammen, zückte jedoch gleich darauf sein Handy. »Wird sofort gemacht.«

»Nein, Paolo, das wird nicht gemacht!«, wetterte Gabriella los und ließ ihren Blick zwischen Paolo und mir hin- und hergleiten. Jap, jetzt kam definitiv der Terrier in ihr durch.

»Bist du völlig übergeschnappt, was ist denn in dich gefahren? Du hast gleich ein sehr wichtiges Interview!«

Ich legte Gabriella eine Hand auf den Arm. »Ich weiß. Aber manchmal gibt es im Leben Wichtigeres als das hier, und man muss Prioritäten setzen. Und das mache ich gerade.«

»Aber ... es ist die *VOGUE!*« Gabriella sah aus, als würde sie jeden Moment Feuer speien.

Mittlerweile waren alle im Raum verstummt, jeder schien gebannt unsere Diskussion mitzuverfolgen.

»Allesamt raus. RAUS!«, schrie Gabriella. Binnen Sekunden ließen die Anwesenden alles stehen und liegen, der Pinsel der Visagistin fiel zu Boden. Gabriella konnte schon verdammt angsteinflößend wirken.

Am Ende waren nur noch Gabriella, Paolo, die Redakteurin und ich in der Maske.

»Also buche ich jetzt keinen Flug?«, fragte Paolo mit zitternder Stimme.

Die Redakteurin fragte zeitgleich: »Also gibt es jetzt kein Interview?«

Noch bevor ich überhaupt die Chance hatte, zu antworten, preschte Gabriella wie ein wild gewordener Derwisch nach vorne. Sie deutete auf Paolo. »Nein, du wirst keinen Flug buchen! Und was Sie betrifft«, Gabriella wirbelte zu der Redakteurin herum, »machen Sie sich für das Interview bereit. Damiano hat einfach ein bisschen zu wenig Schlaf bekommen, das ist alles.«

Allmählich begann es in mir zu brodeln. Ich hatte mich in den letzten Jahren so oft zurückgenommen. Hatte mich den Wünschen und Anforderungen anderer untergeordnet und meine eigenen Bedürfnisse in den Schatten gestellt. Aber damit war jetzt Schluss. Ein für alle Mal.

»Hör auf, Gabriella! Du wirst mich nicht daran hindern, in

diesen Flieger zu steigen. Und ich lasse mich von dir auch nicht mehr länger wie eine Marionette herumkommandieren. Entweder, du nimmst das hin, oder unsere Zusammenarbeit kann auf Dauer so nicht mehr weitergehen!«

Meine Nasenflügel bebten, mein Brustkorb hob und senkte sich stark. Ich konnte nicht glauben, dass ich das gerade wirklich gesagt hatte. Doch es fühlte sich verdammt noch mal gut an. *Richtig.*

Paolo sah aus, als würde er gleich einen Herzinfarkt erleiden. Die arme Redakteurin hatte schon hektische rote Flecken im Gesicht, und Gabriella schnappte nach Luft wie ein Karpfen auf dem Trockenen.

Diesen Moment nutzte ich und wandte mich an die Redakteurin. »Und Ihre Frage, das Kussfoto und die ominöse Unbekannte betreffend: Nein, sie ist nicht meine feste Freundin, aber eine gute Freundin. Sie hat mir gezeigt, wie wertvoll es im Leben ist, wahre Freunde zu haben, auf die man sich verlassen kann. Und genau das möchte ich ihr gerade sein: ein wahrer Freund. Deswegen haben Sie sicher Verständnis dafür, wenn ich jetzt den nächsten Flieger nach Santorini erwischen muss. Das können Sie von mir aus auch gerne in Ihr Interview schreiben.«

»Nichts wird hier geschrieben!«, keifte Gabriella.

»Wir haben ein Problem«, klinkte Paolo sich ein. »Es gibt keine direkten Flüge von Mykonos nach Santorini, die haben alle einen Zwischenstopp in Athen ...«

Gabriellas Mundwinkel hoben sich zufrieden, während meine nach unten sackten. Ich hatte bereits die Hoffnung aufgegeben und glaubte, ich müsste mich wieder einmal Gabriellas Willen beugen, als ...

»Allerdings habe ich gerade eine Chartermaschine gefunden, die ohne Umwege nach Santorini fliegt. Der Flieger geht in anderthalb Stunden. Wenn wir jetzt sofort zum Flughafen fahren, könnten wir es vielleicht noch schaffen.«

Damit war das Wichtigste gesagt. »Paolo, du bist ein Genie! Und es tut mir leid, dass ich mich dir gegenüber manchmal wie ein Arsch benommen habe.« Ich schnappte mir den kleinen Mann, der mir gerade mal bis zu den Schultern reichte, nahm sein Gesicht in meine Hände und drückte ihm euphorisch einen Schmatzer auf. »Ich verspreche dir, ich werde mich bessern.« Dann fasste ich ihn am Arm und zog den hilflosen Kerl hinter mir her. Ich wusste, wann man besser ganz schnell dafür sorgen sollte, aus Gabriellas Blickfeld zu gelangen.

»Damiano, bleib hier!«

Doch da war die Tür schon hinter Paolo und mir ins Schloss gefallen.

Tatsächlich hatten wir die Chartermaschine nach Santorini erwischt, auch wenn es ein Hauen und Stechen gewesen war. Toni hatte bislang keinen blassen Schimmer, dass ich auf der Insel war. Das Einzige, das ich ihr geschrieben hatte, war:

Sag das Event auf keinen Fall ab!!!

Während Paolo schon im Taxi auf dem Weg zum Hotel saß, hatte ich ein anderes Ziel: Yanis' Goldschmiede. Leider stand ich kurz darauf vor verschlossener Tür, am Fenster hing ein Schild mit der Aufschrift *Heute geschlossen.*

Da kannte er mich schlecht, denn ich sah ganz genau, dass drinnen Licht brannte. Yanis war da.

Ich klingelte an der Tür, aber niemand öffnete. Hätte mich auch gewundert, wenn es so einfach gewesen wäre. Also ballte ich meine Hände zu Fäusten und hämmerte gegen die Tür.

»Yanis! Mach auf! Ich weiß, dass du da bist«, rief ich.

Ein paar Sekunden lang tat sich nichts. Dann hörte ich, wie sich energische Schritte der Tür näherten.

»Da steht doch *Heute geschlossen*, haben Sie das nicht ... Warte mal, *du?*« Als Yanis die Tür öffnete und mich erblickte, verwandelte sich seine genervte Miene sogleich in etwas, das man wohl nur als pure Verwirrung beschreiben konnte. Er starrte mich an, als wäre ich eine Fata Morgana.

Da es nicht danach aussah, als würde er mich in nächster Zeit freiwillig hereinbitten, zwängte ich mich wortlos an ihm vorbei ins Innere.

»Klar, komm ruhig rein, gar kein Ding«, murmelte Yanis und schloss die Tür hinter uns.

Ich hatte allerdings nicht damit gerechnet, dass er Frauenbesuch hatte, denn auf einmal tauchte hinter einem Vorhang eine dunkelhaarige Schönheit auf. »Yanis, was für ein Irrer hat denn da eben so gegen die Tür gehämmert – O Gott! *Du* bist es!«

Jetzt wurde ich von zwei Augenpaaren wie eine Fata Morgana angestarrt.

»Ich fühl mich geschmeichelt, aber du kannst mich auch gern Damiano nennen«, antwortete ich, da ich solche Reaktionen mittlerweile gewohnt war. Was ich dann aber etwas gewöhnungsbedürftig fand, war, dass die Frau plötzlich ein paar Schritte auf mich zumachte und ihre Augen verengte. Mit verkniffenem Gesichtsausdruck taxierte sie mich. »Du!«

»Ähm ... ja, ich?«, erwiderte ich fragend.

Yanis ging dazwischen. »Delphina, das ist meine Sache, okay? An dir ist echt eine Schauspielerin verloren gegangen. Also, um die ganze Situation hier noch etwas grotesker zu machen: Delphina, das ist ... Ach, was stelle ich ihn dir überhaupt vor, du hast ihn eh längst erkannt. Damiano, das ist meine Schwester Delphina.«

»Wow, also, so nett wurde ich noch nie vorgestellt«, spottete ich.

»Was willst du hier?«, fragte Yanis mich sogleich und ging gar nicht weiter auf meinen Kommentar ein. Er hatte die Arme vor der Brust verschränkt und trug ein Schlabbershirt und eine Jogginghose. Von seinen ungemachten Haaren wollte ich gar nicht erst anfangen.

»Gut, dass du fragst«, erwiderte ich mit übertrieben freundlicher Stimme. »Ich hoffe, du hast nicht vor, in diesem Outfit zu deinem Schmuck-Event zu gehen. Das ist wirklich unterirdisch. Damit würde ich nicht einmal auf der Couch rumlümmeln.«

»Bist du extra hergekommen, um mir das zu sagen? Solltest du nicht eigentlich um die Welt jetten oder so was? Was man als Model halt so macht?«

»Ich bin hier, um dir zu sagen, dass du deinen Allerwertesten zu diesem Event ins Hotel bewegen sollst.« Inzwischen hatte ich meinen spöttischen Ton abgelegt, und Ernsthaftigkeit hatte sich in meine Stimme geschlichen.

Das hier war mir wichtig. Toni war mir wichtig. Sie hatte es verdient, glücklich zu sein. Und ich war der Meinung, dass Yanis eigentlich ein feiner Kerl war.

Noch immer kratzte es ein wenig an meinem Ego, dass Yanis mich ausgestochen hatte, aber ich wusste, dass Toni und ich niemals eine Zukunft gehabt hätten.

»Ha! Das habe ich ihm auch gesagt!«, ließ Delphina in dem Moment verlauten, auch wenn sie mir danach wieder diesen giftigen Blick zuwarf. Ehrlich, ich stieg durch ihre Vibes nicht so ganz durch.

»Woher weißt du davon? Mal ganz davon abgesehen, dass dich das rein gar nichts angeht«, setzte Yanis hinterher.

Ich seufzte. Dieser Kerl war ein härterer Brocken, als ich angenommen hatte. Besser, ich kam direkt zum Punkt.

»Es tut mir leid, wie das alles gelaufen ist, und ich kann verstehen, dass du wütend und verletzt bist. Aber du bist Toni sehr wichtig. Sie hat sich den Hintern aufgerissen für dieses Event und dafür, dass du die Chance bekommst, deinen Schmuck im Hotel auszustellen. Egal, was aus Toni und dir wird – sei nicht so dumm, diese einzigartige Gelegenheit sausen zu lassen.«

Yanis schluckte, sagte aber nichts.

Ich zuckte mit den Schultern. »Du hast recht, es ist deine Entscheidung, und ich kann dich zu nichts zwingen. Aber wenn du das jetzt echt sausen lässt, dann bist du ein verdammter Feigling und ein Arschloch noch dazu. Und dafür habe ich dich eigentlich nicht gehalten, das ist nämlich eher mein Part.«

Wir sahen einander an. Langsam nickte Yanis. Auch wenn wir in diesem Leben vermutlich keine Freunde mehr werden würden, so hatte ich doch das Gefühl, dass in diesem Blick eine stille Übereinkunft lag.

47. Kapitel

Toni

Meine Nerven lagen blank. Noch immer hatte Yanis auf keine meiner Nachrichten reagiert. Umso verwirrter war ich noch immer über Damianos Message, die er mir mittags geschickt hatte.

> Sag das Event auf keinen Fall ab!!!

Damiano hatte gut reden. Der saß jetzt gerade bei der *VOGUE* und gab irgendwelche Interviews, während ich am Rande eines Zusammenbruchs stand. Zwischendurch hatte ich zu meiner eigenen Verwunderung noch eine Nachricht von Delphina erhalten.

> Wir bekommen das irgendwie hin. Bitte sag die Veranstaltung nicht ab, das ist Yanis' große Chance!

Kurz war ich verwundert, woher sie überhaupt meine Nummer hatte und wen sie mit »wir« meinte. Ihre Familie? Doch schon bald verloren sich diese Überlegungen im Wind, denn meine Gedanken wanderten wieder zur heutigen Veranstaltung.

Verdammt, das hier war mein erstes Event im Hotel, das ich mehr oder weniger allein auf die Beine gestellt und für das ich die Leitung übernommen hatte. Und jetzt ging alles den Bach runter. Ich hatte Antonios ein weiteres Mal enttäuscht. Nicht nur das – ich hatte ihm einen Künstler groß angepriesen, der jetzt spurlos verschwunden war und offenbar zu seinem eigenen Event nicht auftauchen wollte. Das Ganze war eine Katastrophe!

»Er hat einen Vertrag für unsere Kooperation unterschrieben!«, fluchte Antonios und tigerte in seinem Büro auf und ab, was mich nur noch nervöser machte. Ich stand da wie ein begossener Pudel, neben mir Electra, die ihr Bestmögliches gab, um sowohl Antonios als auch mich zu beruhigen.

»Es … es tut mir leid«, krächzte ich. Ich hatte mich überschätzt. Sowohl bei meiner Arbeit als auch in dem Glauben, ich könnte meine Fehler bei Yanis irgendwie wiedergutmachen. Vielleicht hätte ich Antonios diesen Vorschlag nie unterbreiten sollen.

»Okay, welche Optionen haben wir?«, fragte Electra an Antonios und mich gewandt. »Es gibt eigentlich nur zwei Möglichkeiten. Entweder, wir ziehen dieses Event jetzt durch, auch ohne Yanis, oder wir sagen alles ab.«

»Dieses Event durchzuziehen setzt aber auch voraus, dass Herr Koumantaras in Zukunft doch noch zur Besinnung kommt und überhaupt bereit dazu ist, diese Kollektion mit uns zu machen! Es ist ja völlig sinnlos, eine Kollektion anzukündigen, die es eventuell niemals geben wird!«, hielt Antonios dagegen.

In dem Moment vibrierte mein Handy. Ich fischte es nervös aus meiner Hosentasche, wobei ich es fast zu Boden fallen ließ. *Yanis!*, schoss es mir hoffnungsvoll durch den Kopf. Aber es war Delphina.

Machen uns gleich auf den Weg.

Hoffnung glomm in mir auf, zeitgleich ließen mich die aufwallende Erleichterung und die Last, die damit von meinen Schultern abfiel, unkontrolliert zittern. Delphina war es tatsächlich gelungen, Yanis gut zuzureden! Ich wusste gar nicht, wie ich ihr danken sollte. Vor allem, da sie bestimmt von dem Kussfoto von Damiano und mir erfahren hatte und vermutlich nicht sonderlich gut auf mich zu sprechen war.

Ich steckte mein Handy wieder weg. »Es gibt noch eine

dritte Option«, hörte ich mich selbst sagen. »Yanis ist auf dem Weg, seine Schwester hat mir gerade geschrieben.«

»Ein Glück!«, stieß Electra aus und drückte meine Hand.

Antonios schien noch nicht ganz so überzeugt. Er runzelte die Stirn und zog seine buschigen Augenbrauen zusammen. »Und diese Quelle ist vertrauenswürdig?«

»Absolut.« Ich nickte wie ein Wackeldackel. Fast hätte ich noch ein »Dafür würde ich meine Hand ins Feuer legen« hinterhergesetzt, besann mich im letzten Moment aber eines Besseren. Ich hatte eindeutig schon zu viele Versprechungen gemacht.

Antonios trommelte mit seinen Fingerspitzen auf den Schreibtisch, als würde er ernsthaft nachdenken. Seine Stirn war in grüblerische Falten gelegt.

»Tja, das Event kurzfristig abzusagen, würde wohl auch kein gutes Licht auf unser Hotel werfen. Na schön ...« Er warf mir einen strengen Blick zu. Obwohl der Mann mittleren Alters ansonsten eher einen fröhlichen und gemütlichen Charakter an den Tag legte, schimmerte heute der Hoteldirektor in ihm durch, der er nun einmal war. Und ich konnte nachvollziehen, dass das Ansehen des Hotels für ihn an erster Stelle stand. »Toni, ich vertraue dir. Und ich vertraue darauf, dass du die Sache im Griff hast.«

Ich schluckte. Die Last, die soeben von mir abgefallen war, schien nun erneut auf meine Schultern zu drücken. Mein Herz flatterte nervös. Ich wollte Antonios auf keinen Fall enttäuschen. Und auch wenn ich mich damit abfinden musste, dass es keine gemeinsame Zukunft für Yanis und mich geben würde, so wollte ich, dass dieses Event und diese Kooperation funktionierten.

Neuer Kampfgeist erwachte in mir. »Ich werde mein Bestes geben!«

Ich kontrollierte die Anzeige der Uhrzeit auf meinem Handy. 20 Uhr. Es blieb uns noch eine Stunde.

»Also gut.« Die Gesichtszüge des Hoteldirektors entspannten sich wieder ein wenig, und seine Lippen deuteten ein kaum wahrnehmbares Lächeln an. »Sorgen wir dafür, dass dieser Abend unvergesslich wird.«

Unvergesslich, wiederholte ich das Wort in Gedanken. Hoffentlich würde es im positiven Sinne unvergesslich werden ...

Es war inzwischen 20:30 Uhr, und der Saal des Hotels hatte sich merklich gefüllt. Viele Gäste waren gekommen und sahen sich erwartungsvoll um. Zudem waren zwei Reporter von der örtlichen Presse anwesend.

Ich stand gemeinsam mit Electra und Antonios etwas abseits der Bühne. Der Saal war atemberaubend schön geschmückt, und Leandros war gemeinsam mit ein paar Kollegen schon dabei, die Getränkewünsche der Gäste entgegenzunehmen. Auf der rechten Seite des Saals war ein Büfett mit kleinen Häppchen aufgebaut worden, passend zum Thema Meer. Es gab unter anderem Jakobsmuscheln, Garnelenhäppchen und Champagner. Ich ließ meinen Blick über die weiß gedeckten Tische schweifen. Die Stimmung war ausgelassen, und eigentlich hätte alles in bester Ordnung sein können.

Tja, wenn nicht noch immer der Stargast gefehlt hätte.

Immer wieder checkte ich nervös die Uhrzeit. Mir entging nicht, wie Antonios ebenfalls mehrfach auf die Uhr an seinem Handgelenk starrte.

Electra hingegen war wieder einmal der Optimismus in Person. Sie hätte sich wirklich gut mit Malina verstanden. Wie um mich abzulenken, ließ Electra ihren Blick mit großen, von Kajal umrandeten Augen an mir hinauf- und hinunterwandern. »Du siehst fantastisch aus, Toni.«

»Danke, Electra.« Auch wenn mir gerade alles andere als nach Lächeln zumute war, hob ich die Mundwinkel ein wenig. Ich hatte mich für ein bodenlanges türkisfarbenes Kleid entschieden, das an einer Seite leicht gerafft war. Dadurch fiel der Stoff in einer geschmeidigen Bewegung, die an Wellen erinnerte. In meinem Dekolleté glitzerte die Kette von Yanis. Zur Beruhigung strich ich mit den Fingern über den Schneckenanhänger, bevor mein Blick zu Electra glitt.

»Das Kompliment kann ich übrigens nur zurückgeben. Das Kleid sitzt an dir wie angegossen.« Sie trug ein eng anliegendes Meerjungfrauen-Kleid in Dunkelblau, das ihrer Figur schmeichelte und Kurven zum Vorschein brachte, die man auf den ersten Blick so gar nicht bei der zierlichen Electra wahrnahm. In der Kombination mit ihren roten Haaren hätte sie glatt als Arielle durchgehen können. Ich wollte bereits ein weiteres Kompliment hinzufügen, als sich auf einmal Electras ebenfalls meerblaue Gelnägel schmerzhaft in meinen Unterarm krallten.

»Toni, da drüben. Ist er das?«, flüsterte Electra aufgeregt.

Unsere Blicke trafen sich über die Gäste hinweg und verhakten sich ineinander. Die Welt schien einen Moment lang stillzustehen, alles wurde ganz leise. Meine Beine wurden puddingweich, und mein Herz begann, wie wild zu pochen.

Aus dem Augenwinkel bekam ich noch mit, dass Antonios seine Hände aneinanderlegte, als würde er ein Stoßgebet gen Himmel schicken.

Delphina stand neben ihm im Türrahmen. Yanis wandte seinen Blick von mir ab und wechselte ein paar Worte mit seiner Schwester. Weitere Personen drängten sich hinter Yanis und Delphina, und ich vermutete, dass es sich um Familienangehörige handelte. Sogar Nik und Sebastian waren gekommen. Sebastian winkte mir freudig zu, wohingegen Nik seinem Freund einen leichten Stoß in die Rippen verpasste, so als wollte er mir zu verstehen geben, dass seine Loyalität Yanis galt. Während Delphina und der Rest der Familie einen Tisch im hinteren Bereich des Saals anvisierten, schlenderte Yanis langsam zu uns nach vorne. Vielleicht kam es nur mir so vor, doch allein durch seine Anwesenheit schien der Raum plötzlich merklich heller zu werden.

Ich konnte meine Augen kaum von Yanis abwenden und mit jedem Schritt, den er näher kam, wurde ich nervöser. Er trug ein weißes Hemd zu einer hellblauen Chinohose, kombiniert mit dunkelblauen Slippern. An seinem rechten Ringfinger trug er einen schlichten goldfarbenen Ring, an seinem Handgelenk ein feines Lederarmband, dessen Highlight ganz klar der Goldanhänger war. Der Anhänger war oval und mit einer Prägung versehen, die eine stilisierte Welle darstellte.

Als wir uns endlich gegenüberstanden, konnten wir die Augen nicht voneinander abwenden.

»Hey«, sagte Yanis mit samtiger Stimme.

»Hey.« Ich hatte meine Stimme eigentlich verführerisch klingen lassen wollen, stattdessen wirkte sie piepsig.

Ich wusste nicht, wie ich mich verhalten sollte. Ob ich Yanis umarmen sollte, ihn am Arm berühren … Yanis schien es ähnlich zu ergehen, sodass wir beide in gewisser Distanz zueinander stehen blieben.

»Du siehst toll aus. Und du trägst ja sogar meine Kette.« Für einen Augenblick trat ein Leuchten in seine Augen.

Ich lächelte. »Natürlich. Sie ist etwas ganz Besonderes für mich.« Und das war nicht einfach dahingesagt, ich meinte es auch so.

»Toni, ich …«, setzte Yanis an, gerade als sich Antonios zwischen uns schob.

»Herr Koumantaras, ich bin ja heilfroh, dass Sie es sich doch noch anders überlegt haben. Es bleibt auch keine Zeit mehr, wir müssen auf die Bühne.«

Ich trat ein paar Schritte zurück, und Yanis und Antonios wechselten noch ein paar schnelle Worte miteinander. Inzwischen hatte sich Electra zu mir herübergebeugt. »Mannomann, das sieht ja ein Blinder mit dem Krückstock, dass sich da ganz schön was zwischen euch aufgestaut hat. Also, nicht nur sexuell, sondern auch emotional. Mir hat gerade echt nur noch das Popcorn gefehlt.«

Ich starrte Electra entgeistert an. »Nicht so laut«, zischte ich und betete inständig, dass weder Yanis noch Antonios etwas davon mitbekommen hatten.

Dann ging alles ganz schnell. Irgendwer dimmte das Licht im Raum, und stattdessen erstrahlte die Bühne in Scheinwerferlicht. Electra gab mir einen liebevollen Klaps und schob mich sanft ein Stück nach vorne. »Dein Auftritt«, sagte sie lächelnd.

Mir ging ordentlich die Pumpe, als ich gemeinsam mit

Antonios auf die Bühne trat, Yanis sollte noch einen Moment neben dem Podium warten. Immer wieder schweifte mein Blick zu ihm.

Antonios begrüßte die anwesenden Gäste sowie die Presse, sagte ein paar Worte zum *Blue Ocean* und zu den Werten, die wir als Hotel vertraten. Ich bekam das alles nur am Rande mit, da ich viel zu sehr mit meinen eigenen Gedanken beschäftigt war.

»Ohne meine geschätzte Mitarbeiterin Antonia Breuer wäre diese Kooperation vermutlich nicht zustande gekommen, daher würde ich sie gerne ebenfalls ein paar Worte sagen lassen«, schloss Antonios seine Begrüßungsrede und überreichte mir anschließend das Mikrofon.

Ich hatte das Gefühl, dass die Augen aller Gäste erwartungsvoll auf mir lagen. Ich bedankte mich bei Antonios und atmete tief durch.

Lange hatte ich überlegt, wie ich diesen Abend hier anmoderieren und was ich sagen wollte. Am Ende war ich zu dem Entschluss gekommen, dass es am besten wäre, einfach ehrlich zu sein.

»Wissen Sie, als ich auf dieser Insel gelandet bin, da hatte ich ehrlicherweise nicht einmal das Bedürfnis, zu bleiben.« Ein Raunen ging durch die Menge, von dem ich mich jedoch nicht beunruhigen ließ. Ich krallte meine Hand ums Mikrofon. »Aber Yanis Koumantaras«, ich machte eine Handbewegung in Richtung Bühnenrand, »hat mich gelehrt, die Insel mit anderen Augen zu sehen. Als ich seinen Schmuck das erste Mal betrachtete, empfand ich sofort ein Gefühl von Ankommen. Von Zuhause. Von Erinnerungen, die geschaffen werden wollen. Es kam mir so vor, als würde ein Versprechen in der Luft liegen. Das Versprechen, dass hier auf Santorini etwas ganz Besonderes auf mich warten würde. Und ja, sein Schmuck hat mir Selbstvertrauen und Selbstbewusstsein gegeben. Er hat mich daran erinnert, worauf es im Leben ankommt. Er ist … Er ist wie mein persönlicher Anker. Und suchen wir nicht alle im Leben danach? Nach einem Anker?« Meine Stimme zitterte leicht. Kurz schweifte mein Blick zu

Yanis. Ich konnte ihn nur schemenhaft ausmachen, da das grelle Bühnenlicht mich blendete, doch ich hoffte, dass er mich sah. Dass er verstand.

»Jemand, der mir sehr viel bedeutet, hat mal gesagt, dass es sich lohnt, mutig zu sein und einen Sprung ins kalte Wasser zu wagen, was man bei mir wohl sogar wortwörtlich nehmen könnte. Daher freue ich mich, Ihnen heute ankündigen zu dürfen, dass der Künstler Yanis Koumantaras, der von der Insel stammt, künftig gemeinsam mit dem Hotel eine Kollektion gestalten wird, die den Titel *Meereswelten* trägt. Bühne frei für den Künstler! Bühne frei für Yanis Koumantaras!«

Donnernder Applaus ertönte, als Yanis das Podium betrat und ich ihm das Mikrofon reichte. Für einen Moment gab es nur uns beide. Yanis sah mich mit durchdringendem Blick an, die Wangen leicht gerötet, und ein Funkeln tanzte in seinen Augen. Unsere Finger berührten sich, und noch immer machte ich keine Anstalten, das Mikro loszulassen.

»Danke« formte er wortlos mit den Lippen, und in diesem Moment wusste ich tief in meinem Herzen, dass ich jedes Wort auch genau so gemeint hatte. Denn Mut beginnt im Herzen.

Das Event wurde ein voller Erfolg. Yanis wurde von den Gästen in Beschlag genommen, und auch wenn er an diesem Abend noch keine exklusive Kollektion, sondern nur seine bisherigen Schmuckstücke ausstellen konnte, waren unsere Hotelgäste begeistert.

Noch immer war ich wie berauscht. Electra und Antonios waren in ein angeregtes Gespräch vertieft, doch ich hatte mich ein bisschen aus dem Trubel zurückgezogen. Um etwas runterzukommen, genehmigte ich mir einen alkoholfreien Cocktail und beobachtete das Geschehen vom Rande aus, als sich überraschend Delphina – mit einem Glas Champagner in der Hand – zu mir gesellte.

»Das war eine tolle Rede«, sagte sie ehrlich beeindruckt. »Ich hatte glatt ein bisschen Pipi in den Augen.«

Im ersten Moment wusste ich nicht, wie ich reagieren sollte. »Danke, Delphina. Das bedeutet mir viel.«

Und obwohl ich mich eigentlich nicht vor Delphina zu rechtfertigen brauchte, hatte ich das Gefühl, ihr eine Erklärung schuldig zu sein. »Hör mal, Delphina, es tut mir sehr leid. Ich wollte Yanis niemals verletzen, das musst du mir glauben. Er bedeutet mir unwahrscheinlich viel.«

Sie ließ ihren Blick zu ihrem Bruder schweifen, der gerade von zwei schmuckbehangenen Frauen mittleren Alters belagert wurde. »Ich möchte einfach nur, dass er glücklich ist. Klar kommt auch ein gewisser Beschützerinstinkt bei mir durch, immerhin bin ich seine große Schwester. Ich liebe ihn über alles. Am Anfang war ich wirklich wütend auf dich. Aber jetzt ... Das Leben geht manchmal verrückte Wege. Und durch deine Rede und das Arrangieren einer eigenen Kollektion für Yanis habe ich begriffen, dass er dir viel bedeutet. Genauso, wie du ihm viel bedeutest.«

Ich schluckte gerührt. »Ich weiß gar nicht, wie ich mich bei dir bedanken soll. Danke, dass du Yanis überredet hast, dieses Projekt nicht sausen zu lassen und heute Abend doch herzukommen. Das werde ich dir niemals vergessen.«

Delphina hob abwehrend die Hand, in der sie auch ihren Champagner hielt. »Ich würde mich ja gerne damit brüsten, aber das war leider nicht mein Verdienst. Der Übeltäter wartet dahinten auf dich.«

Verständnislos runzelte ich die Stirn. Wer außer Delphina sollte Yanis sonst ...?

Mit dem Blick folgte ich ihrem ausgestreckten Zeigefinger, der direkt auf ... Nein, das konnte doch nicht sein! Mir blieb der Mund offen stehen.

Völlig perplex starrte ich Damiano an, der zu uns herüberkam, ein freches und leicht verwegenes Lächeln auf den Lippen. Er trug einen lilafarbenen Anzug, und an seinem rechten Ohr baumelte ein goldfarbener Ohrring.

»Was machst du denn hier?« Ich konnte es kaum glauben.

»Ich schau in der Zwischenzeit mal nach meinem Bruder.« Delphina schmunzelte. »Kann ja nicht sein, dass der den ganzen Ruhm für sich einsackt.« Sie zögerte kurz. »Ich kann euch zwei doch wohl allein lassen, ohne dass ihr wieder auf dumme Ideen kommt?«

Ich spürte förmlich, wie mein Gesicht flammend rot anlief, und auch Damiano hüstelte nervös.

»Sorry, ich weiß, der war fies. Aber der musste sein. Allein eure Gesichter sind Gold wert.« Delphina grinste. Ja, das hatten Damiano und ich wohl verdient.

Als Delphina losgezogen war, lenkte ich meine Aufmerksamkeit wieder auf Damiano.

»Wie hast du … Warum bist du …?«, stammelte ich und nahm ihn in den Arm. Ich freute mich ungemein, dass er hier war. Auch er drückte mich an sich.

Als Damiano und ich uns wieder voneinander gelöst hatten, grinste er bloß verschmitzt und hob die Schultern. »Überraschung!«

Ich schüttelte lachend den Kopf. »Die ist dir gelungen! Dann hast *du* Yanis überredet, heute Abend zu kommen? Und hattest du heute nicht dein Interview mit der *VOGUE?*«

»Als du mir geschrieben hast, dass Yanis nicht kommen würde, da musste ich einfach etwas tun. Also hab ich das Interview abgesagt, bin in die nächste Chartermaschine gestiegen und sofort zu Yanis' Goldschmiede gefahren.«

Schon wieder schnürte sich mein Hals zu.

»Du hast dein Interview abgesagt?«, hauchte ich gerührt. »Du hast doch bestimmt total Ärger bekommen.« Hoffentlich würde das keine Konsequenzen für ihn nach sich ziehen …

Wieder zuckte Damiano mit den Schultern. »Manchmal muss man eben Prioritäten setzen. Meine Agentin tobt und schreibt mir im Sekundentakt wütende Nachrichten, aber wie gut, dass Handys eine Lautlos-Funktion haben.« Er lachte. »Und irgendwie hat sich das verdammt gut angefühlt, endlich einmal das zu machen, was ich wollte. Ich muss künftig einiges ändern.«

»Danke Damiano.« Ich ergriff seine Hand und drückte sie, als ich Schritte hinter mir vernahm.

»Störe ich?«, erklang eine warme Stimme, die mir einen angenehmen Schauer bereitete.

Ich drehte mich zu Yanis um und löste meine Hand aus der von Damiano. Ich hatte Sorge, dass Yanis die Situation falsch interpretieren könnte.

»Auf gar keinen Fall.«

»Sie gehört ganz dir«, meinte Damiano, korrigierte sich kurz darauf jedoch. »Verdammt, das klang in dem Zusammenhang irgendwie echt doof.«

»Hey, alles gut, wirklich«, beteuerte Yanis.

Damiano zog sich ein paar Schritte zurück. »Ich genehmige mir mal was von den Häppchen. Ich hab richtig Appetit.«

Ich lächelte still in mich hinein, da ich es irgendwie süß fand, wie Damiano eine Ausrede suchte, um Yanis und mich allein zu lassen.

»Warte mal, Damiano«, sagte Yanis da. »Danke, dass du mir einen Arschtritt verpasst hast. Ohne dich hätte ich mich vielleicht wirklich in meiner Goldschmiede verkrochen.«

Ich hatte den Eindruck, dass Damiano fast ein bisschen verlegen wirkte, was ich so gar nicht von ihm kannte.

»Keine Ursache«, winkte er ab. »Du machst geilen Schmuck. Wäre eine Verschwendung gewesen, den nicht mit der Menschheit zu teilen.«

»Der Ohrring in deinem Ohr … Ist der etwa auch von Yanis?«, fragte ich.

Damiano grinste. »Klaro, ich dachte, das wäre gute Werbung.« Er linste in Richtung Büfett. »O nein, ich glaub, die Gambas-Häppchen sind fast weg. Also, Leute, man sieht sich.«

Und weg war er.

»Hättest du Lust, eine Runde draußen mit mir spazieren zu gehen?«, fragte Yanis mich.

»Ja, sehr gern.«

48. Kapitel

Als Yanis und ich an der Caldera entlangspazierten, kamen uns nur wenige Menschen entgegen. Die Nacht war mild. Der tintenschwarze Himmel spannte sich fast wolkenlos über unseren Köpfen, und in der Schwärze funkelten unzählige Sterne. Ein leises Rauschen drang vom Meer zu uns herüber, und die Brise strich über meine nackten Arme.

Irgendwann blieben wir stehen und schauten hinaus aufs Wasser, das mittlerweile gar nicht mehr so angsteinflößend auf mich wirkte wie noch zu Anfang meiner Reise. Mein Herz und meine Seele fühlten sich ruhig an. Zuversichtlich.

»Ich weiß gar nicht, wie ich anfangen soll«, sagte Yanis da leise und fuhr sich durchs Haar. Er blickte mir in die Augen. »Es tut mir leid.«

Ich hatte mit allem gerechnet, aber nicht damit.

»Was tut dir leid?«

»Ich rede davon, mutig zu sein, dabei bist du viel mutiger als ich.«

Ich sah Yanis perplex an. »Wo bin ich denn mutig?«

»Du hast heute Abend vor all diesen fremden Menschen dein Herz geöffnet. Während ich meines in den letzten Tagen vor allen verschlossen habe. Anstatt mutig zu sein und mich mit meinen Gefühlen auseinanderzusetzen, habe ich sie verdrängt. Und vor lauter Angst hätte ich sogar fast die Möglichkeit auf eine eigene Kollektion sausen lassen. Dabei kann ich dir gar nicht genug für diese Chance danken.«

Meine Mundwinkel hoben sich zu einem traurigen Lächeln. »Ich glaube, ich bin das beste Beispiel für eine Person, die jahrelang ihre Gefühle in sich verschlossen hat. Ich kann das mehr als verstehen. Gefühle zuzulassen, tut weh.«

»Ich will meine Gefühle aber nicht verdrängen oder so tun, als wären sie nicht vorhanden. Denn die Wahrheit ist …« Yanis griff nach meinen Händen. Mein Herz begann so rasend schnell zu schlagen, dass mir fast schwindlig wurde. »Toni, die Wahrheit ist, dass ich mich in dich verliebt habe.«

Meine Augen füllten sich mit Tränen, und mein Herz quoll über. Ich wusste nicht, wohin mit meinen Emotionen. Das hier war einerseits zu viel für mich, gleichzeitig war es genau das, wonach ich mich so sehr gesehnt hatte.

Ich hatte den Eindruck, dass Yanis noch etwas sagen wollte, deshalb schwieg ich.

»Als ich das Kussfoto von Damiano und dir gesehen habe, da war ich am Ende. Zu wissen, dass du deine Ängste mit ihm geteilt, dich aber nicht mir anvertraut hast … Ich hab mir eingeredet, dass ich darüber nicht hinwegkomme und es nicht schaffe, in deiner Nähe zu sein, ohne permanent daran zu denken. Die Wahrheit ist aber auch, dass ich nicht ohne deine Nähe sein kann. Nicht sein möchte. Ich muss ständig an dich denken.«

»Und was bedeutet das jetzt für uns?«, flüsterte ich.

Yanis vertiefte den Blick. »Mir ist klar geworden, dass mutig zu sein auch bedeutet, zu verzeihen und seine eigenen Gefühle zuzulassen. Und ich möchte das hier mit dir. Trotz allem, was passiert ist.«

»Ich möchte das auch mit dir«, erwiderte ich mit gesenkter Stimme. »Es tut mir leid, dass ich dir nichts von meiner Vergangenheit und meinen Ängsten gesagt habe …«

Yanis unterbrach mich, indem er seine Hand unter mein Kinn legte und mich küsste. Sanft und liebevoll. Als würde darin ein Versprechen liegen, dass wir beide das hier schaffen würden.

Als wir uns voneinander lösten, lächelte ich Yanis glücklich an. »Meinst du, du würdest mich eines Tages doch noch mal auf deinem Boot mitnehmen?«

Yanis' Mundwinkel zuckten. »Ich dachte, du fragst nie. Unter einer Bedingung …«

»Und die wäre?«

»Du hilfst mir dabei, meine *Meereswelten*-Kollektion mitzugestalten.«

Wieder machte mein Herz diese seltsamen Dinge. Es hüpfte wie verrückt und schien sich kaum beruhigen zu wollen.

Yanis hielt mir seine Hand entgegen. »Deal?«

»Deal.« Ich wollte gerade einschlagen, als Yanis mich stürmisch an sich zog.

Unsere Gesichter näherten sich einander, und unsere Lippen fanden sich. Eng umschlungen standen wir an der Caldera und küssten uns, bis die Nacht allmählich dem Tag wich und wir mit einem wunderschönen Sonnenaufgang belohnt wurden.

»Jetzt weiß ich, warum du Sonnenaufgänge so liebst«, flüsterte ich an Yanis' Brust. Er zog mich noch ein Stück enger an sich, und ich wusste, dass er in diesem Moment das Gleiche fühlte wie ich.

Alles hatte mit einem Sonnenaufgang begonnen. Und es würden noch viele weitere gemeinsame Sonnenaufgänge folgen. Dessen war ich mir sicher.

Epilog

Yanis und ich trafen uns, wann immer unsere Zeit es erlaubte. In den nächsten Tagen zeigte er mir viele Ecken der Insel, die ich noch nicht kannte, und ich merkte, wie ich an seiner Seite stetig aufblühte.

Einen Tag entführte Yanis mich an den Red Beach, einen Strand, der an der Südküste von Santorini lag und sich – wie der Name schon sagte – durch seinen roten Kies auszeichnete. Dahinter ragte eine beeindruckende rötliche Felswand empor. Wir machten außerdem eine wunderschöne Wanderung von Firá nach Oía, die direkt an der Caldera entlang durch die schnuckeligen Dörfer Firostefáni und Imerovígli führte und immer wieder spektakuläre Fotospots bot. Beeindruckend auf dem Weg war auch der Skáros-Felsen, eine markante Felsformation, die in die azurblaue Ägäis ragte.

Immer öfter unternahm ich auch etwas gemeinsam mit Electra und Delphina. Ich hätte nicht gedacht, dass wir so eine gute Dreierclique abgeben würden, doch es harmonierte hervorragend zwischen uns. Wir machten eine ausgiebige Shoppingtour durch die charmanten Läden von Firá und Oía, ließen es uns bei einem Eis in der Sonne gut gehen und quatschten über Gott und die Welt.

Bei einem Mädelsabend weihte Electra mich in die griechische Küche ein, und ich war überrascht, wie gut sie kochen konnte. Selbstverständlich musste ich unsere selbst gemachte Kritharaki-Pfanne passend zu unserem Fotochallenge-Thema »Essen« sofort an Malina schicken. Ich glaube, sie war mächtig begeistert.

Mit jedem weiteren Tag traute ich mich zudem immer mehr ins Wasser, und Yanis und ich feilten zusammen an der

Kollektion für das *Blue Ocean.* Von Damiano bekam ich dagegen immer ein paar witzige Selfies geschickt, die er auf seinen Reisen rund um den Globus aufnahm.

An einem ganz besonderen Tag führte Yanis mich mittags schließlich in die Taverne seiner Familie aus, und ich lernte seine Eltern und seine Großeltern kennen.

Und als ich von der Terrasse hinaus aufs Meer schaute, hatte ich zum ersten Mal seit langer Zeit das Gefühl, dass mein Leben sich in die richtige Richtung bewegte und ich allmählich mit mir ins Reine kam.

»Woran denkst du?«, fragte Yanis. Er hatte sich unbemerkt hinter mich gestellt und seine Arme um meine Taille gelegt. Mit einem Lächeln auf den Lippen schmiegte ich mich an ihn, während ich den Blick fortwährend aufs Wasser gerichtet hielt.

»Weißt du, was ich mir für deine *Meereswelten*-Kollektion gut vorstellen könnte?«

»Hm?« Yanis hauchte sanfte Küsse auf meinen Hals, und es fiel mir schwer, mich zu konzentrieren.

»Ich habe gerade an einen Kompass gedacht. Ein Kompass, der zum Meer weist, aber auch zum eigenen Glück. Dieser Kompass ist für all diejenigen, die wieder auf den richtigen Weg finden wollen.«

Yanis drehte mich zu sich herum. »Und? Hast du den richtigen Weg für dich gefunden?«, fragte er zaghaft, seine Stimme klang ernst.

Ein Lächeln breitete sich auf meinen Lippen aus. »Ich habe auf jeden Fall schon mal den richtigen Kurs gefunden. Und alles Weitere wird sich ergeben.«

Ich stellte mich auf die Zehenspitzen und gab Yanis einen innigen Kuss. »Hast du gleich eigentlich schon etwas vor?«, fragte ich lächelnd in den Kuss hinein.

Yanis löste sich von mir und sah mich an.

»Woran hast du gedacht?«

»Dein Angebot mit dem Bootsausflug … Gilt das noch?« Mir klopfte das Herz bis zum Hals.

Yanis griff nach meiner Hand. »Wann immer du willst.«

Auch wenn ich meine Vergangenheit nicht ändern konnte –

ich allein entschied darüber, wie viel Macht ich ihr über mein Leben gab. Und es war endlich an der Zeit, dass ich wieder das Ruder übernahm. Mit Yanis als Kompass an meiner Seite.

Danksagung

Diese Buchreihe hat für mich einen ganz besonderen Stellenwert, da sie mich an zwei sehr schöne Reisen erinnert. Auf meinem Weg zur Veröffentlichung haben mich wieder einige liebe Menschen begleitet, bei denen ich mich von Herzen bedanken möchte.

Danke an das gesamte Team von everlove/Piper, insbesondere an meine Lektorin Ronja Keil, die sich sofort für das Setting begeistern konnte. Danke auch an meine externe Lektorin Isabelle Toppe, die sich als Griechenland-Fan mindestens ebenso sehr auf die Reihe gefreut hat wie ich. Es hat wieder unheimlich Spaß gemacht, mit euch beiden am Text zu arbeiten.

Danke an meine Agentin Christine Härle. Christine, die Buchbranche ist gewiss nicht einfach und manchmal auch ziemlich stürmisch, aber du schaffst es immer wieder, mein Anker zu sein.

Danke an Linda Wassermann, die eine wunderschöne Illustration zu diesem Band gezaubert hat. Die Sonnenaufgangsszene zählt zu einer meiner liebsten im Buch. Linda, ich freue mich, dass wir zwei uns bei einer Lesung von mir gefunden haben.

Ebenso bedanken möchte ich mich bei meinen lieben Testleserinnen Yasmin, Leo, Saskia, Annika und bei meiner Mama. Ihr gebt meinen Geschichten noch mal so viel Input, und das ist einfach toll.

Ein großer Dank gilt Freunden und Familie, ganz besonders Mama, Papa, meinem Bruder Jan und meinem Freund Robin. Ich bin so froh, euch an meiner Seite zu haben.

Danke, Etta, dass ich mit dir zwei unvergessliche Urlaube auf Santorini und Korfu erleben durfte (die mich vielleicht auch zu dieser Reihe inspiriert haben ☺). Ich freue mich riesig darüber, dass wir dein Foto für die Gestaltung der Innenseiten genommen haben. Du bist die beste Freundin, die man sich wünschen kann.

Und da mich Danksagungen wirklich jedes Mal überfordern, kommen wir hiermit jetzt zum Schluss:

Danke an euch. Danke für eure Unterstützung, die süßen Nachrichten auf Instagram, die lieben Worte und schönen Fotos zu meinen Büchern.

Ich werde wohl nie ganz realisieren, dass ich inzwischen wirklich meinen Traum als selbstständige Autorin leben darf – noch dazu mit Bergkulisse direkt vor der Haustür.

Ich hoffe, wir lesen uns im zweiten Band, wenn Tonis Schwester Malina nach Korfu reist und sich nicht nur in die Insel verliebt … ☺

Alles Liebe und bis ganz bald
Eure Mareike